记者观潮

梅松武新闻作品集

梅松武 著

四川人民出版社

图书在版编目（CIP）数据

记者观潮：梅松武新闻作品集／梅松武著. —
成都：四川人民出版社，2023.3
ISBN 978－7－220－12905－6

Ⅰ.①记… Ⅱ.①梅… Ⅲ.①评论性新闻－作品集－
中国－当代 Ⅳ.①I253

中国版本图书馆 CIP 数据核字（2022）第 213670 号

JIZHE GUANCHAO：MEISONGWU XINWEN ZUOPIN JI

记者观潮：梅松武新闻作品集

梅松武　著

出 品 人	黄立新
策划统筹	刘姣娇
责任编辑	戴黎莎
封面设计	李其飞
版式设计	张迪茗
责任印制	祝 健
出版发行	四川人民出版社（成都三色路 238 号）
网 址	http://www.scpph.com
E-mail	scrmcbs@sina.com
新浪微博	@四川人民出版社
微信公众号	四川人民出版社
发行部业务电话	（028）86361653　86361656
防盗版举报电话	（028）86361653
照 排	四川胜翔数码印务设计有限公司
印 刷	四川机投印务有限公司
成品尺寸	170mm×240mm
印 张	25.75
字 数	400 千
版 次	2023 年 3 月第 1 版
印 次	2023 年 3 月第 1 次印刷
书 号	ISBN 978－7－220－12905－6
定 价	138.00 元

记者的追求与史笔

（代序）

本文于 2001 年 11 月 9 日在《四川日报·天府周末》版记者节特辑见报，第一次向社会公开阐释了我的新闻理念："以'史家笔'写新闻，新闻不朽。"当时，我已经获得高级编辑职称，担任四川日报社经济新闻部副主任，获得"四川省十佳新闻工作者"称号，《四川日报·天府周末》主编戴善奎约我为记者节撰写了这篇感想。它真实地记录了我的新闻理念，真实地反映了大学本科四年学习历史专业对我的新闻人生和新闻理念所产生的潜移默化的深远影响。2003 年底，四川日报社深化干部人事制度改革，对中层干部实行竞聘上岗。当时，我没有准备竞聘演讲稿，便把两年前写的这篇感想拿出来宣读了一遍，居然获得满堂喝彩，引起所有评委的共鸣（评委中包括省委组织部、宣传部有关负责人和四川日报报业集团党委成员），结果是我以出乎预料的最高分，走上《四川日报》"时政·评论"理论部主任岗位。几个月以后（2004 年 3 月），四川日报社老社长李半黎与世长辞，享年 91 岁。现在，再次把这篇旧文拿出来，放我的新闻作品正文之前，既是对李半黎社长和老一辈川报人的感恩与怀念，也是对自己的新闻人生和新闻追求有所感悟与纪念，姑谓之"代序"吧。

我的书房里挂着一条横幅："正义直言史家笔"，常常引起来访者的赞美。这是当代著名书法家、四川日报社老社长李半黎（1913 年 11 月—2004 年 3 月）书赠我的，落款时间是"庚午秋"。

那是1990年秋天，我从四川大学毕业分配到四川日报社工作快10年了，我向李老求字纪念。李老爽快地答应了我，而且亲自拟定横幅内容。我如获至宝，把它看作是老一辈新闻工作者对我的期望和鼓励。

"千金难买半黎字。"李老书赠我的横幅也许不是孤品，他今天也许记不得这件事了。但是，我一直把它视为珍品，认为它寄托着李老自己的追求，体现着老一辈新闻工作者的人格和人生追求。在我看来，邹韬奋是这样的人，范长江是这样的人，邓拓是这样的人，李半黎也是这样的人。新闻的生命在于真实，记者的天职在于直言。记者的作品不仅要敢于说真话，而且要显善惩恶，使真、善、美及其创造者名垂青史，使假、丑、恶及其创造者无所遁形。在国家和民族艰难曲折的发展道路上，记者是"侦察兵"，新闻是"冲锋号"，为人为事为文，都要真实可信，才有存在价值。因此，我把李老书赠我的横幅挂在书房墙上，当作自己的"座右铭"。

今天的新闻就是明天的历史，在这一点上，新闻与历史在本质上是一样的事物。新闻以事实说话，历史以史实昭示后人，两者都要求事实准确，陈述真实，记者之"笔"与史家之"笔"并重。我在大学里学的是历史专业，对于南史氏的故事、董狐的故事、司马迁的故事并不陌生。我能够掂量"史家笔"的分量有多重，也能够体会"正义直言"的意味有多深。实际上，从当记者的第一天起，我就立下誓言：一定要当一名说真话的记者。我看重记者的独立人格，看重时代赋予我的历史使命，看重党和人民对我的培养教育，我不想为自己留下遗憾。每写一篇新闻评论、深度报道，我都要问一问自己：它经得起历史的检验吗？对于假、大、空的东西，我自己不写，也劝别人少写。在别人看来，我也许是一个不识时务的"书呆子"，但我至今不悔。

作为记者的一种追求，"正义直言史家笔"是一种崇高的境界。良史以实录直书为贵，不掩恶，不虚美，具有"史才""史学""史识"三长。范文澜写史，博学卓识，文如其人，令人钦敬，他有一句名言："板凳需坐十年冷，文章不写一句空。"陈寅恪治史，纵贯古今，横通中外，"合中西新旧学问"以求通解通识，为学为人都达到了很高的境界。新闻记者若能兼备史家的

"才""学""识"，那么，他的宏观视野，他的求是态度，他的新闻敏感，他的新闻成就，他的人格与人生都将进入一个新的境界！

　　以"史家笔"写新闻，新闻不朽！

梅松武

2022 年 3 月于成都

目　录
CONTENTS

| 草根情怀 |

|"两会"感言|

|时政热点|

｜附　录｜

高端视野

把思想和行动统一到"两个基本点"上

今年的工作如何搞？党中央早已明确了方向，省委省政府也作了部署。广大干部群众正在把反对资产阶级自由化思潮的斗争和各项改革措施继续推向深入。当前，也有少数同志还在等待、观望，工作中举棋不定。有的同志对反对资产阶级自由化思潮的斗争感到突然，缺乏思想准备，害怕在改革、开放、搞活的探索中犯错误。这些疑虑是需要加以消除的。

党中央指出，十一届三中全会以来的路线，就是从中国的实际出发，建设有中国特色的社会主义。这条路线的基本点有两条：一是坚持四项基本原则，一是坚持改革、开放、搞活的方针。两者相互联系，缺一不可。不讲四项基本原则，改革、开放、搞活就没有方向，没有保证；不讲改革、开放、搞活，就不可能迅速发展社会主义生产力，就谈不上建设有中国特色的社会主义。反对资产阶级自由化思潮，对广大党员进行坚持四项基本原则的教育，就是为了全面地正确地贯彻执行十一届三中全会以来的路线，把改革和建设搞得更好。因此，党中央在提出反对资产阶级自由化思潮的同时，明确宣布全面改革不变，对外开放不变，尊重知识、尊重人才的政策不变；不仅不变，而且要努力做得更好。因此，一些同志的担心和疑虑是不必要的。

全面理解和掌握十一届三中全会路线的"两个基本点"，有助于我们在实际工作中划清政策界限，澄清模糊观念，防止"左"的或右的错误。回顾十一届三中全会以来的八年，我们的成绩是有目共睹的。但应该承认，对于什

么是十一届三中全会以来的路线，许多人的理解和认识并不那么清楚，并不那么全面。前一段时期某些工作中的失误和偏差，总的来说，就是没有同时把握好这两个基本点，忽视坚持四项基本原则，反对资产阶级自由化思潮不坚决的结果。因此，现在强调要旗帜鲜明地坚持四项基本原则，在政治思想领域里坚决反对资产阶级自由化思潮，这是完全必要的。反对资产阶级自由化必须遵循十一届三中全会以来的路线，既要坚决，又要谨慎，决不许以"左"批右，妨碍改革、开放方针的贯彻执行。党中央明确规定，当前反对资产阶级自由化，要严格限于中国共产党内，主要在政治思想领域进行，着重解决根本政治原则和政治方向问题。农村不搞。企业和机关是进行正面教育。对于党内和社会上存在的其他消极腐败现象，以及改革中的某些失误或不同意见，是什么问题就解决什么问题，该在什么范围内解决，就在什么范围内解决。既然如此，我们还有什么不放心的呢？还要等待观望什么呢？

当前，既要坚定不移地把反对资产阶级自由化思潮的斗争持续地、健康地开展下去，又要引导干部和群众消除可能产生的疑虑，进一步坚定改革的信心，不失时机地把改革、开放、搞活的各项工作做得更好。

（《四川日报》1987年2月16日1版头条，此篇比《人民日报》1987年2月22日发表的评论员文章《全面正确地贯彻三中全会以来的路线》早6天）

正确认识十一届三中全会以来路线的钥匙

——谈关于我国处在社会主义初级阶段科学论断的指导意义

　　当前，我们正在加强改革的舆论宣传，积极为十三大提出政治体制改革的设想作好思想准备。为了正确理解党的十一届三中全会以来的路线，进一步搞清楚坚持四项基本原则和坚持改革、开放、搞活方针的关系，引导大家清醒地认识我国还处在社会主义初级阶段这个最重要的实际，是很有指导意义的。

　　党的十一届三中全会以来的路线，就是从中国的国情出发，建设具有中国特色的社会主义。我国处在社会主义初级发展阶段，这是最基本的、也是最重要的国情。1981 年 6 月，党的十一届六中全会通过的《关于建国以来党的若干历史问题的决议》第一次明确指出，我国目前处在社会主义的初级阶段。后来，党的十二大的政治报告和十二届六中全会通过的《关于社会主义精神文明建设指导方针的决议》，又重申了这一科学论断，并对社会主义初级阶段的基本特征作了客观的分析和概括，认为社会主义初级阶段首先面临的是摆脱贫困，发展社会生产力。由此出发，确定了我国社会主义现代化建设的总体布局，提出了新时期的总任务、总目标。因此，正确认识我国处在社会主义初级阶段这个科学论断，是深刻理解和全面掌握党的十一届三中全会以来路线的总的钥匙。

　　准确地把握我国还处在社会主义的初级阶段，不仅是我们党制定政治路

线和提出奋斗目标的基本根据，而且是我们制定社会主义建设的战略、方针和各方面政策的出发点，可以使我们在实际工作中尽量避免"左"的或右的错误。第一，我国已经处于社会主义初级阶段，就必须坚持社会主义，而不能离开社会主义去搞什么"全盘西化"，搞资本主义，走回头路。第二，我国还只是初级阶段的社会主义，社会生产力水平还很低，我们做工作、想问题必须从这个最重要的实际出发，而不能要求过高，急于求成，干"超越阶段"的蠢事。正如邓小平同志最近指出的：我们应坚持社会主义。但要进一步建设对资本主义具有优越性的社会主义，首先必须摆脱贫困的社会主义。现在虽说我们也在搞社会主义，但只有到了21世纪中叶，达到了中等发达国家的水平，才能说真的搞了社会主义。小平同志这段话，就是针对我国还处在社会主义初级阶段来讲的，很值得我们深思。

有些同志不理解，中华人民共和国成立以来，我们一直坚持四项基本原则，为什么到了十一届三中全会以后才提出改革、开放、搞活的总方针、总政策呢？这主要是因为，在党的十一届三中全会以前的一个较长时期，我们对自己的国情，特别是我国还处在社会主义初级阶段这个最重要的实际认识不清，陷入了"左"的失误中。多少年来，我们简单搬用马克思主义创始人当年设想的社会主义发展进程的一般论述，来解释我们国家的现实，在实践中"按图索骥"，照搬别国的"模式"，企图追求那种理论上"纯粹"的社会主义，一是犯了超越历史阶段的错误，认为共产主义社会在我国的实现已经不是什么遥远的事情了，于是超越阶段搞"穷过渡"，搞"大跃进"，限制商品货币关系，在生产资料所有制方面片面追求"一大二公"，使经济决策权高度集中，主要依靠行政手段和指令性计划调节经济运行，结果严重地束缚了社会生产力发展，影响了社会主义优越性的充分发挥；二是错误地把资产阶级和无产阶级的矛盾作为社会主义社会阶段的主要矛盾，"以阶级斗争为纲"，结果导致"文化大革命"发生，使国民经济面临崩溃边缘。这些深刻的教训从反面告诉我们，正确认识我国处在社会主义初级阶段，具有多么重要的现实意义！

党的十一届三中全会以来，我们党经过拨乱反正，纠正了"左"的指导思想，才从我国还处在社会主义初级阶段这个最重要的实际出发，提出了改革、开放、搞活的总方针、总政策。这是十一届三中全会以来路线的新内容、新贡献。从解放生产力的意义来说，改革也是革命；从调整生产关系的角度来说，改革是我国社会主义制度的自我完善。如同离开了四项基本原则，改革、开放、搞活就会偏离方向一样，离开了改革、开放、搞活，生产力得不到充分发展，社会主义制度的优越性得不到充分发挥，社会主义初级阶段的许多矛盾和问题得不到解决，坚持四项基本原则就会成为一句空话。

所以，坚持四项基本原则和坚持改革、开放、搞活是并行不悖、唇齿相依的关系，两者统一于十一届三中全会以来的路线和一系列方针政策中，统一于建设具有中国特色的社会主义的实践中，统一于对我国还处在社会主义初级阶段的认识中。我们既要反对用资产阶级自由化的观点来看待四项基本原则，歪曲改革、开放、搞活的方针；也要反对用僵化的观点来解释四项基本原则，怀疑改革开放。无论是自由化，还是僵化，都背离了我国还处在社会主义初级阶段这个最重要的国情，实质上都是倒退——前者是向资本主义倒退，后者是向十一届三中全会以前倒退，也就是倒退到"左"的路线和政策上去。因此，反对这两种倾向，将贯穿社会主义现代化建设的全过程。这就是从我国还处在社会主义初级阶段这个最重要的实际出发，所展示给我们的基本认识。

（《四川日报》1987 年 5 月 25 日 1 版，此篇首次以"寒三"为笔名发表，主要观点与三个月后党的十三大关于社会主义初级阶段理论的阐述基本一致）

在对外开放中加强精神文明建设

《中共中央关于社会主义精神文明建设指导方针的决议》（以下简称《决议》）指出，"全面改革和对外开放给社会主义事业带来强大活力，对精神文明建设是巨大的促进"；同时又指出精神文明建设"必须促进全面改革和对外开放"。这就是说，社会主义精神文明建设与对外开放不是互相排斥，而是互相促进的。"对外开放作为一项不可动摇的基本国策，不仅适用于物质文明建设，而且适用于精神文明建设。"在处理精神文明建设与对外开放的关系时，我们的认识和行动，都应该符合指导方针的要求。

长期以来，一说到对外开放，人们的目光往往聚焦于发达国家的物质文明，而对其精神文明很不以为然，似乎这后一方面并没有什么可以"拿来"为我服务的。有一种习惯说法："中国物质文明落后，精神文明先进；西方物质文明先进，精神文明落后"，并由此抱定"中体西用"的迂腐信条。事实上，任何精神文明都是在物质文明的基础上建设起来的，两者很难截然分开。就新阶段来说，我国的精神文明固然有比某些国家先进的一面，但也有比别人落后、愚昧的一面。无论是落后的还是先进的，都只有在对外开放中才能有所比较和鉴别，从而得到扬弃和发展。近百年来，随着世界市场的广泛形成，商品经济的高速发展，以及科学技术的进步和大众传播媒介的普及，任何民族的文化，只要还有自身存在的价值，就同时具有世界文化的意义，一方面不断地受到世界上其他各种文化的影响，一方面又不断地影响着其他文化，绝不可能在与世隔绝的封闭状态下生存发展。正如《决议》所指出的："近代世界和中国的历史都表明，拒绝接受外国的先进科学文化，任何国家任何民族要发展进步都是不可能的。闭关自守只能停滞落后。"中国在"走向世界"，世界也在"走向中国"。建设高度发达的物质文明固然离不开对外开放，建设高度发达的社会主义精神文明同样离不开对外开放。

精神文明建设，包括思想道德建设和教育科学文化建设。党的十一届三中全会以来，我们在教育科学文化方面同一些发达国家进行了比较广泛的交流和合作，并取得了引人注目的成果。相比之下，我们对当代世界各国在思想道德方面的那些具有进步意义的东西，则引进、消化、吸收得不够。应该看到，在先进的科学技术和具有普遍实用性的经济行政管理经验后面，必然有着科学的理论基础和相应的思想文化背景。从引进资金、技术、设备到引进具有普遍适用性的经济行政管理经验，再到"引进"思想道德观念，这是对外开放由浅入深的必经途径。应当说，当代世界包括资本主义发达国家的许多优秀的思想学说和道德观念，不仅在历史上起了巨大的进步作用，而且至今还在世界上具有广泛的影响。例如那些哲学、社会科学和文化艺术方面的世界名著和学术成果，以及价值观念、时间观念、效益观念、人才观念、竞争观念、市场观念、信息观念等，都有可资借鉴之处。即使是西方社会那些带有很大局限性的资产阶级法制精神和民主形式，以及人道主义传统等，比起我们残存的封建宗法观念来讲，也是一种历史的进步，仍有可资借鉴的地方。至于那些维护剥削和压迫的资本主义思想体系和社会制度，以及那些腐朽没落的道德观念，当然是要坚决摒弃的。

由此可见，我们的对外开放应该是全面的开放，既要向一切愿意在平等互利的基础上与我们进行经济合作和科技交流的国家或地区开放，也应引进、消化、吸收人类历史上一切有利于我们社会主义现代化建设的文明成果。全面开放的立足点，应放在积极的引进上。引进以后，关键是要做好消化和吸收工作。经过消化、吸收其中的营养，从而创造出立足于本国的高度发达的社会主义精神文明。

当然，对外开放也不可避免地会使一些资产阶级的腐朽思想乘机渗入到我们的社会生活中来。对此，我们既要高度重视，加强教育，以增强人们的"免疫力"，同时也不必过于紧张，要相信绝大多数人的抵抗能力和社会主义精神文明的自我调节能力。文明发展的一个规律就是在消长中前进。我们反对、抵制剥削阶级思想的过程，同时也就是社会主义精神文明不断成熟的过程。因此，决不能一看到对外开放中出现某些消极影响，就因噎废食，赶快回过头来把门关上。

（《四川日报》1986 年 10 月 19 日 1 版头条，获《四川日报》1986 年度好稿二等奖）

坚持按劳分配原则不动摇
—— 三论集中精力搞好经济建设

成都量具刃具厂坚持以按劳分配原则调动职工的积极性，在企业内部增强了共渡难关的凝聚力，他们的实践表明，在治理整顿中进一步理顺企业内部分配关系，在当前具有重要的意义。

"按劳分配"这四个字是谁都知道的，"理顺企业内部分配关系，是调动职工积极性的关键"，也早已成为许多厂长熟知的道理。但是，真正实行起来谈何容易！到企业去走一走就会发现，我们经过十年改革，付出了艰辛努力才开始打破的"大锅饭"，现在在一些地方又有重开的趋势。比如，厂长完成承包任务不敢领奖，职工的奖金平均分配，失去了应有的激励作用。有的企业甚至连职工合理化建议奖和销售人员的承包奖也不能兑现，据说是为了"避免收入分配不公"。

说到分配不公，这里有一个衡量的标准问题。如果以按劳分配原则为标准，那么平均主义、"大锅饭"是最大的不公。试问，"干多干少一个样""干与不干一个样"，这种不按劳动贡献来分配报酬的办法，有什么公平可言！在有的同志看来，坚持按劳分配会影响稳定。其实，这种看法似是而非。长期以来，我们一些同志往往离开效率问题谈公平，只看到少数人用不正当手段获取高收入造成分配不公，引起群众不满，对社会稳定不利，却没有看到"大锅饭"挫伤广大劳动者的生产积极性，造成生产效率低，阻碍生产力发

展，从根本上动摇社会稳定的基础。历史经验告诉我们，以牺牲社会效率来换取社会公平，只能求得暂时的社会稳定，不能保证社会的长期稳定。在改革以前，我们搞平均主义，结果造成普遍贫穷和低效率，这是大家有目共睹的。十年改革的基本经验显示，只有承认差别，按劳动的数量和质量分配报酬，才能解决社会主义条件下"公平的分配"和"极高的效率"相结合的问题，才有助于打破而不是强化"大锅饭"，使社会主义分配原则真正得到贯彻。

　　江泽民同志在庆祝中华人民共和国成立40周年的讲话中指出："发展公有制为主体的多种经济成分，必然要求在分配体制上实行以按劳分配为主体的多种分配形式。我们通过改革，在建立和健全这种分配体制方面，已经取得了进展。我们提倡在共同富裕的目标下，一部分人通过诚实劳动和合法经营先富裕起来，这个政策是正确的，要继续贯彻执行。"在这里，我们清楚地看到，党中央在坚持按劳分配这个原则问题上是坚定不移的。

　　当前，我们应该把治理整顿与深化改革更加紧密地结合起来，特别是要结合企业第二轮承包，进一步理顺企业内部的分配关系。当然，我们也要看到，一些地方在分配中确实还存在某些不合理的过高收入，这同样是不符合按劳分配原则的，在第二轮承包中进行适当的调整，也是必要的。但这种调整一定要坚持以疏导为主，严格掌握合法与非法、保护与惩治的政策界限，避免用平均主义的观点和态度消极简单地"拉平"。解决分配不公问题同解决许多经济问题一样，必须坚持以按劳分配原则认识问题，以深化改革解决问题，这是无论如何也不能动摇的。

　　（《四川日报》1990年12月11日1版，此篇为"集中精力搞好经济建设"系列评论文章之三，该系列评论文章获1990年四川省好新闻一等奖）

《企业法》的权威不可动摇

——再论搞活国营大中型企业

《中华人民共和国全民所有制工业企业法》（以下简称《企业法》）是我们当前搞活企业的法律依据和行为准则。省委、省政府研究提出搞活全民所有制工业企业，特别是大中型企业的思路时，强调把认真贯彻《企业法》放在第一位，要求各地区、各部门把《企业法》赋予企业的自主权不折不扣地落实到企业。这是总结近几年经验的结果，也是当前搞活大中型企业的关键所在。

《企业法》规定，全民所有制企业是依法自主经营、自负盈亏、独立核算的社会主义商品生产和经营单位。企业的财产属于全民所有，国家按照所有权和经营权分离的原则授予企业经营管理。企业的根本任务是，根据国家计划和市场需求，发展商品生产，创造财富，培养人才，增加积累，满足社会日益增长的物质文化生活需要。企业的这种性质和职能，决定了它必须具有与完成这一职能相适应的权利和运行机制，这就是我们通常所说的企业自主权。根据《企业法》，企业如何经营，如何发展，都应当由企业依法自主决定。任何机关和单位不得侵犯企业依法享有的经营管理自主权；不得向企业摊派人力、物力、财力；不得要求企业设置机构或规定机构的编制人数；等等。这些以自主经营、自负盈亏、自我发展、自我约束为主要内容的自主权只有真正得到落实，企业的外部环境和内部机制才会从根本上得到改善。所

以，许多同志说："搞活大中型企业，只要坚决贯彻《企业法》就有希望。"这是很有道理的。

现在的问题是，《企业法》赋予企业的各种权利没有真正地完全地落实到企业，有的被收走了，有的被"条条""块块"截留，有的被间接侵扰或变相干扰，有的由于政策不配套而被迫搁浅。企业的"婆婆"上下左右几十个，谁都可以对企业发号施令，横加干涉。所以，企业的自主权不落实，仍然是当前影响企业增强活力的一个主要障碍。

在现行体制下，企业自主经营的程度主要决定于政府；更具体地说，决定于政府为企业所提供的条件和创造的环境。各地区、各部门不但应该尊重企业依法享有的各种权利，认真检查企业自主权落实情况，排除各种干预企业自主经营的违法行为，而且要切实转变职能，主动积极地为企业服务，尽可能引导企业直接参与市场竞争。在这方面，必须作为纪律加以强调的是，任何单位、任何部门都不得以任何借口截留企业经营自主权，更不能设置各种障碍阻挠有关部门对落实企业自主权的清理工作，对企业过多的控制必须取消。今后，各有关部门不得自行出台上收企业权限的政策。

落实企业自主权，不能仅仅停留在口头上或文件上，一定要落实在行动上。目前，企业负担过重，大大超过其承受能力。企业当前最头痛的是名目繁多的乱收费、乱罚款、乱摊派，以及各种打着检查、评比、验收、培训等旗号的活动。当前，应把清理"三乱"和打击违法勒索作为一项重要工作来抓。特别是要采取坚决措施，轻赋薄敛，切实减轻企业负担，大力推进企业技术进步，为增强企业发展后劲创造条件。对此，党中央、国务院和省委、省政府已经作出了一系列规定，我们必须坚决贯彻落实。

落实企业自主权，还需要进一步深化企业内部改革，转换企业内部运行机制。在这方面，《企业法》已经赋予了企业应有的自主权。各地企业应该充分运用这些自主权，着力于转换内部运行机制和提高内部管理素质。

发展社会主义商品经济，没有法制不行；搞活大中型企业，没有《企业法》的法律保障不行。《企业法》具有不可动摇的权威性。有法必依，执法必严，违法必究。只要大家的思想和行动统一到《企业法》的基础上，搞活大中型企业就一定能达成共识，形成合力，收到实效。

（《四川日报》1991年8月8日1版，此篇为"论搞活国营大中型企业"系列评论文章之二，全文收录入1992年出版的《中国新闻年鉴》，获四川省第二届经济好新闻一等奖）

国有企业改革的方向

——论建立现代企业制度

党的十四届三中全会通过的《中共中央关于建立社会主义市场经济体制若干问题的决定》（以下简称《决定》）明确提出："以公有制为主体的现代企业制度是社会主义市场经济的基础"，"是我国国有企业改革的方向"。现在，摆在我们面前的首要任务，就是全面准确地理解现代企业制度的内涵，明确试点的主要内容，把思想认识统一到《决定》上来。

何谓现代企业制度？简而言之，就是适应社会化大生产和社会主义市场经济要求的产权清晰、权责明确、政企分开、管理科学的企业制度。在社会主义市场经济体制下，现代企业制度的核心内容：一是完善的企业法人制度，二是严格的有限责任制度，三是科学的企业领导体制和组织制度。建立完善的企业法人制度的关键是确立企业法人产权，使企业真正成为独立享有民事权利、承担民事责任的法人实体。严格的有限责任制度包括两方面的内容：一是出资者以其出资额为限，对企业债务承担有限责任；二是企业以其全部法人财产为限，对债务承担有限责任。科学的企业领导体制和组织制度是指企业建立既相互独立、相互制约，又相互协调的权力机构、决策机构、执行机构和监督机构，成为企业进入市场、独立经营的有效组织保障。公司制是现代企业制度的典型形式。把建立现代企业制度作为国有企业改革的方向，标志着我国企业改革进入了制度创新和配套改革的新阶段。

建立现代企业制度是在全面总结我国企业改革经验的基础上提出来的。改革开放 15 年来，我们一直把国有企业改革作为城市经济体制改革的中心环节，先后进行了扩大企业自主权、利润留成和两步利改税、厂长负责制、承包经营责任制、租赁制、股份制、转换企业经营机制等一系列改革。这些改革在实践上和理论上都有很大的突破和进展，许多改革内容至今还起着积极作用。四川作为国有企业改革的发源地之一，从扩大企业自主权到探索建立企业新体制试验，在很多方面取得了成功经验。从历史发展来看，国有企业改革各个时期采取的政策措施是承前启后、互相衔接的，是以市场为取向、以渐进的方式向前推进的。所以，建立现代企业制度绝不是另起炉灶，而是对前期改革的不断深化和发展。在建立现代企业制度过程中，我们一定要保持改革政策的连续性，特别是要继续贯彻落实《中华人民共和国全民所有制工业企业法》和《全民所有制工业企业转换经营机制条例》，坚持以《中华人民共和国公司法》为依据进行现代企业制度试点。

在公有制为主体、多种经济成分共同发展的社会主义市场经济格局中，在国际、国内两个市场的激烈竞争中，国有企业的生存和发展面临着严峻的挑战。这就迫切需要我们从理论与实践的结合上，进一步探索公有制与市场经济有效结合的微观实现形式，进行企业制度的创新和配套改革，重塑千千万万个符合市场竞争要求的、独立的经济主体，建立起以公有制为主体的现代企业制度。这不仅是一个经济问题，而且是关系到社会主义制度能否巩固的重大政治问题。对此，我们要有足够的认识，要有一种强烈的历史责任感和危机感。

对国有企业来说，从计划经济体制下的企业制度转变为适应社会主义市场经济体制的企业制度，是一场"脱胎换骨"的深刻变革。对建立现代企业制度这样一项包括企业内部和外部，涵盖企业全部经营活动的复杂的系统工程，既要循序渐进，注重实效，也要大胆突破，勇于创新。目前，试点已进入实施阶段。我们的改革思路：一是要从过去以放权让利为主的政策调整转到着重于制度创新上来，为国有企业与其他经济成分企业共同发展创造平等

竞争的条件；二是要从单项改革为主转到综合配套改革上来，把整体推进与重大突破相结合；三是要从搞好单个企业转到搞好整个国有经济上来，把改制、改造和改组有机结合；四是要从孤立地解决国有企业历史遗留问题转到配套进行金融、投资、社会保障等方面的体制改革上来，从整体上解决国有企业的历史遗留问题。

到 20 世纪末，使国有大中型企业基本建立起与社会主义市场经济体制相适应的经营机制和现代企业制度，在社会主义市场经济中发挥主导作用，这是我国企业改革的战略目标。攻坚战已经打响，让我们全力以赴，通力合作，勇往直前，夺取胜利！

（《四川日报》1995 年 4 月 6 日 1 版头条，此篇为"迈向现代企业制度"大型战役报道的开篇之作，该系列报道获得四川新闻奖特别奖）

以什么样的精神状态投入西部大开发

龙腾盛世，春风送爽，万象更新。

面对历史机遇，省委、省政府开年第一件事就是研究实施西部大开发战略。省委召开常委扩大会，听取省上有关部门和单位的专题汇报；紧接着省委、省政府又召开专家座谈会，广泛听取各方面的建议。同时，要求广大干部群众进一步增强责任感、使命感和机遇意识，希望大家拿出自己最大的力度，把工作干出自己最高的水平，在西部大开发中作出自己最大的贡献。形势逼人，时不我待。西部大开发需要良好的精神状态，全省干部群众应当立即行动起来，以只争朝夕的精神全力投入西部大开发。

实施西部大开发战略，加快西部地区发展，是中央统揽全局，面向新世纪作出的重大决策，关系到民族团结、社会稳定和边防巩固，关系到东西部地区协调发展和最终实现共同富裕，具有重要的现实意义和深远的历史意义。面对这个历史机遇，我们既要有紧迫感，又要做好长期奋斗的思想准备。过去，我们抓住了很多机遇，但也丢掉了一些机遇，现在再也不能放过这个重大机遇了。

西部大开发需要有真抓实干的精神。西部大开发是一个庞大的系统工程，需要作长期的艰苦努力，不能急于求成。要实现"追赶型""跨越式"发展，不急不行，太急也不行，既要坚持从实际出发，按客观规律办事，积极进取，量力而行，注重实际，有计划有步骤地推进，又要突出重点，有所为，有所

不为，因地制宜，发挥优势，把加快发展同经济结构调整结合起来，把解决眼前的突出问题同实现长远发展目标结合起来。这就需要深入实际，真抓实干，狠抓落实。如果墨守成规、不思进取、害怕困难、畏首畏尾、只说不干、作风漂浮，就是机遇摆在面前，也是抓不住的。"空谈误国，实干兴邦。"麻将桌上打不出西部大开发，卡拉 OK 厅里唱不出西部大开发，"文山"堆不出西部大开发，"会海"泡不出西部大开发。不要以为国家制定了西部大开发战略，天上就会掉馅饼下来。西部大开发是干出来的，我们必须立足于自力更生，主动积极地寻求机会，加快发展。

西部大开发需要勇于创新的精神。应当看到，西部大开发处于全新的国内外环境、新的体制背景、新的市场态势、新的对外开放环境中，我们既不能走"三线建设"的老路，也不能走沿海地区走过的弯路，要结合四川实际，吸取东部开发的经验教训，走出一条既有较高速度又有较好效益的新路子。这就需要用新的思维重新审视四川在西部大开发中的战略地位和比较优势，树立新的发展观、资源观、优势观、规划观和发展模式。这就需要我们不断地探索，大胆地创新，勇敢地开拓，只要符合"三个有利于"标准，就要大胆地闯、大胆地干。只有创新，才能在西部大开发中取得新突破。

西部大开发需要强烈的改革开放意识。要研究适应新形势的新思路、新方式、新机制。特别要在国家整体政策的指导下，制定重大的政策措施，对内对外开放并举，全面推进国有企业的改革、发展和机构调整，努力探索公有制的多种实现形式，大力发展非公有制经济。过去，一些部门研究搞活的办法不多，研究搞死的办法却不少。要对过去的规定进行清理，破除一切阻碍发展的条条框框。特别是要把工业企业发展中的关键问题理出来，打通阻碍企业发展的关键环节。同时，要加快机构改革步伐，切实转变政府职能，改革长期计划经济体制下形成的管理模式。只有这样，才能创造较为宽松的经济发展环境，减少以至杜绝加快发展的人为制约因素，为西部大开发扫清障碍。

西部大开发要树立全局概念，发扬团结协作的精神。无论是基础设施建设、生态环境保护，还是产业结构调整，涉及的都不只是一个地区、一个部门、一个单位的利益，必须进行综合考虑，整体规划。如果没有顾全大局的观念，没有团结协作的精神，就很难避免新的重复建设和产业结构趋同问题。特别是国家进行项目规划时，不能见项目就上，要认真分析自己的长处和短处，坚持以市场为导向，能自己干好的坚决干好，能合作的要全力合作。

新的精神状态体现在新的作风、新的思路、新的观念、新的举措等方面。伟大的创业实践，需要伟大的创业精神来支持。解放思想、实事求是、积极探索、勇于创新、不骄不躁、同心同德、顾全大局、勤俭节约、清正廉洁、励精图治、无私奉献，这些都是我们实施西部大开发战略中大力提倡的创业精神。这些精神的核心和精髓，就是邓小平同志一再倡导的解放思想、实事求是。以新的精神状态投入西部大开发，就要以邓小平理论为指导，进一步解放思想、实事求是，不断破除小富即安意识、盆地意识以及一切束缚生产力发展的陈旧观念。解放思想曾经是启动改革开放的"先导工程"，也应该成为启动西部大开发的"先导工程"。现在，全省上下十分关心的问题是，怎样缩小与东部和西部一些省市的差距？是按部就班，还是"追赶型""跨越式"发展？四川能不能隔几年上一个新台阶？要回答这些问题，有必要在全省开展一场广泛深入的解放思想的大讨论，以达到转变观念、统一思想认识、增强信心、振奋精神的目的。

西部大开发的号角已经吹响。值此世纪交替之际，素以大禹精神、李冰业绩自豪的巴蜀儿女，立即行动起来，以新的精神状态积极投入西部大开发的伟大创造与实践！

（《四川日报》2000年2月17日1版头条，此篇在2000年度四川省新闻奖评选中获评论特等奖）

在更高的起点上创新创业

——"创新创业需要什么样的政务环境"系列报道引出的思考

"滚滚长江东逝水，浪花淘尽英雄。"

发扬李冰治水的创新精神，重温诸葛亮治蜀的创业篇章，跨入新时期的开局之年，我们面前展现出一条迈向全面小康的人间正道。

人的价值在于创造价值，每个人都有创新创业的潜能。对于四川而言，8700多万人口的特殊省情，决定我们必须把人口压力转化为创新创业的动力。

用科学发展观指导发展，就业是民生之本，创业是就业之基，创新是创业之魂。用创新推动创业，用创业推动就业，在创新创业中实现人的自我价值，促进人的全面发展，推动社会全面进步。正是按照以人为本的发展思路，我省各地掀起了"能人办企业、干部创事业、百姓创家业"的创新创业热潮。我们为此感到无比振奋。以"创新创业需要什么样的政务环境"为题推出的系列报道，就在于形成这样一种共识：在更高的起点上推进创新创业。

更高的起点是什么？简而言之，就是我们目前面对的改革发展的关键时期。与20年前相比，创新创业的时代背景不同，内外环境不同，面临的机遇与挑战也不同，对创业者素质，对资金、技术、人才的配置，对政府的管理与服务，都提出了更高要求。

"善弈者谋势，善谋者致远。"顺势而为，一帆风顺，一路绿灯。

‖更高的起点蕴藏更大的机遇，关键是审时度势，抢占先机

对我们来说，21世纪头20年，是一个必须紧紧抓住并且可以大有作为的重要战略机遇期。在这一时期，我们要全面建设小康社会，人民群众的物质文化需求更趋多样化。特别是以信息科学和生命科学为代表的现代科技日新月异，为我们以信息化带动工业化、发挥后发优势提供了现实可能；社会主义市场经济体制的不断完善，为我们提供了良好的体制保障。所有这一切，既是创新创业的新起点，也是前所未有的新机遇。审时度势，抓住机遇，才能成为创新创业的时代英雄。

从全国看四川，更大的机遇还在于工业强省与新农村建设已形成互动之势。以城带乡，以工促农，必将引起城乡关系调整，使社会流动性增强，农民进城创新创业势不可当。特别是随着西部开发、东北振兴、中部崛起和东部率先的"雁阵"起飞，"川军"出川，"钱"途无量！

"物无不变，变无不通。"新机遇总是存在于瞬息万变、稍纵即逝的"变通"之中。大变革，大机遇，千载难逢。随机应变，以变应变，抢占先机，我们别无选择，使命如山！

‖更高起点需要更多的资金投入，关键是内外互动，合作竞争

在资金投入上，当前最紧迫的是改善融资环境，用活用好国内资金。目前，绝大多数创新创业者和中小企业很难从银行借到钱，也很难从股票市场融资。调查发现，创业者资金来源中80％来自个人家庭积蓄或家庭借款，许多民营企业往往因资金不足而陷入困境。因此，需要进一步深化金融体制改革，更多地发展地区性民营中小银行，相应地发展一些民营担保业和风险投

资基金，鼓励创新创业者借"鸡"生蛋。

既要眼睛向内，也要眼睛向外，既要"引进来"，也要"走出去"。特别是不能从"国内资金已不短缺"的判断，引出"我们不需要继续吸引外资"的结论。对于四川而言，任何时候，任何情况下，引进外来资金都是必要的。我们更看重的是，随着外资的引进，人力资本、技术开发与使用能力、国际市场开拓能力和客户资源、管理能力等，都会不请自来。

在更高的起点上创新创业，需要采取合作竞争的新思路，进一步提高利用外资的质量。我们应该鼓励更多的企业"走出去"，到省外海外拓展。冲出夔门，借"船"出海，与国际大型跨国公司进行合作竞争，"内资"与"外资"在互动中实现双赢，形成"你中有我，我中有你"的发展态势，我们走向国际市场的风险将会减小到最低程度。

更高的起点需要更多的核心技术，关键是自主创新，自主品牌

对创新创业而言，自主创新是核心竞争力。

真正的核心技术是买不来的。海尔集团和五粮液集团的成功之处，就在于它们的自主创新能力强，不仅掌握了核心技术，而且拥有一个价值连城的"金"字品牌。

在市场竞争中，创业者只要抓住了一个、两个或几个大的机遇，在几年十几年内做大做强一个企业并不难，难的是做大做强之后如何使它长盛不衰，这里就有一个自主创新能力问题。据权威调查，我国每年新生15万家民营企业，同时又倒闭10万家，有60％的民营企业在5年内破产，有85％在10年内倒闭，其平均年龄只有2.9年。缺乏拥有自主知识产权的核心技术和品牌，不能不说是其倒闭的一个重要原因。

从国际市场看，目前全球共有8.5万种品牌，其中90％以上被发达国家和新兴工业化国家所拥有。相比之下，我国只有万分之三的企业拥有自主知识产权，发明专利"含金量"不高。在我国拥有的 80 多万项专利成果中，能够得到转化的不足一成。在这方面，四川的差距很大，潜力也很大。

中小企业是孕育大企业的摇篮。当我们看到跨国公司"胜者全吃"的时候，千万别忘了它们也是从中小企业由小到大、滚动发展起来的。长远看，造就自主创新能力强的大企业靠什么？就是靠千千万万的中小企业。据统计，我国 65％的发明专利是由中小企业获得的，80％的新产品是由中小企业创造的。四川有一大批创新型的中小企业已经做大做强。彩虹集团、希望集团、通威集团的创新创业之路，就在我们身边！

更高的起点需要更多的人才，关键是人畅其流，才尽其用

创新创业需要什么样的人才？怎样吸引人才、留住人才、使用人才？

人往高处走。创新创业的起点越高，对人才的要求越高。高层次人才的培养和使用决定着一个企业创新创业的成败，代表着一个创业团队的水平。目前，我们最缺的是高级专业技术人才和管理人才。与资本在流动中增值一样，优秀人才总是向最容易实现自己价值的地方流动。我们要用大市场、大开放的观念看待人才流动，对高级人才采取来去自由的态度。"不求所有，但求所用；唯其所用，方能所有。"

在知识经济时代，比产业聚集更重要的是人才聚集，比世界 500 强企业在这个城市投资建厂更为重要的是来自全世界的优秀人才是否在这个城市安家落户。在人才聚集方面，北京、上海、深圳已经捷足先登，我们应该以成都为中心，以成德绵乐一条线上的高新技术开发区和经济开发区为依托，构筑集聚人才的"洼地""高地"，形成人才流动的"集散地"。

一流人才可以引进，而成千上万的技能人才却必须在当地培养。波及全国的"民工荒"实质是"技工荒"。政府、企业和教育部门应该形成合力，各尽所能，更多更快地培训高技能人才。

比人才的引进、培养更引人关注的是人才浪费。最近公布的《中国人才发展报告》指出，我国人才总体能力的发挥程度为 61.9%，与充分发挥的差距为 28.1%。许多地方和单位一方面喊没有人才，吸引不了人才，留不住人才；一方面真正有了人才，又不好好珍惜、爱护、使用。可见，我们的人才管理体制创新、用人机制创新还有很长的路要走！

更高的起点需要更好的政务环境，关键是转变职能，提高效率

话题回到政务环境上来。关键是政府要进一步转变职能，解决好"缺位""越位"和"不到位"的问题。就创新创业而言，总是成本越低越好，办事越快越好，竞争越公开公平公正越好。

政务环境的核心是商务环境。

2004 年，世界银行与国际金融公司联合进行了一项全世界范围的商务环境调查。世界银行 2005 年公布的调查结果表明，在参评的 155 个国家和地区中，中国排名第 91 位。有几个数据引人注目。例如，国内办一个企业要盖 13 个章，而发达国家平均只需盖 6.5 个章；国内办一个企业需要 48 天办好手续，发达国家平均只需 19.5 天；国内企业平均要缴 34 种税，发达国家是 16.9 种。还有融资的顺畅程度，还有对投资者的保护，还有法制环境，等等。我们的差距集中表现在一个"软"字。根本原因是政府管了许多不该管的事，却有许多该管的事没有管好。由此看来，新时期体制改革的核心是进一步理顺企业与政府、企业与社会、企业与企业的相互关系；改革的基本内容是进一步完善市场经济秩序，提升市场竞争的公平与有效性；改革的重点是深入推进劳动、资本、土地等要素的市场化配置。

走向市场，走向开放，走向创新，改革的方向不可逆转，发展的目标不可动摇。以制度创新推动自主创新，以全民创新推动全民创业，进而实现经济增长方式的根本转变，全面建设小康社会的路就在我们脚下！

人人可以成才，人人可以创新，人人可以创业。在"先富起来"的前一轮机遇面前，如果你错失了良机，切莫后悔，奋起直追，还有更大的机遇！如果你已经"先富起来"，切莫停步，富而思源，富而思进，还有更大的挑战！让我们与时俱进，与祖国一起发展，与人民携手致富，与社会共同进步！

"天行健，君子以自强不息。"

（《四川日报》2006年7月28日1版，此篇为"创新创业需要什么样的政务环境"系列报道的总结性评论，这组系列报道在第十七届中国新闻奖评选中获系列三等奖）

|松武按| 《创新创业需要什么样的政务环境》是笔者在"时政·评论"理论部精心策划的一次大型系列报道。这组系列报道在2006年4月12日《四川日报》改版之际推出，7月28日结束，历时3个月，采取专题讨论的方式，共推出20期，共见报59篇文章，约3.5万字。参与采写的记者共有20人，以陈露耘采写的《资阳市开展全民创业的深度调查》开篇，以笔者采写的署名评论员文章《在更高的起点上创新创业》收官。

7月30日，省委副书记、省长张中伟在7月28日《四川日报》1版刊登的评论员文章《在更高的起点上创新创业——"创新创业需要什么样的政务环境"系列报道引出的思考》旁作出批示："这篇述评很好，核心是改革创新，读后令人启发。感谢《四川日报》这一专题的系列报道，这对于促进政务环境改善，激励全省人民在更高的起点上创新创业，具有重要的现实意义。希望有更多更好的报道问世。"

实现新跨越的必由之路

——论"一二三产业互动、城乡经济相融"

省第八次党代会确定了今后五年推进四川发展新跨越的目标，催人奋进。在实施发展新跨越的富民强省战略过程中，省委、省政府全面贯彻"三个代表"重要思想，坚持与时俱进，勇于创新，在深入调查研究基础上，进一步提出了"一二三产业互动、城乡经济相融"的发展思路。对这个战略性思路，各地必须深刻认识，认真实践，在经济结构特别是区域经济和产业结构调整方面加快步伐。

站在跨越式发展和可持续发展的战略高度审视，"一二三产业互动、城乡经济相融"内涵深刻，颇有新意。无论是到珠江三角洲、长江三角洲等沿海发达地区考察，还是到成都平原和部分发展较快的丘陵地区、农业地区调研，都可以得到这样的启示：第一，一二三产业发展不能互相隔离，要统筹而行，联袂而动，二三产业要面向第一产业，形成合力，城乡经济两篇文章要一起做。第二，要以工业化带动农业产业化，特别是县域工业经济要带动农村种植业、养殖业发展，将优势产业做大做强做优，不断增强综合经济实力。第三，农业要实现跨越式发展，必须跳出农业抓农业，走出农村抓农村，着力推进工业化、城镇化，以城市带动农村，以二三产业拉动农业发展。第四，产业互动的主体是企业，城乡相融的切入点是市场，在市场的作用下，二三产业业主和民间资本、海外资本将成为未来城乡经济发展的强大推动力。第五，产业链是产业互动的载体，是城乡相融的桥梁，依托产业链的驱动，资金、人才、技术不请自来。可见，"一二三产业互动、城乡经济相融"是区域经济协调发展的实践经验，是推动四川发展新跨越的必由之路。

一二三产业互动是城乡经济相融的基础和途径。纵观世界各国实现现代化的进程，无不以工业化为核心，实质上是现代工业生产方式和工业化生活方式普遍扩散的过程。工业化过程中，伴随着手工业逐渐脱离农业而发展成为独立的工业产业，也伴随着农民脱离土地而成为工人，农村逐渐发展而成为城镇。随着工业化的实现，城镇化水平提高，城镇人口大量增加，第三产业长足发展，第一产业在国内生产总值中所占的比重逐渐降低，农民在总人口中所占的比重也日益减少。也就是说，正是一二三产业的互动，加快了工业化和城镇化进程，为现代化提供了坚实的物质基础。没有工业化就没有城镇化，也没有现代化。对于四川来说，我们与沿海发达地区的差距，实质上是工业化和城镇化的差距，主要表现在县域经济不强。因此，必须以县域经济为重点，推进三大产业互动，以工业化带动农业产业化，拉动农村经济快速发展，从而加速城镇化和现代化进程。

一二三产业互动的突破口和主攻方向是工业化。没有工业经济的支撑，就没有农业产业化的发展，也很难有三产业的繁荣。只有把工业做大做强，才能把产业和人口聚集起来，才能形成大市场。我省不少地方农业产业化进程缓慢，主要是工业化水平偏低，对农业产业化的推动力不强。因此，必须加快推进工业化，提升农业产业化，带动城镇化。特别是丘陵地区和农业地区，工业在国民经济中的份额偏低，还处于工业化初级阶段，要解决"吃饭问题"和"富民问题"，潜力在工业，依靠在工业，希望也在工业。

城乡经济相融，重点是农村融入城市，难点是农村劳动力向二三产业转移。只有减少农民，才能富裕农民，这是世界各国促进农业、农村发展的基本经验。当前，我省农民增收面临的最大困难，也恰恰是向二三产业和城镇转移农业劳动力所面临的困难。工业化与城镇化脱节，GDP中农业比重下降而农业中就业人员增加的巨大反差，正是抑制农民增收的巨大障碍。"三农"

问题的严峻性不仅在于农民来自农业的收入在减少,而且在于农民的就业很不充分,农村剩余劳动力太多。正是农村人增地减、乡镇企业就业困难的背景下,大批农民进城谋生势不可当。加速工业化、城镇化进程已刻不容缓。

工业化、城镇化、信息化的发展既相互促进,又相互制约。我国目前正处于工业化尚未完成,信息化已经到来的独特发展阶段,城镇化面临资金、人才、市场的刚性约束。四川的基础条件决定了我们不可能"三化"齐头并进,必须因地制宜,重点突破。工业基础薄弱,但农业有了一定积累的地方,应大力推动农业产业化进程,加快小城镇建设,不断增强小城镇在当地经济发展中的流动效应、聚集效应和扩散效应。特别是成都平原经济区,要充分发挥龙头企业、骨干产业和大中城市的辐射带动能力,在"一二三产业互动、城乡经济相融"的实践中起示范作用。

无论是一二三产业互动,还是城乡经济相融,都离不开市场的驱动和产业链的驱动。一二三产业业主和民间资本、海外资本投资兴办企业,完全是自主的市场经济行为,不仅要根据市场需求追求经济规模最大化,而且要根据产业链的深度和广度,追求经济效益最大化。依托产业链的驱动,才能把龙头企业、龙头产品—市场—基地紧紧连接在一起;也只有依托产业链的驱动,才能把产品销售半径变长,市场空间拓宽,才能把资金、人才、技术吸引到最需要的地方。

以市场为导向,以企业为主体,以产业链为载体,四川正成为工商资本、民间资本、海外资本投资的热土。各级政府应当抓住机遇、与时俱进、大胆创新、转变观念、转变职能、转变作风,为"一二三产业互动、城乡经济相融"创造良好的环境。

在互动中联动,在互动中相融,开放的四川必将在经济全球化和西部大开发的时代潮流中,实现发展新跨越。

(《四川日报》2002年9月16日1版头条,此篇在2002年四川新闻奖评选中获评论一等奖)

民营企业也要与时俱进

　　春节前夕，新希望集团董事长刘永好在接受记者采访时，谈到民营企业应对"入世"挑战的新举措，认为关键是练好"内功"，做好"加减乘除"。据刘永好先生阐释，"加"就是增强法制理念，按照更规范、更有秩序的市场模式搞好企业经营；"减"，就是减少他自己兼任的过多的企业管理职务，集中精力当好董事长；"乘"，就是将产品经营和资本经营有机结合，促进企业跨越式发展；"除"，就是排除家族式企业在内部管理上的种种弊端。

　　据刘永好先生透露，新希望集团今后将有两大新举措：第一，投资 1.4 亿元，建设锦江工业园乳品研发生产基地，进一步加大乳业整合力度；第二，注册资金 5.6 亿元，在上海成立投资公司，为乳业扩张筹措更多资金。

　　透过新希望集团新的发展举措，我们看到了，民营企业发展的广阔前景和新的发展理念，同时深切地感到民营企业也有一个与时俱进的问题。早在 2001 年 9 月采访新希望集团时，刘永好先生就向我介绍了新希望集团的发展理念：与祖国一起发展，与人民携手致富，与社会共同进步。听后，觉得很好，但又觉得还不够完善，我便建议他在三句话的前面加上四个字，就是"与时俱进"。刘永好先生当即表示认可。

　　民营企业为什么要坚持"与时俱进"呢？采访刘永好先生之前，我查阅了有关资料，发现了这样一个规律：国外家族企业的寿命，一般为 23 年左右，能延续至第三代的只有 15%。也就是说，家族企业不仅有一个如何做大

做强的问题，而且有一个如何长盛不衰的问题。在市场竞争中，只要抓住了一个、两个或几个大的机遇，在几年十几年内做大做强一个企业并不难，难的是做大做强之后如何使它长盛不衰，在激烈的市场竞争中立于不败之地，这里就有一个与时俱进的问题。

我们认为，民营企业的发展与国有企业的改革是互为依托、互相促进，在互动中联动、在互动中相融的。没有民营企业的发展，国有企业改革中分流出来的人往哪里走？没有民营企业的发展，国有企业改革中资产重组的钱从哪里来？没有民营企业的发展，农业产业化的"龙头"谁来舞？没有民营企业的发展，应对经济全球化严峻挑战的重担谁来挑？所以，必须毫不动摇地鼓励、支持和引导民营企业发展。改革开放以来，我省涌现了一大批民营企业的典型，比如通威集团、鼎天集团、拓普集团、国腾集团、禾嘉集团等，它们都是四川民营企业的骄傲。不过，对四川来说，民营企业起步较晚，特别是与东部沿海地区有较大差距，需要进一步加快发展。面对世界500强和国内大型企业的激烈竞争，四川的民营企业总体上仍然处于弱者地位。在这种情况下，四川的民营企业不进则退，只有坚持与时俱进，才能立于不败之地。

民营企业也要"与时俱进"，完全是民营企业自身发展的内在要求。今日中国的民营企业，普遍采用家庭家族拥有的形式，在企业内部的管理上广泛存在着家族制管理。这种企业模式在创业初期是很有成效的，但发展到一定规模后想进一步扩张，就不能不超越家族式的组织模式，实行产权多元化和经营管理社会化。现实生活中可以发现，许多家族企业发展到一定规模后，由于亲情关系的纠缠，家族规则往往不能或难以抑制家族成员的违规行为和内讧，因而造成企业的衰亡。所谓"成也家族，败也家族"，在国内外是有很多教训的。

在经济全球化背景下，随着现代化的推进，随着社会经济活动中的分工合作体系在一国和世界范围内的日益扩展，家族企业能否突破家族封闭的圈子，能否超越亲情裙带的社会网络交易而进入市场化的制度性交易，能否从非规范的管理向现代企业的科学化管理转化，不仅关系到一个企业的兴衰，而且关系到一个国家现代经济的发展。目前，中国的民营企业发展的核心问题，主要是如何有效地融合社会资本，如何有效地吸纳社会优秀人才。也就是说，民营企业要做大做强做长，不但要有自己的主导产品和主导产业，而且需要不断地扩张，不断地追加资本，不断地吸纳人才。这是民营企业长盛不衰的必由之路。

现在的问题是，对中国的民营企业而言，面临着一个十分紧迫也是难以逾越的障碍，那就是民营企业在社会上的企业形象和企业信用问题。你要融资，老百姓相信你吗？你要贷款，银行相信你吗？你想高薪聘用经营管理人才，别人相信你吗？你要与外商合资合作，别人相信你吗？信用是企业的生命，信用是企业的发展之本。在这方面，四川的民营企业还有很长的路要走，还要花很大的力气来树立自己的企业形象和企业信用。我们对民营企业提出与时俱进的希望，完全是为了民营企业自身的发展。

借用新希望集团的发展理念来表达我们的共同心愿：坚持与时俱进，与祖国一起发展，与人民携手共进，与社会共同进步。

（《四川日报》2003年3月9日1版，此篇在2003年四川新闻奖评选中获评论一等奖。此文作为《四川日报》在1版新推出的《天府·时评》栏目的开篇之作，首次采用了署名评论员的独特形式见报）

抓住民间投资战略机遇

——再论民营企业也要与时俱进

"王均瑶买机场了!"这是发生在羊年春天的一个标志性事件。

据报道,王均瑶是均瑶集团公司董事局主席,他创办的这家民营企业将用 5.5 亿元投资宜昌三峡机场,其中收购价格 3.5 亿元。早在 2002 年 8 月 18 日,均瑶集团便已占有东方航空武汉有限责任公司 18% 的股份,成为国内首家参股国有航空运输业的民营企业。

党的十六大召开后,过去想都不敢想的一些投资禁区逐步向中国的民营企业开放。春节前后,江苏、上海、四川相继宣布,将允许个人和民营企业投资市政公用事业建设。建设部有关人士说,2003 年我国将全面开放市政公用市场,允许国内各种资本和海外资金参与市政公用设施建设。由此看来,王均瑶买机场,标志着越来越多的投资禁区将向民间资本开放。省委书记张学忠说得好:"凡是国有经济退出的领域,凡是外商投资可进入的领域,都应允许非公有制经济合法有序地进入。"

现在的问题是,面对民间投资新一轮战略机遇,民营企业怎么办?关键是要紧紧地抓住这次难得的投资机遇,有效地吸纳和融合民间资金,尽快把民间资金转化为民营企业的资本,从而加快民营企业的扩张。

据报道,目前,我国民间金融资产达 10 万多亿元,我省去年年底金融机构储蓄存款余额为 6075 亿元,其中城乡居民储蓄存款余额为 3666 亿元,储蓄存差为 916 亿元。农村到省外务工人员汇回现金 247 亿元。这些数字表明，民间资金数量很大，投资空间广阔，民营企业如果能吸引更多的民间资金投入市场，转化为"资本"，不但能促进民营企业的跨越式发展，而且将对地方经济发展起到极大的推动作用。

资金匮乏一直是民营企业发展的一个瓶颈问题。过去，民营企业在发展过程中主要依赖民间借贷资金，只有很少的民营企业能够从金融机构通过贷款融资。有资料显示，我国民营企业通过银行贷款获得的资金仅占其发展资金的 15%，这与其对国民经济发展高达 60% 的贡献率是极不相称的。担保难、抵押难既是民营企业贷款难的主要表现，也是民营企业发展过程中的"先天性缺陷"。用金融机构的话说："不是金融机构不愿向民营企业融资，而是民营企业资信度偏低。"因为民营企业绝大多数是"小本经营"，大部分企业产品结构不合理，生产规模小，技术含量低，相当一部分企业停留在家族管理的低级阶段。在这种情况下，民营企业发展的资金来源在相当长一段时期主要是民间资金。也就是说，民间资金是民营企业扩张的主要推动力。谁能获得更多的民间投资，谁就能获得更大的发展空间。

民间资金转化为民间资本，民营企业是主要载体。民营企业最大的优势在于"老板"到位，产权明晰，机制灵活，适应市场能力强，对民间资金具有很大的吸引力。改革开放以来，我省一批民营企业正是由于充分利用了民间资金，才实现了从"小本经营"到"跨国经营"的跨越式发展。希望集团、通威集团、托普集团等民营企业都是这样走过来的。

民营企业吸纳民间资金的途径很多，从资本转化的角度观察，主要有合作投资、资产重组、股权转让和上市融资等形式。

无论采取哪种形式，都需要民营企业把自己的优质资产和部分产权拿出来，转让给民间投资者，实行资产社会化或部分资产社会化。目前，四川已有新希望集团、禾嘉集团等民营企业通过公开发行股票并在沪深股市上市，转制为公众公司，从资本市场获得比较充裕的民间资本。特别是新希望集团，通过股票上市和参股民生银行，为企业扩张筹措了大量资金，不仅在饲料、

金融、房地产和电子信息产业中培育起新的增长点，而且在乳业方面迅速做大做强，抢占了制高点。自 2001 年 11 月收购阳坪乳业以来，新希望集团以资本开路，短短一年之间便拿下四川华西、云南蝶泉等 11 家乳业企业，总资产达 12 亿元，初步形成年产 30 万吨液态奶生产能力，已成为中国南方仅次于光明乳业的第二大乳业联合体。其扩张速度之快，动用资金之多，令人惊叹！

　　当前，我国民营企业进入国际市场，面临的最大挑战之一是品牌缺乏知名度。然而支撑品牌的，绝非纽约时代广场上的一两块广告牌，而是年营业额、市场份额、利润、增长率等一系列硬指标。对比一下世界 500 强企业和中国 500 强企业的各项经营指标，四川的民营企业走向跨国经营，还有很长的路要走。比肩国际大公司，刘永好也自认是"小学生"，其他民营企业还有什么理由不加速扩张呢？

　　民营企业与民间资本，就好比"鸡"与"蛋"一样，是一种互动关系。在"鸡生蛋"与"蛋生鸡"的互动中，民营企业和民间资本都能产生一种指数效应，可以实现跨越式增长。在经济全球化的背景下，凡是对外资开放的投资领域都将陆续对我国民间资本开放，民间投资的战略机遇已经来临。该是借"鸡"生蛋的时候了，让我们紧紧地抓住这次投资机遇吧！

（《四川日报》2003 年 3 月 10 日 1 版）

自我超越：从企业主到企业家

——三论民营企业也要与时俱进

据报道，由中央统战部、全国工商联、中国民（私）营经济研究会联合组织的第五次全国民营企业抽样调查表明，中国的民营企业主大多数"生在新中国，长在红旗下"。被调查的 3250 多户民营企业中，企业主的平均年龄为 42.9 岁，其中 30 岁至 49 岁之间的占 70％以上。他们的企业大多是在党的改革开放政策指引下创办起来的，最初的职业以务农农民和专业技术人员为主。

值得注意的是，这次调查中所称的民营企业主，也就是我们常说的"老板"，他们是民营企业的主要投资者和产权所有者，不一定是经营管理者。因为民营企业主既可以直接经营管理企业，也可以聘请别人经营管理企业，被聘请的企业管理人员（如总经理）虽然也是"打工仔"，但他们往往是以经营管理企业为职业的企业家。也就是说，企业主与企业家是两种不同身份的人。

民营企业要与时俱进，最难的是企业主的自我超越。特别是对于家族式民营企业的"老板"而言，既要使自己努力成为一个会经营、懂管理的现代企业家，又要自觉地克服家族式管理弊端，从企业的直接经营者和管理者逐步成长为战略决策人和投资人，尽可能使企业所有权与经营权分离。这种身份和角色的变化，就是企业主向企业家的自我超越。

企业主的自我超越是民营企业与时俱进的原动力。据调查，中关村注册

的企业有 6000 家，寿命已经超过 8 年的不到 3%。在中国高新技术企业方队中，与联想同期起家的有很多，但是许多企业都没有走到今天。比较著名的有巨人集团、四通集团……当初的名气比联想还大。而联想则在中关村站稳脚跟、步步壮大，如今成为中国计算机市场"大哥大"，其原因除了经营发展战略决策正确外，就是选择了一条"贸、工、技"的发展道路。从根本上讲，联想有一个善于决策、勇于创新的好企业家柳传志，有一支素质很高的创业团队。巨人集团、四通集团则没有这么幸运！再联想到比尔·盖茨与微软、倪润峰与长虹、张瑞敏与海尔，我们不能不承认，企业家是一种特殊的人才，他们的行为以"创新"为特有目的，他们的素质可以决定一个企业的走向；企业家精神也是一种重要的生产要素，是一个企业与时俱进的源泉！一个没有企业家的企业是不可能做大、做强、做长的。

企业主的自我超越本身就是一段与时俱进的人生旅程。从"打工仔""工程师"到企业主，再从企业主到企业家，绝不是像"孙猴子"那样摇身一变就能实现的。除了文化素质的提高、管理经验的积累和决策能力的锻炼，更重要的是思想观念创新和人格修养提升。尽管我们的企业主大多"生在新中国，长在红旗下"，都是中国特色社会主义事业的建设者，但从思想观念创新和人格修养提升的角度看，企业主的自我超越还有很长的路要走。目前，最重要的是富而思源、富而思进、勇于创新。创业没有止境，创新也没有止境。在经济全球化背景下，市场竞争的规律是以大吃小，以快吃慢。我国的民营企业更应该有一种不进则退的危机感和跨越式发展的使命感。柳传志在巨大的成功中已感受到联想的危机：企业核心技术和核心竞争力的缺乏，导致联想也开始做集成了。刘永好已经是"亿万富翁"了，至今仍在追求事业上的成功。相比之下，牟其中的教训，则不能不令人叹息！

对于民营企业而言，"老板"可以不是企业家，但一定要容得下企业家，留得住人才。任何一个民营企业向外扩张时，面临的最大挑战之一，就是人才问题。要找到足够数量的有丰富经验的经营管理人才，绝非易事；要找到足够数量的专业技术人才，绝非易事；要找到足够数量的熟练工人，也绝非易事。在人才竞争国际化的背景下,中国的民营企业靠什么去与国际大公司争夺人才呢?除了按劳取酬、高薪聘用等条件外,最重要的是企业主的人格魅力和企业主对劳动、知识、人才的尊重!"士为知己者死!"关键是看你有没有"养士"的君子胸怀,有没有刘邦和李世民那种"王者"气概。

还有一些思想观念的养成,如财富观念、法制观念、诚信观念等,都是企业主的自我超越不可缺少的环节。没有正确的财富观念,既可能把"钱"看得太轻,花钱如流水,也可能把"钱"看得太重,一毛不拔,最终都会富而忘本,为"钱"所害;没有正确的法制观念,就会无法无天,见利忘义,为富不仁,甚至走上违法犯罪道路;没有诚信观念,就会言而无信,失去别人的信任,在市场竞争中处于必败之地。

企业是有生命的。中国人习惯于把企业的经营称为"生意",把经营企业的人称为"生意人",把为什么做生意、怎样做生意的学问称为"生意经"。如果把企业主的"生意经"与中国人"修身、齐家、治国、平天下"的优良传统联系起来,我们感到:坚持与时俱进,与祖国一起发展,与人民携手共进,与社会共同进步,正是中国民营企业发展的方向!

只有超越自我,才能超越别人!

只有超越别人,才能走向卓越!

（《四川日报》2003 年 3 月 18 日 1 版）

新农村建设"新"在哪里

——论用科学发展观指导社会主义新农村建设

| 编者按 | 为深入宣传中央和省委一号文件，扎实推进社会主义新农村建设，本报从即日起以"论用科学发展观指导社会主义新农村建设"为主题，集中推出8篇署名评论员文章，对新农村建设中具有普遍意义的重大问题、战略思路进行评析，从不同的角度深入阐述科学发展观对新农村建设的指导意义，进一步把广大干部群众的思想统一到中央和省委的思路上来。敬请垂注。

春风送暖，万象更新。站在新的历史起点，社会主义新农村建设如春潮涌动，激发四川前所未有的创新创业激情。

发展的先导在理念，理念的创新在实践。"社会主义新农村"这一概念，早在20世纪50年代就提出过。党的十六届五中全会再次提出新农村建设，则是在科学发展观指导下，把它作为现代化建设的重大战略任务，使它的内涵更丰富，目标更全面，思路更完整，升华到一个新境界！

新农村建设，与我们党关于农业和农村工作的战略思想既一脉相承又与时俱进，具有鲜明的时代特征。

新农村建设，是新时期新阶段落实科学发展观的客观要求和必然选择。

新农村建设"新"在哪里？

▌新的趋向： 工业反哺农业

"新的趋向"，也是新的国情。胡锦涛同志在党的十六届四中全会上提出了"两个趋向"的重要论断，即：在工业化初始阶段，农业支持工业、为工业提供积累是带有普遍性的趋向；但在工业化达到相当程度后，工业反哺农业、城市支持农村，实现工业与农业、城市与农村协调发展，也是带有普遍性的趋向。"两个趋向"的重要论断，从全局和战略高度提出了解决"三农"问题的指导思想，确定了新农村建设的历史方位和基本方略。

还有一个新的背景至关重要。改革开放以来，一个13亿人口的农业大国成功推进了市场化改革和工业化进程，国家的经济实力、综合国力和国际地位显著提高，我国现在总体上已到了以工促农、以城带乡的发展阶段。2005年，我国人均GDP为1700美元，第一产业占GDP比重下降到12.4%，人口城镇化率达43%。正是在这种背景下，国家财政用于解决"三农"问题的投入逐年增加，今年又在全国取消农业税，新农村建设在现代化全局中的位置更加突出。

审时度势，四川正从工业化初期向中期发展迈进，统筹城乡发展、改变城乡二元结构的条件日渐具备。新农村建设正当其时，刻不容缓！

▌新的目标： 走向现代文明

中央对新农村建设提出了"生产发展，生活宽裕，乡风文明，村容整洁，管理民主"的总要求，涵盖了"三农"工作方方面面，是科学发展观和现代化建设"四位一体"总体布局在农村的具体体现。

建设新农村，第一要务是发展经济，着眼点是发展现代农业。现在，农业的基础地位和战略使命，主要表现在确保粮食安全。需要注意的是，比稳定粮食种植面积更重要的是调整种植结构，比"谁来养活中国"更令人担心的是"谷贱伤农"。数亿人的消费结构在变化，水产品、蔬菜、奶制品大量增产，使城市人均年消费粮食从20年前的150公斤下降到今天的不到80公斤。也就是说，粮食安全的最大威胁是"谷贱伤农"，而不是退耕还林还草。

新阶段，农业的基础地位和战略使命还表现在为工业发展提供市场需求。比农业生产更重要的是农产品深度加工和市场营销；比资金投入更重要的是科技投入和人才投入；比基础设施建设更重要的是转变增长方式，创新发展模式，提高农业生产的组织化水平和市场化程度。以市场为导向，以效益为中心，以产业链为依托，四川的新农村建设将与"工业强省"互动，共同走向现代文明。

现代文明是一种生产方式，也是一种生活方式。生活宽裕，乡风文明，村容整洁，管理民主，无一不是现代文明的价值取向。

‖新的思路：农民增收是核心

"三农"问题的核心是农民问题。用科学发展观指导新农村建设，必须坚持以人为本，把农民增收放在第一位。

构建和谐社会，应从最不和谐处着手。当前最不和谐的因素，莫过于城乡收入差距越来越大。2005年我国城乡居民收入比达到3.22：1，绝对额相差7328元。我省农民收入水平低于全国，农村贫困面大，贫困程度深，绝对贫困人口还有194万人。目前，影响社会安定和谐的因素很多，但涉农问题最突出，农民行路难、饮水难、上学难、就医难。这些问题不认真加以解决，就会严重影响社会稳定。

农民收入低，还会导致城乡消费链中断。全国农村消费品零售总额占全社会消费品零售总额的比重，由 1980 年的 65.7％下降到去年的 32.9％，城乡居民消费水平至少相差 10 年以上。我省 2/3 的农民，只占有不到 1/3 的市场消费份额。只有农民的收入提高了，才能从根本上启动农村市场，从而带动内需和消费。

就业是增收之本。农民增收难的主要原因是农村剩余劳动力太多，不少农民长期处于隐形失业状态。最重要的是给农民提供更多就业机会，拓宽农业内部的"容人之道"，拓展二三产业的就业空间，广开进城务工经商的转移渠道。目前，农民的纯收入中，家庭经营收入比重越来越小，到二三产业就业的工资性收入比重越来越大，进城务工经商已成为农民增收主渠道。

人往城里走，钱从打工来。进城打工，机会均等，关键是看你有没有与城里人一比高低的技能。因此，根本问题是提高农民的素质。

▎新的机制：城乡统筹贵在互动

建设新农村，根本途径是城乡统筹。这里既有一个体制问题，也有一个机制问题，需要"市场之手"与"政府之手"互动。

"三农"问题的根本原因是过去实行计划经济体制形成的城乡二元结构。改革开放以来，解决了一部分"城乡分治"的问题，但涉及城乡关系深层的利益格局，如户口、就业、社会保障等体制性问题至今没有解决。最突出的就是"民工潮""民工荒"和"农民工体制"。目前，我国加工制造业、建筑业和服务业的从业人员中，农民工已分别占 68％、80％和 50％。失地农民安置、农村医疗保障和社会保障等方面也存在体制性障碍。

一个社会主义市场经济体制的国家不能只在城市实行市场经济体制，应该在城乡统筹中逐步实行城乡一体化的市场经济体制。关键是进一步深化农村改革，加快改革城乡二元结构体制，让城乡人民共享发展成果。当务之急是全面推进农村综合配套改革，建立新农村建设的投入保障机制。

统筹城乡发展，要充分发挥市场配置资源的基础性作用，也要更好地发挥政府的协调作用。城乡统筹的关键是，工业要反哺，城市要支持，企业要带动，社会要帮扶，建立以工促农、以城带乡的长效机制。

建设新农村，没有旁观者，没有"样板工程"！

建设新农村，贵在求实，贵在创新！

让我们用科学发展观指导新农村建设，创新体制机制，再创中国农民走向全面小康的"中国奇迹"！

（《四川日报》2006 年 4 月 10 日 1 版，此篇为"论用科学发展观指导社会主义新农村建设"大型系列评论文章的开篇之作。该系列评论文章在 2006 年四川新闻奖评选中获评论一等奖）

发展的先导在理念

——论用科学发展观推进四川新跨越

|编者按| 科学发展观进一步指明了新世纪新阶段我国现代化建设的发展道路、发展模式和发展战略，是全面建设小康社会的根本指导方针。牢固树立和认真落实科学发展观，自觉用科学发展观推进四川发展新跨越，是全省干部群众面临的重要任务。为此，本报从今日起围绕"用科学发展观推进四川新跨越"刊出系列评论，即"发展的先导在理念""发展的关键在统筹""发展的动力在市场""发展的活力在机制""发展的支点在资本""发展的重心在'三农'""发展的根本在人才""发展的机遇在开放""发展的环境在政府""发展的力量在群众"，最后发表评论员文章《弘扬求真务实精神，全面落实科学发展观》。敬请垂注。

刚刚闭幕的省十届人大二次会议和省政协九届二次会议形成一种共识：用科学发展观推进四川新跨越。省委书记张学忠在省政协九届二次会议闭幕会上发表的重要讲话，对加快四川发展新跨越等问题进行了全面阐述，使我们的视野更加宽广、思路更加清晰、重点更加明确。全省广大干部群众要把思想和行动统一到科学发展观上来，进一步解放思想、转变观念，以与时俱

进的精神状态和求真务实的作风，大力推进四川发展新跨越。

所谓科学发展观，就是用科学的世界观和方法论来看待和解决为什么要发展、为谁发展、怎样发展的问题。党的十六届三中全会通过的《中共中央关于完善社会主义市场经济体制若干问题的决定》明确指出，要"坚持以人为本，树立全面、协调、可持续的发展观，促进经济社会和人的全面发展"。科学发展观的基本内涵，就是要按照统筹城乡发展、统筹区域发展、统筹经济社会发展、统筹人与自然和谐发展、统筹国内发展和对外开放的要求，进一步推进改革和发展，更大程度地发挥市场在资源配置中的基础性作用，为全面建设小康社会提供强有力的体制保障。科学发展观的实质，就是要抓住和用好战略机遇期，实现经济社会更快更好地发展。

发展的先导在理念，理念的创新在实践。科学发展观是全面建设小康社会实践的升华。按照十六大确定的目标，全面建设小康社会的"全面"，主要有三层含义：第一，发展目标上的"全面"，也就是要实现包括经济、政治、文化和可持续发展在内的四大战略目标，达到经济更加发展、民主更加健全、科技更加进步、文化更加繁荣、社会更加和谐、人民生活更加殷实。第二，实现途径上的"全面"，既要从区域上全面推进，最重要的是东中西部协调发展，也包括社会力量的全面动员和组织，特别是全面提高人的素质。第三，制度保障上的"全面"，全面推进经济体制改革、政治体制改革、文化体制改革、教育体制改革、科技体制改革以及其他方面的一系列体制改革，从根本上消除束缚生产力发展的体制性障碍。正是全面小康的宏伟目标，要求我们必须在经济增长基础上实现经济和社会的全面协调发展，在人与自然相和谐中实现可持续发展，这就是十六届三中全会提出的"五个统筹"。在这里，"统筹"二字极为重要：既不是片面地照顾某一方的利益，也不是搞平均主义，而是既承认差别，又照顾方方面面的利益。同时，还要把坚持统筹兼顾方针，同坚持社会主义市场经济体制的改革方向、坚持尊重群众的首创精神、坚持正确处理改革发展稳定的关系、坚持以人为本联系起来，这就是"五个坚持"，以此来完善社会主义市场经济体制。从"计划经济"到"市场经济"，从"两个文明"到"三个文明",从"基本小康"到"全面小康",从发展是硬道理到全面、协调、可持续的发展观,我们党善于在解放思想中统一思想,对发展的认识越来越全面、越来越深刻、越来越科学。发展的实践丰富着发展的理论,发展的理论指导着发展的实践。

用科学发展观推进四川新跨越,需要强化机遇理念。四川是地处西部内陆的经济欠发达地区,从"基本小康"到"全面小康"还有很长的路要走。适应发展战略的重大调整和变化,当前,关键是要把加快发展作为富民强省的第一要务,紧紧抓住西部大开发的历史机遇,始终坚持以经济建设为中心,选准发展重点和突破口。实施追赶型跨越式发展战略,是四川在低水平的不平衡发展中走向全面小康的必由之路。

用科学发展观推进四川新跨越,需要强化统筹理念。就四川而言,"五个统筹"中统筹城乡发展和解决"三农"问题是重中之重。农业产业化、工业化、城镇化是统筹城乡发展的结合点。在这方面,还有许多焦点、难点问题没有解决,迫切需要进一步转变观念,通过体制创新和机制创新,在改变城乡二元经济结构上取得新突破。

用科学发展观推进四川新跨越,需要强化市场理念。必须充分发挥市场配置资源的基础性作用,全方位多领域深层次推进"三个转变"。发展的动力在市场,活力在机制。"三个转变"的核心就是资源的市场化配置。要把市场需求作为推进"三个转变"的内驱力,进一步拓展"三个转变"的领域,让市场配置资源的基础性作用更好发挥,让一切生产要素的活力竞相迸发,让一切创造财富的源泉充分涌流。在这方面,我们与沿海发达地区相比,还有很大的差距,也有很大的潜力。

用科学发展观推进四川新跨越,需要强化协调理念。面对与东部地区日益扩大的差距,四川要跨越的不只是人均GDP实现1000美元这道"坎",还必须在物质文明、政治文明、精神文明的协调发展中取得新突破。要正确处理当前与长远、局部与全局、政府与市场、社会公平与社会保障的关系;正确处理经济建设、人口增长与资源利用、生态环境保护的关系。对于四川来

说，当前要注意处理好内需与外需、利用外资与利用内资的关系，充分利用国内外两个市场、两种资源。

用科学发展观推进四川新跨越，需要强化人本理念。要正确处理好坚持以人为本与执政为民的关系，把人民的利益作为一切工作的出发点和落脚点，把关心人、尊重人、解放人、发展人作为经济社会发展的目的，不断满足人们多方面的需求和实现人的全面发展。同时，牢固树立人才资源是第一资源、人人皆可成才、人才存在于人民群众之中的人才观。

实践基础上的理论创新是社会发展和变革的先导。发展是一个系统工程，不仅应尊重经济规律，还应尊重社会规律和自然规律。在发展问题上，无论是发展理论的创新，还是对发展规律的把握，四川的广大干部群众都有一个与时俱进的思想解放问题，也有一个弘扬求真务实精神的工作作风问题。发展没有止境，实践没有止境，创新也没有止境。让我们在理论与实践的结合上，自觉地用科学发展观推进四川新跨越，为实现全面建设小康社会的宏伟目标而努力奋斗。

（《四川日报》2004年3月1日1版头条）

|松武按| 《发展的先导在理念》为"时政·评论"理论部策划的"用科学发展观推进四川新跨越"系列评论的开篇之作。3月29日，省委副书记陶武先在《四川日报》编委会上报的系列评论汇报材料上批示："这组系列评论，从发表时间看，属及时跟进；从内容分解看，称精心设计。这种'用心谋事，勤奋干事'的态度和做法，应当在我省新闻媒体中发扬、光大。"这组系列评论文章在2004年四川新闻奖评选中获评论一等奖。

与时俱进看诚信

时下，"共铸诚信，从我做起"已成为全社会的共识。在实践过程中，有一个问题值得思考：诚信建设如何做到与时俱进？

所谓"诚信"，按现在的解释，诚，即真诚、诚实；信，即守承诺、讲信用。诚信的基本内涵是守诺、践约、勿欺。党的十六大把"诚实守信"作为思想道德建设的重点，认为诚信是公民道德的一个基本范畴，使我们对诚信的认识从个人道德上升到公民道德的层面。十六届三中全会提出以人为本的科学发展观，明确把建立社会信用制度作为建设现代市场体系的必要条件和规范市场经济秩序的治本之策，认为社会信用制度要"以道德为支撑、产权为基础、法律为保障"，使我们对诚信的认识从伦理道德范畴提升到制度建设的层面。

孔子两千多年前讲的"诚信"，主要是指"君子"具有的人品和个人美德。尽管后来的儒家打破"君子"与"小人"的界限，把"诚信"的对象扩大了，但也仍然停留在个人修养的层面。正是时代的进步赋予诚信这一传统美德日益丰富的时代内容，推动诚信观念的不断更新。从传统美德到公民道德，从道德建设到制度建设，现在的诚信建设是一个全方位、多层次的系统工程，体现了物质文明、政治文明、精神文明协调发展的根本要求。如今，诚信不仅是一种言行，更是一种责任；不仅是一种道义，更是一种准则；不仅是一种声誉，更是一种资源。就个人而言，诚信是高尚的人格力量；就企

业而言，诚信是宝贵的无形资产；就社会而言，诚信是正常的生产生活秩序；就国家而言，诚信是安全的投资环境、良好的国际形象。

用与时俱进的观点看诚信建设，这个系统工程主要有三个环节：

第一个环节：公民诚信。

对于公民而言，无论男女老少，只要你生活在社会中，就要遵循社会交往的规则，有章必循，有诺必践，以诚信立业，以诚信立身。否则，你就会被大多数人不信任，自己把自己孤立起来，失去立身之本，没有立足之地。弄虚作假，坑蒙拐骗，可逞一时之快，得一时之利，一旦败露定会身败名裂。对一个有责任感的公民来说，只有诚实劳动才能走向成功，即使因诚信而一时吃了亏，也不能背信弃义、随波逐流。自己的诚信是自己的人品和人格，最重要的是要从我做起，堂堂正正做人，老老实实做事，坦坦荡荡生活。

第二个环节：企业诚信。

市场经济是法制经济，也是信用经济。从现代社会看，市场不仅具有作为实际的特定的买卖场所的功能，更有一套法律规则和道德伦理体系。现代信用制度实际上就是建立在诚信基础上的契约关系，有诺必践，违约必究，市场经济才能正常运转。企业是市场经济的主体，也是社会诚信的主体，企业信用度越高，企业的经济活动就越顺畅；信用度越低，经济活动就越困难。在信用制度下，企业的信用是一种资源，也是宝贵的无形资产，没有钱，企业可以凭自己的诚信在银行贷款；没有人，企业可以凭自己的诚信去劳务市场招聘。"信用是本，无信不兴"。信誉是企业的生命，诚信是最好的竞争手段。

第三个环节：政府诚信。

诚信建设要靠教育，更要靠法制，二者都是政府应该做的事。对政府来说，执政为民首先要取信于民，这里既有一个公开公平公正、亲民爱民为民和求真务实的作风问题，也有一个依法行政、违法必究的法治问题。更何况共铸诚信，群众需要榜样，社会需要引导，不能没有领导干部、领导机关和政府部门的表率作用。在全社会的诚信中，政府的诚信是最大的诚信。

正是公民诚信、企业诚信、政府诚信共同铸起环环相扣的"诚信长城"。其中,公民诚信主要是精神文明建设的重要内容,是社会诚信的基础;企业诚信面临物质文明建设与精神文明建设的双重目标,是社会诚信的载体,更是信用制度的主体;政府诚信是社会诚信的龙头,在物质文明、政治文明、精神文明协调发展中发挥领导和表率作用。公民诚信重在实践,贵在积累,也容易收到实效,已引起广泛关注。相比之下,企业诚信面临市场竞争和赚钱的压力,要困难得多,也复杂得多,目前还没有引起足够重视。至于政府诚信,则受到名、利、权的多种考验,涉及党风廉政、民主法制等一系列政治文明建设问题,就要更复杂一些,还有很长的路要走。

让我们与时俱进,求真务实,真正把诚信作为全方位、全局性的民心工程来抓,共同铸起"诚信长城"!

（《四川日报》2004 年 3 月 22 日 2 版头条）

科学发展观并不否定 GDP

　　前不久，省委书记张学忠在市厅级主要领导干部树立和落实科学发展观专题研究班谈到 GDP 问题时，特别强调要科学对待 GDP，既不能把 GDP 增长作为唯一目的，也不能简单地否定 GDP。这是用与时俱进的观点和求真务实的精神理性对待 GDP 的正确态度，应该引起我们高度重视。

　　所谓 GDP，也就是人们常说的"国内生产总值"，是一个国家或地区在一定时期内生产活动的最终成果，是目前世界通用的最重要的宏观经济指标和核算模式。目前，世界各国判断宏观经济运行状况主要有三个指标：经济增长率、通货膨胀率和失业率。这三个指标都与 GDP 有着十分密切的联系。经济增长率就是 GDP 增长率，是宏观经济运行最核心、最基本的内容；通货膨胀率一般是用国内生产总值缩减指数或居民消费价格指数来衡量的；失业率与经济增长率之间也有密切的联系，通过经济增长率可以对失业率进行大致的判断，如现在我国 GDP 每增长一个百分点，就会相应拉动 80 多万人就业。1985 年以来，我国宏观经济管理部门一直把 GDP 核算作为了解经济运行状况的重要手段。在现有的国际通用的宏观经济考核制度下，一个国家的 GDP 不仅与该国承担的国际义务、享受的优惠待遇等密切相关，而且是一个国家的经济实力和综合国力的重要标志。如果没有 GDP 这样的总量指标，我们将很难判断经济是在萎缩还是在膨胀、是需要刺激还是需要控制、是处于严重衰退还是处于通胀威胁之中，我们的经济发展将陷入盲目的失控状态。

科学发展观并不否定 GDP，是因为科学发展观是用来指导发展的，不能离开发展这个主题。发展，首先要抓好经济发展，必须始终坚持以经济建设为中心。没有 GDP 的持续稳定增长，就谈不上发展。全面建设小康社会的宏伟目标和现代化建设第三步战略目标的实现，也在很大程度上要靠 GDP 的持续快速增长。尽管去年我国人均 GDP 已经突破 1000 美元，但在世界的排位仍在 100 位之后，发展不够的问题特别突出；尽管四川去年 GDP 增速达到 11.8％，创 10 年来新高，但仍然低于浙江、广东、江苏、山东等沿海发达地区和西部的宁夏、青海等省区，加快经济发展的要求尤为迫切。对于四川来说，我们现在达到的小康还是低水平的、不全面的、发展很不平衡的小康，我们的人均 GDP 只相当于全国人均水平的三分之二，我省经济社会中的一些深层次矛盾和问题的产生主要是因为经济发展不够、"蛋糕"不大、投入不足。解决我们面临的诸多问题只有靠加快经济发展，离开了经济发展一切都无从谈起。

科学发展观并不否定 GDP，核心是要在 GDP 前增加"绿色"二字，关键是要把 GDP 放在以人为本、统筹协调、可持续发展的适当位置上。GDP 产生于第二次世界大战之后，逐渐被世界各国所采用。当时，经济发展对资源的消耗和对环境的影响没有现在这么严重，可持续发展的观点还没有提出来。因此，目前通用的各种 GDP 核算指标与方法都是以物为中心的，从中只能看出经济产出总量或经济总收入的情况，却看不出经济增长背后的环境污染和生态破坏，看不出经济增长背后的贫富差距和人们的福利状况。实践证明，这种以物为中心的单纯追求 GDP 增长为目标的发展观带来了部分国家和地区一时的经济繁荣和财富增长，也导致了严重的"失业病""污染病""城市病"等社会问题。面对严重的社会危机和生态环境危机，人们越来越深刻地认识到：GDP 的增长并不简单地等同于发展，如果单纯追求扩大数量、单纯追求速度，而不重视质量效益，忽视政治文明、精神文明建设，忽视社会各项事业的全面进步和人的全面发展，这样的发展不仅是负面的，也是不可持续的。正是在这样一种时代背景下，国内外许多专家学者针对 GDP 统计存在的明显

缺陷，提出了绿色 GDP 的新观念，主张在核算国内生产总值时扣除经济活动中投入的环境成本。可见，绿色 GDP 是对 GDP 的一种调整完善，绝不是对 GDP 的全面否定。绿色 GDP 建立在以人为本、统筹协调、可持续发展的观念之上，代表着一种新的发展观与政绩观。

现在的问题是，从 GDP 到绿色 GDP 还有很长的路要走，目前还面临许多技术、观念和制度的障碍。尽管 GDP 有种种局限，但它仍然是全世界通用的最重要的宏观经济指标。在这种情况下，有 GDP 的增长不一定有经济社会的发展，但有经济社会的发展一定要有 GDP 的增长。我们只能逐步丰富完善经济核算指标，弥补 GDP 指标的不足，决不能忽视 GDP 的增长，更不能丝毫放松经济发展。借用马克思当年打的一个比方，如果可以把 GDP 看成一个"婴儿"的话，我们为这个"婴儿"洗澡时，千万别把她与污水一起倒掉！

（《四川日报》2004 年 5 月 9 日 1 版，此篇获四川新闻奖二等奖）

食品价格调控要有新思路

民生为本，以食为天。一个"米袋子"，一个"菜篮子"，一头连着农村，一头连着城市，时时刻刻牵动党心民心。

入秋以来，成都市农贸市场蔬菜价格不断攀升。政府加强调控见成效，猪肉价格连续两个月小幅回落，多数蔬菜价格有所下降，粮食价格基本稳定，市民心态趋于平和。元旦、春节即将到来，城乡居民担心猪肉价格会不会反弹，盼望"米袋子""菜篮子"能不能再"轻"一点？

从四川看全国，食品价格持续上涨已成为推动居民消费价格指数（CPI）上涨的主要原因。当前CPI体系中，农副产品价格权重占33％，农副产品价格稍有上扬或有异常波动，在CPI上的反映就十分明显。国家统计局发布的信息表明，10月份全国CPI涨幅再次回升，达到6.5％，已连续3个月创10年新高。分析10月份CPI反弹的原因，主要是季节变化鲜菜价格上涨较快以及入秋以来猪肉价格暴涨，从而推动食品价格上涨17.6％。面对经济增长偏快和CPI快速攀升的双重压力，11月27日中央政治局召开会议，提出明年宏观调控的首要任务是"两防"，即防止经济增长由偏快转为过热，防止价格由结构性上涨演变为明显通货膨胀。对此，我们一定要高度重视，结合我省实际，从加强食品价格调控入手，把中央提出的"两防"目标落在实处。

从"两防"目标看食品价格调控，当务之急是认真总结食品价格调控得失，进一步转变调控思路，增强食品价格调控的预见性、前瞻性和长效性。

去年下半年以来，各地粮油肉蛋轮番涨价，暴露出我们在食品价格调控方面存在的思想观念问题和体制机制问题。与改革开放初期城乡分割状态下的食品短缺调控不同，现在的农业发展水平不一样，经济社会背景不一样，市场条件不一样，食品价格调控思路和措施也应该不一样。应该看到，我们总体上已经进入"以工补农、以城带乡"的新阶段，农业连续四年丰收，当前食品价格上涨是在粮食供求关系没有明显失衡的背景下出现的，是国内外多种因素综合作用的结果。对于"米袋子"问题，我们在未来调控中既要重视城市消费者的承受力，也要重视保证农民的正常利益，进一步强化政府在粮食生产和流通领域的调控作用，充分体现"以工补农、以城带乡"的新趋向。对于"菜篮子"问题，政府要改变过去"重消费、轻生产"的调控模式，不但要提高对分散自发的市场流通体系的调控能力，而且要重视农副产品的疫情疫病防控，从根本上建立农副产品产销平衡的长效机制，避免"菜篮子"价格大起大落。

加强食品价格调控，要建立城乡统筹的新机制。全面分析当前食品价格上涨的诸多原因，除了成本和需求的推动外，更突出的是生产流通方式问题。在工业化、城市化快速推进的新时期，如何适应农业生产方式和农产品市场流通格局的新变化，进一步破解小生产与大市场之间的矛盾，通过政府的支持和调控促进农业发展，同时稳定食品市场价格，这是一项迫切需要研究解决的新课题。应该看到，今年猪肉价格暴涨的根本原因是供需有缺口，而供需缺口是由于去年猪肉低价和蓝耳病疫情造成"猪贱伤农"。用农民的话说："养猪不赚钱，我为什么还养？"食品价格调控，决不能再走"跌价无人问，涨价多头管"的老路，必须在城乡统筹的基础上更多地从"短缺调控"转变为"短缺调控与过剩调控相结合"。"短缺调控"是无源之水，只能头痛医头，治标不治本。只有结合"过剩调控"，才能从根本上构建农产品产销平稳的长效机制。应该借鉴"粮改"的经验，研究建立对所有农副产品的生产补贴机制，抓紧建立和推广政策性农业保险，降低农副产品生产的风险。

加强食品价格调控，还要有经济全球化的新视野。我国加入世贸组织后，国内外农产品市场联系更加紧密，经济全球化就在我们家门口。近年来，受气候等自然灾害影响，一些农业大国的粮食生产歉收，库存减少；一些国家利用粮食作物开发生物能源，这些都是导致粮价上涨、饲料价格上涨，带动国内猪肉等畜产品价格上涨的原因。有的专家认为，我国当前农产品价格上涨，有一半左右的因素和全球粮食价格的上涨有关，是国际价格的连锁反应。因此，我们调控食品价格，一定要有全球眼光。

总而言之，"米袋子""菜篮子"问题应该引起各级各部门高度重视。无论是落实又好又快发展的"两防"目标，还是实现全面小康的宏伟目标，食品价格调控都是到了城乡统筹和国际国内统筹的时候了！

（《四川日报》2007 年 12 月 10 日 1 版，此篇获四川新闻奖一等奖）

又好又快发展的必由之路

——论用科学发展观统领四川新跨越

| 编者按 |　站在新的历史起点，我们将迎来省第九次党代会召开。

"共谋新跨越！"鲜明的主题催人奋进。当前，全省上下共同关心的是推进新跨越要着力解决哪些问题。对此，3 月 6 日，正在北京参加全国"两会"的省委书记杜青林接受记者采访时强调着力解决十大问题，分别是：切实走经济社会又好又快发展之路；破除体制性机制性障碍；进一步提高开放度；加强科技创新；转变增长方式；统筹城乡发展；优化区域布局；做强特色优势；加强基础设施建设；加强生态文明建设。为进一步阐述推进四川新跨越的思路，从即日起，本报以"论用科学发展观统领四川新跨越"为主题，连续推出 10 篇署名评论员文章，敬请垂注。

站在充满希望的新起点，迎接省第九次党代会召开，全省上下最关心的是什么？

谋好四川的局，干好四川的事——坚持用科学发展观统领四川新跨越，切实走经济社会又好又快发展之路。

这是时代赋予我们的重大使命，也是四川广大干部群众的共同愿望。

用科学发展观统领四川新跨越，要从世界观和方法论的高度，深刻认识科学发展观的统领意义，着力转变发展观念。所谓"统领"，就是统率全局，引领各方。居于统领地位的，往往带有根本性的意义。科学发展观是党中央从新世纪新阶段党和国家事业发展全局出发提出的重大战略思想，当然是我们推进四川新跨越必须长期坚持的重要指导思想。四川正处于承前启后、继往开来、与时俱进推进改革发展的关键时期，发展耽误不得，工作失误不得，社会折腾不得。我们要抓住发展机遇，破解发展难题，避免工作失误，关键是要树立科学发展的理念。只有在思想上达成共识，才能在工作上形成合力，才能使"坚持科学发展、构建和谐四川"成为全省人民的统一意志和共同行动。

用科学发展观统领四川新跨越，必须坚持发展是硬道理与科学发展的高度统一，深刻理解全面协调可持续发展的基本内容，以经济建设为中心，走又好又快发展的道路。又好又快发展作为全面落实科学发展观的本质要求，是有机统一的整体，既要保持经济平稳较快增长，防止大起大落，更要把"好"放在首位，坚持好中求快。从"又快又好"到"又好又快"，尽管都是讲"好"与"快"，但以何者为先，却有着谁统领谁的区别，是对经济发展指导思想的重要调整。促进经济又好又快发展，从根本上说，就是要加快推进经济增长方式转变和经济结构调整，更加注重提高发展的质量和效益，更加注重发展的全面性和协调性，更加注重发展的稳定性和可持续性。从经济运行状态和宏观调控的角度看，主要表现为三个协调：即速度、质量、效益相协调，消费、投资、出口相协调，人口、资源、环境相协调。正是从又好又快发展的本质要求出发，省委准确把握四川发展的阶段性特征，提出了推进传统农业向现代农业跨越、工业大省向工业强省跨越、旅游资源大省向旅游经济强省跨越、文化资源大省向文化强省跨越的战略构想。"四个跨越"统筹一二三产业，立足农业基础，强化工业主导，发挥旅游、文化优势和潜力，抓住了我省发展的关键，是强省富民的必然要求，是促进又好又快发展的正确抉择。我们要举全省之力，集全民之智，为实现"四个跨越"而努力奋斗。

　　用科学发展观统领四川新跨越，必须坚持以人为本与促进社会和谐的高度统一，进一步把解决民生问题摆在更加突出的位置。科学发展观和构建社会主义和谐社会，是一个有机的整体，统一于全面建设小康社会的实践之中，以人为本是共同的价值取向，统筹兼顾是共同的政策取向。我们要树立发展为民、统筹协调、和谐繁荣的理念，始终把实现好、维护好、发展好全省8700万人民的利益作为我们一切工作的出发点和落脚点，更加注重解决发展不平衡问题，努力使城市和乡村、发达地区和盆周山区、民族地区、革命老区共同繁荣、共同进步，让改革发展成果惠及全川人民。社会要和谐，首先要发展；社会唯有和谐，发展才有保障。民心是和谐之魂，民生是和谐之本，民力是和谐之源，民安是和谐之基。当前，特别是要围绕解决人民群众最关心、最现实、最直接的利益问题，重点实施"十大惠民行动"，用真心、动真情、下真功，努力在改善民生方面取得新进展。

　　总而言之，用科学发展观统领四川新跨越，迫切需要着力转变发展观念，着力创新发展模式，着力提高发展质量，着力营造发展氛围，着力转变工作作风。对于四川而言，发展的跨越，是相对于传统发展模式的打破常规的跨越行为，是有别于渐进发展的一种特殊发展方式。我们的新跨越，新就新在它是科学发展观指导下选择的发展道路、发展模式和发展战略。这是发展理念的升华，是又好又快发展的必由之路。

　　（《四川日报》2007年4月10日1版头条，此篇为"论用科学发展观统领四川新跨越"系列评论文章的开篇之作）

和谐社会是什么

——论用六中全会精神指导"和谐四川"建设

|编者按| 党的十六届六中全会是在我国改革发展关键时期召开的一次重要会议。全会集中研究和全面部署构建社会主义和谐社会，必将对我国经济建设、政治建设、文化建设、社会建设和党的建设产生重大影响。为深入学习贯彻六中全会精神，扎实推进"和谐四川"建设，本报即日起以"论用六中全会精神指导'和谐四川'建设"为主题，集中推出8篇评论员文章。敬请关注。

当前，我省各地正在深入学习贯彻党的十六届六中全会精神，广大干部群众对构建社会主义和谐社会的重要性和紧迫性有了更深刻的认识，表现出建设"和谐四川"的满腔热情。各级各部门要按照中央和省委的部署，坚持以经济建设为中心，进一步把构建和谐社会放在更加突出的地位，紧密结合四川实际，扎扎实实推进"和谐四川"建设。

社会和谐是中国特色社会主义的本质属性。站在这样的高度，需要我们进一步从理论与实践的结合上深刻认识一个根本问题："和谐社会"是什么？

社会和谐是我们党不懈奋斗的目标

党的十六大报告在阐述全面建设小康社会的宏伟目标时，第一次把"社会更加和谐"作为我们党为之奋斗的重要目标，强调要努力形成全体人民各尽所能、各得其所而又和谐相处的局面。

十六届六中全会进一步提出了构建社会主义和谐社会的任务，强调形成人民各尽所能、各得其所而又和谐相处的社会是巩固党执政的社会基础，要求把和谐社会建设摆在重要位置，并明确了构建和谐社会的主要内容，使中国特色社会主义事业的总体布局更加明确地由社会主义经济建设、政治建设、文化建设三位一体发展为包括构建社会主义和谐社会在内的四位一体。

十六届六中全会通过《中共中央关于构建社会主义和谐社会若干重大问题的决定》，进一步把关于构建社会主义和谐社会的理论、方针、政策系统化、纲领化，提出"建设富强民主文明和谐的社会主义现代化国家"，这是一个新的总结，也是一个新的起点，开辟了中国特色社会主义事业的新境界。

从"三位一体"到"四位一体"，从"社会和谐"到"和谐社会"，我们党对中国特色社会主义事业发展规律的认识越来越深入，对执政规律、执政能力、执政方略、执政方式的认识越来越明确。正是在这样的背景下，省委从四川的实际出发，提出了建设"和谐四川"的战略任务，适应了改革发展进入关键时期的客观要求，在广大干部群众中得到热烈响应和广泛赞同。

构建和谐社会： 比全面建设小康社会要求更高

用十六届六中全会精神指导"和谐四川"建设，必须与全面建设小康社会紧密结合。

构建和谐社会同全面建设小康社会，都属于建设中国特色社会主义这个大范畴，两者的现实起点一致、目标一致、实践过程一致，它们是相互包含、相辅相成的关系。作为社会建设过程，构建和谐社会既是全面建设小康社会的重要内容，也是全面建设小康社会的重要条件。构建和谐社会比全面建设小康社会要求更高、时间更长、任务更重。实现了全面建设小康社会的宏伟目标后，我们还要为构建和谐社会不懈奋斗。现阶段，主要是从全面建设小康社会的 20 年发展目标出发来思考和确定建设"和谐四川"的任务，首先解决那些人民群众最关心、最直接、最现实的利益问题，有重点分步骤地持续推进"和谐四川"建设。构建和谐社会，很大程度取决于发展的协调性。

用十六届六中全会精神指导"和谐四川"建设，必须坚持以人为本的科学发展观。

构建和谐社会的奋斗目标是在科学发展观指导下提出来的，因而我们必须坚持用科学发展观统领和谐社会建设。科学发展观所强调的以人为本、全面协调可持续发展，"五个统筹"等，本身就是构建和谐社会的基本要求。科学发展观从发展理念、发展思路等方面促进社会发展、社会建设、社会治理，是从发展的角度求和谐；构建和谐社会从社会关系、社会状态方面反映和检验贯彻科学发展观的成效，是从社会和谐的角度促发展。对四川来说，发展不够仍然是建设"和谐四川"面临的主要问题，应该紧紧抓住发展这个党执政兴国的第一要务，坚持用发展的办法解决前进中的问题，通过协调发展消除不和谐因素。

实践表明，社会和谐在很大程度上取决于社会生产力的发展水平，特别是取决于发展的协调性。

如果发展长期不协调，不仅发展本身难以持续，而且会引起社会不和谐。四川是一个农业大省和人口大省，城乡、区域、经济社会发展很不平衡，人口资源环境压力很大，"三农"问题、就业问题、环保问题特别突出，不能不更加强化"五个统筹"，不能不更加注重城乡协调发展和区域协调发展，不能不加快经济结构调整和经济增长方式转变，不能不实施就业优先、教育优先

和环保优先的政策，推动经济社会协调发展。

构建和谐社会： 不断化解社会矛盾的持续过程

用十六届六中全会精神指导"和谐四川"建设，必须更加重视化解社会矛盾。

任何社会都不可能没有矛盾。构建社会主义和谐社会是一个不断化解社会矛盾的持续过程。进入新世纪、新阶段，黄金发展期与矛盾凸显期并存，我们面临的发展机遇前所未有，面对的挑战也前所未有。抓住机遇，应对挑战，必须更加积极主动地正视矛盾、化解矛盾，最大限度地增加和谐因素，最大限度地减少不和谐因素，不断促进社会和谐。

当前，重要的是加快转变政府职能，建设服务型政府，进一步改革和创新社会管理体制，形成科学有效的利益协调机制、诉求表达机制、矛盾调解机制、权益保障机制。与此同时，要更加重视"法治四川"建设，推进依法治省；更加重视文化强省，推动和谐文化建设。只有在全社会形成遵法纪、知荣辱、讲正气、促和谐的新风尚，形成男女平等、尊老爱幼、扶贫济困、礼让宽容的人际关系，形成自尊自信、理性平和、积极向上的社会心态，才能构建一个人与人、人与社会、人与自然和谐相处的社会。

（《四川日报》2006 年 11 月 14 日 1 版头条，此篇为"论用六中全会精神指导'和谐四川'建设"系列评论文章的开篇之作）

用什么思路抓"菜篮子"

"菜篮子"的涨涨跌跌本来是市场经济的一种常态，但我们的"菜篮子"波动周期越来越短，最近一段时期不仅呈现出暴涨暴跌的态势，而且陷入"菜贵伤民""菜贱伤农"并存的怪圈，不能不引起各方面高度重视。

为什么在"菜贱伤农"时，蔬菜零售价格仍然居高不下？实施新一轮"菜篮子"工程，各级政府正面临前所未有的"两难"任务：既要抑制菜价上涨以控制通胀，防止"菜贵伤民"；又要阻止菜价下跌，防止"菜贱伤农"。此时此刻，用什么思路抓"菜篮子"，用什么样的措施破解"两难"，不仅关系到当前控制通胀的成效，而且关系到新一轮"菜篮子"工程的可持续发展。立足当前，着眼长远，如何坚持以科学发展观为指导，在稳定菜价与保护菜农利益之间保持平衡，是我们正面临的新的挑战、新的考验、新的机遇！

用市场化的思路抓"菜篮子"，就要千方百计搞活流通，加强城市蔬菜批发和零售市场的建设、服务和管理。此轮蔬菜价格暴涨暴跌，既暴露出菜农习惯于跟风种菜的盲目性，也暴露出流通环节成本太高的新问题。据调查，目前流通成本已占蔬菜价格的50％～70％。用老百姓的话说，就是"最后一公里加价五成""豆腐盘成肉价钱"。解决这个问题，必须从搞活流通环节入手，千方百计降低物流成本，创新城市管理模式和蔬菜批发市场、农贸市场和社区菜店。特别是要鼓励农超对接、产销直供，增加零售网点，对蔬菜农贸市场和社区菜店建设给予必要的补贴，切实解决摊位费过高的问题。

　　用城市化的思路抓"菜篮子"，就要坚定不移地推进城乡统筹，进一步稳定和扩大"菜园子"，切实提高本地应季蔬菜的自给能力。随着城市化率不断提高，越来越多的农民转变为市民，城市"菜篮子"的供应压力越来越大。与此同时，城郊"菜篮子"生产基地不断向远离城市的农区转移，打破了原来"近郊为主、远郊为辅、农区补充"的生产格局，不少大中城市"菜园子"越来越小、越来越远，蔬菜自给率越来越低。据报道，目前我国部分大城市的蔬菜自给率不足30%。正如我们看到的那样，大城市蔬菜基地减少，不仅使"菜篮子"市场供应难度加大，运输成本增加，而且加剧了菜价的季节性波动，容易形成"吃菜难、买菜贵"的城市病。实施新一轮"菜篮子"工程必须从稳定"菜园子"入手，进一步强化"菜篮子"市长负责制，走城乡统筹的新路子，提高"菜篮子"重点产品自给率。特别是像成都这样上千万人口的特大城市更应该居安思危，抓紧制定郊区"菜园子"建设规划，实行"菜园子"最低保有量制度。

　　用产业化的思路抓"菜篮子"，就要加快转变生产方式，大力推进企业化、规模化、标准化生产。"菜贱伤农"的根本原因是盲目种植、生产过剩，深层次矛盾仍然是小生产与大市场的衔接问题。实施新一轮"菜篮子"工程，要把转变发展方式作为主攻方向，在大中城市郊区和蔬菜优势产区，建设一批设施化、集约化、标准化"菜篮子"生产基地，增强菜农抗御市场风险和自然风险的能力。要通过壮大农业产业化龙头企业，发展农民专业合作组织，全面提高"菜篮子"产销组织化程度，积极稳妥地推行订单生产。特别是要鼓励工商资本投资"菜篮子"工程，逐步形成产、供、销一体化的"菜篮子"产业链，在产业化基础上进一步形成城乡统筹、风险共担、利益共享的多元化长效机制。

　　总而言之，"菜篮子"工程，一头连着农民，一头连着市民，两头都是大民生。新一轮"菜篮子"工程要牢牢把握转变发展方式这条主线，坚持走城乡统筹、科学发展的新路子。只有这样，才能从根本上走出"菜贱伤农""菜贵伤民"的怪圈。

（《四川·日报》2011年6月9日1版）

草根情怀

从"川江"想到"川军"

伟大的创业实践需要伟大的创业精神。目前，全省正在贯彻落实省第九次党代会精神，广泛开展"富民惠民，改善民生"作风建设活动。许多同志受到党代会精神的鼓舞，对四川人的创新、创业、创造精神展开热烈讨论，形成一种共识：站在新的、更高的起点，谋划四川发展大局，实现富民强省全面小康的奋斗目标，一定要有敢于率先、攻坚破难的勇气，一定要有争创一流、创造卓越的追求，一定要有昂扬向上、奋发进取的精神。

在讨论中，我从"川江"联想到"川军"，进而把"川江精神"和"川军精神"结合起来，概括为两句话，即"沿雪山之路走向大海，百折不挠，攻坚破难敢为先；引冰川之水滋润大地，奋发图强，创新创业促和谐"。前一句主要是受"川江"和"川军"的启示而提炼的，后一句主要是受李冰治水和诸葛亮治蜀的启示而提炼的，两句合在一起也许可以揭示四川人的精神风貌和人格特征。

从"川江"想到"川军"，可以看到四川的人文精神具有独特的生态基础。一方水土养一方人，人与自然和谐相处，方能生生不息。审视四川人的生存环境，可以发现四川人文精神的根。正是在喜马拉雅造山运动和青藏高原隆升过程中，演化出四川盆地现在这样的地形地貌，形成四川人民世世代代繁衍生息的生态环境。看那来自"世界屋脊"的蛛网般细流，翻雪山，过草地，穿林海，百折不挠，汇成大渡河、金沙江、岷江、嘉陵江等"飞龙"，

在四川盆地再汇成一条大江，以一泻千里之势，夺夔门东下，攻坚破难，勇往直前，奔向太平洋。看那横断山脉和秦岭山脉把中国大陆分隔成三级台阶，四川正处于三级台阶的第一、第二阶梯上，位于东南半壁湿润区和西北半壁干旱区的过渡地带。盆地周边山高坡陡，河流湍急，行路难，难于上青天；盆地内湖水外泄，形成平原和丘陵，沃野千里，但受到季风影响，频频发生水灾和旱灾。四川之美，美在山高；四川之险，险在水急。正如有的水利专家指出的那样，四川盆地"因水而生，因水而兴，因水而困，因水而荣"。正是山高水急造就了四川盆地的富饶和美丽，赋予了四川人特有的灵气和勇气，使四川人民形成了乐山乐水的文化传统，培育出勇往直前、百折不挠、敢为人先、追求卓越的"川江精神"和"川军精神"。也就是说，四川人的精神风貌和人格特征深深扎根于山水之间，正是"川江"养育了"川军"，没有"川江"就没有"川军"。

从"川江"想到"川军"，可以看到四川的人文精神是历史与现实的统一，突出表现在治水兴蜀、奋发图强的创新创业实践中。从文明的起源到文明的传播，岷江流域是最早被人类认识开发的地区之一。治蜀先治水，兴蜀先富民。从大禹治水、李冰治水到诸葛亮治蜀，四川的物质文明、政治文明、精神文明建设一脉相承，"天府"美名因治水兴蜀而不朽，都江堰水利工程至今仍然是人与自然和谐共处的"民心工程""富民工程"。对于四川人民来说，"奔富裕、求发展、促和谐、树新风"具有深厚的历史基础和人文传统。"因势利导，因时制宜""水能载舟，亦能覆舟""鞠躬尽瘁，死而后已"，这些理念早已深入四川人民的骨髓。

从"川江"想到"川军"，可以看到四川的人文精神具有海纳百川的包容性。老子说："万物负阴而抱阳，冲气以为和。"老子还说："水善利万物而不争。"水能以弱胜强，以柔克刚，以少胜多，以不争为争，随遇而安，遇方则方，遇圆则圆，体现了宽容、深沉、仁爱、诚信、智慧等诸多美德，具有"和为贵"的品格。四川自先秦以来，经历多次大的移民，南北东西的不同族群迁居四川，都能和睦共处。四川人热情开放，乐观向上，特别能博采众长而坚持本色，特别能广集百家而不失自我。四川人攻坚破难敢为先，智勇双全，刚柔相济，特别能吃苦，特别能战斗。俗话说，"川东出将才，川西出相才"。无论将才相才，都是奋发图强的"帅才"，都有"海纳百川，有容乃大"的大家风范。

　　自古以来，四川人民具有勤劳、智慧、质朴、谦和的风貌，这是我们今天"坚持科学发展、构建和谐四川"的人文基础和精神财富。走向未来，四川的改革发展任务十分繁重，"四个跨越"任重道远，只有满怀激情，开拓进取，勇于拼搏，才能有更大的作为。我们要像"川江"和"川军"那样百折不挠，勇往直前，始终保持一股闯劲，一股冲劲，一股韧劲，凡事力求先人一步，胜人一筹，快人一拍，争创一流，创造卓越；要像大禹、李冰和诸葛亮那样求真务实，奋发图强，始终保持聚精会神搞建设、一心一意谋发展的精神状态，为实现富民强省全面小康而努力奋斗。

（《四川日报》2007 年 6 月 28 日 3 版）

国资监管漏洞在哪里

3月28日至31日召开的四川省第十届人大常委会第二十次会议上，张世昌、罗懋康、高庆、陈历伟等15名常委会委员联名提交了《提请作出〈四川省人民代表大会常务委员会关于加强四川省国有资产监督管理保护的决议〉的议案》（以下简称《议案》），提出人大及其常委会介入国有资产监管保护工作。

张世昌等15名省十届人大常委会委员联名提出的《议案》，为进一步加强国有资产监督管理拓宽了思路。不管这个《议案》能否成为"决议"，《议案》本身已经表明，防止国有资产流失必须以法治为基础，人大在立法与监督方面还有很大的创新空间。

国有资产流失一直成为各方面普遍关注的焦点。尽管国家三令五申，竭尽全力试图杜绝国有资产流失，但收效还不明显，至今未从根本上解决问题。从实际情况看，国有企业、国有银行、国有土地和其他国有资源的产权转让领域是腐败的重灾区，也是国有资产流失的重灾区。特别是去年以来连续爆发国企上市高管落马事件，充分暴露出我们在国有资产监管保护方面还存在许多漏洞。令人震惊的是，"中航油事件"造成54亿美元巨额亏空，可见国有资产监管漏洞之大！

国有资产监管漏洞在哪里？国务院国有资产监督管理委员会主任李荣融认为，一是国有资产监督管理体系不健全、不完善，国有资产出资人不到位，保值增值的责任主体不明确；二是公司法人治理结构不完善，企业内部人控制现象比较普遍；三是国有企业改制和国有产权转让的法规规章不健全不完善。由此看来，法制不健全是最大的漏洞，要有效防止国有资产流失，必须以法治为基础，进一步完善国有资产监管体系，规范国有企业改制和国有产权转让的法规规章，使国资监管走向制度化。

世界各国国有经济和国有企业发展的实践表明，国有经济和国有企业不是搞不好，关键是用什么方式去搞。就国有资产监管体制而言，尽管西方发达市场经济国家由于国情不同，经济发展水平不同，国有资产监管体制和监督方式并不一致，但他们都按照市场经济规律的要求，建立了一整套比较完备的政策法律体系，对国有资产管理体制、国有资产经营预算、国有资产采购、国有股权处置、国有资产审计等都有明确的法律规定。相比之下，我国国有资产监管体制改革还有很长的路要走，还有很多法律法规需要建立，我们期待人大的立法与监督取得新突破。

深化国有资产监管体制改革，需要进一步实行政资分开、政企分开、所有权与经营权分开。为适应国有经济战略调整和国有企业改制的迫切需要，人大、审计、纪检监察、公检法司等"外部监督"与国资委和国有企业"内部监督"既要各司其职、各尽所能，也要统筹兼顾、互动互补，这就需要建立一个与改革进程相适应的协调机制，特别需要尽快制定国有资产监管的相关法律。

"天网恢恢，疏而不漏。"防止国有资产流失，依法监管是根本途径。就立法监督而言，人大介入国有资产监管保护十分必要，刻不容缓！

（《四川日报》2006 年 4 月 13 日 3 版，此篇获第十七届中国新闻奖复评暨第十七届人大新闻奖评选三等奖）

川商：扎根四川才能走出四川

恰似冬天里的一把火，《川商》杂志的创刊点燃川商创新创业的激情，标志着川商有了一个展示自己的窗口与合作交流的平台。从此，企业与政府、企业与社会、企业与市场联系更加紧密，将共同开拓一条走出四川、走向世界的道路。我想说的是，无论是创办《川商》还是做大做强川商，都有一个内外互动的问题，都有一个立足点问题。只有立足四川，深深扎根四川，才能更好更快地走出四川。

扎根四川才能走出四川，正是很多川商做大做强的成功之路。到宜宾看一看五粮液集团那令人惊叹的"十里酒城"，你会发现五粮液的根基有多么深厚；到绵阳看一看那比肩而立的科技城与家电城，你就会发现长虹等企业的自主创新与市场拓展的互动有多么紧密，正所谓"根深才能叶茂"。还有那后来居上的希望集团、通威集团、宏达集团，哪一个不是在四川站稳了脚跟，才一步一步走出四川的？几年前，我曾经采访新希望集团董事长刘永好先生。谈及家族企业社会化问题时，刘永好告诉我：新希望集团的发展理念是"与祖国一起发展，与人民携手致富，与社会共同进步"。回忆起刘氏兄弟当年1000元起步的创业历程，刘永好满怀深情地说："没有家乡人民的爱护，就没有'新希望'的今天。面对经济全球化的浪潮，新希望集团要走向全国、走向世界，但它的根在四川。"好一个"根在四川"！刘永好说出了川商致富思源、富而思进的共同心声，也道出了川商做大做强的根本动力。

做人贵有自知之明，经商贵在量力而行。正在创新创业的川商为什么要扎根四川才能走出四川呢？这里有一个求真务实的创业思路和竞争策略问题。一般而言，创新创业都面临着缺资金、缺技术、缺人才、缺经验、缺产品、缺市场的严峻挑战，最困难的是如何起好步，找准立足点，在市场竞争中站稳脚跟。最明智、最现实、最有效的选择是从自身实际出发，从小生意做起，从身边的商机抓起，以小博大，以近博远，扬长避短。这就好比唐僧师徒西天取经，"敢问路在何方？路在脚下"！尽管孙悟空一个跟头能翻十万八千里，但为了保护肉眼凡胎的唐僧取得真经，还得一步一个脚印走下去；九九八十一难，一难也不能少！在激烈的市场竞争面前，创新创业之路比唐僧取经更为艰险，只有求真务实者能够走得更远，只有知己知彼者能够出奇制胜。想当年，刘汉元白手起家，念的就是他在水产学校取来的"养鱼经"。正是由于起步实，立足稳，路子正，今日通威集团才创造了走向全国的奇迹！

从市场竞争角度看，四川历来是国内外商家必争之地。四川最大的资源和优势是什么？就是8700多万人口的市场需求创造的大市场。对于川商来说，8700多万人口的市场需求本身就是最大的商机和最大的竞争力。俗话说，近水楼台先得月，向阳花木易为春。川商在川占尽天时、地利、人和，如果连自己身边的商机都抓不住，又怎么去参与全球化的市场竞争？无论是从竞争策略还是竞争实效而言，占领本地市场总是比占领外地市场风险更小、成本更低、收益更大。现在的竞争态势是，全世界客商都看好四川市场，都不惜血本来争夺四川这块"大蛋糕"，我们为什么要放弃呢？我们用十分的力量就可以占据自己百分的市场，为什么要用百分的力气去占领别人一分的市场呢？所以，立足四川、扎根四川，既是川商的务实之举，也是川商的竞争之本。

扎根四川才能走出四川，不仅是一个竞争策略问题，而且是一个发展战略问题。加入世贸组织后，国内外市场联系更加紧密，国内竞争国际化，国际竞争就在我们家门口。经济全球化主要表现在两个方面：一是人家"走进来"，占据我们的市场；二是我们"走出去"，开拓国际市场。目前，不少国

外品牌在国内占有市场份额已经达到了 70%，其中碳酸饮料市场占有份额为 90%，化妆品市场为 75%，涂料市场为 45%，轿车市场为 71.5%。正是在这样一种竞争格局下，135 家世界 500 强企业落户四川。我们要思考的是，微软来了，英特尔来了，爱立信来了，四川的企业怎么办？"川货"怎么办？我们应该如何"与狼共舞"？

面对经济全球化的市场竞争，我们要采取合作竞争的新思路，鼓励更多的川商"走出去"，借船出海，借地生财，与国内外大型跨国公司合作竞争，形成"你中有我，我中有你"的发展态势，在内资与外资的互动中实现双赢。与此同时，我们更要鼓励川商扎根四川，立足于"川货"的自主创新，博采众长而坚持本色，广集百家而不失自我，以做大做强"川货"为根本出路。无论现在还是将来，川商的前（钱）途命运都要由"川货"的兴衰而定。没有"川货"哪有川商？做大做强川商必先做大做强"川货"；唯有做大做强"川货"，方能做大做强川商。

正是在川商和"川货"的共同期盼下，《川商》杂志应运而生！好似春天里的一滴水，润物无声，从雪山走来，顺川江东去！

（《四川日报》2008 年 1 月 24 日 C2 版）

积极引导新社会阶层共建和谐

构建社会主义和谐社会，需要全社会共同努力。党的十六届六中全会强调，必须最大限度地激发社会活力，促进政党关系、民族关系、宗教关系、阶层关系、海内外同胞关系的和谐。在阶层关系方面，要坚持全心全意依靠工人阶级的方针，发挥包括知识分子在内的工人阶级、广大农民推动经济社会发展根本力量的作用，鼓励和支持包括新的社会阶层在内的全体社会主义事业的建设者为经济社会发展贡献力量。很明显，"新的社会阶层"已经成为构建社会主义和谐社会的一支新力量。

"新的社会阶层"是什么？概而言之，主要是指非公有制经济人士和自由择业知识分子，其中比较引人注目的是民营企业主。2006 年 7 月中央召开的全国统战工作会议，第一次全面系统地解决了社会新阶层的理论和政策问题。会议指出，民营企业主等新的社会阶层人士是中国特色社会主义事业的建设者，是完善社会主义市场经济体制和推动社会主义社会发展的一支新力量，在促进共同富裕，构建社会主义和谐社会、全面建设小康社会中发挥着重要作用。同时，会议明确提出了"充分尊重、广泛联系、加强团结、积极引导"的工作方针，特别强调要尊重他们的劳动创造和创业精神，凝聚他们的聪明才智，引导他们爱国、敬业、诚信、守法、贡献，致富思源，富而思进，自觉履行义利兼顾、扶贫济困的社会责任，做合格的中国特色社会主义事业的建设者。毫无疑问，应该积极引导新的社会阶层在构建社会主义和谐社会中

发挥更大的作用。

进入新世纪新阶段，我国新的社会阶层呈现出加速扩展势头。据国家工商行政管理总局统计，2000年至2005年，全国登记的民营企业户数由176.2万户增加到430.1万户，全国登记的民营企业主人数从395.3万人增加到1109.9万人。同时，民营企业注册资本金总额也从13307.9亿元增至61331.1亿元，户均注册资本金额由75.5万元增加到142.6万元。另外，2004年经济普查的数据表明，从资本总量看，全国企业法人中的个人实收资本为5万亿元，占全国企业实收资本的28％，超过集体资本及外商和港澳台商资本之和。目前，内资民营资本已经占据国内生产总值的半壁江山，有的地方甚至超过2/3。

更为重要的是，经过20多年的改革开放，我国逐步放松对公民创业自由的管制，并对保护公民创业提供了政策性、法律性的保障，越来越多的公民走上自主创业、自谋职业之路。对民营企业主等"新的社会阶层"来说，长期以来面临的制度和政策障碍正在消除，创新创业的路子越来越宽广。他们通过艰苦奋斗，自身积累，开拓市场，使企业的经营规模逐步扩大，为社会主义建设作出了贡献。在四川，就有一大批像希望集团、通威集团这样的创新型民营企业已经做大做强，发展成为社会化管理的股份制企业，它们深深扎根于人民群众之中，与人民携手致富，与社会共同进步，表现出与时俱进、自强不息的创新精神和扶贫济困、团结互助的和谐精神，必将在共建和谐中大有作为。

社会主义和谐社会是包括新的社会阶层在内的全体人民的共同和谐，需要新的社会阶层更多地参与和奉献。无论是当前对弱势群体的救助，社会公平的增进，还是实施积极的就业政策，发展和谐劳动关系，都离不开非公有制经济的发展和民营企业主的创新创业。积极引导新的社会阶层共建和谐，大力倡导自主创业、艰苦创业、和谐创业，才能增强全社会的创造活力，形成万众一心共建和谐社会的生动局面。

（《四川日报》2007年1月11日3版）

社会和谐从"心"开始

2006 年 11 月 13 日，温家宝总理同文学艺术家谈心，转述了季羡林先生的一个观点，就是和谐社会除了讲社会的和谐、人与自然的和谐，还应该讲人的自我和谐。温总理认为，季羡林先生讲得对，人能够做到正确处理自我与社会的关系，正确对待荣誉、挫折和困难，这就是自我和谐。温总理与季羡林先生谈话的大意，已经写进了十六届六中全会决定，这就是要"促进人的心理和谐，加强精神关怀和心理疏导"。也就是说，构建和谐社会要从"我"做起，特别是要从人的心理和谐做起。

和谐产生美感，和谐是一种心态，和谐的人生才是幸福的人生。人的自我和谐，首先是要有一颗平常心。古人说"君子坦荡荡，小人长戚戚"，心胸坦荡的人才能心平气和，才能乐而不淫，哀而不伤；心胸狭隘的人往往心理失衡，容易怨天尤人，怄气伤肝。破坏身心的内在和谐，就会生病。古人还有一句话"君子和而不同，小人同而不和"，意思是做人要有独立的人格和包容性，从心所欲，随遇而安，求同存异，但不能随波逐流，曲意奉承，趋炎附势，更不能当面说人话，背后说鬼话，搞阴谋诡计。古人还有另外一句话"己所不欲，勿施于人"，意思是自己不想做的不要勉强别人做，自己做不到的也不要强迫别人做，要学会尊重人，理解人，严于律己，宽以待人，将心比心，以心换心。从古人的这些格言中，我们可以感悟到做人做事做官的学问，认识到人的自我和谐的重要性。

构建和谐社会，一定要坚持以人的自我和谐为基础，注重促进人的心理和谐，加强精神关怀和心理疏导。所谓人的心理和谐，主要是指人的认知、情感、意志等内心活动处于平衡自然、协调统一的状态，并对外界事物抱有平静适度、热情友善的态度。十六届六中全会决定提出，建设和谐文化，倡导和谐理念，培育和谐精神，塑造自尊自信、理性平和、积极向上的社会心态，这对于促进人与人、人与社会、人与自然和谐相处，形成人人促进和谐的局面，具有十分重要的作用。和谐的心理状态也是构建和谐社会的"基础工程"。

和谐的心理是一种向心力、亲和力、凝聚力。心理和谐的人越多，社会的和谐程度越高。我们到民间走一走，常常会听到这样的谚语："人之初，性本善""和为贵，礼为先""齐心协力移泰山"。对于为官者而言，无论当了多大的官，不能连做人做事的这些起码的常识都忘记了。官越大，越是高高在上，管的人越多，越要用制度管人管事，用目前流行的话说也叫依法行政，依法办事；官越小，管的人越少，越是基层单位，越要加强精神关怀和心理疏导，越要与人为善。无论当什么官，比管人管事管奖金更为重要的是人与人之间的心理疏导，比物质激励更为重要的是精神关怀，比超越别人更为重要的是超越自我。"欲胜人者必先自胜，欲论人者必先自论，欲知人者必先自知。"无论是超越自我，还是超越别人，在一个和谐的部门内部决不能只有竞争，只有惩罚，还应该提倡真诚的团结，真诚的协作，真诚的奉献，要特别注重促进人的心理和谐。没有人的心理和谐，就没有人的积极性，就没有人的全面发展和社会的更加和谐。

社会和谐从"心"开始。让我们把和谐作为一种思维方式，不断加强个人修养，进行经常性的心理疏导，用平和宁静的心态思考问题，以乐观豁达的情怀对待生活，以理性引导偏激，以冷静战胜浮躁，从人的心理和谐走向社会和谐。

（《四川日报》2007年3月1日3版）

从以人为本看劳动和谐
——也谈灾后重建与促进受灾群众就业

《中华人民共和国劳动合同法》（以下简称《劳动合同法》）今年1月1日正式实施，在劳动力市场掀起一场前所未有的冲击波。分析上半年各地劳务市场的趋势，可以看到劳资双方的博弈已趋于理性，用人单位和求职者的合同意识明显增强。现在的问题是，求职者的"渴求"与用人单位的"苛求"并存，特别是汶川特大地震发生后，我省劳务市场供大于求的矛盾尤为突出。在北川、青川、汶川等重灾区，80%以上的劳动者因灾成为就业困难人员。据四川省劳动和社会保障厅统计分析，因灾区企业停产、停业和个体工商户歇业等原因，将新产生城镇失业人员37万多人。由此看来，灾后重建必须与促进受灾群众就业同时并举，这就不能不坚持以人为本，进一步贯彻落实《劳动合同法》，千方百计采取措施扩大就业，在灾后重建中着力发展和谐劳动关系。

从以人为本看劳动和谐，最重要的是充分尊重和实现劳动者的劳动权利。在我们这样一个劳动人民当家作主的社会主义国家，"各尽所能、按劳分配"是社会主义基本的分配制度，人们的基本生活资料是依靠自己的劳动获得的，人们的体力和智力发展也是在劳动过程中实现的。劳动者的劳动权利集中体现了社会群体和个体的生存权和发展权。在地震灾区，各级政府和安置点已经意识到扩大受灾群众就业的重要性，正在采取措施促进受灾群众就业。都

江堰市在每个安置点都设立了招工信息服务点，劳动部门还在各个安置点尽可能提供一些就业岗位，吸纳受灾群众就业。在这里，需要引起高度重视的是，进入灾后重建阶段，灾区劳动力市场供求关系正在发生深刻变化，劳动关系面临诸多新问题新矛盾，只有按《劳动合同法》的要求办事，才能保障劳动关系双方权利与义务，着力发展和谐劳动关系。据全国总工会调查统计，2006年职工劳动合同签订率是49.7%，其中农民工劳动合同签订率仅有43.1%；即使签订了劳动合同，也有60%以上是一年以下的短期合同。由于没有签订劳动合同，很多职工处于"招之即来，挥之即去"的"临时工"状态，随时面临"下岗"压力。在灾后重建中促进受灾群众就业，必须切实保障劳动者的劳动权利。《劳动合同法》的一个特点，就是对用人单位不签劳动合同或违法解除合同，加大了经济处罚力度，这是非常必要的，必须坚决贯彻落实。

从以人为本看劳动和谐，根本目标是充分就业。"就业是民生之本。"党的十七大提出，实施扩大就业的发展战略，促进以创业带动就业。解决就业问题，既要做到机会均等，形成城乡劳动者平等就业制度，又要千方百计增加就业岗位，鼓励自谋职业和自主创业。上岗就业，在岗创业，下岗失业。对城乡劳动者来说，就业不平等必然引起收入不平等，收入不平等必然引起生活不平等，没有工作岗位就没有生活保障。对政府部门和用人单位而言，当前至关重要的是要进一步完善就业援助制度，建立帮助"零就业"家庭解决就业困难的长效机制。所有用人单位在用工和辞退职工时都要从根本上平等对待，特别是不能对妇女、农民工及残疾人就业存在歧视和偏见。特别是在四川地震灾区，因地震失去土地和收入来源的农村劳动者多达110多万人，促进受灾农民自谋职业和自主创业刻不容缓。在这里，我们不仅需要有关部门及时提供丰富的劳务信息，提供必要的岗前培训，让灾区的富余劳动力尽快进入市场，而且希望对口支援的东部发达地区企业到灾区定向培训、定向招工，帮助地震灾区因灾失去工作岗位的劳动者尽快恢复就业。

从以人为本看劳动和谐，要高度重视劳动报酬和劳动保障方面存在的问题。在劳动报酬上，目前我国工资总量占 GDP 比例不到 10%。一项权威调查表明，2004 年以前，"珠三角"地区农民工工资 12 年仅涨了 68 元，几乎是"原地踏步"。更为严重的是，有的用人单位不兑现最低工资标准，随意延长劳动时间，长期拖欠克扣职工工资；存在不缴、少缴、缓缴职工社会保险金的问题。想一想温家宝总理 2003 年为农民工熊德明讨工资的情景，再想一想温家宝总理今年在政府工作报告中要"用百倍的努力"解决就业问题的承诺，《劳动合同法》的实施的确刻不容缓！

　　总而言之，从以人为本看劳动和谐，劳动关系是最基本的社会关系，从根本上决定社会关系的各个方面及其和谐程度。构建社会主义和谐社会，最基本的着力点，就是必须充分重视和发展和谐劳动关系，充分保障和实现人民的劳动权利。灾后重建需要促进受灾群众就业，需要发展和谐劳动关系。在这里，深入贯彻落实《劳动合同法》绝不是空话！

（《四川日报》2008 年 7 月 10 日 C3 版）

大城市"治堵"需要大智慧

据报道，12月13日起，北京市就治堵措施征求民意。根据目前公布的治堵方案，此前传闻的最为严厉的"拥堵费""限购令"等措施并未出现。此前，许多市民担心政府会通过限制汽车牌照的发放来限制购车，希望赶在限制措施出台前购买汽车，从而导致北京市汽车销售出现恐慌性增长。11月，北京市汽车销量达到近9.6万辆，创下今年以来单月销量最高纪录。12月第一周，北京市场已销售了2万多辆汽车。好似冬天里的"一把火"，北京市治堵再一次点燃了人们的"汽车梦"！

北京市治堵引起全国各地广泛关注，凸显了预防和治理"城市病"的紧迫性。尽管北京市治堵方案还处于征求民意阶段，如何实施、何时实施还有待进一步观察，但越来越多的人已经明显感觉到治理大城市交通拥堵到了刻不容缓的时候。除了交通拥堵之外，房价高企、空气污染、生活成本增加，"看病难""上学难""入托难""吃菜难"等"城市病"集中爆发，在大城市居住越来越难。据报道，近两个月，北京已出现过两次全城大堵车，其中一次不过是下点小雨，却导致全市140多条主要线路拥堵达数小时。不少北京市民抱怨说："首都变'首堵'，房子又贵得出奇，这北京真是没法住了。"在上海、天津、深圳、广州等特大城市，人们对"城市病"的烦恼也是与日俱增。

　　"城市病"是城市化的产物。在城市化过程中，大城市往往具有比中小城市更好的基础设施条件、更大的市场、更高的收入和更多的就业机会，因而具有不可抗拒的集聚功能和高度的竞争性、流动性、扩张性。随着人、财、物等生产要素不断向大城市集聚，必然导致城市规模越来越大，交通拥堵、人口膨胀、资源短缺、环境污染、生态恶化等方面的压力也会越来越大，各种"城市病"随之产生。用专家的话说：大城市是一个开放的、复杂的巨型系统，是一个运动的矛盾统一综合体，难免会有这样那样的问题。城市有点"病"是正常的，只要不是"病入膏肓"导致城市"偏瘫"就可以治理。只是特大城市的"城市病"往往更严重一些，治理的需求更迫切一些。"城市病"是世界性难题，但并非不可治理，关键是要防患于未然，难点是标本兼治。

　　预防和治理"城市病"是城市化面临的新挑战，也是大城市可持续发展的必然要求。正是站在这样的战略高度，党中央在制定"十二五"规划建议中提出了预防和治理"城市病"的明确要求，特别强调城市规划和建设要注重以人为本、节地节能、生态环保、安全实用、突出特色、保护文化和自然遗产，强化规划约束力，加强城市公用设施建设。不能不引起我们高度重视的是，2009年我国已经超过美国成为世界最大的汽车市场，交通拥堵已成为我国一二线城市共同的"烦恼"或"顽症"。正是在这样的背景下，北京、上海、天津、重庆四个直辖市首次正式提出把解决城市交通拥堵和机动车所带来的污染问题列为"十二五"规划期间需要着力解决的问题之一。据报道，北京市正在征求民意的治堵方案主要包括六个方面：完善规划，疏解中心城区功能和人口；加快道路交通基础设施建设；加大优先发展公共交通力度；改善自行车、步行交通系统和驻车换乘条件；进一步加强机动车管理；提高交通管理和运输服务水平。上海和天津希望发展郊区或市区以外的经济区以缓解拥堵，重庆提出未来五年主城区将着力建成"不塞车"的城市。由此看来，缓解交通拥堵也是大城市未来几年发展的新机遇，关键是要从制定"十二五"发展规划入手，对"城市病"进行综合治理。

大城市治堵需要大智慧。我们期待着北京市更广泛更深入地征求民意，为我国预防和治理"城市病"探索一条辨证施治、标本兼治的"中医"之路。

（《四川日报》2007 年 12 月 16 日 7 版）

牢牢汲取"三鹿奶粉"事件惨痛教训

9月25日，省委召开常委会议，专题研究部署我省开展深入学习实践科学发展观活动和安全生产工作，特别强调要把安全生产作为深入学习实践科学发展观的重要内容摆在重要位置，深刻汲取近期全国一些地方发生的重大安全事故血的教训，切实加大安全生产工作力度，树立安全四川、平安四川的形象。由此看来，牢牢汲取"三鹿奶粉"事件惨痛教训，对于学习实践科学发展观具有特别重要的警示意义。

"三鹿奶粉"事件让我们再一次看到了违背科学发展观的严重后果。望着病床上的婴幼儿，年轻的父母忧心如焚，恨不得以自己的病痛换取孩子的健康；看到河北、内蒙古等地相继出现的倒奶现象，各地的奶农忧心如焚，生怕自己的"放心奶"也被停收限收；听到一些国家对中国奶制品下达禁令，有出口产品的奶制品企业忧心如焚，有的甚至不得不停产整顿。祸不单行，物极必反。"三鹿奶粉"事件，使政府信用受损，消费者信心受到严重挫伤，中国乳业由此遭遇史无前例的信任危机。我们更加清醒地看到，以人为本，以民生为本，以诚信为本，科学发展才是康庄大道。

牢牢汲取"三鹿奶粉"事件惨痛教训，安全生产是第一责任。就食品安全而言，无论是法律规定还是行业自律，无论是市场监管还是科学检测，都是早有明确规定的。令人震惊的是，"三鹿奶粉"经过了不知多少次检测，居然都未查出问题。查不出问题的问题，是最可怕的问题；比查不出问题更可

怕的问题，是查出了问题还隐瞒问题。正如胡锦涛总书记指出的那样，今年以来，一些地方发生重大生产安全事故和食品安全事故给人民群众生命财产造成重大损失。从这些事件中反映出，一些干部缺乏宗旨意识、大局意识、忧患意识、责任意识，对关系群众生命安全这样的重大问题麻木不仁。"三鹿奶粉"事件警示我们，安全责任重如泰山，必须强化行政问责，出了问题必须严格追究领导责任。特别是那些"没良心"的企业负责人，如果涉嫌犯罪，一定要追究刑事责任。

牢牢汲取"三鹿奶粉"事件惨痛教训，最大的教训是政府监管不力。食品安全是一项系统工程，不同环节有不同的问题，任何环节出了问题都会影响到产品质量。从安全生产的两个主体来看，责任主体是企业，而监管主体则是政府及有关部门。"三鹿奶粉"事件发生在企业和基层，暴露出政府监管不力的问题。目前，我国的食品安全监管制度处于过渡时期，《中华人民共和国食品安全法》正在修订，食品安全监管涉及质检、卫生、工商、农业几个部门。令人困惑的是，三鹿集团公司拥有"国家免检产品""中国名牌产品""中国驰名商标"等多项殊荣，三鹿牌婴幼儿奶粉质量被视为行业标杆，为什么这样一个标杆企业生产的产品会含有有毒物质？不是食品添加剂的三聚氰胺是怎样出现在奶粉中的？到底是哪个环节出了问题？面对诸多疑问，"三鹿奶粉"事件背后的很多监管漏洞还需要深入调查。亡羊补牢，犹未为晚。

牢牢汲取"三鹿奶粉"事件惨痛教训，根本问题是转变发展方式。不论是食品安全还是高危产业的安全生产，近几年一而再，再而三发生了太多不该发生的同类事故。"苏丹红一号"和阜阳"大头娃娃"劣质奶粉事件留下的阴影尚未消除，如今又出现"三鹿奶粉"事件，偶然事件中有着必然联系，这就是主要依靠增加物质资源消耗、追求产品数量扩张的粗放型增长方式。专家认为，三鹿集团近年来发展速度过快，但没有过硬的产品，只靠成本低来赢得市场，这就决定了它所使用的原料奶的品质。更重要的是，我国奶业产业链整合程度较低，主要表现为养殖方式落后，乳品加工企业和奶农的利益关系不顺，原料奶定价机制不合理，加工企业恶性竞争。由此看来，当前奶业发展最迫切的问题，就是转变发展方式，构建产、供、销利益联结机制，提高奶业产业链的整合程度。

总而言之，"三鹿奶粉"事件是一个典型的反面案例，使我们受到了一次生动的学习实践科学发展观的教育。痛定思痛，痛改前非，"三鹿奶粉"事件的惨痛教训必须牢牢汲取。

（《四川日报》2008 年 10 月 9 日 C2 版）

通胀预期不能"炒"

　　分析当前经济形势，通胀预期已经成为广泛关注的热点。上半年，股市回升，一路走高，许多个股股价翻番，不仅印证了经济企稳回升的事实，也让市场增添了对可能出现通胀的担忧。与此同时，楼市由冷转热，不少大中城市"地王"频现，排队买房的情景重现。到股市、楼市和期货市场看一看就会发现，通胀预期已经成为一种炒作题材。用一些"炒家"的话来说："不买还要涨，炒的就是通胀预期！"

　　通胀预期是什么？简而言之，就是对物价上涨的担忧或期待，就是"不买还要涨"的从众心理。从历史和国际经验看，经济增长总是与通胀相随。通常而言，CPI（居民消费价格指数）上涨达到3％才会预警通胀。据专家研究，CPI达到4.5％才是真正通胀的来临。即使一个经济体出现了通胀，只要通胀水平控制在5％以内，就有利于刺激企业投资和居民消费，可以促进经济增长。目前，我国宏观经济刚刚企稳回升，市场出现通胀预期，表明老百姓对经济增长的信心增强了，有助于增强人们的即时购买力，拉动更多的消费。更为重要的是，温和的通胀预期会刺激更多的民间投资，对进一步夯实经济回升的基础具有重要意义。

　　需要指出的是，通胀预期不是通胀现实。当前，我国宏观经济运行的一大特征是物价低位运行与资产价格上涨并存。总的情况看，当前我国物价总水平相对稳定，仍处在一个相对较低的水平上。据统计，今年上半年，CPI

同比下降1.1％，其中6月份同比下降1.7％，创10年来新低，八大类商品中三涨五降，处在上游的原材料、燃料、动力价格降幅更大。7月CPI同比下降1.8％，已连续六个月实现负增长。用专家的话说，当前的物价上涨，主要是对两年来降幅过大的物价水平的回补，现在就言通胀"为时尚早"。相反，当前还要注意在一定程度上防范通缩的风险。正如国家统计局新闻发言人李晓超说的那样："通胀不是我们需要的，通缩也不是我们所希望的，因为它们都会伤害经济健康发展，我们希望的是保持在合理水平上的价格。"

通胀预期是"双刃剑"，它可以刺激消费、刺激投资，也可以提前释放消费需求，推动物价恶性上涨。在通胀预期的影响下，市场上容易产生盲目追涨的"羊群效应"。据调查，在当前房地产市场一片喊涨声中，有的开发商往往利用通胀预期的助涨作用，在消费者中刻意制造"不买还要涨"的恐慌心理。有的开发商在开盘前雇人排队，有的开发商故意捂盘，囤积地盘和楼盘，制造供不应求的假象，发布预期上涨的虚假预测。这些恶性炒作通胀预期的投机行为，不仅会导致楼市、股市的非理性发展，而且会削弱实体经济回升的基础。也就是说，尽管通胀预期不是通胀现实，但也不能掉以轻心，应该加以引导，加强通胀预期管理，使通胀预期稳定在可控范围内。

通胀预期不能脱离实体经济的基本态势。通胀的发生需要一个最基本的条件，那就是总需求大于总供给。上半年，我国经济企稳回升的态势越来越明晰，但回升基础还不稳固。尽管上半年信贷的巨量投放带来了通胀的隐忧，但我们要看到当前的价格仍处在相对较低的水平上，总需求仍显不足，经济增速仍低于潜在的增速。特别是部分产业产能过剩，企业投资尤其是民间投资尚未真正复苏，市场供大于求的格局在短期内难以改变，外需不足带来的消极影响十分明显。关注实体经济运行中的新问题，我们既要关注通胀预期，也要引导通胀预期，更要未雨绸缪，稳定通胀预期，控制和化解通胀风险。只要我们坚定不移地贯彻落实中央和省委的决策部署，保持宏观经济政策的连续性和稳定性，进一步提高宏观调控的实效性和针对性，通胀风险是可以得到有效控制和化解的。

总而言之，当前我国经济运行正处在企稳回升的关键时期，"保增长、保民生、保稳定"仍然是我们的首要任务。此时此刻，我们想特别强调："通胀和通缩我们都不希望"，通胀预期不能"炒"！

（《四川日报》2009 年 8 月 20 日 C2 版，此篇获 2009 年四川新闻奖二等奖）

富士康"九连跳"说明什么

据报道，深圳富士康集团5月14日晚发生本月以来的第三起员工跳楼事件，一名21岁的安徽籍男性员工从宿舍楼7楼坠地身亡。据了解，这是富士康今年发生的"第九跳"。过去三年，富士康员工也屡屡发生自杀事件，曾多次引发中外媒体关切和质疑。现在看来，富士康员工自杀事件发生频率越来越高，不仅暴露出企业内部管理制度的缺陷，而且反映了"80后""90后"新生代员工的工作压力和心理问题。在社会转型期，企业管理与社会和谐需要更多心理关怀。

富士康员工为什么接二连三地选择轻生？从企业管理的角度看，富士康的内部管理制度加重了职工的工作压力或心理失衡，这一点是不能不引起反思和警觉的。据报道，今年2月，有一名富士康员工给董事长郭台铭写了一封信，明确指出富士康的一些部门经常用加班管控来降低公司成本，以实现公司盈利，或用取消休息时间来完成出货目标等。富士康员工说，在基层工作辛苦，每天像机器一样不停运转，工资却很低，而且基层干部并不尊重员工的自尊心，"说不好就骂，是很正常的"，很容易造成员工心理失衡。据新华社记者调查，富士康员工在物质待遇方面是比较好的，但员工之间的人际关系却比较淡漠。今年1月23日，来自河南省鄢陵县的马向前跳楼自杀身亡，他所在的寝室住了10个人，分别来自10个不同的部门，平时大家基本上没有交往，做什么事彼此不沟通，"住在一起就跟陌生人一样"。马向前跳

楼自杀前，曾在宿舍床上躺了 3 天，没有人过问。由此可见，富士康的内部管理制度和企业文化建设是存在问题的。面对"九连跳"的悲剧，富士康需要"检讨"，需要"反省"，需要"亡羊补牢"！

富士康是一个庞大的代工企业，仅在深圳龙华、观澜两地就有 40 万员工。据报道，富士康的纳税额在深圳排名靠前，员工福利待遇不错，从不拖欠工资，应聘者经常在厂外排队等候，也有员工一度离开富士康后又返回到富士康工作。面对富士康"九连跳"的悲剧，我们不能把所有的问题都指向富士康，不能把全部的责任都推向富士康。从员工自身原因看，富士康员工的跳楼自杀行为既与工作压力有关，也与婚恋和情感上遇到的挫折有关，有的是家庭出现变故造成心理问题，有的则可能是由于精神状态异常而造成悲剧。富士康自杀的员工都很年轻，都是"80 后""90 后"的年轻员工，他们都来自农村，入职时间较短。他们刚进城务工，由农村到城市有一个适应过程，会产生一个"心理隔断期"，容易陷入一种"人际荒漠"，形成心理障碍。面对陷入心理危机的新生代年轻员工，如果企业的人文关怀和心理疏导跟不上，"九连跳"的悲剧即使不在富士康发生，也可能会在别的企业发生。

"心病还需心药治"。富士康"九连跳"为现代企业管理提出了新课题，应该引起各级政府和全社会的高度重视。心理问题作为一种社会现象，在任何时候任何社会都是存在的。在社会转型期，随着社会的快速变化和竞争压力的加大，我国企业员工中发生心理问题和精神疾病的严重程度在不断上升。据调查，"80 后""90 后"的年轻员工，正在成为我国工人队伍的主流。与老一辈员工相比，新生代员工多数为独生子女，有着不同于父辈的精神诉求和独立人格，但往往不能吃苦，缺乏韧性和耐性，一旦工作和生活遇到挫折，容易产生情绪波动，甚至产生绝望心理。富士康"九连跳"警示我们，在中国经济转型的大潮下，转变发展方式与转变管理方式刻不容缓，企业、家庭和政府都要更加关心员工的心理健康。

（《四川日报》2010 年 5 月 20 日 7 版）

"国美之争"启迪什么

引起广泛关注的国美控制权之争日前落下帷幕，但由此引起的反思和讨论还在进一步深入。可以说，"国美之争"已远远超越了国美本身。

"国美之争"是一场大股东与管理者之间的内部斗争，也是一场创业者与职业经理人之间的较量。黄光裕是国美创始人，目前正因非法经营、行贿和内幕交易而被执行14年有期徒刑，但他仍然是国美这家香港上市公司的最大单一股东，仍然有权奋力争夺国美公司的控制权。尽管股东大会投票结果否决了黄光裕提出的董事局人事调整的提议，但他提出的"最关键"的撤销"配发、发行和买卖国美股份"的一般授权获得通过，对保护其大股东权益"极为有利"。正如有专家指出的那样，"国美之争"发展至今，在法治规则下获得双方当事人都能接受的结果，中小股东的理性投票和国美管理层的同舟共济起到了决定作用，体现了香港证券市场的法治规则和市场精髓。"国美之争"将成为中国公司治理的经典案例，为中国证券市场和现代企业发展提供了一面镜子。

"国美之争"启迪我们，法律面前人人平等，股东权利不可侵犯。股东是公司的出资者，是法定的"老板"，董事会和监事会都必须依照股东大会制定的公司章程行事。从企业组织结构的角度看，投资者组成的股东大会、代表投资者进行决策的董事会、监管者组成的监事会是公司治理机制的核心。从"国美之争"看公司治理，我们既要防止大股东搞"一言堂"，通过关联交易

侵占上市公司资产，损害中小股东利益，同时也要防止管理层利用体制漏洞实行"内部人控制"，侵害股东权益。为此，必须优化公司治理结构，让更多的中小股东积极参与公司治理，使大股东与小股东、股东和管理层之间的关系在《公司法》《证券法》和《上市公司治理准则》的法制轨道基础上得到制约和平衡。

"国美之争"启迪我们，民营企业从家族企业向现代企业转型是大势所趋。改革开放以来我国民营企业的发展表明，长期计划经济条件下形成的"短缺"市场，为我国民营企业发展提供了前所未有的历史机遇，使一大批敢于"下海"、敢于拼搏、敢于创新的民营企业老板在极短的时间迅速地聚集起巨大的财富，成为"先富"起来的那部分人。随着"短缺"经济的一去不复返和经济全球化的竞争加剧，我国民营企业遇到了前所未有的挑战，越来越多的民营企业失败了，也有越来越多的民营企业向现代企业转型，逐步走向公司化、股份化、国际化。黄光裕创办的国美公司就是这样一个从家族企业向现代企业转型的成功典型。如果说民营企业的转型是"二次创业"的话，民营企业的"一次创业"和"二次创业"好比是"打江山"和"坐江山"的关系。"打江山"主要依靠的是胆量，是冒险精神，是家族的自我奋斗；"坐江山"则主要依靠的是管理，是"放权让利"，是企业家的自我超越。从"国美之争"看民营企业转型，企业管理水平的高低取决于企业的制度和人才，而人才的去留又在很大程度上取决于老板对权力和利益的态度。从长远看，"放权让利"是民营企业向现代企业转型的大思路、大智慧、大趋势！"国美之争"启迪我们，企业家象征着一种素质、一种境界、一种精神。企业在成长过程中，总是面临着被市场淘汰的风险，企业出现经营权、控制权之争是再平常不过的事情。需要特别关注的是，在一个成功的企业背后，总能发现一个成功的企业家；而在一个失败的企业背后，也必然会有一个失败的企业家。从"国美之争"看企业家素质，我们感到参与"国美之争"的大股东和管理者都需要进一步解放思想，进一步超越自我，与时俱进。就在"国美之争"平息下来的第二天晚上，比尔·盖茨和"股神"巴菲特与 50 位中国企业家共聚晚餐，不知对中国的企业家有什么启迪？

（《四川日报》2010 年 10 月 12 日 7 版）

"菜篮子"里装着什么

　　持续走高的居民消费价格再次引起我们对"菜篮子"问题的关注。"菜篮子"里装着什么？为什么我们的"菜篮子"越来越重？

　　回头看看今年以来蔬菜价格轮番上涨，"蒜你狠""姜你军""豆你玩""糖高宗"等新词迭出，不断推高人们的通胀预期，牵动着各级政府的宏观调控之手。为了促进蔬菜生产，保障市场供应，稳定市场价格，各级政府高度重视"菜篮子"工程，进一步强化"菜篮子"市长负责制，果断采取一系列有力措施，千方百计使"菜篮子"价格稳定下来。尽管如此，夏季洪涝灾害影响蔬菜生产、运输以及生猪供应，从而导致"菜篮子"价格继续上涨，到10月份食品类价格仍然同比上涨10.1%，其中鲜菜价格环比上涨5.3%，成为新涨价因素的主要推手。在成都的农贸市场走一走就会发现，"柴米油盐酱醋茶，没有一样不涨价"。

　　"菜篮子"里装着市民的支出，装着农民的收入，装着社会和谐，装着党心民心！

　　透过菜价看"菜园子"，"菜园子"是菜价之本。分析当前蔬菜价格上涨的多种原因，有一种比较形象的说法，叫作"最后一公里加价五成"，最明显的感觉是流通环节出了问题。但是，当你到市场做一番追踪调查，你会发现那些高价蔬菜从千里之外运来，运费加损耗加保鲜费用，成本早已远远高于本地蔬菜，再层层批发到零售菜摊，加上人工费、管理费等，卖菜的个体户并没有赚多少钱。菜价上涨的根本原因还是"物以稀为贵",不能不引起我们高度重视的问题是大城市蔬菜自给率过低。据记者调查,随着城市化进程加快,许多大城市郊区"菜园子"越来越小,大量菜地已经被大规模开发为商业或工业用地,那里的菜农已经或正在转变为市民,这是城市蔬菜价格居高不下的深层次原因。稳定"菜篮子"首先要稳定"菜园子",切实增强本地应季蔬菜的自给能力,实行菜地最低保有量制度。只有"菜园子"生机勃勃,"菜篮子"才能价廉物美。

透过菜价看菜农,菜农是"菜园子"之本。"菜园子"是要靠菜农耕种的,没有菜农的辛勤浇灌,菜地无菜可卖。菜农作为蔬菜生产的主体,面临自然灾害和市场涨跌的巨大风险。常常是一场水旱灾害、一次菜价暴跌就可能让菜农到手的收成化为泡影,甚至血本无归。特别是随着化肥、农药等农资价格上涨,种菜成本不断加大,种菜越来越难以赚钱。"盖楼和种菜比,收益绝对是天壤之别。"在城市郊区,许多新生代菜农都宁愿进城务工经商,在城里苦熬,也不愿在菜地苦干,这是"菜篮子"工程面临的最大挑战。稳定"菜篮子",关键是稳定菜农,核心是增加菜农收入,让菜农有利可图。政府在农产品价格调控上要充分考虑菜农的利益,特别是要建立蔬菜风险基金和政府补贴机制,多为菜农排忧解难,鼓励菜农安心种菜、科学种菜。

透过菜价看市场,市场是"菜篮子"之本。在市场经济条件下,各级政府平抑蔬菜的市场价格,要充分发挥市场配置资源的基础作用,主要通过市场运作和市场规则引导市场。大城市周边寸土寸金,市郊蔬菜生产基地缩小是城市化的新课题。实行"菜篮子"市长负责制,最重要的是要通过市场机制打破城乡分割的二元体制,把大城市的蔬菜生产基地扩展到城市周边广大地区,建立与城市化进程相适应的优势互补、供需平衡、利益共享、风险共担的跨区域跨行业蔬菜基地。特别是要通过市场机制,大力引导工商资本投资"菜篮子"工程,改善蔬菜流通设施条件,提高蔬菜产销组织化程度,形成产销一体化的"菜篮子"产业链。在这方面,成都市的统筹城乡综合配套改革试验还有很大的创新空间。

　　"菜篮子"里装着什么？以人为本，民生优先；城乡统筹，科学发展。我们期待着"十二五"规划为"菜篮子"工程提供更多的政策利好，开通更多的"绿色通道"。

（《四川日报》2010年11月18日7版）

市长要与"菜贩子"交朋友

"菜篮子"是"市长工程","菜贩子"是市场主体。立足市场抓"菜篮子",市长要与"菜贩子"交朋友。

"稳菜地,活流通,保民生。"实施新一轮"菜篮子"工程,市长正面临"菜贱伤农、菜贵伤民"的两难困惑,不能不问计于菜农,不能不问需于市民,不能不问市于"菜贩子"。"菜贩子"最了解菜农和市民的需求和困难,掌握着"菜篮子"的定价权。多与"菜贩子"交朋友,可以更准确地把握"菜篮子"的市场信息,更有效地采取措施平抑菜价。

与"菜贩子"交朋友,就会发现从"菜园子"到"菜摊子"的差价有多大。蔬菜流通一般要经历四个环节:产地收购、中间运输、销地批发和终端零售,在一些大城市,流通环节可能更多。据记者调查,蔬菜每个流通环节一般加价 20%左右,主要是相关经营者要获取合理报酬,还要支付成品油、劳动力、房租等流通成本。以大白菜为例,产地菜农一角钱一斤售卖,二级批发商每斤约加价一角钱,小商贩则每斤加价两角钱,进入零售菜场后每斤还要再涨几角钱,零售摊贩才有利可图。"菜篮子"产业链的一端是不到一角钱的产地供应价,另一端却是一元钱左右的零售价,如此巨大的差价就是若干中间环节水涨船高累加上去的,最终都要转嫁到消费者头上,消费者怎能不感到"买菜难、吃菜贵"呢?

与"菜贩子"交朋友,就会发现从"菜园子"到"菜摊子"的流通成本

有多高。"菜贩子"感到头痛的是，目前流通成本已占菜价的50％～70％。特别是菜市场零售摊位租金受高房价影响连年上涨，是菜价从田间到餐桌在最后一公里不得不大幅攀升的一个主要原因。据报道，在北京农产品批发市场，一个摊位使用面积约10平方米，每月租金高达2500元，如果加上塑料袋等其他成本，费用就更高了。"菜贩子"也是不堪重负，他们迫切希望政府出手，严格控制公益性菜市场摊位租金，取消不合理收费，从源头上降低流通成本。"菜贩子"最苦恼的是，物流成本越来越高，即使农民白送你大白菜，你自己去收割的话，从山东运到北京的批发市场，每斤运输成本也是两角钱以上。再运到终端市场，还有二次运输的成本，可能就是三四角钱了。如果不采取强有力措施降低蔬菜运输成本，蔬菜零售价格也是不可能降下来的。

与"菜贩子"交朋友，就会发现从"菜园子"到"菜摊子"的经营环境有多难。"菜贩子"的买卖都是小本经营，每天买进卖出的蔬菜品种和数量是相对稳定的，但摊位费、运费、水电费等经营成本却在不断上涨。受气候和运输条件等多种因素影响，蔬菜在流通环节损耗达25％～30％，这些损耗和费用摊薄了"菜贩子"的利润。在流通环节，"菜贩子"可以通过调整经营品种规避市场风险，但他们面对大城市越来越高的运输成本、生活成本，经营环境之艰难是很多人想不到也吃不消的。其实，"菜贩子"挣的就是辛苦钱。

与"菜贩子"交朋友，就会发现"菜篮子"工程的根基是市场开拓。从蔬菜产地到零售摊，看似环节多，但哪一个环节都不能少。随着城市化加快发展，大城市越来越依赖外地蔬菜供应市场。面对"卖全国、全国买"的大市场，只有"菜贩子"的独家经营是不行的，但没有"菜贩子"的市场营销也是万万不行的。千里之外千家万户分散种植的"菜园子"，需要千军万马的长途贩运，需要千辛万苦的市场开拓，需要千差万别的批发零售。即使在很多超市，由于农超对接尚处于起步阶段，进入超市的蔬菜大部分也只能通过

"菜贩子"集中收购，然后分期分批送进超市。由此看来，完善"菜篮子"的产销对接，不仅要进一步强化"菜贩子"的市场主体地位，而且要为他们开通更多绿色通道。只有让"菜贩子"一路走好，菜农的"菜园子"才有销路，市民的"菜篮子"才更丰富多彩。

（《四川日报》2011 年 6 月 7 日 7 版）

别对"创业板"期望太高

创业板给我们上了一堂生动的风险教育课。

最近两周，我国股票市场"逢新必炒"的悲喜剧再次重演。就在创业板首批新股 10 月 30 日上市当天，28 只创业板股票无一例外受到众多投资者热烈追捧，多数股票开盘即比发行价高出 50％以上，经过短时间换手之后，股价又进一步上行，股票的涨幅很快便超过 100％，有的甚至超过 200％。由于涨幅过大，28 只股票当天均遭临时停牌，随后大幅震荡，至收盘时所有股票均留下长长的上影线，绝大多数投资者当天便被"套牢"。创业板首批股票挂牌上市第一周，28 只股票平均换手率达 118％，总市值较首日收盘缩水 160 亿元。到 11 月 17 日，参与创业板的大多数投资者仍处于等待"解套"或"忍痛割肉"的煎熬中。由此看来，创业板开锣即藏隐忧，别对创业板期望太高。"股市有风险，入市需谨慎。"尽管在创业板开板前，交易所和媒体就不断警示盲目投资创业板存在的巨大风险，但在股票挂牌上市后仍然出现了如此巨大的股价波动。表面上看，主要是创业板公司普遍成立时间短、规模小，所处行业特殊，经营不稳定，这就使得市场对这些公司的估值缺乏较为可靠的标准，投资者对公司的发展前景容易交替出现极度乐观与极度悲观的判断，从而导致股价的大起大落。在创业板正式交易前，还有市场人士担心，首批创业板公司发行市盈率太高，可能出现"破发"。事实表明，一个新生事物的出现往往格外吸引公众的关注，这种关注则往往成为股市"逢新必炒"的推动力。"炒股，炒的就是预期!"实际上，正是这个"炒"字，充分反映出投资者投资行为的投机性和盲目性，深深地潜伏着创业板巨大的市场风险。也就是说，创业板未来很可能仍将面临股价的上下起伏或剧烈波动，这不仅对市场管理者和交易制度的改进提出了新要求，也是对投资者风险意识的新考验。对投资者而言，最重要的是要调整盲目"炒新"的心态，别对创业板期望太高。

国际经验表明，创业板市场的发展难度比主板更大。自 20 世纪 60 年代以来，共有 39 个国家和地区先后设立了 75 家创业板市场，美国、英国、韩国等市场发展较为成熟，但也有一些市场流动性差、吸引力低，规模最小的仅有几只股票在惨淡运行，甚至有不少创业板市场因种种原因被关闭或转换，如今正在运行的仅约 40 家。目前，香港创业板公司的股票估值水平比主板的蓝筹股还低，绝大部分股票都成为"仙股"（股价不足一元的股票）。据统计，在 20 世纪 90 年代后期，短短 5 年时间内，拥有 5000 余家上市公司的美国纳斯达克就有千余家退市。我国创业板市场起步较晚，筹备 10 年之久，充分汲取了国际创业板市场的经验教训，具有后来居上的发展前景。从首批创业板上市公司的行业分布看，主要集中于科技和服务行业。对比主板上市公司，首批创业板公司无论在主营收入还是每股收益方面，都表现出良好的成长性，体现了创新型企业的特色，这也是我国创业板市场发展的一个优势。尽管如此，创业板企业正处于成长期、创业期，规模小、不稳定，仍然存在退市的风险。根据创业板市场直接退市的安排，当创业板企业经营严重恶化时有可能直接退市，不能奢望可能还会重组。特别是创业板公司退市的标准比主板更严格，投资者和企业经营者都应该高度重视创业板企业的退市风险。

别对创业板期望太高，绝不是说创业板没有投资价值和投资机遇。与中国股市初创时期的市场环境有很大不同，在改革开放 30 年的时代背景下，我国很多中小企业以较快的速度不断发展，为创业板提供了丰富的优质上市资源，推出创业板正是为了让拥有创新活力与发展潜力的中小企业更有效配置资金和资源，促进中小企业更好更快发展。就四川而言，目前有 1300 多家高

新技术企业、创新型企业面临"融资难",对创业板的关注度和期望值很高。首批创业板股票集中上市,其中3只川股特别引人注目,其中金亚科技成为创业板上市首日唯一一只被三次停牌的个股,激发了许多四川中小企业渴望在创业板融资的热情。面对创业板上市融资的热情和机遇,我省各级政府和有关部门正在抓紧做好上市企业的孵化、推荐和筹备工作,这是应该坚持的。在这里,我们要提醒广大投资者和企业经营者的是,机遇与风险共存,成长与风险同在。

多元化的经济结构需要多元化的投资渠道,多元化的投资渠道可以有效降低市场风险。当你准备到创业板融资的时候,当你投资创业板的时候,千万别在"一棵树上吊死",千万别"把鸡蛋放在一个篮子里"!还是这句话:"股市有风险,入市需谨慎!"

（《四川日报》2009年11月19日C2版）

管理通胀预期大有可为

　　春节临近，市场物价比较平稳，但消费者对通货膨胀的预期仍然强烈。省"两会"期间，不少代表委员对管理通胀预期提出了很好的建议，特别强调要把保持经济平稳较快发展、调整经济结构和管理好通胀预期这三个方面结合起来，为经济发展创造一个良好的外部环境。同时，也有代表委员提醒消费者要用发展的眼光看待通货膨胀，对通胀预期保持一种冷静、客观、理性的态度。

　　正如"两会"代表委员和专家学者指出的那样，发生通货膨胀的根本原因在于流通中的货币量太多了。我国目前社会上存在的通胀预期，确实与流通中的货币量增加有关。回首"最为困难"的 2009 年，为了应对国际金融危机，我们实施了一揽子扩张性经济政策以及与之配套的适度宽松的货币政策，在短时间内大大增加了流通中的货币量。这些货币相对集中地投放于基础设施建设领域，当然会拉动相关生产要素如水泥、钢材以及各种原材料等的价格上涨，并逐渐传导到下游产品。其中一部分资金还可能去寻找短期回报率高的投资领域，进入房地产、股票等市场，从而推高房价股价。如果考虑到国际热钱的推波助澜，通胀预期就会更加强烈。尽管我们现在还没有出现通货膨胀，CPI、PPI 到去年 11 月、12 月才先后由负转正，但我们不能不预见到通货膨胀确实有可能出现。对此，我们必须保持高度的警惕，通过更加科学合理的宏观调控，加强通胀预期管理，有效防止恶性通货膨胀发生。

用发展眼光看待，我国当前出现通胀预期是一种很正常的现象。随着经济形势的好转，物价水平出现了止跌回升势头，人们担心物价上涨，买涨不买跌，只要宏观调控得当，引导管理适度，可以转化为促进消费、刺激民间投资的动力。温和的通胀预期不仅会增强消费者的即时购买力，而且会刺激更多的民间投资。在通胀预期背景下，只要有合适的投资项目，民间资本就会更主动、更积极地投资，这对夯实经济回升的基础具有非常重要的意义。从历史和国际经验看，经济增长总是与通货膨胀相随，即使一个经济体真的出现了通胀，只要通胀水平控制在5％以内，就有利于刺激企业投资和居民消费，促进经济增长。来自四川各地的市场调查表明，老百姓现在的通胀预期主要是对未来通胀可能性的一种判断或担心，并不意味着通胀一定会发生。在通胀预期不断强化之际，最紧迫的是把老百姓的通胀预期稳定在适度的温和的范围内，引导到理性投资和可持续消费的科学发展轨道。

随着我国经济企稳向好，通胀预期及其管理已成为一个现实问题，应该引起各级政府高度重视。通胀预期具有自我强化、自我实现的特点，如果放任通胀预期强化，消费者会据此调整经济行为，迟早会变成现实的通胀。从历史和国际经验来看，历次经济危机之后大都会经历资产被稀释、物价上涨的阶段，防止恶性通胀成为后危机时代宏观经济的主要难题。分析我国目前经济形势，今后一段时间，既有推动物价上涨的因素，也有抑制物价上涨的因素，总的趋势仍然是需求不足，未来物价较快上涨的可能性不大，但如果放任通胀预期强化，也可能导致企业和消费者过度调整生产、投资、消费行为。最明显的是，如果通胀预期过高，就可能吸引企业和居民过度借贷、盲目投资或超前消费，刺激过多的货币涌入股市楼市，助推资产价格快速上涨。因此，党中央、国务院和省委、省政府未雨绸缪，把管理通胀预期作为今年宏观调控的重要任务，是非常明智的，具有很强的针对性。最近，我国央行提高了存款准备金率，就是要加强流动性管理，回收市场上一部分过剩的流动性，从而控制好流通中的货币量。这是在保持宏观经济政策连续性和稳定性的同时增强其针对性和灵活性的具体体现，抓住了管理通胀预期的"牛鼻子"。

管理通胀预期大有可为！看一看近期市场的物价走势，就会发现各级政府加强通胀预期管理取得明显成效，粮价肉价比较平稳，楼市股市正在降温。据报道，1月18日至24日，上海楼市均价跌回2万元以内，杭州部分楼盘出现退房大单。现在的关键问题是，努力增加居民基本生活必需品的供给，进一步完善政策法规，规范流通秩序，遏制某些领域非正常价格过快上涨。同时，要加强舆论宣传，防止片面夸大通胀预期，引导企业和消费者理性投资、理性消费。

（《四川日报》2010年2月2日C2版）

淘宝事件警示什么

　　淘宝商城收费新规引发部分商家不满事件已经平息下来，但由此引起的社会关注和思考仍在进一步深化。10月19日，商务部就淘宝事件作出回应，认为淘宝事件发生的根本原因是中国网络管理的法律基础薄弱，网络零售领域法律缺失、监管体系不健全，将牵头起草《网络零售管理条例》，从而形成第三方交易平台市场准入制度。同时，也有不少专家学者认为，淘宝事件暴露了目前电子商务企业"很不成熟"。用专家的话说：成功的商人不等于成功的企业家，商人只考虑怎样赚钱，但企业家要有企业家的良心和责任感。由此看来，淘宝事件的发生不是偶然的，根源在于网络管理的法律缺失，根源在于商人道德的责任缺失，根源在于社会信用体系建设的诚信缺失。这是淘宝事件对我们的警示！

　　淘宝事件对淘宝商城的伤害最大。事与愿违，得不偿失，淘宝商城的"危机公关"没有取得预期效果。据报道，阿里巴巴集团17日下午在杭州召开新闻发布会，明确宣布将向淘宝商城追加投资18亿元，用于将淘宝商城打造成为"品质之城"，同时表示将淘宝商城收费新规实施的时间延后至明年9月30日，还在保证金、贷款担保、增加投入、转让淘宝经营多方面作出了一系列规定，特别引人注目的是将为符合条件的新商家向银行和第三方金融机构的贷款提供担保支持。尽管如此，人们对淘宝商城的收费新规仍然存在诸多担心和疑虑，甚至有一些卖家准备改换门庭，纷纷开始筹备在QQ商城、京东商城、当当网等平台开店。由此看来，淘宝商城还需要进行"全面的反思"，亡羊补牢，取信于商。

淘宝商城靠什么打造"品质之城"？阿里巴巴集团管理层认为：淘宝商城收费新规的出发点是提高服务门槛，追求服务品质，保障消费者获得更好的产品和服务。但是，社会上比较普遍的看法是，你打的旗号是提高门槛，增加诚信，那当初成立淘宝商城时怎么不这样做呢？你过去是靠免费或低价吸引卖家，积聚了人气，形成了现在的垄断地位之后又将年费、保证金等一下子翻得很高，涨幅高达十几倍，把与自己相依为命、共同拼搏、缺乏经济实力的一部分小卖家挤出去，这即使不是一个"过河拆桥"的诚信问题，至少也是考虑不周、方法欠妥，表明这个企业是很不成熟的。正如有的专家指出的那样，没有看到哪个成熟企业在和其客户续约时会有这么高的涨价幅度。你既不增加服务内容，又不与商家平等协商，想涨多高就涨多高，怎么能不激起众怒呢？

淘宝事件暴露了淘宝与卖家之间的矛盾由来已久。淘宝的网上交易平台基本上处于垄断、独大的地位，每一次改变交易规则和收费标准都会激起部分卖家的反对。据报道，过去 8 年时间里，淘宝最初承诺不向用户收取任何费用，但在发展过程中积累人气之后一直没有放弃尝试"变相收费"。2006 年5 月，淘宝调整搜索结果的排序规则，新规定按关键字竞价，商家出价越高，获得越靠前的展示位置，当时有 2 万多名商家计划罢市，他们认为此举为"变相收费"。到 2010 年 7 月，商家抗议行动进一步升级，更有人在杭州淘宝总部门前下跪表达愤怒。正是在这些长期积累的矛盾没有得到化解的情况下，淘宝商城又出台了提高门槛的收费新规，使淘宝与中小卖家之间的矛盾进一步激化。"兔子急了也咬人。"面对随时可能爆发的长期积怨，淘宝商城的收费新规成为一根火上浇油的导火线。此时此刻，淘宝商城的决策者和管理者即使不做"道德模范"，也绝不能"一意孤行"。审时度势，以变应变，化危为机，即使有天大的委屈也不能轻言"放弃"，这是企业家的良心和责任。

"解铃还须系铃人。"淘宝事件警示我们，中国的电子商务迫切需要制度

规范，迫切需要企业道德自律，迫切需要社会信用体系建设。面对当前网络管理的法律缺失和社会信用体系的诚信缺失，我们希望电子商务企业多一点道德自律，多一点平等协商的沟通机制，多一点企业家的良心和责任！

（《四川日报》2011 年 10 月 25 日 7 版）

理性看待楼市降价促销

据报道，今年楼市"金九银十"已变成"铜九铁十"，提前进入寒冷的"冬眠"。近一个月来，越来越多的开发商加入降价促销的行列，一些城市商品房销售出现量跌价滞甚至量价齐跌。上海、北京、浙江等地的开发商急于回笼资金，开始大幅度降价售楼，有的楼盘降价幅度高达40%以上。与此同时，前期购房的业主感到自己"被开发商欺骗了"，纷纷开展"维权"行动，要求开发商停止降价、退房或补全差价。于是，由楼市降价引起的"负资产问题"和"退房纠纷"引起社会关注。

如何看待楼市降价促销？如何化解"退房纠纷"背后的"房价焦虑"？

理性看待楼市降价促销，就会发现政府调控楼市的措施已经取得预期效果。我们已经进行了两年房地产调控，开发商降价促销是顺应市场变化的正确选择。随着楼市调控"国十条"、房产税、限购令的落实和1000万套保障房安居工程建设的加快，楼市供不应求的局面正在发生越来越明显的改变。"高处不胜寒"，面对越来越少的成交量，开发商要回笼资金，唯一有效的办法就是降价促销。早降价早主动，谁不降价谁被动。开发商降价促销既是不得已而为之的市场行为，也是政府调控高房价的预期目标。正如温家宝总理最近指出的那样，下调房价是国家坚定的政策，我们的目标是要使房价回归到合理的价格。

理性看待楼市降价促销，就会发现当前房价总的形势还处于僵持阶段，

房地产一系列调控措施决不可有丝毫松动。房地产调控的难度很大，好不容易才使房价开始松动，只有继续坚决落实楼市宏观调控措施，才能使房价持续回归到合理水平。调查表明，目前开发商的降价幅度有限，大多数开发商仍在观望之中。除明码降价外，不少楼盘更多地采取"变相降价"方式。更为重要的是，我们的楼市调控主要是通过"限购"实现的，老百姓持币待购的刚性需求仍然存在，一旦放松，停止调控，不但不能使房价回归到合理水平，而且会使楼市调控前功尽弃。前两年越调越高的"高房价"，难道不值得我们警示吗？

理性看待楼市降价促销，就会发现房地产市场交易是受合同保护与约束的自主行为，因房价涨跌导致的矛盾纠纷应该根据合同约定协商解决，如果协商不成，可通过法律途径解决。有市场就有涨跌，有涨跌就有盈亏，谁也不能保证只盈不亏。从法律上看，业主在与开发商签订书面且经法定程序备案的购房合同时，双方都应当被推定为"理性人"，都应该有预测并承担因市场行情变化而造成损失的能力。"合同是当事人之间的法律"，既然已经签订合同，就应该严格执行。当房价上涨时，开发商没有权利要求解除合同，让业主按照新的价格买入；当房价下跌时，业主也没有权利要求补偿差价或退房。尽管如此，房价涨跌过程中，如果开发商存在劝诱引导或者欺骗行为，在业主进行举证后，也是完全可以要求补偿或退房的。

理性看待楼市降价促销，就会发现房价的大起大落对业主的伤害最大，只有让房价回归到合理水平才能从根本上保障购房者的权益。当前楼市降价促销主要是前段时期房价持续上涨引起的，部分业主"买涨不买跌"，因担心房价继续上涨而恐慌性购房，结果买在降价促销的"拐点"上，其损失之大是值得同情的。就购房者而言，如何减少损失，还是要靠自己的理性判断，既然追涨已经吃了大亏，就不要再杀跌，要以理性平和的心态承担风险。就开发商而言，开展降价促销活动，不能扰乱房地产市场秩序，不能忘记企业诚信的道德底线，尽可能理解、尊重前期购房业主的合理诉求。对于政府而言，在坚决落实中央宏观调控措施的同时，要高度重视楼市降价引发的"房价焦虑"和"退房纠纷",切实履行市场监管责任,坚决打击开发商涉嫌违规违法的欺诈行为,维护房地产市场的平稳健康发展。

(《四川日报》2011 年 11 月 10 日 7 版)

休闲消费大有可为

今年十一"黄金周"再一次带动了以消遣旅游为重点的休闲消费。据全国假日办和商务部发布的信息，10月1日至7日，全国纳入监测的119个直报景区点共接待游客2433.38万人次，同比增长8.84%，旅游收入124649.81万元，同比增长10.57%；商务部重点监测的全国零售和餐饮企业销售额为6962亿元，同比增长17.5%。在四川，十一"黄金周"期间共接待游客2630万人次，实现旅游收入117.31亿元，同比增长28.2%；实现社会消费品零售额204亿元，同比增长21.6%。由此看来，旅游与休闲是服务业中的新兴产业，是方兴未艾的消费热点。

休闲消费大有可为！分析当前中国的消费趋势，休闲旅游是受老百姓欢迎的生活方式。随着温饱问题的基本解决，以及全面小康目标的逐步实现，"休闲"二字在老百姓心目中的位置越来越重要，人们对旅游的追求越来越强烈，休闲旅游自然而然成为一种新的消费时尚。"用旅游消除疲劳！""用休闲消除浮躁！"按照我国国内旅游抽样调查分类，在各种旅游项目中，"观光游览""度假休闲""探亲访友"都属于世界旅游组织划分的休闲旅游之列。据国家旅游局等有关方面联合发布的统计数据，2010年我国居民休闲消费最核心部分为2.19万亿元，相当于社会消费品零售总额的14.2%，相当于GDP的5.51%。就休闲旅游而言，2010年我国城镇居民和农村居民的休闲消费分别为9403.81亿元和3175.96亿元，占国内旅游消费的83.7%和71.18%。走向"十二五",发展旅游与休闲产业正在成为各地调整产业结构、转变发展方式的一个重要途径和战略重点,休闲消费必将进入快速发展的黄金时期。这是前所未有的新机遇!

休闲消费大有可为!当休闲成为一种时尚的社会追求和生活境界,休闲消费就是不可阻挡的民生需求和市场需求。看一看今年十一"黄金周",就会发现休闲消费的市场潜力有多大,休闲旅游的场面有多么火爆。在四川,峨眉山、九寨沟、都江堰等旅游热线再创新高,地震灾区生态旅游、红色旅游、养生旅游持续升温,成都周边城镇"农家乐"异常火爆,各地市场的餐饮娱乐、高档服装、金银珠宝、家电通讯、文化休闲、旅游用品备受青睐。逛广安、北川、映秀,爬剑门关、窦圌山、青城山,"观光游览""度假休闲"与各种富有特色的文化活动结合在一起,展现出四川人民坚韧不拔、从容淡定、乐观向上的精神面貌。透过十一"黄金周",可以看到休闲旅游作为一种基本的生活需求,代表着一种高尚的生活境界。这是新时期人民群众的新期待!

休闲消费大有可为!休闲消费在我国刚刚起步,目前正面临多方面的制约。最大的制约表现在思想观念,特别是对什么是休闲、为什么要休闲、怎样休闲等问题缺乏正确的认识。长期以来,由于我们崇尚劳动至上,对休闲的理解存在偏差,对休闲的刚性需求比较忽视,无论在城市还是农村都比较缺乏休闲的空间、设施、服务和产品。来自针对农民工、城市职业妇女、空巢老人的调查表明,就休闲消费的制约因素而言,休闲者个人收入的制约和休闲时间的制约同时并存,需要引起相关方面高度重视。不少企业长期存在的"5+2""白+黑"的全日制工作状态不仅会对居民的休闲消费产生一定的抑制作用,而且不利于和谐社会的构建和人的全面发展。从这个角度看,休闲消费也需要科学发展。我们要坚持以人为本,加快发展旅游业和休闲业,进一步提升城乡居民的个人收入和休闲能力。只有当旅游与休闲普遍成为人们生活的一种目标,休闲消费才能真正发展成为社会评价的"幸福指数"。

（《四川日报》2011 年 10 月 11 日 7 版）

成都限车"三问"

可爱的四川只有一个可爱的成都。

成都"限车"的听证会牵动着许许多多四川人的心。

据报道，成都市最近推出的"限车"待议方案不仅引起听证代表的争议，也引起了社会舆论的强烈关注。与最近网上盛传的"地震谣言"和股市楼市前段时间疯狂炒作的"通胀预期"有所不同，成都市"限车"的待议方案和听证会都是真真实实的，对成都车市的刺激也是实实在在的。君不见"限车"听证会前夕，成都汽车市场那种疯狂购车的情景，还真有一点"抽刀断水水更流"的感慨。

成都市"限车"真的是"必然选择"吗？与北京、上海等直辖市相比，成都市真的到了非限车不可的时候了吗？参加"限车"听证会的代表已经从不同的方面提出了意见，成都市交委相关负责人也表示，将充分考虑民意，通过进一步研究，促成最能代表各方诉求的政策形成。此时此刻，引起我们思考的还有三个问题。

第一个问题：成都市的"中心城区"在哪里？成都市"限车"仅限于"中心城区"，据说是在绕城高速以内。引起听证会代表和社会舆论争议的无非是两种意见，一是说限车范围太宽，一是说限车范围太小。我们的看法是，就"中心城区"的形成而言，绝不是可以由某一条道路来划分的，它主要是由人流、物流、信息流的流向决定的，既是历史形成的，同时也是与时俱进的。翻开成都市 20 世纪 50 年代的地图，中心城区的边界就在府南河；六七十年代有了一环路，一环路以内还有大片农田；90 年代初，还把一环路以外看作城乡接合部。随着二环路、三环路、绕城高速的通车，才形成了成都市现在的大格局。按照国务院批准的成都市"一主七卫"的城市发展规划和向东向南发展战略，未来的成都市布局将逐步由现在的密集"圈层式"布局发展为疏密结合的"扇叶式"布局。如果以现在的绕城高速为界"限车"，未来的成都中心城区难道不能越过绕城高速向东向南发展吗？我们可爱的世纪城新国际会展中心和正在建设的领事馆区难道也要"限车"吗？

第二个问题：成都市的公共交通能适应"限车"吗？成都市的地铁还在修建，中心城区的公共交通系统还不发达，与北京、上海还有很大差距。"限车"后市民的出行方式如果转移到公交，势必造成公交车更加拥堵。据规划，成都市远期中心城区范围内还有 886 公里的未建规划道路，主要集中于三环路、外环路之间的"177"和"198"区域。由于受到规划道路总量和财政收入、征地拆迁等因素影响，成都市的道路建设速度远远落后于车辆的增加速度。也就是说，当务之急是修路，根本的缓堵是修地铁。在地铁和公共交通网络很不完善的情况下"限车"，成都市民的"限车预期"和购车激情怎么能不"疯狂"呢？

第三个问题：成都市城乡一体化的路怎么走？与北京、上海等直辖市不同，成都市是一个地处西部的省会城市，不仅城乡二元结构十分突出，而且背着"大城市带大郊区"的历史包袱。在城乡一体化进程中，按照建设世界现代田园城市的发展思路，成都市目前正在加快小城镇建设，已经出台一系列"农民变市民"的改革措施。在这种形势下"限车"，不仅对绕城高速以外的市民不公平，对绕城高速以内还没有购车的市民也不公平。更为突出的是，成都市是成都平原城市群的"龙头"，但并不构成一个完整的经济区。随着成渝、成绵、成乐、成雅、成南等高速公路的通车，以成都为核心的"两小时经济圈"已经形成。如果成都市限制外地车进城，不仅对成都市周边城市群发展不利，而且会削弱成都作为西部综合交通枢纽的地位和作用。也就是说，

没有来自成都市周边城市群的人流、物流、信息流，成都市的中心城区还有什么吸引力和竞争力呢？

以上三问，是看到听证会的新闻报道后引发的思考。

（《四川日报》2010 年 4 月 30 日 12 版）

房价调控要"问责"

多管齐下控房价，行政问责新举措。

国务院最近出台的一系列房地产调控措施收到了明显效果。调查表明，受到老百姓广泛关注的楼市新政策，除了实行更加严格的差别化信贷政策外，最受好评的是首次提出实行考核问责制，将房地产市场的价格管理纳入行政管理范围。用专家的话说，"问责制"进一步强化了地方官员在遏制高房价上的行政责任，表明了政府坚决遏制房价过快上涨的决心。

按照国务院要求，稳定房价和住房保障要实行省级人民政府负总责、城市人民政府抓落实的工作责任制，住房和城乡建设部、监察部等部门要建立考核问责和约谈、巡查制度，对稳定房价、推进保障性住房建设工作不力的，要追究责任。这意味着维护房价稳定已经被纳入政绩考核体系。正如不少专家指出的那样，我国房地产市场的真正问题实际上是在市场之外，房地产市场调控事关经济体制改革成败。看一看前几年房地产市场调控"越控越涨"的实际效果，再看一看前一段时间不少城市"地王"频现的幕后推手，就会发现地方政府与开发商之间"以地生财""以地招商"的利益链有多么复杂！要改变这种状况，不仅需要进行深层次的政府行政职能转变，而且需要建立严格的考核问责机制。政府是宏观调控的主体，当然是房地产市场调控的主要责任者。多管齐下控房价，我们期待政府的措施更有力、更有效、更得民心！

　　房价调控多管齐下，加快转变发展方式是根本。自20世纪90年代进行住房制度改革以来，我国房地产市场迅速发展，已经在相当程度上实现了市场化。但是，我国房地产市场的市场化进程缺少与之配套的监管体制，致使市场的投资功能与这个市场必须具有的保障性功能产生了错综复杂的矛盾或博弈，最突出的问题是将大量城市土地用于可以给GDP带来更多效益的高档商品房的开发，从而使住房的保障性功能受到了严重的挤压。进入新世纪以来，随着城镇化水平不断提高，我国城乡居民对住房尤其是对大中城市住房的需求更是出现"井喷"。当前房价居高不下，根本原因是供不应求。这一特殊的国情决定了我们调控房价必须更多地从供求关系来考虑，进一步加快保障性安居工程建设，千方百计增加住房有效供给。

　　房价调控多管齐下，实施差别化住房信贷是关键。分析当前房价过快上涨的原因，最突出的表现是资金流动性充裕，投资投机性购房大量增加。这种投机炒房的行为，不仅挤压了居民自住需求的空间，而且造成了宝贵住房资源的闲置、浪费，使本来供需不平衡的市场更加失衡。因此，遏制房价过快上涨，必须首先抑制不合理的投机性购房需求，实行严格的差别化住房信贷政策，用严厉的信贷政策从消费终端斩断楼市投机的源头。在这方面，各级金融机构要抓准投机购房的"命门"，为稳定房价严格把好"信贷关"。

　　房价调控多管齐下，加强市场监管是保障。到房地产市场走一走就会发现，有的开发商囤地炒地、哄抬房价已经严重影响房地产市场秩序。各级政府和监管部门要严格依法查处土地闲置及炒地行为，清理已发放预售许可证的商品住房项目，对囤积房源、哄抬房价等行为加大曝光和处罚力度。同时，还要进一步加强经济适用住房管理，强化使用过程的监督，防止违规出售、出租、闲置、出借经济适用住房或擅自改变住房用途。在这方面，我们期盼政府的"问责"更公开、更公正、更得民心！

（《四川日报》2010年5月6日9版）

农产品循环涨跌说明什么

据报道，前一个时期，少数不法经营者恶炒农产品，引起个别农产品价格异常波动，已经严重影响市场秩序。先是大蒜、辣椒价格疯涨，后是绿豆、黑豆、薏米等杂粮价格的轮番爆炒。对此，各级政府高度重视，已经采取有力措施，严厉打击囤积居奇、哄抬农产品价格等违法行为，并收到了明显成效。来自权威部门的调查表明，目前农产品价格有所回落，前期价格暴涨的农产品仍有一定的降价空间。由此看来，通胀预期得到控制，"米袋子"和"菜篮子"会趋于平稳。

改革开放以来，经历过多次农产品价格的大起大落，我们对农产品的循环涨跌并不陌生。以大蒜为例，大蒜在农民眼里素有"白老虎"之称。两年前，一袋大蒜20公斤才两三元钱，今年涨到200元，身价暴涨100倍。两年前，蒜价为什么那样贱？根本原因是2005年全国大蒜价格持续攀升，2007年各地种植大蒜面积就一窝蜂地扩大，引起市场供大于求，大蒜价格下跌，2008年跌到最低时每斤只有5分钱。"蒜贱伤农"，种植面积又一窝蜂地大幅减少，随之大蒜供不应求，2009年价格又暴涨，甚至超过猪肉价格。越涨越跌，越跌越涨；暴涨暴跌，跌跌涨涨。这样的循环还在其他农产品产销中不断重复着。正如不少农业产业化龙头企业一再呼吁的那样：最大的市场风险在农业。农产品循环涨跌，正从一个侧面凸显了转变发展方式的紧迫性。

农产品价格的循环涨跌凸显农产品定价体系缺失的问题，反映了农产品

市场本身的无序性和不均衡性。与工业产品的市场风险不同，农产品是地区性、季节性很强的"天"字号食品，面临生态环境和自然灾害的挑战更大、困难更大、风险更大，从而引起的投机炒作和市场波动也更大。最明显的是，近年来，发菜、冬虫夏草、牛蒡、芦笋、蘑菇、辣椒、绿豆、大蒜等十几个小品种，轮番成为游资炒作的对象。这些投机活动不仅严重影响老百姓的生活，扰乱市场秩序，而且对农民的下一年度种植计划产生严重误导，加剧了农产品价格的循环涨跌。当前，各级政府和有关部门进一步加强对农产品市场的价格监管和调控，从重从快打击爆炒农产品的违法投机行为，这是非常及时的。现在的关键问题是，当主要农产品价格出现异常波动时，政府要密切关注价格走势，依法采取临时干预措施，进一步落实农产品价格保护政策，引导和维护正常的农产品生产流通和价格秩序。

农产品价格的循环涨跌凸显了农产品生产结构的问题，反映了一家一户的小农生产的局限性和无组织状态。一家一户的小农生产方式决定了分散的农户经营无法与全球化的大市场对接，这是农产品价格循环涨跌的根本原因。分散经营的农户往往各自为战，信息来源少，无法对市场行情作出准确判断。他们决定"种什么、种多少"或"养什么、养多少"时，总是看当前的市场行情和邻近的同类行为，容易出现盲目的"跟风"或"趋同"。而农产品市场之大，价格变化之快，是分散的农户"看不见、摸不透、吃不准"的，收获时的价格与播种时的价格往往有天壤之别。我国农民种田之难，难就难在这样的"信息差""时间差""价格差"，难就难在分散的经营与市场脱节，本来是"跟着市场感觉走"，却常常被市场欺骗、抛弃。由此看来，走出农产品价格循环涨跌，根本出路在于转变分散经营的小农生产方式，引导农民走农业产业化、适度规模化和产销一体化之路。

（《四川日报》2017年7月13日7版）

通胀压力不可低估

分析我国当前经济形势，通胀预期仍然强烈，通胀压力不可低估。

国家统计局最近发布的数据显示，7月份居民消费价格指数同比上涨3.3%，涨幅创年内新高，基本与市场预期相符。尽管在3.3个百分点的涨幅中，有2.2个百分点是由翘尾因素形成的，但目前仍然存在不少推动物价上涨的新因素。如何看待当前通胀压力和未来物价走势？有关专家分析认为"有一定的不确定性"，希望继续加强通胀预期管理，进一步防范和抑制通胀。

当前，我国正处于由经济较快增长走向稳定增长的关键时期，防范和抑制通胀是宏观调控的重中之重。去年，为了应对国际金融危机冲击，大量流动性被注入市场，银行信贷和货币供应量增长均达历史高位，对今年的经济增长带来潜在的通胀压力。今年以来，我国实行积极的财政政策和适度宽松的货币政策，政府高度重视通胀预期的管理，出台了调控房地产市场、控制信贷总量和节奏、清理地方融资平台、节能减排、取消部分商品出口退税等政策，卓有成效地化解了通胀压力。特别是随着经济增速适当回调，抑制价格上行的因素增多，有利于进一步防范和抑制通胀。尽管如此，不能不清醒地看到，经济社会发展中的"两难"问题在增多，引起物价上涨的新因素也在增多。居民的通胀预期由此而强化，从而加大了通胀的压力。

现实的通胀压力来自农副产品的涨价预期。今年，我国部分地区接连发生历史罕见的旱灾、洪灾、泥石流等自然灾害，农业生产受到较大影响，食品价

格上涨占到 7 月份新涨价因素的 70％ 左右。从国内粮食供求关系来看，前 6 年粮食丰收，今年夏粮虽然略有减产，但仍然是丰收年，粮食供求总量还是平衡的。但我们不能不看到，干旱和山火引致的俄罗斯粮食出口禁令或将引发全球粮价上涨，而全球粮价上涨必将对国内粮食市场产生一定的刺激。全球小麦减产已经拉响粮食安全警报，由国际粮价上涨推动的输入型通胀压力不可低估！

资源性产品价格改革可能增加成本推动型通胀压力。国内外经验表明，资源性产品价格过低，不能反映资源真实价值，容易导致资源、能源利用效率低，不利于经济发展方式转变。节能减排需要上调资源价格，进一步深化收入分配制度改革，也需要不断提高劳动者收入，从而增加企业成本。今年上半年，我国已经出台了一些资源性产品涨价的政策措施，下半年有的地区还将出台水、电和燃气价格的上调方案，这些都将加大居民的消费支出，增强社会的通胀预期。随着我国人口红利效应的不断减弱，劳动力成本抬升也是一种长期趋势，从而影响未来物价走势。

投资需求上的过度投机也可能加剧未来通胀压力。我国目前正处在工业化和城镇化加速上升的阶段，投资需求和消费需求很旺盛，民间投资空间很大、潜力很大、风险很大，由此带来的市场波动和过度投机往往会放大或助长通胀预期。与此同时，股市、楼市和某些大宗商品的火爆炒作也在放大或助长通胀预期。值得关注的是，今年出台的调控房地产市场"国十条"对抑制房价过快上涨正发挥着积极的作用，但政策的预期效果还远未达到，目前房价仍处于不合理的高位，部分二三线城市仍在上涨。看一看当前游资对某些农副产品的疯狂爆炒，谁敢说过度投机的投资需求不会加剧未来的通胀压力？

总之，我国当前经济社会发展态势总体良好，但防范和抑制通胀的压力仍然很大。各级政府应当继续加强通胀预期管理，进一步强化防范和抑制通胀的决心，综合运用各种经济、行政手段，打击恶意炒作行为，控制价格上涨因素，稳定全社会的通胀预期。

（《四川日报》2010 年 8 月 31 日 11 版）

从"灾害链"看灾害管理

近期发生的多起泥石流灾害再一次给我们上了一堂惊心动魄的灾难教育课。当舟曲、映秀、都江堰、清平、青川等地抗击特大山洪泥石流灾害取得重大阶段性胜利的时候，我们看到"政府主导、全民参与"的防灾救灾应急机制创造的奇迹，也看到人类干预天气的能力非常有限，"灾害链"造成的损失极大。分析灾害发生的"链式反应"，有关专家一致认为，特殊的地质环境条件、"5·12"汶川特大地震的影响、短时强降雨诱发是共同原因。正是地震"并发症"与强降雨的叠加，几个特殊条件和灾害类型的有机结合，形成了我省部分地震灾区近期特大山洪泥石流"灾害链"，这是目前人类很难预知的特大自然灾害。

我国目前防灾减灾需要"灾害链"理论的科学指导。根据"灾害链"理论，灾害是自然与社会相互作用的结果。无论是灾前、灾后，还是灾中，灾害总是发生于一个广泛联系、相互链接、动态发展的复杂世界中，往往形成系统性、群发性的"链式反应"。近年来，突如其来的洪水、地震、飓（台）风、干旱、泥石流、沙尘暴、冰雪、寒潮等极端自然灾害频繁发生，我们对"灾害链"的认识并不陌生。根据灾害的发生机制和"链式反应"，我们应对自然灾害的基本策略就是未雨绸缪，预防避让，尽可能通过灾害管理和科学技术手段进行预警、预防，形成"政府主导、全民参与"的防灾减灾应急机制。"预则立，不预则废"；当灾害发生时，成功避险就是最大胜利！

　　从"灾害链"的角度看，"5·12"汶川特大地震的影响是暴发近期特大山洪泥石流灾害的主要原因。正如我们亲眼看到的那样，映秀、都江堰、绵竹、青川位于汶川特大地震震中地区和极重灾区，这些地区岩体受地震影响已经震裂松动，为泥石流的形成提供了丰富的物源，一旦遇到短时强降雨，便很快形成特大山洪泥石流灾害，引发掩埋灾害和洪涝灾害。专家认为，这次灾害的典型特点是群发性、突发性、规模巨大，由此造成的损失也异常严重。由此看来，汶川特大地震的"并发症"还可能发生。对可能发生的灾情，"宁可信其有，不可信其无"，我们要时时刻刻警钟长鸣！

　　从"灾害链"的角度看，灾害性极端天气是暴发近期特大山洪泥石流灾害的直接诱发性因素。今年天气异常，从年初发生百年不遇的西南大旱到最近发生强降雨诱发泥石流，凸显防灾减灾的艰难和紧迫。据观测，此次泥石流受灾地区的短时强降雨是往年平均降雨量的好几倍。"天有不测风云，人有旦夕祸福。"应对突如其来的泥石流灾害，关键是建立健全经常性的监测机制，提前做好转移安置群众的准备。"宁可听骂声，不可听哭声"，我们要时时刻刻把人民生命财产安全放在第一位。

　　从"灾害链"的角度看，我们的灾害观念在抢险救灾中创新。在中国，"灾害"这个概念从来没有像今天这样引起广泛关注，"政府主导、全民参与"的防灾救灾机制从来没有像今天这样受到高度重视。此时此刻，我们要深入思考的是，地震、泥石流、极端天气等自然灾害，通常被认为是突发的"天灾"，但越来越多的证据表明，它们与人类的活动密不可分，其社会属性越来越明显。当前，自然灾害和事故灾难频频发生，各级政府应急管理的任务很重。越是如此，越要清醒地看到应急管理的功能所在，越要从"灾害链"的角度完善灾害管理，形成防灾救灾的长效机制。

（《四川日报》2010 年 9 月 10 日 2 版）

从"灾害"到"突发事件"

　　从"5·12"汶川特大地震灾难中挺立起来的四川人民又一次战胜了历史罕见的特大山洪泥石流灾害。从政府主导到全民参与，从临危避险到预防避险，在这次抗击特大山洪泥石流灾害的特殊大考中，我们的科学防灾减灾体系和突发事件应急机制经受住了考验，我们的灾害观念在应对灾害的考验中创新。

　　这次特大山洪泥石流灾害具有很强的突发性、隐蔽性、破坏性，从灾害管理角度也叫"突发事件"。根据 2007 年颁布实施的《中华人民共和国突发事件应对法》（以下简称《突发事件应对法》），我国确立了以"一案三制"（应急预案、应急体制、应急机制、应急法制）为核心的应急管理体系，各类"灾害"被抽象为"突发事件"，并被明确界定为"突然发生的、造成或可能造成严重社会危害，需要采取措施予以应对的自然灾害、事故灾难、公共卫生事件和社会安全事件"。与此相应，突发事件应对被称为"应急管理"。《突发事件应对法》实施以来，我们 2008 年成功应对南方冻雨雪灾和汶川特大地震，去年成功应对甲型 H1N1 流感，今年又成功应对西南大旱和特大山洪泥石流灾害。有关专家认为，从"应急管理"的发展趋势看，我们当前的应急管理体系，还有很大的提升空间，需要进一步扩展到"风险管理""应急管理""危机管理"三位一体，形成综合防灾减灾的长效机制。

从"灾害"到"突发事件",我们对灾害的发生机制和社会属性有了新的认识!正如我们在抗击汶川特大地震灾难和这次特大山洪泥石流灾害的实践中看到的那样,相比于"灾害"而言,"突发事件"这一概念具有很大的包容性,不仅强调了灾害的突发性、隐蔽性、破坏性,而且突出了灾害管理的预防性、紧迫性、社会性,体现了以人为本的科学发展观和构建和谐社会的新要求。无论是自然灾害还是人为事故灾难,无论是公共卫生事件还是社会安全事件,突发事件本身就是社会公共事件,它们既是突如其来、难以预料的,也是可防、可避、可控的。我们加强灾害管理,未雨绸缪,不仅可以防患于未然,而且可以把灾害造成的损失降低到最低限度。

从"灾害"到"突发事件",我们对灾害的"风险管理"和"危机管理"有了新的认识。随着社会发展和科学进步,人们对灾害的自然机理有了越来越多的了解,将灾害的原因归结于"致灾因子",并发展出一系列应对自然灾害的工程与技术手段,如堤坝工程、气象预报技术等。进入现代社会,越来越严重的环境污染、生态灾难、人口爆炸,使人们更加深刻地认识到人类的行为、文化观念与社会制度的影响是最难防范的"致灾因子"。用专家的话说,"最大的灾难是'现代性'的自我毁灭"。看一看发生在我们身边的各种安全生产事故、流行病、有毒食品等突发事件,就会发现人为的公共卫生事件或社会安全事件同样具有防不胜防的突发性、隐蔽性、群发性,有时甚至比自然灾害更难预警、预报、预防。现代社会,"天灾"与"人祸"总是交错发生,突发事件越来越受到人类的行为、心理、文化传统和社会制度的影响。适应各种突发事件广泛联系、相互连接、动态发展的新趋势,我们的灾害管理越来越表现出明显的系统性风险和综合性特征。

"风险在前,危机居后""福无双至,祸不单行"。正如我们在抗击汶川特大地震灾难和这次特大山洪泥石流灾害的实践中看到的那样,"应急管理"是我们应对突发事件的必然选择,但不是唯一选择或最后选择。从政府主导到全民参与,从临危避险到预防避险,我们的"应急管理"正被进一步纳入国家治理结构优化的整体框架,与"风险管理""危机管理"相结合,形成"三位一体"的战略治理结构。唯有如此,我们的防灾减灾体系才能有效化解突发事件的风险和危机,从根本上保证我们的社会长治久安。

(《四川日报》2010 年 9 月 14 日 7 版)

低碳经济"新"在哪里

创新改变世界，低碳引领未来。

科学编制"十二五"发展规划，各地发展低碳经济的决心很大。立足全面建设小康社会和建设西部经济发展高地两大目标，坚定不移推进跨越式发展，我省对发展低碳经济的战略任务高度重视，有关部门和专家学者展开了广泛讨论。讨论中，大家对发展低碳经济的战略性、紧迫性、可行性认识比较一致，对发展低碳经济的内涵、途径还需要进一步达成共识。

发展低碳经济，是当今世界经济发展的新趋势，是我国加快经济发展方式转变的必然选择。关于低碳经济的内涵，自从 2003 年英国能源白皮书《我们能源的未来：创建低碳经济》正式提出"低碳经济"以来，这一概念受到全球各界人士广泛关注，也引起专家学者多方面深入研究。目前，我国学者比较一致的看法是：低碳经济是指在不影响经济和社会发展的前提下，通过技术进步和制度创新，尽一切努力最大限度地减少自然资源消耗、减少温室气体排放，从而减缓全球气候变化，实现经济和社会可持续发展的新经济形态。也就是说，低碳的概念既是从保护环境的角度提出来的，也是从实现可持续发展的角度提出来的，低碳经济是一种新的经济发展方式。正如著名经济学家成思危为我省刘汉元、刘建生合著的《能源革命：改变 21 世纪》这本书写序时指出的那样，我们的观点和西方的观点有一点不同，我们并不是把减少二氧化碳的排放作为我们发展低碳经济的唯一目标，而是把低碳经济的目标定为低能耗、低污染、低排放的"三低"概念。低碳经济不仅会改变能源结构，改变产品结构，而且会更进一步改变人类的生产方式和消费方式。

低碳经济"新"在哪里？新就新在它是一种新经济形态！

用科学发展观指导低碳经济发展，我们不仅要关注如何通过减少二氧化碳排放，节约资源，保护环境，实现全面协调可持续发展，还要关注如何通过发展低碳经济来改变我们的消费方式和生活方式，实现人与自然和谐相处。也就是说，发展低碳经济与我们每一个地方、每一个部门、每一个企业、每一个公民的生存发展息息相关，应该成为我国经济发展的国家战略，是实现全面协调可持续发展的必由之路。最近，国家发改委已下发《关于开展低碳省区和低碳城市试点工作的通知》，明确广东、天津等五省八市作为国家首批低碳试验地区。由此看来，编制"十二五"发展规划，从"低碳试点"走向"低碳发展"，我们别无选择！

适应我国建设资源节约型、环境友好型社会的需要，我们要牢固树立低碳理念，大力倡导低碳消费，积极探索低碳经济发展之路。编制"十二五"发展规划过程中，各地各部门各企业要结合实际，尽快制定低碳经济发展战略，开展社会经济发展碳排放强度评价工作，用低碳理念指导政府、企业、居民的行动方向和行为方式。就发展低碳经济的途径而言，要敢于创新探索，勇于试点试验，首先在电力、交通、建筑、冶金、化工、石化等能耗高、污染重的行业重点突破，优化产业结构，发展循环经济，通过节能减排实现向低碳发展的转型。同时，进一步加大对新能源开发利用的扶持力度，高度重视低碳技术的研发和储备。特别是要借鉴国外发展低碳经济的成功经验，建立涵盖战略规划、财政税收、金融支持、技术创新等方面的政策支持体系，形成促进低碳经济发展的长效机制。就四川而言，尽管我省低碳经济发展目前还处于起步阶段，但已经在多晶硅和新能源等低碳技术的开发利用方面走在全国前列，具有良好的市场前景，若能抓住机遇，加大扶持力度，必能形成有核心竞争力的优势产业。

低碳理念深入人心，低碳消费就在我们身边。我们期待着低碳经济从四川走向世界！

（《四川日报》2010 年 10 月 8 日 2 版）

"和谐城市" 不是梦

"城市，让生活更美好"！举世瞩目的上海世博会已胜利闭幕，其提倡的"和谐城市"发展理念仍然激励着我们。

上海世博会首次以城市为主题，对解决人类共同面临的难题进行开创性探索，向全世界展示了绿色、环保、低碳等发展新理念，留下了为城市创新与和谐发展而不懈追求与奋斗的《上海宣言》，表达了全球公众对和谐美好城市生活的共同愿景。让世博精神发扬光大，"和谐城市"不是梦！

上海世博会激发了我们对未来城市发展和城市生活的思考。今天，全球一半以上的人居住在城市。在中国，高速城市化正带来不少新问题，集中表现在人口过于向大城市集中，从而引发出交通拥堵、水资源匮乏、环境污染、住房紧张、看病难等诸多"城市病"。在北京、上海、广州这样的特大城市，"城市病"已经严重困扰城市居民的生活。为此，党中央关于制定"十二五"规划的建议明确提出，进一步完善城市化布局和形态，加强城镇化管理，预防和治理"城市病"。由此看来，"和谐城市"的发展理念不仅是上海世博会的共识，也是中国特色城市化的必由之路。

从"和谐城市"走向"和谐社会"，关键是创新城市发展模式，加快大中小城市和小城镇协调发展。我国正处在城镇化的关键时期，还有大量农民要进城，这是不可逆转的大趋势。据中国社科院发布的数据，到 2009 年，我国城镇化率为 46.6%，这个数字低于世界平均水平。展望未来，当亿万农民更多地转化为城市居民的时候，如果没有大中小城市和小城镇的协调发展，大城市居民生活无疑将面临更多困难。为此，必须调整未来的城市发展战略，以大城市为依托，以中小城市为重点，逐步形成辐射作用大的城市群。在这方面，以成都市为依托的成都平原城市群面临着千载难逢的发展机遇，我们期待着四川在"十二五"期间科学规划城市群内各城市功能定位和产业布局，进一步强化成都市周边中小城市的产业功能，增强小城镇的公共服务功能和居住功能。

从"和谐城市"走向和谐社会，关键是拓宽城市发展空间，加快城乡一体化。现代城市有两个基本功能，一是经济功能，一是生活功能。就经济功能而言，我国城市化出现了明显的大城市化特点，表现出城乡分割的二元结构矛盾，城乡资源不能自由流动，城乡差距越来越大，人口过于向大城市集中。长期以来，我们过分看重城市发展的经济功能，对城市的生活功能有所忽视，房子越建越多，绿地越来越少，交通越来越难，居民生活成本越来越高。经济发展的目的是改善生活，提高生活质量。未来城市发展要更好地促进城乡一体化，更多关注居民生活舒适度，进一步提高居民的生活质量。像成都这样的特大城市，要通过产业结构调整加快发展方式转变，更多地把劳动密集型产业转移到中小城市和小城镇，加强城市功能向农村辐射，在城镇化、工业化和农业产业化的和谐互动和高度融合中拓宽发展空间。

从"和谐城市"走向和谐社会，关键是加强城镇化管理，提高城市管理水平。分析当前我国一些大城市出现的"城市病"，既有城市发展不平衡和产业发展不协调的问题，也有城市管理不适应、不到位的问题。"城市病"是世界性难题，发达国家走了不少弯路，也探索出不少综合治理的成功经验。上海世博会闭幕后，我们要深入思考的是，我们的城市为谁而建？为谁而管？如何把上海世博会展示的城市最佳实践区的思想成果和各国城市管理的先进经验转化为创建和谐城市的实际行动？为此，我们期待着城市管理者牢固树

立以人为本、民生为本、服务为本的管理理念，期待着成都市统筹城乡综合配套改革试验和建设世界现代田园城市的伟大实践取得新突破！

"和谐城市"不是梦！唯有和谐，城市更美丽，生活更美好！

（《四川日报》2010 年 11 月 9 日 7 版）

应对气候变化我们与世界同行

应对气候变化，全球在行动，我们怎么办？

《联合国气候变化框架公约》第十六次缔约方会议暨《京都议定书》第六次缔约方会议 11 月 29 日在墨西哥海滨城市坎昆开幕，引起国际社会的强烈关注。在为期 12 天会议期间，来自近 200 个国家和地区的官员、专家以及非政府组织成员就气候变化问题做进一步磋商，尽可能为明年南非气候大会打下基础。不管坎昆会议能不能达成一份约束性法律文件，但各方面代表已经普遍表达了对应对气候变化紧迫性的共识，体现了人类在应对气候变化问题上的责任意识和忧患意识。正如国家发改委副主任解振华在启程前往坎昆会议前接受记者采访时所说的那样："我们不能拿人类的生存和长远的发展作赌注，应该采取积极的应对措施。"

作为积极推动气候谈判的发展中国家，作为一个负责任的大国，中国代表团在坎昆会议上的立场与态度受到广泛关注，获得国际舆论好评。国际社会不仅看到中国政府在 2009 年哥本哈根会议上向全球承诺，2020 年单位国内生产总值二氧化碳排放要比 2005 年下降 40％至 45％，而且看到中国政府一直致力于在应对气候变化问题上加强与世界各国合作，为争取坎昆会议取得成功发挥了建设性作用。据报道，就在坎昆气候会议召开之前的 10 月 9 日，有 2000 多人参加的"2010 年联合国第四次气候变化谈判"在天津落下帷幕。这是中国首次承办联合国框架下的气候谈判会议，为坎昆会议的召开扫除了一些分歧。在天津会议期间，科技部发布了《中国 2010 发展中的清洁能源科

技》报告，系统介绍了中国近年来的清洁技术进展和前景展望，亮出了未来中国的低碳发展路线图。用国际社会有关分析人士的评价说，在节能减排的问题上，中国已经真刀真枪地干起来了。

在应对气候变化的全球行动中，中国的全民低碳行动展现出中国模式的独特魅力。在政府层面，国家有关部门正在抓紧制定"十二五"节能减排专项规划和应对气候变化国家科技发展战略，从鼓励节能转向强制节能，把可再生能源、先进核能、新能源汽车等低碳技术作为提升国家核心竞争力的核心内容，大力发展建筑、交通领域节能减排技术。据报道，中国未来应对气候变化的路线图，首先是结合国家的五年发展规划，提出 2020 年控制温室气体排放行动目标的分解方案，推动建立温室气体排放统计、核算体系和目标责任考核制度。同时，选择具有典型意义的地方和企业，多层次开展应对气候变化典型示范，探索有利于降低碳排放强度的体制机制和区域、产业发展模式，加快形成以低碳排放为特征的产业体系和消费模式。引起国际社会高度关注的是，几个月前，中国政府宣布，五省八市进行低碳省市试点。不管应对气候变化的国际谈判前景如何，不管气候变化科学问题的学术争论如何，中国应对气候变化的意志、决心和行动是坚定的。

在应对气候变化的全球行动中，中国已经吹响科学发展、低碳发展和可持续发展的时代号角。在中国，越来越多的地方和企业已经把低碳、减排、新能源锁定为未来的发展机遇和投资热点，越来越多的公民已经把低碳生活作为当下的幸福指数和未来的价值取向。最具标志性的事件是，北京、上海、天津已经成立了碳交易所，与低碳经济相关的商机就在我们脚下。特别引人关注的是，今年 7 月 23 日，四川省人大常委会审议的《四川省农村能源条例（草案）》首次将碳交易内容引入地方性法规。在成都，建设世界现代田园城市的新理念深入人心，"不浪费、多运动"的低碳生活就在我们眼前。

应对气候变化，中国在行动，四川在行动！"从我做起，从现在做起"，我们与世界同行！

（《四川日报》2010 年 12 月 7 日 7 版）

『两会』感言

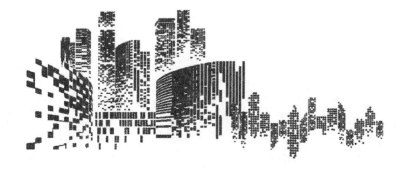

"两会"感言（一）
——由开幕想到闭幕

省政协九届三次会议 19 日开幕，我还对去年的闭幕会记忆犹新。没有去年的闭幕就没有今年的开幕，没有昨天的延续就没有今天的创新，这也是与时俱进吧。

用与时俱进的观念看问题，任何事情都是变化的，都是相互联系的。

就说党和人民群众的血肉联系吧。人民群众是党的执政能力的源泉，是党最深厚、最坚实的执政基础。只有始终把广大人民群众的根本利益放在首位，把实现好、维护好、发展好人民群众的根本利益作为执政的出发点和落脚点，才能赢得人民的信任和支持。记得在去年省政协九届二次会议闭幕会上，省委书记、省人大常委会主任张学忠发表了题为《朝着全面建设小康社会宏伟目标乘胜前进》的重要讲话，把人民视为父母，向全省党员和广大干部发出了"争当人民好儿子"的号召。他动情地说："人民是天，没有比人民更高的；人民是地，没有比人民更深厚的；人民是海，没有比人民更博大的。"这些话当时便在"两会"代表委员中引起强烈共鸣，也深深地打动了记者们的心。

有人说，"民维邦本，本固邦宁"的观念在古老的《尚书》中就提出来了，现在讲"以民为本"新在哪里？查阅一下古代思想史料就会发现，古代"民本"思想只是一种理念，在皇权至上的封建专制体制下是根本不可能实现

的。古代"民本"思想中还存在畏民、愚民的倾向，即使是提倡"民为贵"的儒家也把人民群众看作是无知的"群氓"，孔子不是说"民可使由之，不可使知之"吗？这与现在的"以民为本"是根本不同的。我们的党和国家不仅把人民利益看得高于一切，坚持全心全意为人民服务的宗旨，而且有人民代表大会制度和政治协商制度，从法律上规定了公民享有的民主权利，政府不得侵犯公民的人身、财产等权利。也就是说，我们现在的"以民为本"既是一种价值理念，也是一种民主制度，是可以在实践中做到的。君不见，政协会不是又开幕了吗？参加人代会的人民代表不是也报到了吗？听一听他们的发言，看一看他们的提案和议案，就会对人民当家作主有真切的感受。

（《四川日报》2005 年 1 月 20 日 2 版）

"两会"感言（二）

——"和谐"与"和而不同"

在政协会议的分组讨论中，不少委员认为，我国目前正处在"黄金发展期"，应当更多关注社会的安定与和谐，进一步加快建设"和谐四川"的进程。这使我想起了"家和万事兴"的民谣与"和而不同"的观念。

建立平等、互助、协调的和谐理念，一直是人类的美好追求。"和"能生财，"和"能致祥，"和"能聚力。古人说"和则一，一则多力，多力则强"，意思是只有同心同德，万众一心，和衷共济，才能不断发展，才能战胜一切艰难险阻。回想抗击"非典"的斗争和去年川东北抗洪救灾，我们不正是靠着众志成城而取得胜利的吗？

国际经验表明，人均 GDP 从 1000 美元到 3000 美元的国家，在经济和社会发展上存在着两种可能性：一是进入"黄金发展期"，保持一个较长时期的经济增长，顺利实现工业化和现代化；一是进入"矛盾突显期"，各种经济社会矛盾加剧，社会差距扩大。为了避免可能出现的社会问题，党的十六届四中全会把构建社会主义和谐社会作为执政能力的重要方面。何谓"和谐社会"？简而言之，就是要建立起人与人之间相互尊重、互相信任的社会关系，形成全体人民各尽所能、各得其所而又和谐相处的社会。这也是"和谐四川"的目标。

"礼之用，和为贵。"在处理人际关系时，"和谐相处"既是我们追求的目

标，也是调解矛盾冲突的途径。需要注意的是，"和谐相处"不是无原则的退让，不是否认不同的个体、集团之间的矛盾。无论是在观念方面，还是在社会结构层面，"和谐相处"本身就包含着对不同意见和不同群体利益的承认和宽容，这就是"和"而不同，"和"而存异。对于那些破坏安定团结的坏人坏事和以权谋私等歪风邪气，我们一定要坚决反对，这就是"和"不苟同，"和"不畏恶。

"和谐社会"也是有矛盾、有冲突、有差异的，关键是我们如何化解矛盾、如何调解冲突、如何统筹差异。"万物负阴而抱阳，冲气以为和"；"君子和而不同，小人同而不和"。听了政协委员的讨论发言，我们看到的正是"和而不同"的民主氛围。

（《四川日报》2005 年 1 月 21 日 2 版，此篇获宣传政协好新闻一等奖）

"两会"感言（三）

——从三组数字看"三农"

21 日上午，省长张中伟作《政府工作报告》，赢得代表委员一阵阵热烈掌声。令人振奋的是，张中伟宣布，今年起全省免征农牧业税及附加。下午分组审议讨论，代表委员对"零赋税"给予很高评价，同时也关注一个问题："零赋税"后还能为农民做什么？

有三组数字反映了"三农"问题的严峻性和复杂性。

第一，据国家统计局提供的数据：从 1995 年到 2001 年，我国农户的农林牧渔收入占纯收入比例由 66.31％下降到 38.32％，表明在全国范围内农户的主要收入已经不是农业；农林牧渔业现金收入占农户现金收入的比例从 29.95％下降到 15.77％，表明农业对于农户的实际意义主要在于提供自身的生活消费。

第二，据农业部提供的调查数据：当前，我国农民平均受教育年限不足 7 年，4.81 亿农村劳动力中，小学文化程度和文盲、半文盲占 40.31％，初中文化程度占 48.07％，高中以上文化程度仅占 11.62％，大专以上只有 0.5％。调查表明，农村中懂得如何使用农药的农民不足 1/3。

第三，据卫生部提供的数字，农村目前有 40％～60％的人口，因经济拮据、生活困难无法就医。其中，西部地区"因病致贫、因病返贫"的农户越

来越多。农民说："小病拖，大病挨，重病才往医院抬。"

"零赋税"后还能为农民做什么？根本问题是要让农民种田能赚钱。"两会"代表委员认为，"零赋税"后，农民最需要的是加快调整农业结构，大力推进农业产业化，这是政府引导农民做的头等大事。"零赋税"后还要对广大农民进行各种技能培训，全面提高农民的素质。当务之急是，应当更多地通过城乡统筹，打通阻碍农民进城务工的中间环节，赋予农民平等的就业机会；尽快扩大合作医疗覆盖面，提高农民的基本医疗保障。

总之，"三农"问题是社会经济转型的产物，仅仅依靠农民自身的努力是很难解决的。目前，我国总体上已到了以工促农、以城带乡的发展阶段，我们应当顺应这一趋势，更加自觉地调整革命经济收入分配格局，更加积极地支持"三农"发展。

（《四川日报》2005 年 1 月 22 日 4 版）

"两会"感言（四）

——监督也是执政能力

反腐败仍然是今年"两会"的一个热点。回顾去年的反腐败斗争，代表委员一致认为有新的突破：一是以《中国共产党党内监督条例》出台为标志，加大了治本力度；二是以查办大案要案为突破口，加大了治标力度，形成"标本兼治"之势。有两句话引起共鸣：一句是"监督也是生产力"，一句是"监督也是执政能力"。

近年来，官员腐败出现"三多"特点：一是落马官员"一把手"多；二是受贿案多，案值越来越大；三是窝案多、串案多，集体腐败特征明显。毛泽东同志说过："只有让人民来监督政府，政府才不敢松懈。只有人人起来负责，才不会人亡政息。"各级党政领导班子和领导干部，都只有置于人民的监督之下，执政能力才能真正提高，也只有自觉接受人民的监督，才能克服缺点、减少错误、防微杜渐。不受监督的领导干部容易滥用权力。加强对权力的制约和监督，也是对干部的爱护。从这个意义上讲，自觉接受人民群众的监督，本身就是一种政治修养和执政能力。

"监督也是生产力"，主要是说监督可以推动发展。以审计监督为例，去年1至11月，全国共审计9.5万个单位，各类违纪违规问题经过处理后，可增加财政收入245亿元，减少财政支出88亿元。再以人大监督为例，省人大常委会去年把涉及改革发展稳定的重大问题和人民群众普遍关注的热点问题

作为监督重点，对省政府五个组成部门的主要负责人进行述职评议，对省政府关于沱江污染事件同一专题报告进行了两次审议，都收到了很好的监督实效！

自觉接受人民监督是我们党执政能力的重要体现，有效预防腐败是我们党执政能力的重要标志。正是从提高党的执政能力的战略高度，党中央颁布了《建立健全教育、制度、监督并重的惩治和预防腐败体系实施纲要》，2005年实行，特别强调标本兼治、综合治理，惩防并重、注重预防，进一步加大预防腐败的工作力度。代表委员认为，监督就是"治本"，只有把权力运行置于有效的制约和监督之下，才能保证把人民赋予的权力用来为人民谋利益，这也是记者们的共识。

（《四川日报》2005年1月23日2版，此篇获宣传人大好新闻二等奖）

"两会"感言（五）

——文化也是支柱产业

　　"两会"代表委员分组审议讨论《政府工作报告》。令人特别高兴的是，去年全省生产总值达到 6556 亿元，增长 12.7%，在前年超过 5000 亿元的基础上又上了一个千亿元新台阶，提前一年实现"十五"计划目标。"一年一个新台阶，这是跨越式发展。"代表委员关心的是：继电子信息、水电、机械冶金、医药化工、食品饮料、旅游等六大支柱产业之后，哪一种产业有可能成为新的支柱产业？受到旅游业的启示，代表委员比较看好文化产业。

　　正如不少代表委员指出的那样，文化是民族之"根"、国家之"魂"，深深熔铸在民族的生命力、创造力和凝聚力之中，是综合国力的重要标志。国与国之间的竞争，既有经济、国防的"硬实力"，也有文化、民族精神等"软实力"竞争。从某种意义上讲，"软实力"竞争更带有根本性和决定性。正是站在提高综合国力的战略高度，党中央要求深化文化体制改革，进一步解放发展文化生产力，不断提高建设社会主义先进文化的能力。也正是站在这样的战略高度，省委、省政府提出了建设西部文化强省的目标。既然是"文化强省"，文化又怎么能不是支柱产业呢？

　　文化也是支柱产业，主要是因为文化产业拥有广阔的市场前景和巨大的发展潜力。目前，世界上主要发达国家文化产业增加值已占 GDP 的 10% 以上。在我国，北京、上海、广东、云南等 10 个省市都提出了把文化产业建成

支柱产业的发展战略。据国家统计局的测算：2005 年，我国文化产品的潜在消费能力将达 6000 亿元。再从经济发展趋势看，知识经济有三种形式：第一种是人才经济，第二种是注意力经济，第三种是创造力经济。这三种形态的知识经济有一个共同特点，就是给人或物以及人的活动增添魅力。而能够增添这种魅力的就是"文化"，正是文化生产力推动知识经济发展。

衣食住行有讲究，吃喝玩乐皆文化。四川的文化底蕴非常深厚，文化资源无处不在，文化产业发展占有天时、地利与人和，不仅可以与旅游产业并驾齐驱，而且具有更大的发展空间。看一看我省旅游总收入连续三年每年上一个台阶的发展态势，我们对文化也是支柱产业难道还有什么怀疑吗？

（《四川日报》2005 年 1 月 24 日 2 版）

"两会"感言（六）

——城乡统筹与城镇化

代表委员对去年农民人均纯收入增加 350.4 元感到惊喜，同时也对城乡收入差距感到忧虑。尽管去年农民人均纯收入首次比城镇居民收入增长快 6.2 个百分点，但城乡收入差距仍为 3∶1 左右。不少代表委员提出，应从构建"和谐四川"的战略高度，更加积极实行以工哺农、以城带乡，使农民更快地增加收入。

从城乡统筹看城乡差距，全面小康的重点在农村，难点也在农村。据统计，1997 年至 2003 年，全国农民人均纯收入只增加 695.9 元，年均增长速度不到城镇居民的一半。城乡居民收入差距持续扩大，由 20 世纪 80 年代中期的 1.8∶1，90 年代的 2.5∶1，扩大到 2003 年的 3.2∶1。面对巨大的差距，我们不能不把增加农民收入作为全面建设小康社会的重中之重。

从城乡统筹看增加农民收入，关键是要加快城镇化。中国农业、农村、农民问题的根本性难题在于：有限的土地上聚集了太多的人口，其中 70% 是农民。中国只有占世界 7% 的耕地，利用现代农业技术，是使用不了多少劳动力的，根本无法承受 8 亿农民在这些耕地上生产。因此，只有减少农民，才能富裕农民。据预测，今后四五十年内将有 4～5 亿农民要转移出农业。在这个转移过程中，农村工业化、城镇化将如影随形、相融相生，形成互动之势。

值得注意的是，我省去年城镇化水平只有 31%，大大低于全国城镇化水平。我们应该加快城镇化，尽快形成"以工哺农、以城带乡"的发展态势。

没有城镇化为依托，城乡统筹发展很难实现。国内外经验表明，国际竞争的基本单位是城市。只有城市特别是大城市才有产业集聚，才有国际竞争所需要的产业基础和人力资源。目前，成渝、成绵、成乐、成雅、成南高速公路已经通车，以成都为中心的"两小时经济圈"初步形成。成都平原城市群该是集聚起来、统筹发展的时候了！

天生一个"聚宝盆"，城乡一体看成都。令人高兴的是，大成都的城市化正在成为经济增长的"主旋律"，可爱的"天府之都"已经走上城乡统筹发展的大道。

（《四川日报》2005 年 1 月 25 日 2 版）

"两会"感言（七）

——责任如山

省政协九届三次会议已于 24 日闭幕，省十届人大三次会议也将于今天闭幕。"两会"感言应该是最后一篇了。此时此刻，我发现自己似乎还有很多话要说，却又不知如何下笔。想来想去，还是首先代表《四川日报》"两会"报道组的全体同志，向代表委员问一声好。春节将至，祝你们在新的一年里身体健康、工作顺利！

一些来不及写的感言，这里先理出题目，愿与代表委员共同思考。

话题一：科学执政、民主执政、依法执政，是"两会"的一个热点，但三者在执政能力建设的实践中如何协调统一，还需要深入探索。

话题二：用科学发展观统领四川发展新跨越，既有一个如何加强和改善宏观调控的问题，也有一个如何对待 GDP 的问题；既要处理好改革、发展、稳定的关系，又要处理好人口、资源、环境的关系，这些问题也是代表委员十分关注的，确实需要进一步思考。

话题三：我们正处于改革攻坚的关键时期、社会转型的过渡阶段，改革与发展中需要处理的问题基本上都是深层次的和高难度的。在这种复杂的情况下，我们能不能化解矛盾，抓住机遇，加快发展，既是对我们执政能力的挑战，也是对我们执政能力的考验。面对挑战和考验，我们有充分的思想准备和足够的本领吗？如果存在"本领恐慌"，就有一个加强学习的问题。

　　还有一些问题，是由《人民日报》的一篇报道想到的。据报道，安徽省人大常委高明伦 1 月 19 日在安徽省十届人大常委会第十四次会议上提出辞职申请，主要理由是教学科研繁忙，法律知识缺乏，难以履行省人大常委的职责。当天的《人民日报》就此发表了一篇评论。评论认为，对于一个公民来说，法律不是天生就懂的，是需要后天学习的，人大代表也不例外。对于人大代表来说，是否懂法固然重要，但更重要的是能否代表自己的选民，能否准确传递群众的意见和建议，能否通过自己的真诚努力把群众的意志变成法律，为构建和谐社会作出应有的贡献。说白了，其中信任不信任，满意不满意，才是衡量人大常委是否应该请辞的标准。我很赞成这样的观点，不知我们的代表委员以为然否？

　　代表委员责任如山！祝你们一路走好！

　　（《四川日报》2005 年 1 月 26 日 2 版，此篇获宣传人大好新闻三等奖）

"两会"感言（八）

——由开局想到全局

伟大的开局需要伟大的智慧。伟大的智慧来自伟大的人民。

当省政协九届四次会议开幕的时候，一种从未有过的感慨涌上心头。采访政协委员，倾听兴川大计，触摸时代跳动的脉搏，既感到任重道远，又充满信心。

"善弈者谋势。"势者即全局，就是党的十六大提出的全面建设小康社会的奋斗目标，就是到 2020 年国内生产总值翻两番。实现这个奋斗目标还有 15 年，即"十一五"时期和后 10 年。据国务院发展研究中心预测，如"十一五"经济增长速度保持在 8％左右，2010 年人均 GDP 将达到 1900 美元左右；后 10 年即使有所放缓，仍可再翻一番，人均 GDP 将超过 3500 美元。届时，经济更加发展、民主更加健全、科技更加进步、文化更加繁荣、社会更加和谐、人民生活更加殷实的小康社会将出现在我们身边。

在全国一盘棋中，四川是一颗分量很重的棋子，8169 万人的全面小康任重道远。一个不容回避的严峻现实是，四川是一个地处西部的欠发达地区，尽管近几年经济发展速度高于全国，但我省的人均 GDP 仍然比全国低 1/3，2005 年才刚刚迈过 1000 美元大关。正如省委书记张学忠指出的那样，发展不足是我们面临的最大问题，四川要有高于全国平均水平的速度，要有奋起直追、跨越前行的态势，要有一年上一个新台阶、几年发生大变化的决心和

气魄。

"最重要的是必须坚持以科学发展观统领发展全局。"面对与东部地区日益扩大的差距，四川要跨越的不只是人均 GDP1000 美元、2000 美元、3000 美元这三道坎，还必须在物质文明、政治文明、精神文明与构建和谐社会的协调发展中取得新突破。省委已提出"十一五"发展的基本思路：立足科学发展，推进工业强省，加强城乡统筹，着力自主创新，完善体制机制，实现新的跨越。对此，政协委员们在昨天的讨论中给予很高评价。

"丞相祠堂何处寻，锦官城外柏森森。"如果说"三个臭皮匠当个诸葛亮"，政协委员们参政议政、建言献策是否也能像诸葛亮"隆中对"那样高瞻远瞩呢？我们期待着大智慧！

（《四川日报》2006 年 1 月 14 日 2 版）

"两会"感言（九）

——最深刻的转变是"以人为本"

与代表委员谈"十五"的变化，感到最大的亮点是政通人和，最深刻的转变是"以人为本"。在代表委员看来，"以人为本"的深刻之处就在于，它既是科学发展观的本质和核心，也是构建社会主义和谐社会的价值基础。

据查，早在 20 世纪 90 年代中期，就有一些领导干部在讲话中使用"以人为本"，这一概念随后逐步进入政治领域。党的十六届三中全会明确提出全面协调可持续的科学发展观，第一次将"以人为本"写进党中央的正式文件。从此，作为科学发展观的本质和核心，"以人为本"的执政理念得到广泛认同，普遍认为这是我国经济社会发展的长远指导方针，是治国理政方略的重大转变。对此，参加"两会"的代表委员强调，坚持"以人为本"，就是要把人民作为推动发展的主体和基本力量，从人的特点或实际出发，一切制度安排和政策措施要体现人性，要考虑人情，要尊重人权，不能超越人的发展阶段，不能忽视人的需要，最终目的是实现人的全面发展。在四川，"以人为本"的执政理念带来了新的工作思路和新的工作作风，受到代表委员称赞。

更深刻的转变是，"以人为本"也属于价值观的范畴。"以人为本"的施政目标需要得到"以人为本"的制度支撑，而制度后面则是文化和社会主流价值。要将"以人为本"的价值观贯穿于文化和制度之中，还需要将尊重人落实到尊重个人，将尊重人落实到实现人的各种具体权利，需要创造个人能

够全面发展的环境和条件，形成尊重人的首创精神的机制和社会氛围。

更深刻的转变还在于，从"两个文明"到"三个文明"，我国社会主义现代化建设的总体布局，由发展社会主义市场经济、民主政治、先进文化，扩展为包括构建社会主义和谐社会的四位一体，我们正在经历前所未有的社会转型。如果"以人为本"只是作为施政目标，而不能真正成为社会主义和谐社会的价值基础，那么公民的各项具体权利就很难落到实处，科学执政、民主执政、依法执政也很难成为执政者的自觉行为。也就是说，在"以人为本"的价值观基础上构建社会主义和谐社会，也是一场深刻的变革。

（《四川日报》2006 年 1 月 15 日 2 版）

"两会"感言（十）
——谁来投资"新农村"

建设新农村，钱从哪里来？听省长张中伟作政府工作报告，建设社会主义新农村的美景引发代表委员无限遐思。代表委员欣喜地看到，政府已加大城乡统筹力度，新农村建设全面展开。同时，代表委员也有忧虑：农民增收缓慢，拿不出多少钱来投资。去年受到上游农资价格上涨和下游粮价下跌的双重压力，农民增收"两头受挤"，值得引起高度重视。

据调查，当前开展新农村建设，农民有三盼：一盼增加收入，二盼环境改善，三盼民主管理。同时，农民也有三怕：一怕敛钱，二怕强迫，三怕折腾。不久前，国家发改委在四川某地对100户农民进行问卷调查，有68.2%的农民表示只要自己不出钱，也愿意搞新农村建设。看来，不是农民不想搞新农村建设，关键是谁来投资的问题。

新农村是农民自己的家园，当然需要农民积极投资。主要问题是，按照农民目前收入状况，确实拿不出多少钱来投资。2005年，四川农民人均纯收入2802.8元，但据国家发改委调查，按一定标准进行新农村建设，扣除已经建成的项目，中西部地区平均每户农民还需投资8200多元。可见，光靠农民投资建设新农村是不现实的。代表委员认为，要进一步调整国民收入分配结构，使公共财政以较大幅度向"三农"倾斜。"三农"政策应从"少取"向"多予"转化，重点是解决新农村建设的公共资金需求问题。

更重要的是，应该按"工业反哺农业、城市支持农村"的新思路，大力引导社会资本、工商资本和外商资本积极投入，这是未来新农村建设的强大驱动力。代表委员建议，四川应以"产业链"为依托，在高速公路两旁的小城镇建立一批有特色的农产品加工业园区，吸引工商资本、民间资本、外商资本进入园区创业，从而推动新农村建设。目前，成都市已经在这方面积累了经验。

新农村建设是一个综合工程，既要坚持从实际出发，尊重农民的意愿，也要注意做好科学规划，加强分类指导。特别是在资金投入问题上，要加强民主决策，民主管理，多管齐下，量力而行。千万不能一哄而上，搞"一刀切"，千万不能搞成劳民伤财的"形象工程"。

（《四川日报》2006 年 1 月 16 日 3 版）

"两会"感言（十一）

——自主创新是第一竞争力

"科学技术是第一生产力"早已耳熟能详，"自主创新是第一竞争力"却令人耳目一新。

全国科技大会最近在北京举行，引起代表委员强烈共鸣。讨论"十一五"规划，分析四川的科技发展现状，比较国内外竞争的经验教训，代表委员无不深切感到：着力自主创新，既是百年大计，也是当务之急。

当今时代，科学技术已成为经济社会发展的主要驱动力。自主创新能力作为科技竞争力的核心和国家竞争力的基石，正以前所未有的力量左右着国际竞争的格局。对于面临资源环境约束、迫切需要调整产业结构、转变经济增长方式的中国来说，提高自主创新能力更是一个关系经济社会发展全局的战略任务。就四川而言，应该深入实施科技兴川战略和人才强省战略，在增强自主创新能力方面取得新突破。

有几个数字引人深思：

第一，据有关方面测算，我国科技进步对经济增长的贡献率不足30%，明显低于发达国家60%～70%的水平。在全世界50个主要国家中，我国科技创新能力居第24位，排在印度和巴西之后。

第二，据有关方面统计，目前我国对外技术依赖度高于50%，重要大型

成套设备、原材料的某些品种、系统和基础软件等依赖进口的现象比较严重，核心技术和关键技术受制于人的现象非常明显。

第三，我国货物出口的 55％ 是加工贸易，具有自主品牌的产品出口不到 10％；高新技术产品出口的 90％ 左右来自外商投资企业。缺少自主知识产权和自主品牌，使我国在国际产业分工中只能获得微小利润，却要承担很高的风险。

从美国的"微软"到四川的"长虹"，我们看到一个事实：自主创新是企业的灵魂。再大的企业，一旦丧失自主创新能力，必然被市场抛弃。

从"两弹一星"到"神舟飞船"，我们得到一个启示：自主创新是国家独立自主的基础，有了自主创新，才能把命运掌握在自己的手里。

让我们从创新型企业走向创新型国家，为"两弹一星""神舟飞船"作出突出贡献的四川人民决不能落后！

（《四川日报》2006 年 1 月 17 日 2 版）

"两会"感言（十二）
——做"减法"更难

　　过去制定五年规划，都是做"加法"，只有一个生产总值增长速度的指标。"十一五"规划在做"加法"的同时，也开始做"减法"了，这就是"十一五"期末万元生产总值综合能耗比"十五"期间降低20％左右。经济发展做"加法"，能源消耗做"减法"，一增一减凸显经济增长方式转变的极端重要性。

　　代表委员认为，做"加法"难，做"减法"更难。对于四川来说，"十一五"全省生产总值年均增长9％的目标是积极的，也是留有余地的。相比之下，从我省目前资源利用和能耗水平来看，实现能耗降低20％的目标是有一定难度的，但也是必须的。无论多么困难，都要根据建设资源节约型、环境友好型社会和实现可持续发展的要求，采取有力措施，确保目标实现。

　　分析未来五年经济发展面临的制约因素，既有有效需求不足的市场因素，也有能源和原材料的"瓶颈"约束，后者比前者更难破解。据国务院发展研究中心研究，1980年到2000年，我国的国内生产总值翻两番，能源的年消耗量翻了一番；到2020年即使能做到再以能源消耗翻一番保证GDP翻两番，能源的生产和运输都有困难，而且利用效率需要在前20年提高一倍的基础上再提高一倍。这是很困难的。大量进口能源还将受到国际市场的制约。这种情况下，我们只能走节能降耗的路子，只能走发展循环经济的路子，只能走

新型工业化的路子。

"节能降耗也是生产力。"有关研究表明,1980 年至 2002 年,按照不变价格计算,我国万元 GDP 能耗标煤从 14.34 吨下降到 4.76 吨,下降 68.8%;每万元 GDP 电耗从 7200 度下降到 5200 度,下降 22.7%。2004 年,我国每万元国内生产总值的能耗比 1990 年下降 45%。可喜的是,国家发改委已颁布了《节能中长期专项规划》,四川也出台了走新型工业化道路的一系列新举措,我们的节能降耗还有很大的潜力。

"节约是一种社会美德!"让我们行动起来,从我做起,从现在做起,从节约每一度电、每一滴水做起,走向资源节约型和环境友好型社会!

(《四川日报》2006 年 1 月 18 日 2 版)

"两会"感言（十三）

——还有"第三只手"

今年"两会"热点纷呈，代表委员建言献策，提出不少新观念。谈及工业强省战略与巩固农业基础地位的关系，谈及投资拉动与消费拉动的关系，谈及社会公平与社会保障的关系，都涉及市场配置资源与政府宏观调控问题。有一个新观念引人注目，就是在市场与政府之间还有"第三只手"。

"第三只手"从何而来？

市场是一只"看不见的手"。发展的动力在市场，活力在机制。近几年，我们抓发展的突出特点和基本经验，就是以"三个转变"为突破口，大力推进市场化配置资源。代表委员认为，今后要坚定不移地推进"三个转变"，把市场需求作为推进"三个转变"的内驱力，在更大范围、更广领域、更深层次发挥市场配置资源的基础性作用。这方面，我们还有很大差距，也有很大潜力。

政府是一只"看得见的手"。实施"十一五"规划，需要进一步解决经济社会发展中的突出矛盾和问题，政府要在加强和改善宏观调控中更好地发挥作用。对于四川来说，政府要进一步转变职能，解决好"缺位""越位"和"不到位"的问题，不但要强力推进工业强省，进一步加大城乡统筹力度，着力推进自主创新，而且要更多地关注民生，更多地关注社会公平，更多地扶持民族地区和困难群体。

　　现在的问题是，政府职能转变过程中，还有很多事管不了、不该管或来不及管，但又不能完全让市场去管，于是就需要引入一种平衡机制，这就是社会公益性的非营利组织，国际上称为"第三只手"。我们所熟悉的各种行业协会、基金会、社区组织、环保组织、慈善事业、志愿者组织等，都应该属于"第三只手"范畴。"第三只手"存在和发展的动力源泉，就在于它是对政府、市场的补充，可以在政府与公民之间建立起新的平衡。作为一种平衡机制，在很多方面，政府与非营利组织有着共同的使命。特别是构建社会主义和谐社会，"第三只手"更是责任重大，使命如山！

　　以市场为基础，以政府为支撑，以非营利组织为补充，"三只手"应该互动起来。它们在互动中走向平衡，我们的和谐社会难道不是更有活力吗？

（《四川日报》2006 年 1 月 19 日 2 版）

"两会"感言（十四）
——人的价值是什么

省十届人大四次会议今天下午闭幕。省委、省政府上午举行人口、资源、环境工作座谈会。此时此刻，我想到了人口压力，想到了人力资源向人才资本转变，想到了人的价值。

"人的价值是什么？"首先是在人口、资源、环境的关系中表现出来的。据报道，"十一五"期间，我国人口工作的主要目标是稳定低生育水平，到2010年末，人口总量控制在13.7亿，我省人口总量控制在8900万。尽管如此，我们面临的人口压力仍然严峻，今后五年将迎来第四次出生人口高峰。四川是人口大省，人口、资源、环境的矛盾尤为突出。

可喜的是，我们的人口观念有了新的转变。面临人口压力，我们既要关注人口因素中消耗资源和占有财富的一面，也要强调人在创造财富中的主体地位，更要重视人口素质的提高和结构优化，特别重视人力资源向人才资本的转变与积累。于是，形成一种新的观念：人的价值在于创造价值，人才资源是第一资源。

人的价值在于创造市场需求。"人口人口，有人就有口"，有口就要吃穿用喝，就要衣食住行，就要消费，就有了市场需求。对于四川来说，8700万人口的大市场本身就是竞争力。从这个角度看，人口压力有多大，市场潜力就有多大，市场竞争力就有多大，关键是看我们能不能把人口压力转变为消

费需求。

人的价值还在于创造财富。"有人就有手，有人就有脑"，用手和脑可以劳动，就能创造财富。从这个角度看，人口也是人力资源，关键是要提高人力资源的"含金量"，把人力资源转化为人才资本。对于四川来说，8700万人口的人力资源本身就是竞争力。问题在于，增加人口资源"含金量"的根本途径是教育，人力资源转化为人才资本的根本途径也是教育，而我们的科教兴川和人才强省还有很长的路要走。

人啊，万物之灵，财富之源，发展之本！亲爱的代表委员，你们是人民的好儿女，你们是四川的优秀人才，你们的价值在参政议政中升华，你们的建言献策将在全面建设小康社会的伟大实践中创造辉煌！

祝你们新年快乐，一路走好！

（《四川日报》2006年1月20日2版）

"两会"感言（十五）

——我们的脚步与时代同行

金秋十月，天高云淡，鹏程万里，我们的脚步与时代同行。

21日，党的十七大在北京胜利闭幕。凝聚全党全国各族人民的意志和力量，中国特色社会主义迈上新征程！

我们的脚步与时代同行，我们牢记社会主义初级阶段的基本国情。国情决定方略，国情决定使命，国情决定途径。正确认识并准确把握社会主义初级阶段这个最大的实际，是我们明确历史方位、科学制定大政方针、正确提出发展目标的基本立足点。最早提出社会主义初级阶段这一论断的是邓小平同志，正式提出是党的十三大。正是有了这个基本判断，我们党提出了"一个中心、两个基本点"的基本路线；正是有了这个基本判断，我们党提出了社会主义市场经济的理论，私营经济、外资经济走上阳光大道，从而形成多种经济成分共同发展和多层次全方位对外开放的格局；正是有了这个基本判断，以胡锦涛同志为总书记的党中央适应新的发展要求，提出了以人为本、全面协调可持续的科学发展观。正如胡锦涛同志指出的那样，当前我国发展的阶段性特征，是社会主义初级阶段基本国情在新世纪新阶段的具体表现。强调认清社会主义初级阶段基本国情，不是要妄自菲薄，自甘落后，也不是要脱离实际，急于求成，而是要把它作为推进改革、谋划发展的根本依据。国情实，立足稳，路子正，方向明，中国特色社会主义前程似锦！

　　我们的脚步与时代同行，我们肩负实现全面建设小康社会奋斗目标的新使命。适应国内外形势的新变化，顺应各族人民过上更好生活的新期待，十七大正确把握经济社会发展趋势和规律，在十六大提出的全面建设小康社会目标的基础上对我国发展提出了新的更高要求。站在新的历史起点上，完成时代赋予的崇高使命，解放思想是发展中国特色社会主义的一大法宝，改革开放是发展中国特色社会主义的强大动力，科学发展、社会和谐是发展中国特色社会主义的基本要求，全面建设小康社会是全国各族人民的根本利益所在。我们必须坚持把发展作为党执政兴国的第一要务，坚定不移地发展社会主义民主政治，推动社会主义文化的大发展大繁荣，加快推进以改善民生为重点的社会建设，更加重视和谐社会和生态文明建设，更好地保障人民权益和社会公平正义，让各族人民过上更加美好的生活。使命在肩，责任如山，开拓奋进，中国特色社会主义前程似锦！

　　我们的脚步与时代同行，我们抓住又好又快发展的新机遇。进入新世纪新阶段，我们的发展面临"黄金机遇期"与"矛盾凸显期"同时并存的新形势新情况，机遇前所未有，挑战前所未有，机遇大于挑战，关键是我们要紧紧抓住和用好重要战略机遇期，努力实现经济又好又快发展。正如胡锦涛同志指出的那样，发展对于全面建设小康社会，加快推进社会主义现代化，具有决定性意义。我们要牢牢扭住经济建设这个中心不动摇，科学分析全面参与经济全球化的新机遇新挑战，全面认识工业化、信息化、城镇化、市场化、国际化深入发展的新形势新任务，深刻把握我国发展面临的新课题新矛盾，更加自觉地走科学发展道路，更好地实施科技兴国战略、人才强国战略、可持续发展战略，着力把握发展规律，创新发展理念，转变发展方式，破解发展难题，提高发展质量和效益，实现又好又快发展，为实现全面建设小康社会奋斗目标打下坚实基础。抓住机遇，扭住中心，推动发展，中国特色社会主义前程似锦！

　　金秋十月，政通人和，龙腾虎跃，我们的脚步与时代同行。黄河长江涛声依旧，炎黄子孙血脉相连，全面小康人心所向。迈上中国特色社会主义新征程，中华民族的伟大复兴展现广阔前景。

（《四川日报》2007 年 10 月 16 日 6 版）

"两会"感言（十六）

——跨越爬坡正当时

又是一年春风起，又是一江春水流。

昨日上午，怀着激动的心情，坐在电视机前，聆听温家宝总理作政府工作报告，一个个数字鼓舞人心，一个个目标催人奋进，一阵阵掌声随心共鸣。站在新的历史起点，我们的发展目标更加明确，我们的发展思路更加清晰，我们跨越爬坡的信念更加坚定。

聆听温家宝总理作报告，回顾已经走过的不平凡的五年，我们已进入全面建设小康社会新的发展阶段。党的十六大以来，以胡锦涛同志为总书记的党中央，提出了科学发展观和构建社会主义和谐社会等一系列重大战略思想，进一步明确了我国仍处于并将长期处于社会主义初级阶段而又达到新的历史起点的发展方位。五年过去了，全面建设小康社会的各项事业取得了辉煌的成就，经济发展又上了一个台阶，我们已处于从新起点向更高目标迈进的重要时刻。

站在新的更高的起点，我们要更加积极主动地抓住难得机遇，应对严峻挑战。分析当前我国发展的阶段性特征，我们正处于改革发展的关键时期。2003 年，我国人均国内生产总值突破 1000 美元。按照十七大提出的发展目标，到 2020 年我国人均国内生产总值将达到 5000 美元。根据国际经验，人均国内生产总值从 1000 美元到 3000 美元，是一个国家发展的关键阶段。这

是一个既有巨大发展潜力和动力又有各种困难和风险的时期，是一个既有难得机遇又有严峻挑战的时期。从当前和今后一个时期的发展趋势看，我们面对的最大机遇和挑战，主要来自两个方面：在国际上，主要是我国全面参与经济全球化的机遇和挑战；在国内，主要是工业化、信息化、城镇化、市场化的深入发展的新形势新任务。解决这两个方面带来的新课题新矛盾，是我们的发展必须要过的两个关口，是要跨越爬坡绕不开的两道"坎"。所谓"关键时期"，用我们四川人的话说，就是翻山越岭，爬坡上坎，不进则退，既要"咬定青山不放松"，锐意进取，又要脚踏实地，稳中求进。

跨越爬坡正当时，最重要的是高举中国特色社会主义伟大旗帜，坚持以邓小平理论和"三个代表"重要思想为指导，深入贯彻落实科学发展观。科学发展观，第一要义是发展，核心是以人为本，基本要求是全面协调可持续，根本方法是统筹兼顾。抓发展，谋跨越，我们要更加重视加强和改善宏观调控，更加重视推进改革开放和自主创新，更加重视调整经济结构和提高发展质量，更加重视节约资源和保护环境，更加重视改善民生和促进社会和谐，推进社会主义经济建设、政治建设、文化建设、社会建设，加快全面建设小康社会进程。对于四川而言，我们的新跨越，新就新在它是科学发展观指导下选择的发展道路、发展模式和发展战略。这是发展理念的升华！

跨越爬坡正当时，我们最关心的是四川的高地建设。从全国看四川，我省正处于工业化、城镇化加速期和市场化国际化提升期，也是跨越发展爬坡上坎的关键期，正面临一系列发展难题。面对新的形势，推进新跨越，省委九届四次全会明确了加快发展、科学发展、又好又快发展的全省工作总体取向，形成了"一主、三化、三加强"的基本思路，确立了建设辐射西部、面向全国、融入世界的西部经济发展高地这一引领四川未来发展的战略定位。高地建设之"高"，关键是思想起点要高。立足经济全球化和区域经济一体化的时代背景，我们要进一步解放思想，破除盆地观念，强化开放意识；破除内陆观念，强化前沿意识；破除自满观念，强化进取意识；破除休闲观念，强化爬坡意识。只有这样，我们才能在解放思想中激发改革创新精神，乘势而进；也只有这样，我们才能一步一个脚印，一年一个台阶，努力走在西部改革开放的最前沿！

跨越爬坡正当时，我们最需要的是进一步解放思想，坚持实事求是、与时俱进，始终保持一种勇于变革、勇于创新的精神状态。实践永无止境，创新永无止境，高地建设永无止境！

（《四川日报》2008 年 3 月 6 日 B1 版）

"两会"感言（十七）

——微笑是一种力量

　　冬日暖阳，红梅报春，全省"两会"传来春天的喜讯。

　　每临大事有静气，不为浮云遮望眼。共同经历地震灾难的洗礼，共同面对金融危机的冲击，"两会"代表委员久别重逢。见面握手，心有灵犀，有一种问候叫"想你"，有一种鼓励叫"真棒"，有一种感动叫温暖，有一种力量叫微笑！

　　微笑是一种力量！每当想到"我是班长"的汶川小英雄林浩在奥运会开幕式上的微笑，就感到一种"四川人真棒"的力量。

　　走进"鸟巢"那一刻，林浩头上还留着疤痕；在他的家乡，已搬进过渡安置房的父老乡亲在电视机前看到了林浩那感动世界的瞬间，激动得热泪盈眶。谈到那一瞬间，来自汶川的代表委员记忆犹新，他们说：灾区人民已经勇敢迈出新生活的步伐！到灾区看一看就会发现，林浩那样的微笑代表着一种自强不息的力量。令人高兴的是，目前，灾区群众基本生活得到妥善安排，基础设施基本恢复，灾区经济逐步恢复正常。此时此刻，我们忘不了党中央、国务院和全国人民对灾区人民的深切关怀和全力支持，我们深受鼓舞，信心倍增。

　　微笑是一种力量！每当想到青川县黄坪乡枣树村受灾群众张贴在自建住

房上的两条标语，就感到一种泰山压顶不弯腰的力量。"出自己的力，流自己的汗，自己的事情自己干！""有手有脚有条命，天大的困难能战胜！"这是老百姓的话，是抗震救灾精神在灾区人民中的展现和升华，实质是自力更生、艰苦奋斗。提起这两条标语，来自青川的代表委员更是一脸微笑，他们说："艰难困苦，玉汝于成；多难兴邦，多难砺党。"抗震救灾这么大的困难都挺过来了，还有什么困难不能克服？微笑是一种力量！从地震灾难中挺立起来的四川，仍然是机遇的四川、开放的四川、日新月异的四川。来自港澳地区的政协委员说得好："尽管当前宏观经济形势存在很多不确定因素，但有着灾后重建巨大发展潜力的四川，正面临特殊的发展机遇，我们对投资四川充满信心！"

微笑是一种力量！面对危机和困难，统一思想是前提，坚定信心是关键，信心比黄金更重要。从"两会"代表委员的微笑中，我们看到了迎难而上、共克时艰的信心和力量。

（《四川日报》2009 年 1 月 15 日 2 版）

"两会"感言(十八)

——思想观念是"总开关"

"两会"代表委员讨论发言,对解放思想的话题十分关注。有一种观点引起强烈共鸣,思想观念是"总开关",解放思想是发展的动力之源。

思想观念是"总开关"。有什么样的发展理念,就选择什么样的发展道路,就采取什么样的发展思路,最终决定发展的水平和成效。四川改革开放以来的发展实践生动地证明了这一点。正是有了"西部大开发,四川怎么办"的解放思想大讨论,才有了跨越发展的新突破;正是有了"三个最大"省情的突破性认识,才有了我省正处于工业化城镇化加速期、市场化国际化提升期、跨越发展爬坡上坎关键期的科学判断,才有了建设西部经济发展高地的战略定位,才有了"一枢纽、三中心、四基地"的战略布局。正如有的代表委员指出的那样,解放思想的根本目的在于引领实践,推动发展。推动新一轮思想解放,必须解决好用科学发展观武装头脑、指导实践、推动工作的问题。

思想观念是"总开关"。每当想到思想解放大讨论中那一次次激烈的争论和不同思想观念的交锋,就会发现新旧思想观念的冲突在更深层次上是不同思维方式的冲突,传统思想观念的惰性很大程度上来自封闭的思维方式的惰性。因此,思维方式上的思想解放常常比具体思想观念的思想解放更为深刻。不少代表委员认为,对四川而言,解放思想应该从转变观念和创新思维方式两个层面展开。当前，最重要的是紧紧围绕科学发展，找准解放思想与实际工作的结合点，跳出盆地看四川，站在全国和世界的角度看四川，用全球化眼光来谋划四川发展。

思想观念是"总开关"。每当想到改革开放之初"摸着石头过河"中那种"敢为天下先"的精神，那种"杀开一条血路"的气概，就会发现解放思想也是一种精神状态。人生在世，与时俱进，自强不息；人在途中，开拓进取，攻坚破难。正如不少代表委员强调的那样，当前我们面临前所未有的困难和挑战，保持良好的精神状态特别重要。要提倡一个"敢"字：敢于爬坡、敢于破难、敢于担当、敢于创新；要特别讲大局、特别讲付出、特别讲实干、特别讲纪律；要保持一种"等不起"的责任感、"慢不起"的危机感、"坐不住"的紧迫感、"欠不得"的使命感。

（《四川日报》2009 年 1 月 16 日 2 版）

"两会"感言（十九）

——关键是找准"短板"

"两会"代表委员讨论政府工作报告，对加快发展和深化改革有一种共识，就是既要看到四川的优势，扬长避短，又要看到四川的劣势，扬长补短。用"木桶原理"看优劣长短的转化和互动，有的代表委员认为，关键是找准"短板"，要把"短板"做长，在"补短"上下功夫。

一个木桶是由若干块木板条组成的，它能盛多少水，不是取决于最长的板子，也不是取决于各块板子的平均长短，而是唯一地取决于最短的板子，这就叫作"木桶原理"或者叫作"短线决定原则"。经济学家认为：短线决定原则，不仅适用于经济管理，也适用于经济发展和经济体制改革，实际上在各方面都能应用。分析当前经济发展和改革开放面临的困难，难就难在要处理好市场与政府、公平与效率、法治与人治的关系，难就难在破除城乡二元体制与经济结构调整交错在一起，根本出路在于像党的十七大讲的那样，毫不动摇地坚持社会主义市场经济的改革方向，进一步深化重点领域和关键环节的改革，建立起一个规范的市场体系，让市场充分发挥在资源配置中的基础性作用。

从"木桶原理"看改革发展，关键是找准"短板"。对四川而言，对照东部看活力，比肩前沿看改革，我们最大的"短板"是在思想观念和发展理念上还没有完全适应经济全球化、区域一体化的新趋势，在手段方法上没有完全熟悉市场经济的运行规则。正如"两会"代表委员指出的那样，我们尤其要强化市场意识，学会用市场的办法解决发展中的问题，善于运用市场的手段来加快发展。在发展民营经济问题上，四川的"短板"更为突出，必须千方百计推动民营经济和全民创业实现新突破。

从"木桶原理"看改革发展，还有一个最短的"短板"是开放程度低。开放也是改革。建设辐射西部、面向全国、融入世界的西部经济发展高地，本身就是一个开放性定位，也必须通过扩大开放来实现。对此，"两会"代表委员有一种强烈的呼声，就是要抓住多区域合作的新机遇，加强开放合作，共同建设成渝经济区，扩大与东部、中部、长三角、珠三角和环渤海地区的合作，积极承接产业转移，在合作共赢中推进"两个加快"。

（《四川日报》2009 年 1 月 17 日 2 版）

"两会"感言（二十）

——"保增长"就是"保民生"

"两会"代表委员讨论《四川政府工作报告》，对"保增长、保民生、保稳定"的工作主线给予充分肯定，有一种止滑提速、爬坡上行的强烈紧迫感。代表委员高兴的是，政府把改善民生作为"保增长"的出发点和落脚点。他们说："拉动内需，'安民'为先；改善民生，'助民'为盼；稳定经济，'富民'为本。保增长就是保民生。"

"保增长就是保民生。"分析党中央国务院和省委省政府出台的拉动内需的各项措施，就会发现扩大投资是最大亮点，保障和改善民生项目放在首位，主要内容包括保障性安居住房、地震灾区恢复重建、农村基础设施建设、医疗卫生文化教育事业发展、生态环境建设和提高居民收入等。铁路、公路、机场、城市电网等基础设施项目，也是关系国计民生的必不可少的"民心工程"。正如代表委员指出的那样，形势越是困难越要加大民生项目投资力度，以投资拉动消费，以消费促进增长。

"保增长就是保民生。"扩大内需保增长，关键是解决关系群众切身利益的就业难、增收难、安居难、就医难等热点难点问题，增强城乡消费能力。去年，四川发生"5·12"汶川特大地震灾害，人民生命遭受巨大损失，更要把保障和改善民生摆在更加突出的位置。特别是要把实施八项民生工程作为扩大消费需求的重要途径。来自地震灾区的代表委员特别关注的是，加快实施恢复重建总体规划，全面重建灾区群众的物质家园和精神家园，早日实现家家有房住、户户有就业、人人有保障、设施有提高、经济有发展、生态有改善的目标。

"保增长就是保民生。"扩大内需保增长，必须保持社会稳定。改革开放30年来，我们更加深刻地认识到，发展是硬道理，稳定是硬任务。社会保障体系、社会治安综合治理和安全生产，对保证群众基本生活、安定人心具有重要作用。看一看"两会"代表委员提出的议案和提案，就会发现很多是涉及社会保障、社会治安和食品药品安全质量问题。用代表委员的话说："保安全也是保民生，保民生就是保稳定。"

（《四川日报》2009 年 1 月 18 日 2 版）

"两会"感言（二十一）

——"保增长"就是"保就业"

就业是民生之本，创业是财富之源。

受地震火害和国际金融危机影响，我省就业形势日趋严峻，企业用工需求减弱，农民工返乡已超过125万。对此，"两会"代表委员特别关注，强烈呼吁大力实施扩大就业的发展战略，进一步推动全民创业。正如不少代表委员指出的那样，就业问题既是民生问题，也是发展问题，"保增长"就是"保就业"。

"保增长"就是"保就业"。社会主义初级阶段的基本国情和科学发展观的根本要求，决定了我们必须将就业问题放在最重要的位置。就业或者充分就业，是我国宏观经济政策的重要目标。对四川而言，8185万人口的特殊省情和就业压力，决定了我们必须实施更加积极的就业政策，多渠道全方位扩大就业，确保就业形势基本稳定。

"保增长"就是"保就业"。分析当前就业形势和就业困难，难就难在"总量失业"与"结构性失业"并存。解决"总量失业"主要靠"保增长"，增加新岗位。解决"结构性失业"，主要靠职业培训、再就业培训。当前最有效的措施是扩大投资，以投资项目带动就业，多渠道增加岗位，同时抓好就业培训，高度重视劳动密集型产业和中小企业发展。特别是要鼓励高校毕业生到城乡基层就业，走自主创业、自谋职业的路子。企业是就业主体，要稳定现有就业岗位，尽可能减少裁员，让职工与企业同舟共济、"抱团取暖"。

"保增长"就是"保就业"。从就业市场角度看，最大困难在农民工，最大潜力在农村。我省劳务输出规模已达 2000 多万人，今后工作重点要放在提高输出质量和效益上。当前，要特别重视返乡农民工就业，最大限度拓展农村就业渠道。灾后恢复重建，农田水利、交通、能源等重大基础设施建设项目，要尽量多招用农民工。要加强农民工技能培训，抓紧制定扶持农民工返乡创业的政策措施，引导掌握了一定技能、积累了一定资金的农民工创业。有的代表委员说得好："三农"问题关键是农民问题，农民问题关键是增收问题，增收问题关键是就业问题。农民工是新农村建设的"希望之星"，也是新型城镇化的"创业之星"。

（《四川日报》2009 年 1 月 20 日 3 版）

"两会"感言（二十二）

——抓重建就是抓发展

早春二月，满目春光，万象更新。从地震灾难中挺立起来的四川人民，满怀着浴火重生的感恩之心，走向充满希望的春天，期盼全国"两会"召开。

每当想到四川民间广泛流传的"望帝春心托杜鹃"的美丽传说，就对"两会"代表委员"问政于民、问需于民、问计于民"的民本情怀充满敬意。走进灾区村寨，来自四川的代表委员对灾后重建做了大量调查研究，形成了一种共识："抓重建就是抓发展。"用省委书记、省人大常委会主任刘奇葆的话说：着眼发展抓重建，抓好重建促发展，为服务全国经济大局作贡献。

"抓重建就是抓发展。"用发展眼光看重建，加快发展是解决灾后重建所有问题的关键。想一想吧，在突如其来的巨大灾难面前，我们为什么能够挺立不倒？为什么能够从容应对？为什么能够在很短时间内组织动员那么多人力、物力、财力投入救灾？"灾难有多大，中国有多强。"我们强就强在改革开放30年来经济社会有了巨大发展，强就强在拥有较为雄厚的物质基础和较好的社会条件。过去发生在中国境内的一次次灭顶之灾，哪一次能够像抗击汶川特大地震灾难这样卓有成效？历史已经证明：发展才是硬道理，加快发展是解决中国所有问题的关键。只有加快发展，才能为从容应对各种自然灾害和突发事件提供坚实的物质基础和强大的精神力量；也只有加快发展，以非常时刻的非常之策和关键时期的超常努力，进一步加快灾后重建步伐，才能实现灾区家家有房住、户户有就业、人人有保障、设施有提高、经济有发展、生态有改善的目标。对四川而言，灾后重建是最大的民生工程，也是最大的民心工程。

"抓重建就是抓发展。"用全局眼光看重建，加快重建是"保增长"的重中之重。对四川而言，加快灾后恢复重建，要使灾区经济社会发展达到和超过灾前水平，让灾区群众基本生产生活条件达到或超过灾前水平，需要完成1.7万亿元投资。这是四川的"危"中之"机"，也是全国保增长一盘棋的重中之重。外需不足内需补，内需不足重建补。对四川而言，灾后重建是最大的内需，也是最大的发展机遇。加快重建，机不可失，时不我待。我们怀着深情的感恩之心，感谢国家有关部门和对口支援省市对四川灾后重建的特别关注、关爱和支援；我们怀着浴火重生的强烈愿望，期盼"两会"代表委员为灾后重建建言献策，使灾后重建真正成为促进全国发展的强大引擎，为服务全国经济大局作出更大贡献。

"抓重建就是抓发展。"用战略眼光看重建，灾后重建是百年大计。我们要对历史负责，对灾区人民负责，要遵循规律、尊重科学、尊重自然，要统筹兼顾、突出重点，要与时俱进、勇于创新。在复杂多变的国内外形势下，灾后重建既面临前所未有的机遇，又面临前所未有的严峻挑战，有许多热点难点问题需要破解。对此，灾区人民和两会代表委员共同关心的是"四个坚持"，即坚持保障民生与加快发展相协调，坚持突出重点与兼顾一般相协调，坚持加快进度与注重质量相统一，坚持促进增长与增强后劲相结合。特别是要求真务实，越是加快进度，越要重视建设质量，不能因为怕花钱就降低标准，不能因为赶进度就忽视质量。在恢复重建中，搞任何形式主义、任何形象工程都是对人民、对历史的犯罪。

"不谋万世者，不足谋一时；不谋全局者，不足谋一域。"这里所说的"万世之谋""全局之谋"，实质是一种战略思维。灾后恢复重建需要战略思维，参政议政也需要战略思维。站在宏观、全局、长远的战略高度，让我们与"两会"代表委员共同喊响："抓重建就是抓发展！"

春回大地，鹃声阵阵，情动巴蜀。

（《四川日报》2009年3月4日3版）

"两会"感言（二十三）

——从基本面看保增长

保增长是首要任务，基本面是根本保证。

全国"两会"召开之际，社会各界和"两会"代表委员最关心的话题是保增长。谈到保增长的信心，引起大家共鸣的观点认为：最重要的依据就是我国经济中长期发展的基本面没有改变。

面对当前危机和困难，我们为什么要保增长？怎样保增长？能不能保增长？对这些问题的关注，归根到底都要回到我国经济中长期发展的基本面上来。所谓中长期发展的基本面，实际上就是改革开放以来形成的发展基础、发展道路、发展趋势和基本国策，也就是我们常说的"基本国情"。最基本的判断是，我们正处在工业化、城镇化和新农村建设持续推进的关键时期，我们有成本较低、素质不断提高的劳动力资源，我们有日益加强的基础设施和产业体系，我们有逐步完善的社会主义市场经济体制和开放型经济体系，我们有聚精会神搞建设、一心一意谋发展的稳定的政治和社会环境。所有这些，都是支撑我国经济中长期发展的基本面。只有把握好这个基本面，才能坚定保增长的必胜信心；也只有把握好这个基本面，才能在变化的形势中捕捉和把握难得发展机遇。

从基本面看保增长，首先是政府这只"看得见的手"出手要快。分析去年经济形势，从年初的"双防"到年中的"一保一控"，到年底"实施积极的财政政策和适度宽松的货币政策",党中央、国务院果断出台了一系列保增长、扩内需、调结构的政策措施。正是这些卓有成效的调控措施,确保去年经济实现了9%的高速增长,为今年保增长提供了有利条件。由此看来,只要认真贯彻落实党中央、国务院出台的各项政策措施,在当前国际经济动荡中,我国经济完全就有可能率先回稳。

从基本面看保增长,关键是扩大内需。面对国际金融危机冲击,世界经济增长在迅速减弱,我国外部需求明显减少,扩大内需成为必然选择。看一看中央扩大内需的4万亿投资,再分析一下最近出台的十大重点产业调整振兴规划,就会发现我们不仅内需空间大,新增长点多,而且有集中力量办大事的优势。最重要的是坚持以改善民生为重点,千方百计扩大就业,扩大消费需求,这必将对保增长起到直接的决定性作用。

从基本面看保增长,根本途径是调整结构。当前经济形势的复杂性和严峻性在于,国内经济长期快速增长后的调整与经济周期性波动相叠加,同时与国际金融危机带来的世界范围大调整相叠加。在这种双重叠加的调整中保增长,根本途径是转变发展方式,加快经济结构调整,重点解决内需与外需不均衡、投资与消费比例不协调、城市与乡村发展不平衡等问题。特别是要破除城乡二元结构,从根本上解决"三农"问题。对此,我们与"两会"代表委员都期盼各级各部门达成共识,化压力为动力,化挑战为机遇,努力在结构调整中寻找和培育新的增长点。

从基本面看保增长,基本取向是"跟着市场走"。在经济全球化条件下,市场这只"看不见的手"在资源配置中的基础作用越来越重要。市场经济是需求导向经济,无论内需还是外需,归根到底都是市场需求,都要"跟着市场走"。我们保增长的重点必须放在扩大内需上,但这绝不是说要放弃利用外需。实践表明,越是保增长,越要坚持对外开放不动摇,越要坚持社会主义市场经济的改革方向不动摇。特别是要统筹好国内国际两个大局,充分利用国内国际两个市场、两种资源,把扩大内需为主与稳定外需结合起来。从市场角度看,保增长就是保市场,保市场就是保就业。

　　穿越寒冬，才能迎来春天；沧海横流，方显英雄本色。从基本面看保增长，我们越看越有信心，越看越有希望，越看越有前途！

（《四川日报》2009年3月7日4版）

"两会"感言（二十四）
——农民增收难在哪里

　　稳定物价，最大的贡献在农业；扩大内需，最大的潜力在农村；增加收入，最大的困难在农民。

　　今年全国"两会"对"三农"问题的关注度之高，早已在社会各界预料之中。面对前所未有的困难和挑战，做好今年农业农村工作，对"保增长、扩内需、调结构"具有特别重要的意义。需要特别关注的是，2000多万农民工失业返乡，农产品价格一路走低，农民增收更加困难！

　　用以人为本的科学发展观分析"三农"问题，"三农"问题的核心是农民问题，农民问题的核心是增收问题。看一看现代化和全面小康的各种指标，让农民普遍富裕起来是一个标志性指标。2008年，我国城镇居民人均可支配收入15781元，农民人均纯收入只有4761元。农民收入低，农村消费需求不足，农村市场很难启动。正如"两会"代表委员在调查研究中看到的那样，扩大消费，最大的困难是农民手中无钱。

　　农民增收难在哪里？专家学者分析认为，农民增收困难原因很多，但根本原因是就业结构问题。看一看刚刚公布的2008年我国国民经济和社会发展统计公报就会发现，第一产业增加值占国内生产总值的比重为11.3%，年末全国就业人员77480万人，其中城镇就业人员30210万人。也就是说，在农

村就业人员多达 47270 万人，只创造了 11.3％的 GDP，劳动生产率低的根本原因，是土地等资源太少，农村人口太多。人多地少，越种越穷，越穷越种，怎么增加收入？我省人均耕地 0.67 亩，家家种粮，户户养猪，商品化率只有50％，增加农民收入主要靠农产品涨价是不行的。农民收入问题，实际上是就业问题，根本途径是在发展现代农业的同时减少农民，促进农村劳动力向城镇和非农产业转移就业。

农民增收难，难就难在城乡二元结构。城乡二元结构，集中表现在城乡之间资源配置不均、要素流通不畅、比较优势互补不充分、市民农民发展机会不平等。特别是农村劳动力"隐性失业"，导致农民增收困难。长期以来，农村是我国富余劳动力的一个大"蓄水池"，农村中的富余劳动力经常处在"隐性失业"状态。只有破除城乡二元结构，打通城乡劳动力市场，让农民进入非农领域，才能解决农村劳动力转移就业问题，这是解决农民增收的当务之急，也是统筹城乡发展的根本要求。

农民增收难，难就难在城乡二元体制。经济学家研究表明，城乡二元结构自古就有，但城乡二元体制却是 20 世纪 50 年代才形成的。当时，由于计划经济体制的确立，户籍分为城市户籍和农村户籍，城乡之间生产要素的流动受到十分严格的限制。现在，农民可以进城务工了，可以把家属带进城镇生活了，但他们仍然是农民，不能享受城市居民同等的各种公共服务和社会保障。正如有的代表委员指出的那样，"农民工"这个特殊名称，本身就是城乡二元体制的产物。只有破除城乡二元体制，让农民和城市市民一样享有同等的权利，拥有同等的就业机会，才能真正使农民走向共同富裕。

总而言之，提高农民收入，缩小城乡收入差距，是城乡协调发展中的首要问题，也是"保增长、扩内需、调结构"的关键所在。党的十六届三中全会第一次明确提出要建立有利于逐步改变城乡二元结构的体制，城乡二元体制改革从此被正式提上议事日程。进入工业反哺农业、城市带动农村的新阶段，我省 GDP 已经越过万亿元大关，成都市已被批准为全国统筹城乡综合配套改革试验区。我们要抓住机遇，联动推进农业现代化与新型工业化、新型城镇化，在统筹城乡发展改革上取得新突破。

走向城乡一体化，关键是城乡互动，核心是农民增收！

（《四川日报》2009 年 3 月 9 日 3 版）

"两会"感言（二十五）
——用战略眼光看农民工

就业是民生之本，岗位是当务之急。

与今年"两会"的热点同步，今春"民工潮"走势堪忧。来自四川的代表委员在调查研究时看到，很多农民工春节前提前返乡，各地政府已采取多种措施，千方百计缓解和疏导就业压力。尽管没有找到工作的把握，但新年一开春，大批农民工还是沿着那条熟悉的出川之路，重返大中城市，重返"珠三角""长三角"。

令代表委员忧虑的是，与往年"候鸟式"出川不同，深圳返川的列车基本满员，每趟列车都有大批农民工从"珠三角"返乡。据调查分析，春节后出去的农民工很多人没有明确的就业岗位，其中一部分可能再次返乡。

一边是匆匆外出，一边是匆匆返乡。与往年的"民工荒""技工荒"形成鲜明反差，今年农民工就业的严峻形势突出表现为"民工慌"。农民工说："不知到哪里挣钱，心里发慌啊！"

面对国际金融危机冲击和经济下滑的严峻挑战，农民工就业难已成为各级政府和今年全国"两会"关注的热点。对四川而言，解决好2000多万农民工的就业问题，每年可增加农民收入1000多亿元，这是落实科学发展观的迫切要求，也是从根本上解决"三农"问题的战略任务。站在统筹城乡发展的战略高度，把握改革发展稳定的大局，我们既要立足当前又要着眼长远，既要因地制宜又要统筹兼顾，顺应工业化、城镇化和新农村建设的发展趋势，抓住灾后重建和扩大内需的机遇，走出一条具有中国特色的农村劳动力转移之路。

用战略眼光看待农民工，农村劳动力转移是一个长期的历史过程，当前最紧迫的问题是稳定和增加就业岗位。据国家权威部门调查统计，我国农村外出就业的农民工已超过 1.3 亿人，春节前已有 2000 多万农民工返乡。在用人需求方面，今年计划招工的企业数量比去年减少 20%，空岗数量减少 10%。春节后已有 970 多万农民工南下广东，其中 260 万人没有明确的就业岗位。到春节上班第一周，我省返乡农民工还有约 50 万人没有找到工作。在"川军"出川越来越难的情况下，最现实的选择是，大力发展乡镇企业和县域经济，抓好农民工培训，创办农民工创业园区，推动全民创业，鼓励农民工就近就业。特别是要统筹城乡发展，加快灾区重建步伐，加大投资力度，多上项目，快上项目，上大项目。还是那句话：发展才有"饭碗"，发展才有"钱途"。

用战略眼光看待农民工，农民工是我国城镇化过程中出现的新生力量。城镇化是一个经济社会结构转型的过程，是工业化的必然趋势，核心是农村人口转化为城市人口。据测算，我国城镇化水平每提高一个百分点，便意味着 1500 万农村人口进城。对四川而言，农村人口多，耕地资源少，承载农业劳动力有限，必须把加快推进工业化、城镇化放在更加突出的战略位置。到农民工中走一走就会发现，新一代农民工中很多人对农村已经相当陌生了，即使在城市失业也不愿返乡，宁愿在城市"苦熬"。正如不少代表委员指出的那样，尽管当前进城务工难，进城务工仍然是农村劳动力转移的主渠道；尽管有不少农民工返乡创业，农民工仍将是城镇化的主力军。这是农村劳动力转移的根本出路，也是城镇化工业化的大势所趋。

用战略眼光看待农民工，农民工就业是涉及方方面面的系统工程，根本方法是统筹兼顾。当前，我们正处在城乡就业矛盾凸显时期，在未来比较长的时期内，都将面临沉重的就业压力。特别是农民工就业问题与城镇居民下

岗失业问题和大学生就业问题交织在一起，实施扩大就业的发展战略，促进以创业带动就业，现在是刻不容缓了。

此时此刻，我们与"两会"代表委员有一种强烈共鸣：创业是百年大计，创新是不竭动力。

（《四川日报》2009年3月11日3版）

"两会"感言（二十六）

——坚持"两条腿"走路

"川军"闯天下，敢问路在何方？

"两会"代表委员有一个基本思路：农民工是非常活跃而有竞争力的人力资源。我省几千万农村人口的就业压力和"三个最大"的基本省情，决定了我们不能不把农村劳动力转移作为一个大战略，决定了我们不能不坚持"两条腿"走路。

正如"两会"代表委员在调研中看到的那样，进入以工促农、以城带乡的新时期，农村劳动力转移出现了一些新变化。主要表现为四个转变：一是由异地输出向就近就地务工转变；二是由体力型向技能型转变；三是由无序流动向有组织转移转变；四是由"民工潮"向"创业潮"转变。前三个转变属于由农村向城市转移，第四个转变则在转移方向上发生"逆转"，就是由城市回流农村，也叫"回引工程"。据调查，我省农民工返乡就业创业近两年呈现明显增长趋势。自贡等地还创办了农民工创业园区。

适应农村劳动力转移的新变化，解决农民工就业也要有新思路，这就是坚持"两条腿"走路，实行农村劳动力异地转移与就地转移相结合，劳务输出与"回引工程"互动。毫无疑问，农民外出务工已成为农民增收和脱贫致富的主渠道。用"两会"代表委员的话说："输出一个，脱贫一户；输出百个，脱贫一村。"现在的问题是，由于大量农村青壮年劳动力外出务工，留守

农村的劳动力多数是 45 岁以上的"老农"和妇女、儿童，他们既面临种种生活困难，也难以担负起农业产业化和建设新农村的重任。新农村建设需要"领头雁"，农业产业化和西部大开发也为农民工就近就地就业提供了需求和环境。特别是地震灾后恢复重建迫切需要农民工返乡创业。对四川而言，只有坚持"两条腿"走路，才能在"结合"中充分就业，在"互动"中统筹城乡发展，这是顺应以工促农、以城带乡的必然趋势，也是联动推进农业现代化、新型工业化、新型城镇化的必然要求。

坚持"两条腿"走路，关键是补足农民工培训的"短腿"。据调查，农民工普遍缺乏就业培训，技能素质不适应劳动力市场需求的问题十分突出。近年来涌入城市的农民工，仍以非熟练工和半熟练工为主。我省劳务输出规模已达 2000 多万人，今后工作重点要放在提高输出质量和效益上，推动劳务输出向技能型转变。"积财千万，不如一技在身。"目前，我省正在开展百万农民工免费技能大培训，受到"两会"代表委员一致好评。

坚持"两条腿"走路，关键是补足公共服务的"短腿"。最重要的是改变城乡分割的就业管理体制，建立城乡统一、公平竞争的劳动力市场，为农民工提供平等就业机会和服务。特别是要在管理方式上突破由防范式管理向服务型管理转变，在公共产品提供上实现由单纯面向城镇户籍人口向包括农民工在内的所有常住人口转变。农民工基本公共服务问题既涉及地区协调，又涉及城乡对接，既要考虑城市的承受能力，又要照顾不同类型农民工的基本需求，农民工流入地政府应承担更大责任。"两会"代表委员特别关注的是，成都市已出台一系列新举措，改善农民工就业环境，为农民工提供全方位服务，值得各地借鉴。

坚持"两条腿"走路，关键是补足社会保障的"短腿"。当前，绝大多数农民工享受不到基本的社会保障。突出表现在，工伤保险参保率低，伤残医治赔偿困难，医疗、养老保险不能跨地区转移。这次国际金融危机给我们上了生动的一课，许多失业返乡农民工的社会保障权益受到侵害。用"两会"代表委员的话说："农民工的社会保障问题，不是要不要搞的问题，而是怎样搞的问题。关键是根据农民工最紧迫的社会保障需求，适应农民工流动大的特点，使其社会保障权益可以在城乡之间异地转移续接。"

良好的就业环境也是投资环境。农民工总是选择在更好环境和更优待遇的地方就业。如果家乡的就业环境改善了，就业岗位多了，就业收入提高了，农民工回乡创业和就近就业就是自然而然的事。

"两条腿"走路，路在脚下！

（《四川日报》2009年3月13日4版）

"两会"感言（二十七）
——惠民生要多做"加法"多听"民声"

心系民生！惠及民生！改善民生！来自人民网、新华网和四川在线等新媒体的最新调查表明，改善民生是老百姓最大的期盼，仍然是今年"两会"最热门的话题。从养老保险到扩大就业，从调控房价到增加收入，人民的期盼与"两会"代表委员形成共鸣。

在"两个加快"中推进科学发展，在改善民生中促进社会和谐。"再造一个都江堰灌区""保护若尔盖湿地""加强农民工培训""依法行政、依法拆迁"……来自四川的代表委员贴近民生察冷暖，把四川人民的期盼带到了北京。

发展为了人民，发展依靠人民，发展成果由人民共享，这是科学发展的根本目标，是我国政府对人民的庄重承诺。去年，为应对国际金融危机，我国政府出台了一系列扩大内需的举措，其中最突出的亮点就是保障和改善民生。各级政府把更多的资金投向民生领域，以投资促就业带消费，以消费促增长保民生，既让老百姓"有活干、有钱挣"，又尽可能"让利于民、藏富于民"，办成了许多人民群众期盼的大事。四川人民感受尤深的是，汶川地震灾后恢复重建的1万亿元投资，给灾区人民的安居乐业提供了坚实保障。

"为政之要首在利民，为治之道重在安民。"历史经验表明，民生问题既是一个现实问题，又是一个非常复杂的历史问题和社会问题；既是一个经济问题，又是一个政治问题。民生问题的解决与否以及解决的程度如何，直接关系到社会的和谐稳定与发展，直接关系到我们党执政治国的能力和水平，关系到党长期执政、稳定执政的基础。具体地说，民生问题就是民众的生存、生活、生计问题，是老百姓最关心、最直接、最现实的利益问题。惠民生才能顺民心，顺民心才能聚民力。我们的各级政府应将解决民生问题作为其组织领导社会经济发展的基本目的，并通过公正合理的制度安排加以实现。"学有所教、劳有所得、病有所医、老有所养、住有所居"，是党的十七大提出的改善民生的目标，也是当前人民群众关注的焦点。据"两会"代表委员调查，老百姓对民生问题议论比较多的主要集中在以下几个方面：一是公共安全问题严重，包括生产安全、金融安全、交通安全、卫生安全、食品安全、消防安全、环境安全；二是就业困难，由此带来失业率、离婚率、犯罪率上升；三是因病致贫，无论城乡都存在小病不就医、大病医不起的情况；四是房价上涨幅度过大，贫困家庭和越来越多的中等收入家庭买不起房；五是分配不公，贫富差距越来越大。还有上学难、行路难、吃水难等民生问题，也受到广泛关注。解决这些难题，我们寄希望于城乡统筹与促进社会和谐的制度创新。

民生问题是一个动态性很强的社会系统工程，在不同地区或相同地区的不同发展阶段中，广大人民群众对民生问题的期望和诉求各不相同。当前，我们应刻不容缓解决的主要是那些属于基础保障性和生活保底性的最基本的民生问题。就民生政策的制定和实施而言，我们与"两会"代表委员有一种强烈共鸣：民生政策具有明显的增益不可逆性，民生投入要多做"加法"多听"民声"！

（《四川日报》2010年3月4日4版）

"两会"感言（二十八）

——"分蛋糕"也是结构调整

　　收听温家宝总理作政府工作报告，最深刻的感受是今年把调整国民收入分配格局摆到了非常重要的位置。"两会"代表委员讨论政府工作报告时特别强调，我们不仅要通过发展经济把社会财富这个"蛋糕"做大，也要通过合理的收入分配制度把"蛋糕"分好，"分蛋糕"也是结构调整！

　　携手走过最为困难的 2009 年，我们对"调结构"有了更为深刻的理解。过去谈"调结构"，我们往往局限于产业结构，现在谈调结构，首先是调整收入分配结构。"两会"上，明确把调整国民收入分配格局的政策措施写入了政府工作报告。由此可见，如何在做大"蛋糕"的同时进一步把"蛋糕"分好，已经成为结构调整的当务之急！

　　所谓国民收入分配格局，主要是指政府、企业和居民三者在国民收入初次分配和再分配中的比例。据国家有关部门和专家测算，在国民收入三大分配主体政府、企业、居民中，目前我国的分配比例是 33∶30∶37，而改革开放初期，这一比例曾经是 24∶18∶56。也就是说，改革开放以来，我们把国民财富总量这个"大蛋糕"越做越大，而我国现有的分配格局却突出表现为国家和企业所占比重在上升，居民可支配收入所占比重在不断下滑，这就是分配结构失衡，由此带来我国居民消费不足和内需不足。因此，温总理在政府工作报告中提出，逐步提高居民收入在国民收入分配中的比重，提高劳动报酬在初次分配中的比重，这是很有必要的，抓住了结构调整的关键，充分体现了以人为本、民生为本的科学发展观。

调整国民收入分配格局，还有一个分配层次问题。国民收入分配有三个层次：一次分配是对国家纳税，对职工发工资；二次分配是政府收了税以后，拿出一部分用于社会事业，包括救助；三次分配是民间捐赠。从我国城镇居民收入的构成来看，工资性收入是最主要的来源。在我国初次分配领域，劳动者工资增长赶不上企业利润增长是一个普遍现象，企业财富明显向资本倾斜，而且这种差距有逐渐拉大的趋势。来自全国总工会的调查表明，有23.4%的职工5年未增加工资，61%的职工认为普通劳动者收入过低是当前社会收入分配中最大、最突出的问题。涨工资、增福利、补"落差"，老百姓期待着进一步加大分配结构调整力度，以工资改革为核心，提高劳动报酬在初次分配中的比重，建立职工工资正常增长机制和支付保障机制。同时，进一步加大财政、税收在初次分配和再分配中的调节作用，加重企业在扩大就业和民间捐赠方面的社会责任。

收入是消费之源，就业是民生之本，创业是发展之基。合理的收入分配制度是社会公平的重要体现，也是广大人民群众平等参与社会基本分配权益的基本保障。收入分配关系不合理，收入分配结构失衡，收入差距持续扩大，表面上看是收入问题，从根子上看却是经济结构不合理、体制改革不到位造成的。

此时此刻，我们与"两会"代表委员有一种共识：调整收入分配格局必须与经济结构调整和深化改革紧密结合，既要把"蛋糕"做大，更要把"蛋糕"分好！

（《四川日报》2010年3月10日5版）

世相杂谈

伯乐选人种种

这几年，伯乐在人们心目中几乎成为一位偶像。大凡谈到人才问题，总不免一说伯乐。好像人才的发现，全靠伯乐的那双慧眼，而一些人才被埋没，就是因为伯乐太少。其实，就在有伯乐的地方，也未必没有被埋没的人才，或许，被埋没的比被发现的还多哩！何况，已被启用的也不一定都是真正的"千里马"。所以，我觉得对伯乐也要做点具体分析，不能笼统地把选贤任能的希望都寄托在伯乐身上。

"世有伯乐，然后有千里马。"比喻人才问题上，要有伯乐那样的慧眼。今天，能够任伯乐之责的，通常是指那些担任某种职务的领导干部和德高望重的长者。他们举荐人才的方式，一种是"内荐"，就是在领导班子内部建议对某人委以重任；一种是"外荐"，即向自己的下属或上司推荐某人可以担任某职。无论"内荐""外荐"，看来都还是一种封闭式而且带点神秘化的办法，只能个别地或者少量地发现人才。有一个市去年放手让群众荐贤举能，选拔了一批领导干部，其中就有 76% 的人原来都不在组织部门的"伯乐"们的视野之内。如果单纯由"伯乐"来选拔人才，没有进入"伯乐"视野的众多人才岂不就被埋没了吗？

生活里常见，有些"伯乐"选人，往往带着个人感情，甚至掺杂私心杂念。比如，有的人凭个人好恶取人，喜欢选拔那些"听话的"，能够"感恩戴德"的作为自己的"代理人"，以期投桃报李；有的人凭印象和档案取人，常

怀某种成见、偏见，甚至爱记个人宿怨；有的人虽然寻得了"千里马"，却不许别人超过自己，如此等等，见得还少吗？即使我们的"伯乐"都能公正无私，不带任何偏见，但他们自身的胆识、能力和气魄也会在很大程度上影响、制约其选人的标准和用人的态度。如果本身缺仁少智，能耐平平，其所选的人就可想而知，无非是些"老实的""稳重的"，甚至平庸的人，这又怎么能适应改革的需要呢？

指出伯乐选人的局限性，并不是要否定伯乐。因为无论社会怎么发展，选贤任能的工作总还得有人来做，也就还需要伯乐。这里想说的，是在呼唤伯乐的同时，应当进行干部制度的改革，尽快完成选举、考核、任免干部的民主程序，努力扩大知人渠道，把选贤任能的权力更多地交给广大人民群众和社会实践，使选贤任能的工作从封闭式转向开放式，逐步走向法制化、民主化、科学化的康庄大道。时至今日，应该是把这件事提到日程上来了！

（《四川日报》1986 年 7 月 12 日 1 版，此篇获《四川日报》1986 年度好新闻二等奖）

"铁交椅"开始挪动了

今年以来，遂宁市对全市各级党政领导干部的政绩进行了实事求是的考核和民主评议，并且根据考核评议结果，分别实行了升、留、降、免、调。有 76 名政绩突出而又德才兼备的领导干部受到提拔或表彰，也有 76 名政绩平平而未犯错误的领导干部被降职或免职。所有降职、免职的干部，均按变动后的职务重新确定工资和待遇，没有再搞"保留待遇"之类的照顾。看来，遂宁市在废除干部领导职务终身制的问题上，是动了真格的了。

废除实际上存在的干部领导职务终身制，并不是现在才提出来的。不必追溯得更远，就拿前两年的机构改革来说，不也强调过废除终身制吗？但实际情况又怎样？一些单位除了一部分已到退休年龄的老干部从第一线退下来外，留任或新提拔的领导干部不少仍然是"不犯错误不下台，不到退休不让贤"。有的"太平官"上任两三年了，至今工作无起色，更谈不上开创新局面，虽然没犯错误，但也并无成绩，零加零或零减零，仍是一个零，却依然稳坐钓鱼台；个别人即使在一个地方实在待不下去了，也往往只是挪个窝，职务和工资待遇都保留不变。看看现在的机构同改革前相比，说是精简，实际上却又增加了不少。难怪有的人说："破大锅饭难，砸铁饭碗更难，搬铁交椅难乎其难。"而遂宁市正是在这种难乎其难的问题上，敢于动大的手术，不能不说是迈出了可喜的一步！

从遂宁市的经验来看，搬掉"铁交椅"的关键，是要动员人民群众监督

干部。

我们是社会主义国家，是人民当家作主的时代，应当像遂宁市那样，由人民群众来鉴定、评判、检查、监督干部的工作，让人民群众对干部的升、留、降、免、调提出意见。诚如是，则那些想终身为官而又不配为官的"官"就很难混下去了。

过去，我们提倡干部能上能下、能官能民，着重强调干部个人思想认识方面的修养，而较少着眼于制度的完善，在选拔、考核、评议、监督、任免干部方面没有充分尊重人民群众的意见，所以收效往往不大，能上的上不去，该下的却下不来。这是很危险的，也是有沉痛教训的。现在应该是进行改革的时候了！

（《四川日报》1986 年 8 月 30 日 1 版）

"官倒"与"私倒"

近来,"倒爷"的活动已经引起社会的公愤。所谓"倒爷"本是北京方言,主要是指那些非法经营、牟取暴利的投机倒把分子。从经营目的看,"倒爷"胃口很大,为了牟取暴利而不惜冒险犯罪;从经营范围看,"倒爷"专门进行国家计划控制商品和缺俏商品的倒卖,钻供不应求和多种价格的空子;从经营形式看,"倒爷"一般是卖大户,搞大宗批发,就地转手,进行黑市交易。"倒爷"的活动,扰乱国计民生,危害极大,理应给予打击。

现在有一种误解,一提起"倒爷",好像都是指个体商贩,把两者画等号,这既不符合实际,又容易使另一些人钻空子"逃之夭夭"。多数个体商贩合法经营,赚取合法利润,是应该保护和支持的。个体商贩中确有"倒爷",但是,"倒爷"的行列里并不全是个体商贩,还有少数全民或集体企业的职工和国家干部。人们通常称前者为"私倒",后者为"官倒",而"官倒"与"私倒"又常常是勾结在一起的。他们的活动规律是:"小倒"串着"大倒","明倒"挂着"暗倒","私倒"通着"官倒"。大的暗的"官倒"为小的明的"私倒"提供货源,充当"私倒"的后台老板,从"私倒"牟取的暴利中拿提成,吃回扣,坐地分赃,中饱私囊。

有人说,"倒爷"就是"二道贩子"。这是不对的。我们通常所说的"二道贩子",是指商品运销的人。他们从事的商业活动,对地区间的物资交流和促进本地区经济发展有积极作用,是国家现行政策允许的,应该给予鼓励和

保护。至于"官倒",即使没有搞贩运,没有到市场上公开叫卖,但他们利用自己手中掌握的管计划、管供销、管物资的权力或工作之便,违反国家政策,把计划内倒成计划外,把平价倒成高价,严重损害国家和消费者利益,从而为个人或小团体牟取暴利,因而也是"私倒",是一种扩大了的更为邪恶的"私倒"。

所以,打击"倒爷"的投机倒把活动要取得实效,就不能把"私倒"惩治了就完了,还得顺藤摸瓜,把那些为"私倒"提供货源的"官倒"也挖出来,绳之以法。只有这样,才能堵源截流,把市场秩序整顿好;也只有这样,才能使老百姓服气。

(《四川日报》1987 年 8 月 29 日 1 版,获《四川日报》1987 年度好新闻一等奖)

也谈"当官心理"

近来报刊上关于"当官心理"的议论颇见活跃。自从"淡化"之论一出，继之而来的有"强化""净化""难化"等种种主张。这些议论各有各的道理，也各有各的功效，但细细一想，总觉得不是那么令人满意。"当官心理"作为一种参政意识，应该是民主制度在人们思想观念上的反映，无论"这化""那化"，离开了民主化，恐怕就很难从根本上解决问题。

所谓"当官心理"，是否也可以这样分为两类：一类是健康的，一类是病态的。在社会主义社会，人民是国家的主人，人民有管理国家政治事务、经济事务和社会事务的权利。健康的当官心理，作为一种强烈的参政意识，是不必"淡化"的。但是，也并非一定要"强化"到唯官是求的程度，而应该能上能下、能官能民。问题不在是否当官，而在于人们是否正确地全面地认识到了自己的主人翁地位。如果认识到了，那么，当官是为人民服务，做学问或其他工作也是为人民服务，都应该予以鼓励；如果没有认识到，那么，孜孜以求当官是一种病态，"无官一身轻"恐怕也是一种病态。在这里，有无民主意识，是鉴别和区分健康或病态的当官心理的试金石。

病态的当官心理，实质上是权力至上的封建思想在人们头脑里的反映。根治的"药方"只有三个字"民主化"。即是说，从政治体制上施行改革，切切实实保障人民的平等、参政、选举、监督等民主权利。只有这样，才能防止心术不正者争权夺利；一旦有此类情形发生，也能及时处置。

过去，我们对待官僚主义和纠正以权谋私的不正之风，往往过多地把希望寄托在从政者个人的思想修养和道德教化的成功之上，从而出现了重"人治""德治"，轻"法制""法治"的弊端。解决这些问题，不能仅仅靠思想教育，必须采取民主与法制相结合的办法，使社会主义民主法律化、制度化，真正把人民公仆置于人民的监督之下，叫那些以权谋私者无可遁其形，无以行其奸。

实行政治生活的民主化也应该有先有后，从易到难。普遍实行干部领导职务的任期制，以及民主考核评议等，是不是可以先搞呢？近年来，一些地方已经在这些方面进行了有益的尝试，效果也是好的。重要的是迈出步子走，有了第一步，就会有第二步。

（《四川日报》1986 年 10 月 18 日 1 版）

另一种官僚主义

在彻底扑灭大兴安岭的特大森林火灾后，国务院召开全体会议，追究林业部主要负责人的官僚主义错误和重大的失职行为。消息传开，在社会上引起强烈反响，增强了人们同官僚主义作斗争的信心。

说起官僚主义，人们经常谈论的一种是：做官当"老爷"，即该管的事不管，高高在上，脱离群众，脱离实际，遇事推诿，不负责任，甚至玩忽职守。这种"老爷"式的官僚主义，往往酿成突发性的恶性事故，像大兴安岭的火灾那样，容易引起人们的警惕和愤恨。而另一种官僚主义，却容易被人忽视，其主要特征可称之为做官当"婆婆"。他们不是不管事，而是管了许多不该管、管不好、管不了的事。他们滥用权力，常常在无休止的扯皮或"瞎指挥"中劳民伤财，贻误工作。江苏有一家国营小厂，从德国引进一条生产线，先后花费了三年时间进行项目审批，请应该的"条条""块块"盖了八百个图章。其办事之难、内耗之大，令人"叹为观止"。在高度集中的政治、经济体制下，"官婆婆"的瞎指挥、滥指挥带来的危害，往往比"官老爷"更厉害、更普遍。

"官老爷"也好，"官婆婆"也好，除了个人思想作风方面的问题外，还与管理体制的弊端有关。较长一个时期，我们的各级领导机关和基础企事业单位普遍缺乏严格的从上而下的行政法规和岗位责任制，有的习惯于以政代企。这就使得一部分人权力过分集中，管得太宽太死，而大多数干部往往不

能独立负责地处理自己应当处理的问题，只好成天忙于请示报告，陷于"文山""会海"。有的人遇到责任就互相推诿，遇到利益又互相争夺，一身兼二任。有的人当久了"婆婆"，负担过重，常常"荒了自己的地"，到头来成了"墙上芦苇"。如果不简政放权，建立起责、权、利分明的管理制度，"官老爷"和"官婆婆"恐怕还会"层出不穷"的。

因此，反对官僚主义，既要处理"官老爷"，也要制约"官婆婆"；既要端正思想作风，也要与改革同步进行，把简政放权作为治本的"药方"。现在，改革已成为不可逆转的大趋势，无论是"官老爷"，还是"官婆婆"，都将在改革的洪流中接受洗礼。愿他们放下包袱，开动机器，真正做一个人民的公仆。

（《四川日报》1987 年 6 月 13 日 1 版）

重要的是把思路理顺

今年 3 月，党中央主要负责同志就起草十三大报告给邓小平同志的信中，十分明确地谈到起草十三大报告的思路，他说："看来，以社会主义初级阶段立论，有可能把必须避免'左'右两种倾向这个大问题说清楚，也有可能把改革的性质和根据说清楚。如能这样，对统一党内外认识很有好处，对国外理解我们政策的长期稳定也有好处。"这为我们学习和理解十三大文件提供了一条清晰的思路。顺着这条思路，从最基本的国情出发，就能把十三大文件的精神吃透。

就拿认识我国社会所处的历史阶段来说，思路不同，看问题的方法和标准不同，得出的结论就大不一样。党的十三大通过对我国社会主义建设的历史前提、现实状况和曲折道路的全面分析，科学地阐明我国正处在社会主义初级阶段，并以此立论，提出了建设有中国特色的社会主义的基本路线。这是一次深刻的思想解放，表明我们终于从天上回到地上，终于从书本和外国模式回到现实生活中来了。但是，有些同志却不这样看。他们从本本出发，在马列主义的经典著作中找不到初级阶段的提法，心里就嘀咕了："老祖宗将共产主义社会分为低级阶段和高级阶段，今天又在共产主义社会低级阶段（社会主义）里分出一个初级阶段来，这岂不是离奋斗目标越来越远了吗？"对于发展商品经济的指导方针，也有人感到不踏实："马克思的《资本论》就是从分析商品开始的，商品生产不是资本主义的特征吗？"有的甚至怀疑现在

提初级阶段是不是"倒退"。这种按图索骥、照搬书本、照搬外国模式的思想方法，本身就是违背马克思主义的。我们面对的情况，既不是马克思主义创始人设想的在资本主义高度发展的基础上建设社会主义，也不完全同于其他社会主义国家。只有从中国的国情出发，把马克思主义基本原理同中国实际结合起来，才能在实践中开辟具有中国特色的社会主义道路。确认我国正处在社会主义初级阶段，正表明我们党对中国国情和社会主义发展规律的认识达到了一个新的高度。我们这几年搞改革，经常遇到一个思想障碍，就是离开国情，特别是离开生产力标准，用抽象原则和空想模式来裁判生活，因而认识上难免不出现偏差。对于政治体制改革、党的建设和马克思主义的发展等问题，尽管十三大的报告中讲得非常清楚，但是有些同志看问题在思想认识上仍然存在着这样那样的片面性。这些偏差和片面性，并不一定都是僵化或自由化的表现，但它们的产生，归根到底是脱离了客观实际，思路不对。要解决这些问题，首要是面向实际，把思路理顺，弄清楚看问题的方法和标准。古人说得好："欲知平直，则必准绳；欲知方圆，则必规矩。"准绳不准，规矩不规，何以量平直？何以正方圆？

以社会主义初级阶段立论，不仅是党和政府制定方针政策的根本依据，也是我们每个党员和干部考虑国家大事、分析国家形势的基本出发点，是每一个公民参政议政必须具备的思想方法。只有沿着十三大的思路，才能正确解决建设有中国特色的社会主义的认识问题和实际问题。

（《四川日报》1987 年 11 月 28 日 1 版）

从阿斗到阿 Q

自古以来，中国人的聪明才智是出了名的，但偏偏有一个阿斗昏庸无能，干了不少蠢事。近读《三国志·后主传》，看到阿斗降魏后，在洛阳被封为"安乐公"，不以为耻，反以为荣，乐不思蜀，不禁想到阿 Q 的精神胜利法，总觉得阿斗与阿 Q 好像有什么关系。

你看，阿斗和阿 Q 都有一个"阿"字完全一样，很容易使人疑心他们是"本家"。虽说阿 Q 的姓氏和籍贯有些渺茫，但从他参加"革命"的形状分析，显然是个汉人。既为汉人，自然可以奉刘邦为"高祖"，这不是与阿斗攀上"本家"了？

当然，阿 Q 作为一个小说人物，并不存在于真实的世界，但是，阿 Q 的灵魂是有着深刻的历史基础和社会基础的。鲁迅先生说过，他为阿 Q 立传的意图，就是要画出已有几千年之久的"沉默的国民的灵魂"。不管阿斗与阿 Q 是不是"本家"，以阿 Q 的精神胜利法来剖析阿斗的灵魂，不难发现他们一脉相承的遗传关系。阿斗和阿 Q 都是彻底的失败者，都是"像压在大石底下的草一样"，有着一种逆来顺受、随遇而安的沉默的灵魂。他们的共同悲哀就在于，对自己备受损害与欺凌的状况不但毫无认识，毫无反应，而且能够将失败迅速转化为精神上的胜利。阿斗的精神胜利法与阿 Q 也有区别。阿斗是假糊涂。他并不是不想做皇帝，只是做不了也做不成罢了。吃不到葡萄就说葡萄是酸的。所谓"乐不思蜀"，其实也就是以"不思蜀"为"乐"。这就好比

鸵鸟，"埋其头目于沙，以不见害者为无害"。而阿Q则是真糊涂，他的脑袋一团混沌，连生死都分辨不出来，完全像蠢猪一样听天由命，任人宰割，明明挨了揍，五六个响头撞得墙上还出声来，只要一想到"儿子打老子"，也就飘飘然了。

如果说阿斗的苟且偷安在三国时期只是蜀人的悲哀和耻辱的话，那么，阿Q的任人宰割在近代就是整个中华民族的悲哀和耻辱。过去，人们自觉不自觉地用精神胜利法对待生活的痛苦和生存的挑战，不但不感到悲哀和耻辱，反而沾沾自喜，觉得超脱，觉得高迈，觉得看破了红尘。直到鲁迅先生站出来大喝一声，揭穿了精神胜利法的老底，我们才恍然大悟，认识到精神胜利法实际上是精神麻醉法。自我欺骗、自我逃避、自我麻醉，把一切都忘记，个人的心神固然可以安慰于一时，但为此而丧失了正确评价客观事物的能力，丧失了改造环境的追求和奋斗，最终必然走向自我毁灭之路。

现在虽然早已不是阿斗和阿Q的时代了，但阿斗和阿Q的幽灵还在。我们周围随时都可以看到一些阿斗和阿Q的"传人"，至今仍以"先前阔"自尊自慰，身处封闭而不知封闭，面临落后而不知落后，自我陶醉于"安乐窝"，对改革开放所带来的良机一失再失，宁失"一万"之利，不冒"万一"之险，缺乏走向世界、迎接挑战的开拓精神。目前，我们四川正在开展"盆地意识"的讨论，能不能与破除"阿斗意识"和"阿Q精神"联系起来呢？答案应该是肯定的。

（《成都晚报》1988年9月14日3版）

尊师当从校长始

教师节后，与几位在中小学任教的朋友摆"龙门阵"，发现他们最大的苦恼，不在于受不到社会的尊重，而是在学校里受不到领导的关心和爱护。

教师肩负着教书育人的重任，理所当然应该受到学生、家长和社会尊重。但是，学生、家长和社会一般只能给教师以精神上的安慰和鼓励。教师的工作、学习和生活主要在学校，而学校领导，特别是校长，作为教师的"顶头上司"和党的知识分子政策的执行者，则不仅应当给教师以精神上、政治上的爱护，而且可以从职称、奖金、住房、医疗等方面予以关心，这是教师们所渴求的。另一方面，学校领导在尊师活动中的模范带头作用，对于学生和校风也有很大的影响。被毛泽东同志尊为"学界泰斗、人世楷模"的蔡元培先生，对北京大学的整顿就是从尊重教师开始的。古往今来，凡是真心实意办教育的人，无不具有尊师的美德。

然而，使人难以理解的是，现在有些学校的领导，特别是校长，虽然也当过教师，一旦走上领导岗位，就把自己置于教师之外，甚至凌驾于教师之上。有的校长只把教师当作"教书匠"使用，开校时把教师推上讲台就不管了，平时很少关心他们的业务进修、政治进步和生活困难，有的甚至歧视、排斥教学效果差一些的教师，压制有不同意见的同志。所有这些，都使教师感到特别苦恼，有的甚至忧郁成疾。据报载，智商和成就并不亚于陈景润的陆家羲老师，研究"斯坦纳系列"受到国内外数学界敬重，但在包头九中却

被校长视为"不务正业"而处处受刁难，以至于他生了病也不敢请假，最后心脏病突发而猝然早逝。类似情况在有的学校也不同程度地存在。

有人说："这是文人相轻。"其实，鲁迅先生早已指出："文人相轻是局外人或假充局外人的话。如果自己是这局面中人之一，那就是非被轻则是轻人，他决不用这对待的'相'字。"那些轻视、压制、刁难教师的学校领导虽然也是"文人"，靠的却是权势。这里除了他们个人思想品质、官僚主义作风方面的问题外，是不是还有体制上的原因呢？可见，实在需要进行政治体制改革，加强民主和法制建设，以便使教师享有充分的民主权利和政治地位。希望校长们在向学生、家长呼吁尊师重教的时候，一定要切切实实"从我做起"。

（《四川日报》1987 年 9 月 26 日 1 版）

上情与下情之间

当我坐在电视机前收看十三大开幕式实况的时候，觉得自己好像也出席了十三大一样，深切感到党和国家政治生活的透明度在增加，领导机关活动的开放程度在提高，上情下达的渠道在扩大。因此，学习十三大政治报告时，便对建立社会协商对话制度感到特别亲切。

在社会主义制度下，人民群众是国家的主人。随着改革和开放的深入发展，人们的思想空前活跃，不仅希望了解领导机关的决策意图和工作部署，而且希望参政议政。他们有许多正当的要求和呼声要向上级反映，有许多好的建议和意见要向上级提出，也有委屈和困难要找地方诉说。建立社会协商对话制度以后，重大情况让人民知道，重大问题由人民讨论，这不仅可以把各级领导机关的工作建立在倾听群众意见的基础上，而且可以让群众及时了解领导机关的活动和决策，进一步提高领导机关工作的开放程度。同时，干部与群众之间，群众与群众之间，各种具体意见和具体利益之间的矛盾，也有了互相沟通和协调的机会和渠道。因此，建立社会协商对话制度，是在改革、开放的条件下，使下情上传、上情下达的有效方式，是新时期思想政治工作的重大转变。

从实际情况看，我们的上情下达的渠道比较畅通，下情上传的困难则比较多。一些干部的民主意识不强，注重对上级机关负责，忽视对人民群众负责，听上级指示多，听群众意见少，一说做群众的思想工作，就喜欢居高临

下，"你打我通"。另一方面，民主渠道不多不畅，新闻宣传工具对群众的意见和呼声也报道得较少，有的群众感到有意见无处讲，有建议无处提，有委屈无处诉。特别是由于党内和政权机构中存在的某些官僚主义现象、封建主义影响以及种种腐败现象，已经严重地损害了党同人民的关系，挫伤了群众的积极性，致使有些群众至今不愿或不敢直接向上级领导机关说心里话。因此，目前应该着眼于调动基层和群众的积极性，广开言路，鼓励群众参加本单位的民主管理和协商对话，对本单位本地区的工作提出建议，展开批评，同官僚主义和各种不正之风作斗争。

社会协商对话制度的建立是一个渐进的过程，还需要进一步探索。现在最要紧的是学习好十三大文件。十三大的精神贯彻下去以后，下面可能有许多好的建议和呼声，也可能还有一些疑问。这就需要充分发挥现有的协商对话渠道的作用，以便及时地、畅通地、准确地做到下情上传、上情下达，彼此沟通，互相理解。

（《四川日报》1987 年 11 月 17 日 1 版）

放下包袱迎"神龙"

近来，与一些党政部门的同志接触，发现他们对政治体制改革一方面表示拥护和赞成，一方面又对自己的去向感到忧虑。由业务技术部门"转业"过来的同志想"归队"，没有业务专长的同志则感到无所适从。特别是一些年岁稍长的同志好像丢失了什么东西似的，怕被"淘汰"，甚至悲观地说："今天宣传十三大，明天不知去干啥。"他们感到"改到自己头上来了"……总之，想法很多。如果不把这些"包袱"放下来，就可能影响到对改革的态度。

应当承认，这些同志的担心并不是毫无根据的。因为无论是党政分开还是下放权力，也无论是改革政府工作机构还是改革干部人事制度，都会涉及一批党政干部的去向问题。或者留任原岗位，或者调整到其他需要加强的部门，何去何从，虽然要服从组织安排，但也有自己适当选择的余地，这就不能不引起个人的许多忧虑。现在的问题在于，有些同志仅仅从个人得失出发，产生消极情绪，对眼下的工作感到"没有干头，没有想头，没有奔头"，这就过于悲观了。实际上，这次机构改革主要是转变职能，提高效率，当然会有一些人事的变动，但这绝不是故意去"淘汰"谁。即使是被调整下来的同志，也会得到妥善安排，并在重新学习中胜任新的工作的。

值得注意的是，有些同志对自己的去向并不十分担心，却对还权于政或放权于基层后，自己在人、钱、物的管理方面少了"实权"而感到空虚。特别是一些做党的工作的同志，由于在旧的体制下习惯了"一元化领导"，现在

担负保证监督作用，就转不过弯来。他们忧虑："手中没把米，鸡都叫不来。不批条子、管项目，还有什么权力？怎么保证监督？"实际上，实行党政分离，各司其职专门管党的工作，更有时间和精力发挥党组织的保证监督作用。大脑发号施令的权力虽大，但它如果不只管神经，还要管到细胞的话，它能承担得了吗？我们过去对领导体制有一种误解，认为党和政府包揽所有的经济、社会和政治事务是天经地义，理所应当的。这样做的结果，严重阻碍了生产力的发展。旧的领导体制非改革不可，否则，社会主义的建设目标就无法按期实现。希望某些在党政分开、政企分开中失去了某些权力的同志进一步"解放思想，实事求是，团结一致向前看"，多为党和国家的利益着想。

也应该看到，一些党政干部的思想"包袱"基本上是认识上的问题，随着对十三大文件的深入学习，他们的认识将会不断提高。1988年是龙年，当改革的"神龙"降临我们面前的时刻，希望有"包袱"的同志尽快地把"包袱"放下来，不然的话，就有可能像"叶公"那样惊惶失措，甚至"弃而还走"。

（《四川日报》1988年1月4日1版）

切莫坐失时机

出了重大安全事故，领导者引咎辞职，甚至受到更重的处分，而因办事拖拉贻误了时机，给我们的事业造成损失，却不大引起人们的注意。论理，失机也应追究领导者的责任，因为表现在这方面的官僚主义更为常见，有时危害更大。

时机是什么？它是时间长河中关键的"一瞬间"。所谓"关键"，就是说抓住了它，就能打开胜利之门；失去了它，就可能失败，悔之莫及。行军打仗，兵贵神速，攻其不备，出其不意是取胜之道；延误时机，往往造成满盘皆输的后果。办其他事情，也是真理相同，特别是在发展商品经济，竞争日趋激烈的今天，市场机遇，瞬息万变，错过一个机会，陷于步步被动。有些事情今天不做，拖到了明天再做就会困难重重。一些企业坐失发展良机，效益下降，甚至导致破产倒闭的也不鲜见。所以，失机也就是失误，常常还是很大的失误。现在一些地方和单位的领导，对此尚未引起足够的重视，贻误了时机还在那里心安理得，若无其事，上面也无人考核，无人追究，不改变这个状况，怎么得行？

常言说得好："机不可失，时不再来"，"时间就是金钱，效率就是生命"。目前，有些领导机关的同志所缺少的正是这样一种时机、时效观念。他们办事总是慢腾腾的，处理公务、进行改革，左顾右盼，拖拖拉拉，奉行"不求有功，但求无过"信条，使宝贵的时机从眼前滑过，看似无过，实是大过。

我们现在发展外向型经济，国际上正在进行产业调整，一些发达国家正把劳动密集型产业向外转移，这是个难得的机遇，本该当机立断，见机而行，而我们有些同志至今仍然顾虑多端，行动迟缓，这样的工作节奏，怎能适应参与国际大循环的要求。看来，对贻误时机的领导者，非追究他们的责任不可，否则难树新风。

兵书上说："用兵之害，犹豫最大，三军之灾，生于狐疑。"我国历来有"商战"之说，善经商者常常把《孙子兵法》读得烂熟。战国时有个叫白圭的商人就是这样，他"乐观时变"，根据市场变化决定买进卖出，做到了"人弃我取，人取我与"和"趋时若猛兽鸷鸟之发"。据说，日本和东南亚一些国家的企业家也喜读我国的《孙子兵法》和《三国演义》，从中借鉴审时度势的竞争之道。不知我们的企业家和领导干部有没有这个雅兴？

（《四川日报》1988年3月12日1版）

谈改革的代价

事物的发展，社会的进步，总是要付出一定的代价。

说到改革的代价，最明显的就是"阵痛"。现在，旧的那一套已不适用了，而新的秩序还没有完全建立，新旧体制同时并存、互相交替的过程中，必然会产生许多矛盾冲突，带来一定的混乱现象。比如，发展不平衡，法制不完善，管理不配套，竞争机会不平等，利益分配不公平，心理不适应等。这些都是改革前期难以避免的。面对这些"阵痛"，正确的态度只能是忍受暂时的困难和局部的损失，同心协力地把改革坚持下去。当前来说，就是要进一步深化改革，闯过物价改革和工资改革的难关，尽快建立起同商品经济相适应的新秩序。

改革中还有一种代价不易为人们所理解，这就是伴随着进步而新出现的一些消极现象。我们的改革，本身是进步之举，旨在兴利除弊，振兴中华，但具体到每一项改革步骤和改革措施上，却不可能全部完美无缺，一点问题也不会发生。比如，实行对外开放的政策，这对促进技术进步和生产力的发展无疑是十分有利的，但资产阶级腐朽思想也可能乘虚而入；进行价格改革，一时会带来物价的上涨。对于出现的这些问题，我们应该分清利弊，权衡大小，区别对待，只要从长远和全局来看利大弊小，利多弊少，就应该支持。何况这些弊也不是改革本身的毛病，是可以解决的。

我们的改革是探索，就存在着成功、失败、部分成功、部分失败的多种

可能性。对于探索中的失败，用不着大惊小怪。如果失败一次，就废止探索，就永远不可能取得成功。

　　我们承认改革代价的必然性、合理性，并不意味可以乱付代价。我们要做好工作，谨慎行事，尽可能减少和防止不必要的代价。值得注意的是，有些人打着改革的幌子，钻改革的空子，败坏改革的声誉；有的人则以"交学费"为借口，为工作中的官僚主义错误辩护，这些现象是应该坚决反对的。

　　　　　　　　　　　　　　　（《四川日报》1988 年 8 月 7 日 1 版）

加强改革中的思想政治工作

当前，人们越来越清楚地认识到思想政治工作对改革的保证和促进作用，同时也深切感到目前的思想政治工作很不适应改革的新形势，迫切需要加强和改进。

我们的改革是在困难重重的情况下进行的。前段时期，由于我们的思想政治工作总的来说比较软弱涣散，改革中出现的一些模糊认识反反复复发生，至今没有完全消除。另一方面，由于改革只能在探索中前进，加之新旧体制并存，改革难免不出现某些失误，这就给不正之风以可乘之机，使改革中的思想认识问题更加复杂化。如果不认真解决，群众中的抱怨、牢骚或不满情绪就可能激化，形成一种心理障碍，影响改革的深入进行。

改革中的思想政治工作应当做到有的放矢。这个"矢"，就是群众在改革实践中出现的一些带倾向性的问题。有些同志对党的十一届三中全会以来的路线认识不够全面、准确，一说要对内搞活、对外开放，有的就提倡"一切向钱看"，甚至鼓吹"全面西化"；而一说要坚持四项基本原则，反对资产阶级自由化，有的就连厂长负责制、经营承包责任制、租赁制等也视为异端，不敢搞了。有些同志囿于小生产观念的束缚，因循守旧，对改革带来的新事物、新经验漠然视之，对改革带来的新的生活节奏和变化很不适应。有些同志受平均主义和攀比心理的影响，在改革中对个人利益的期望值过高，一旦个人愿望得不到满足，或者感到自己不如别人，就觉得"亏"了，于是出现

"端起饭碗吃肉，放下筷子骂娘"的现象。如此等等，都是需要认真对待并切实解决的。实际上，改革的每一项决策、每一个措施、每一个步骤，都牵涉到千百万群众的利益。随着改革的深入，广大群众的思想承受能力必然面临新的考验，这就需要加强思想政治工作。

要加强思想政治工作，就必须改进思想政治工作。对思想认识问题只能采取教育和疏导的方法，从尊重人、信任人、关心人、爱护人入手，把思想政治工作做深、做细、做活，把话说到群众心坎上。要针对改革中出现的思想认识问题，采取多种形式，引导人们正确地认识改革，正确处理好国家、集体、个人利益的关系，摒弃小生产观念，克服平均主义和攀比心理，抵制资产阶级和封建主义的腐朽思想侵蚀，反对不正之风。

当前，要加强思想政治工作的整体性，把工作重点放在针对那些事关党和国家前途命运的根本原则和大是大非的宏观认识上，引导人们全面理解党的十一届三中全会以来的路线、方针和政策，把思想和行动统一到两个"基本点"上。要紧紧抓住正面教育这个环节，扎扎实实地开展坚持四项基本原则、反对资产阶级自由化的斗争，深入进行理想、纪律、法治教育和形势政策教育，尤其是要以实现社会主义现代化的共同理想教育动员群众，从根本上保证改革顺利进行。

（《四川日报》1987 年 5 月 23 日 1 版）

沙和尚的"人和"之道

看了电视连续剧《西游记》,突然想到一个问题,唐僧师徒四人为什么只有沙僧一人取了"和尚"之名?最近读到《西游记》原著第八十三回,提到佛祖如来"以和为尚",特赐一座宝塔去化解李天王和哪吒之间的怨仇。由此想到,沙僧在取经人之间处处"以和为尚",这或许也是"沙和尚"之名的由来吧。"沙"是没有定性的"土"。《西游记》书中常常以"脾土"配沙僧,而以"肾水"配唐僧,以"心火"配悟空,以"肝木"配八戒。以五行生克的观点来看,"土"五行之母,"水金木火,无此不能和合"。可见,沙僧分明被委以和合、化解取经人之间纠纷的使命。

再从取经队伍的构成来说,唐僧人妖混淆,是非不分,只不过是名义上的"领袖",智勇双全而桀骜不驯的悟空才是冲锋陷阵的"队长"。唐僧与悟空之间的冲突已如"水火",加上好色爱财、贪吃懒做的八戒从旁煽风点火,稍有差池,便心生退意,提议散伙,就使得取经人之间的冲突和纠纷更加复杂,因此需要一个"以和为尚"的沙僧居中调解。在保护唐僧取经的过程中,如果说悟空是一种前冲力,八戒是一种离心力,那么,沙僧就是一种向心力了。

在取经途中,沙僧也确实是一个"和事佬"。他自知神勇不如二位师兄,因此时时自谦,默默地挑担、牵马,对唐僧关怀备至,对孙悟空最为服膺,对八戒也很和气。每逢取经人之间发生纠纷,他总是好言相劝,竭诚求全。

需要指出的是，沙僧虽当"和事佬"，也是有原则性的，能适时适度地评判是非，提出自己的独立意见。例如，"号山逢难"里，悟空因唐僧被妖怪摄走，气极而提出散伙，八戒立即表示赞同。沙僧闻言大惊道：你都说的哪里的话，今日到此，一旦俱休，说出这等各寻头路的话来，可不坏了自己的德行，惹人耻笑，说我们有始无终也。你看沙僧何等虔诚！其意志之坚定，不但远胜于悟空、八戒，有时也远胜于唐僧。这一点是非常可贵的，也是值得人世间的"取经人"学习的。

如果能把我们现在进行的改革也比着唐僧师徒取经一样的艰难途程，那么，"天时不如地利，地利不如人和"，若说需要发扬孙悟空那样的开拓精神的话，是否也可以从沙和尚那里借鉴一点"人和"之道呢？当然，"以和为尚"是只在"取经人"之间才能有的，对于妖魔鬼怪和歪风邪气来说则另当别论。

（《四川日报》1988 年 4 月 6 日 2 版）

走出住房分配的死胡同

　　住房紧张早已成为许多城镇居民的一大难题。造成住房难的主要原因是什么？人们经过反复思考，不约而同地把目光汇集到不合理的住房分配制度上。

　　说起住房分配，大家意见最多的首先是不平等。房分五色，人分九等，品位分明，不可僭越。知识分子和一般职工只能将自己的职称、工龄参照着干部级别，得到个"相当于什么级"的住房标准，说是"相当于"，实际上有差别。这种以"官"为本位，按干部职务分配住房的制度，实际上是在军事共产主义的供给制中掺和了封建等级残余影响的畸形产物。住房待遇变成某种权力和地位的标志，常常被看成一种"政治待遇"，这是与社会主义的民主政治和商品经济原则格格不入的。

　　低房租、高补贴的住房分配制度，容易刺激人们强烈的占房欲望，直接助长了"以房谋私"和"以权谋房"的不正之风。一位获得专利收益的科技人员用几万元购买一套二居室住房，而他隔壁人家靠一个处长职位就轻而易举地分配到一套三室新房。难怪有人说："多分一间住房胜似涨一级工资。"因此，"盖房一年，分房两年"，再多的房子也不够分配。

　　更为严重的是，我们过去把住房的建设和分配当成"社会主义福利事业"，已经使国家背上了沉重的负担，陷入了建房越多、亏损越多的"无底洞"。目前，国家一年用于建房、维修和房租补贴的钱大约有 300 个亿。面对

这种只投入不产出的恶性循环，无论国家、地方、企业都不可能继续把城镇居民的住房需求包下来，不但现在不可能，即使今后经济发达了也不可能。

所以，福利性的住房分配制度已经走进了一条死胡同。只有通过改革，走住房商品化的路子，才能从根本上解决我国城镇居民的住房问题。

（《贵州日报》1988 年 6 月 26 日 1 版）

"哄抢风"再议

近年农村中哄抢专业户的歪风屡禁难止，恐怕也常常与当地某些干部的官僚主义工作作风相关。最近，仁寿县钟祥区清泉乡发生的一起哄抢事件，就很有代表性。

被哄抢的是一位养鱼专业户。他所承包的本乡一个水库的养鱼业，引起了周围一些人的"眼红"。年初就有人偷鱼。当时，这位专业户抓获了偷鱼者并报了案，请求当地有关领导和部门按照承包合同规定和当地应承担的行政管理责任予以解决、制止。但有关领导却互相推诿，都以"管不了"为由而不管。这样一来，那些偷鱼者胆子便越来越大，终于由小偷到大偷，由暗偷到哄抢，出现了在光天化日之下，成群结伙地把养鱼池的水放光，把鱼抢光，甚至把承包人守鱼的房子也毁坏的事件。现在，问题闹得难以收拾了，当地一些专业户十分伤心。他们认为，要是有关领导不推诿、不扯皮，旗帜鲜明地保护专业户的合法权益，严格按承包合同办事，并防患于未然，"哄抢风"是不会发展到如此地步的。

从其他地区的调查也不难发现，由当地有关领导"不愿管"或"不敢管"或管得太迟而促成了"哄抢事件"。有些基层干部奉行"多一事不如少一事"的信条，遇事推诿，不负责任，已经到了麻木不仁的地步，非要等到"红眼病"闹出了大乱子，把专业户抢光了，被抢者把状告到了县里、省里或中央，登了报纸上了广播，才不得不去收拾无法收拾的"烂摊子"。正是这种麻木不

仁的官僚主义作风，为"哄抢风"提供了"催化剂"和"保护伞"。

许多事实表明，哪里的官僚主义比较严重，哪里的"哄抢风"就容易盛行。如果说，"红眼病"是"哄抢风"发生的内部原因的话，那么官僚主义就是"哄抢风"发生的外部原因。因此，我们查处、制止"哄抢风"，也应该与查处官僚主义结合起来。

（《四川日报》1987年10月4日2版）

"电视下乡"与"雪中送炭"

电视在城里基本普及,黑白电视机积压太多,只有"下乡普及"才能找到销路。为此,许多工商部门都郑重其事,大张旗鼓发通知,定计划,组织"电视下乡",真够关心农民的。

然而,从目前农村的经济状况来看,电视虽有一定的销路,却未必能够"普及"。大多数农民辛辛苦苦干一年,即使不吃不喝,也还不一定能够买回一台黑白电视哩!何况还存在质量、维修、用电、接收等方面当前无法解决的"后顾之忧"。据许多地方调查,近几年农村的消费结构仍然是"温饱型"的,绝大多数农民的钱将主要用来购买吃、穿、住、用方面的中低档商品。所谓"电视下乡"之类,还是要作具体分析为好。

农村的消费结构与城市不同。我国城市居民的收入大体上差不多,贫富相差不大。这种特点决定了城镇居民的消费结构是雷同型的,消费品的品种大体一样,你有什么,我也有什么;购买高、中、低档消费品的差距不大,你能买什么,我也能买什么。但农村就不是这样,经济发展极不平衡,贫富相差较大,加上宗教信仰、风俗习惯、伦理道德等方面的影响,使农民的消费需求不仅是多层次、多样化的,而且是比较稳定的。好些商品在城市卖不掉,农民也不一定需要。特别是某些积压商品,例如高档家用电器和西服之类,即使送下乡去降价处理,也未必畅销。

特别值得指出的是,近些年工商部门对城市居民喜新爱美、追求高档商

品的需求注意较多，但对广大农民多层次、多样化的消费结构却关心不够，因而在适应农村市场需要的中低档商品，特别是各类小商品的生产和供应中存在着重城轻乡、重大轻小、重紧俏轻一般商品的倾向，习惯于把城里卖不掉的积压商品送到乡下去处理，以致目前供应农村的货源中，适销对路的商品远远不能满足农民的需要。国家统计局最近提供的一项调查表明，今年一至九月，农民的购买力一半以上无法在农村实现，有些地方的奶粉、食糖、棉布、毛巾、肥皂、瓶胆、闹钟、菜刀、日用小五金和煤油、柴油、化肥等经常脱销。消费品生产和供应不适应农民的需要，农民迫切需要"雪中送炭"。因此，希望工商部门在送电视下乡的时候，千万别忘了"雪中送炭"啊！

（《四川日报》1986年12月16日2版）

"双增双节"的另一种障碍

说到增产节约、增收节支，人们的目光都习惯于转向企业的内部管理，为节省一分钱、一度电、一滴水、一块煤、一粒粮食而绞尽脑汁，也取得了很好的效益。然而问题在于，现实经济生活中有许多劳民伤财、得不偿失的事情往往还与某些官僚主义的工作作风带来的错误决策密切相关。因此，从反对官僚主义的角度，研究以下"双增双节"的深入，很有必要。

就以进口设备来说吧，一段时间里争相进口、贪大求全、大材小用和重复引进的现象十分严重。有些高、精、尖的先进设备或成套的生产线，花了大量外汇从国外购置回来后，却被当成"摆设"无人问津。即使派上用场，不少使用效率很低，有的每年只有一个月的工作量，所创造的经济效益远远不够支付设备的折旧费。以"西服热"中省内引进的三十多条生产线为例，由于其生产能力超过全省市场需要的十多倍，如今大多数派不上用场，许多设备不得不封存起来，弃置不用。在这方面，我们的工作中有无官僚主义作风，显然是很值得认真检查的。而在更广阔的生产领域中，官僚主义所造成的经济损失和浪费更不难发现。那些怨声载道的"文山""会海"，会耗费多少时间、人力、财力和物力！而那些糊涂瞎指挥和决策失误又会造成多少产品积压，重复建设，耗费多少"学费"！能在这方面解决一两个实际问题，单说其经济收益，不知比"几个一"的节约活动大多少倍！

痛定思痛，使人深深感到，官僚主义的确也是我们经济工作中并不少见

的现象，在深入开展"双增双节"的活动中，官僚主义自然也是一个大敌。因此，为把"双增双节"活动卓有成效地深入开展下去，不仅要从小处着手，致力于节约点滴，而且还要从大处着眼，在深化经济体制和政治体制改革的过程中，有效地反对和克服官僚主义。这是需要我们的有关领导机关和领导同志高度重视的。

（《四川日报》1987 年 7 月 15 日 2 版）

绝不能让农民吃"哑巴亏"

《四川日报》12月17日一则新闻，说盐亭县工商局查处了一起销售劣质化肥，坑害农民的案件，除逮捕有关违法人员外，还将其全部非法收入没收，并处以一定数量的罚款。这是一件好事。但是，读了这则新闻后我却怎么也高兴不起来，因为直接受害的农民被"遗忘"了。照直说，受害的农民还应当受到补偿。

农民使用了由厂家生产，农资公司经销的假劣化肥，不仅不能增产，还浪费了购买化肥的资金，耽误了农时，消耗了大量的辛勤劳动，难道对此可以不闻不问吗？受害农民的经济损失应不应该赔偿，应该由谁来赔偿？依我看来，农民有权要求赔偿，应该由生产、销售假劣化肥的单位或个人来赔偿。但是，有关部门在查处这案件时，却忽视了这一点，是很不应该的。

近年来，生产销售假劣农业生产资料的非法活动屡禁不止，不少地方的农民由于使用假劣种子、化肥、农药、饲料，"播种不发芽，施肥不增产，喷药不灭虫，喂猪不长肉"，给农业生产带来了严重危害。希望有关部门多为农民说话，依法办事，从重从严惩处那些丧尽天良的"坑农者"，决不能再让农民吃"哑巴亏"。

（《四川日报》1987年12月22日1版）

问题不在于"老三条"

读了 12 月 3 日《巴蜀小议》专栏中《难揣摸的"老三条"》一文，感到有些话要说。

上级机关或领导干部答复下级的"请示"时，满口"官腔"，不解决问题，当然是一种"官僚主义积习"。但是，就具体情况而言，有时答复："照上级精神办""按实际情况办""要抓紧时间办"，却也并非尽是些"正确的废话"。

有时候，情况是复杂的，特别是在下级的请求不符合政策规定或脱离实际情况的时候，作为一个领导者是要强调一下"照上级精神办""按实际情况办"的。这虽是老话，却也不乏现实意义。

所以，问题不在于"老三条"，而在于什么人，在什么情况下讲"老三条"。我们所反对的只是那种借助于"老三条"打"官腔"，不为下级排忧解难的官僚主义作风。但是，对于下级来说，也不要苛求上级，动不动就把困难和矛盾上交，特别是当上级的答复不能解决你的实际问题的时候，最好是回过头想一想自己的"请示"是否恰当，符不符合政策。

（《四川日报》1987 年 12 月 6 日 1 版）

从唐天子奔蜀谈起

近读史书，发现唐代先后有四个皇帝避乱出奔，其中就有两位（玄宗和僖宗）逃到了成都。唐天子避乱为什么总喜欢往成都跑呢？这与当时军事形势的逼迫等有很大关系，但恐怕最重要的因素还是四川"土富人繁，内外险固"。唐代前期，陈子昂在向武则天的奏疏中就曾明确指出："蜀为西南一都会，国家之宝库，天下珍货聚出其中。又人富粟多，顺江而下，可以兼济中国。"唐代后期，四川经济持续发展，其地位仅次于扬州，居全国第二位。"扬州富庶甲天下，时人称扬一益二"，这是《资治通鉴》的记载。它所说的益州就是四川。这"扬一益二"的说法，反映了四川经济在唐代所处的重要地位。

四川的自然环境和地理位置非常优越。它是我国南北文明的汇聚之区，西部畜牧民族和东部农业民族交往之地。它境内既有巍峨的雪山，又有深陷的峡谷，既有起伏的丘陵，又有富饶的平原，加以海拔高度悬殊，气候垂直变化显著，因而动植物种类繁多，生产极为丰富。早在秦王朝时期，四川就开创了经济文化发展的局面，经过李冰父子的精心治理，蜀地日渐繁荣兴旺，誉称"天府"。从此以后，四川经济不断"升位"，到唐代就超过了中原，成为仅次于扬州的经济发达地区。但是，自唐以后，四川的经济始终未能达到江南水平，而且越往后差距越明显，这是不能忽视的一个问题。

从历史上看，四川的经济长期落后于江南，原因是多方面的。分析这些

原因，可以使人们认清差距和潜力，看到振兴经济的希望所在。首先，四川商品经济不发达，比江南更带有自然经济的特点，这是造成经济落后的重要因素。但四川的农业基础比较好，林牧业潜力很大，一旦从自给半自给经济的束缚下解放出来，商品生产便有可能得到迅速发展。其次，四川的矿产资源和能源都很丰富，但长期没有得到很好的开发和利用，这也妨碍着全省经济的发展。如果对它们认真加以开发，四川就有可能成为重要的原料产地和强大的能源基地。再次，由于四川既没有江南水乡的陆地交通条件，也没有海上"丝绸之路"，因而与外地的交流比较少。但随着长江水运事业和陆路交通运输事业的发展，在经济、技术和文化等方面与外地的合作交流必将得到加强。这是发展经济的必备条件。总之，四川的经济潜力是很大的，它落后于江南的局面是可以改变的。随着四川经济的发展，它完全可以成为既可独立存在，又能"兼济中国"的重要战略基地。

（《四川日报》1984 年 4 月 26 日 3 版）

从司马错伐蜀谈起

公元前 316 年秋天，秦国派司马错率兵伐蜀，后又灭巴。八年后，司马错率巴蜀之众浮江伐楚，取商於之地为黔中郡。从此，四川成为秦的巩固的战略基地，出现了迅速发展的新局面。

古代四川僻处西南一隅，由于秦岭、巴山的阻隔，与中原交往很少。春秋以后，中原各国相继进行了封建改革，出现了"邦无定交，士无定主"的局面。与此同时，巴蜀奴隶主却尽力割断巴蜀与中原的联系，所谓"君长莫同书轨"即从一个侧面反映了巴蜀统治者所推行的闭关政策。长期的孤立和闭塞，使四川的经济、文化发展受到很大阻碍，在战国初年几乎比中原地区落后了一个时代。在这种情况下，秦伐巴蜀，"利尽西海诸侯不以为贪"，显然是顺乎民心、合乎潮流的。

秦为了开发四川，采取了一系列措施。秦向四川大批移民，带来了先进的生产方式，也推动巴蜀人民进行了一系列封建改革。秦之移民中，既有水利专家，也有炼铁能手，诸子百工一应俱全。他们帮助四川先后营建了成都、郫城、临邛城、江州城、阆中城等政治经济中心，"置盐铁市官并长丞，修整里阓，市张列肆，与咸阳同制"。尤其是李冰父子治蜀，大力发展水利、水运事业，改善了四川的生产条件和交通运输。另如常頞通"五尺道"，赵国卓氏和"山东迁虏"程郑在临邛进行冶铁贸易等等，都对四川的经济发展起到了促进作用。《后汉书》说："蜀地沃野千里，土壤膏腴，果实所生，无谷而饱。

女工之业，覆衣天下。名材竹干，器械之饶，不可胜用。又有鱼盐铜银之利，浮水漕运之便。"这就是秦开发四川以后的"天府"景象。"天府"的繁荣也为秦的统一中国提供了雄厚的人力、物力。古人说，秦因得蜀而并天下。这并不夸张。

秦对四川的开发表明，国内各地区都是各有其长短、优势与不足，只有加强合作与交流，才能取长补短，互相促进，即使是比较落后的地区，只要不闭关自守，善于对外开放，也是完全可以后来居上的。

（《四川日报》1984 年 8 月 16 日 3 版）

漫谈四川蚕丝生产

蚕丝生产包括养蚕、缫丝、丝绢纺织 1/3。近几年来，我省蚕茧连年增产，川茧、川丝产量均占全国总产量的三分之一，在全国各省中居第一位。回顾川丝生产的历史，对于保持和发挥我们的优势，不无启迪意义。

四川是我国最早养蚕的地区之一。这一点，四川民间的许多古老传说可为佐证。在汶川、灌县境内，至今仍有不少以蚕为名的古迹，诸如蚕陵、蚕崖关、蚕崖石、蚕崖市之类，也足以表明古代四川人民与养蚕有着十分密切的关系。考古学者童恩正认为，蜀人养蚕至少在原始社会后期已经开始，而且蜀中最富于传统的也是纺织业。

秦灭巴蜀以后，封建地主经济和男耕女织的小农经济在四川迅速发展。张仪、张若修成都城，在彝里桥南设立"锦官"，对蚕丝生产采取保护和鼓励措施，有力地推动了蜀地蚕丝生产的发展。从成都以"锦"名官、名城、名江的情况及有关记载来看，战国秦汉时期，四川的蚕丝生产不仅规模大，而且丝绢纺织技术奇特精妙，其中又尤以"蜀锦"名闻天下，行销全国。汉代张骞出使西域，也曾在大夏国看见从印度传过去的"邛竹杖"和"蜀布"。由此分析，四川的丝绢织品特别是"蜀锦"，可能很早便进入了国际市场。显然，《后汉书》所载蜀地"女工之业，覆衣天下"是有事实根据的。到了三国时代，蜀的经济弱于魏、吴，而蚕丝生产却几乎成为蜀国唯一的"决敌之资"。如《诸葛亮集》所说："今民贫国虚，决敌之资，唯仰锦耳。"蚕丝生产

在四川的地位，不言自明。

公元 5 世纪时的山谦之说："江东历代尚未有锦，而成都独称妙。"本来，《诗经》中早就有关于中原织锦的记载，但南朝时的山谦之竟然还有此说，这表明蜀锦与中原的锦不同，而且质量较高。徐中舒教授认为，蜀锦是一种平滑而有光泽的锦缎，它在三国就已成为对外贸易的专利品。

（《四川日报》1985 年 1 月 31 日 3 版）

"巴""蜀"的最初含义是什么？

古往今来，多少人提笔将"巴山蜀水"一词写进文章。川东称"巴"，川西称"蜀"，尽人皆知。可是，对于它们的原始含义，至今还没有一个圆满的解释。

有人说，巴是因巴地有一种能吃大象的蛇而得名，《山海经》和《说文》里就有"巴蛇吞象"的成语。有人说，巴是由于流经巴地的阆、白二水曲折如巴字而得名，这种说法来自已佚的汉代谯周所著的《巴记》。也有人说，巴盛产苴（芦苇），俗称芭茅，"巴人、巴郡，本因芭苴得名"。这种看法是唐代司马贞为《史记》作《索隐》时提出来的。

近代考古学者认为，巴人始居湖北清江流域，后来繁衍形成五支氏族，居住在武落钟离山的石穴中。于是，有的研究者提出新说，认为巴的含义是指居住环境。徐中舒先生说"巴之本义为坝"，主张巴族是古代居住在平坝的一种民族。童恩正对此有不同意见。他说川东方言中，有呼"石"为"巴"的习惯，联想到巴族祖先廪君生于石穴的传说，认为巴可能是指"石"或"石穴"，巴人即因其住石穴而得名。

"蜀"字，在甲骨文中是一条虫的意思。许慎《说文》中注："蜀，葵中蚕也。"据此一般人以为"蜀"就是"蚕"，并与古代传说中的帝王蚕丛联系起来，认为蜀族的得名是由于最早养蚕。其实，蜀与蚕是形状相同而性质相反的两种虫子。《韩非子·说林上》讲得很清楚："鳝似蛇，蚕似蜀，人见蛇

则惊骇，见蜀则毛起。"可见，蜀是一种螫人的毒虫。再说，甲骨文中另有蚕字，也与蜀字迥然不同。于是，童恩正认为，商代统治者用一种代表毒虫的字来称呼蜀人，也许是一种贱称。因商代后期，蜀人不断进犯商，使商人敌忾。由于资料短缺，巴、蜀名称的最初含义，已难确知。

可以肯定的是，甲骨文中的"巴"和"蜀"已经是一种民族的称呼。周武王伐纣，西南有八个部族参加，其中就有"巴蜀之师"。大约在春秋战国时代，巴族以重庆为中心，建立了奴隶制国家，蜀族以成都为中心，建立了奴隶制国家，这时"巴"和"蜀"就变成了国名。秦灭巴、蜀以后，设立了巴郡和蜀郡，巴和蜀才又变成地名，并且固定成俗，沿用至今。

（《四川日报》1985 年 11 月 9 日 2 版）

武侯祠感怀

每次拜谒成都武侯祠，一见到那门楣上挂着的"汉昭烈庙"全匾，就不禁为诸葛亮的小殿至今仍然在刘备的大殿后面而悲哀。莫非诸葛亮生前"许先帝以驱驰"，死后也只能为先帝"效忠贞之节"吗？

据记载，诸葛亮在陕南前线殉职后，当时蜀汉势力所及的地方纷纷请求为诸葛亮立庙，但遭到了后主刘禅的禁止。他担心诸葛亮名高压主，会动摇他的皇帝宝座。相传，大约在诸葛亮逝世后七八十年，巴氏族人领袖李雄建立了大成国，第一次为诸葛亮在成都立庙。到了明代，蜀献王朱椿不能容忍武侯祠与昭烈庙并存，便把武侯祠并入昭烈庙，使诸葛亮变成了刘备的附祀。尽管如此，老百姓心里至今仍然只知道有武侯祠，而不知有昭烈庙。这是颇发人深思的。

武侯祠里有一副赞美诸葛亮的对联："三顾频烦天下计，两朝开济老臣心。"这副对联取自杜甫的《蜀相》诗，接下来还有两句："出师未捷身先死，长使英雄泪满襟。"我每次读到这几句，都忍不住叹息，总觉得诸葛亮一生"鞠躬尽瘁，死而后已"，其人格和精神固然伟大，但他的正统观念和忠君思想过强，虽"权智英略有逾管晏"却功业未济，壮志未酬，这是很可悲也是不可取的。

本来，在封建社会从分裂走向统一的历史条件下，诸葛亮为之奋斗的"霸业"同曹魏、孙吴相比，并没有正义与非正义的区别，但他却抱定"汉贼

不两立，王业不偏安"的"正统"偏见，把胆识才能均不如曹操、孙权的刘备当作复兴汉室的"真命天子"。他虽身居相位，却不能防止关羽大意失荆州，不能阻止刘备意气伐东吴，眼睁睁地看着蜀汉江山陷于困境，"运移汉祚终难复"，在君为臣纲的束缚下，在刘关张的小圈子面前，诸葛亮的权力和作用是很有限的，这就决定了他在隆中对策中提出的宏图大略最终必然落空。

再说，诸葛亮也不是完美无缺的。陈亮说他"治戎为长，奇谋为短，理民之干，优于将略"。他在刘备死后摄政的十多年里，舍长趋短，无岁不征，几乎把全部力量都用在了北伐中原的战争中，加之人力物力不济，"攻守异体"，结果"未能有克"。最可悲的是，他缺乏人才，又不注意培养人才，在名义上是阿斗的"辅弼"，实际上是阿斗的"相父"，事必躬亲，越俎代庖，不但使阿斗得不到锻炼反而更加懦弱，而且造成"蜀中无大将，廖化为先锋"的局面。所有这些，都是我们应该汲取的教训。

（《信息报》1988 年 10 月 20 日 4 版）

时政热点

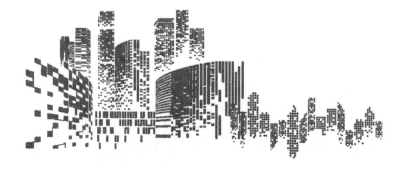

把今年的"全民文明礼貌月"活动搞得更好

1983 年"全民文明礼貌月"活动即将开始。今年的"全民文明礼貌月"活动，是在党中央提出全面开创社会主义现代化建设新局面的第一个年头开展的。中央宣传部等单位关于 1983 年开展"五讲四美三热爱"活动的通知，省委、省政府 22 日晚召开的电话会议，都要求我们，今年的"全民文明礼貌月"活动，一定要比去年搞得更广泛，更扎实，更有成效。

开展"全民文明礼貌月"活动，是我们党和国家加强社会主义精神文明建设的一个重要步骤，是"五讲四美三热爱"活动制度化、经常化的一个重要措施。开展"全民文明礼貌月"活动的出发点，一方面是为了检验日常工作和基层工作的成果，起到交流和示范的作用；另一方面，也便于形成声势，对社会风气中难度较大的问题来一个突破，推动社会主义精神文明建设一浪接一浪、一浪高一浪地向前发展。在去年第一个"全民文明礼貌月"活动中，我省许多地方通过治理"脏、乱、差"，创造了良好的社会秩序、优美的工作环境，涌现出一大批先进典型，改善了劳动、工作和服务态度，有力地促进了两个文明的建设。实践证明，开展"全民文明礼貌月"活动，是全国人民实践共产主义的好方法，进行自我教育的好方法，培养、锻炼社会主义新人的好方法。它绝不只是"讲讲礼貌、扫扫街道、种种花草"的小事。那种把"全民文明礼貌月"当成"一阵风"，准备"应付一下了事"的想法和做法，都是错误的。那种把"五讲四美三热爱"和学雷锋看成仅仅"是孩子们的事"

的想法，也是不对的。

搞好今年的"全民文明礼貌月"活动，有利条件很多。在党的十二大精神鼓舞下，我省广大干部和群众都比较明确地树立了"两个文明"一起抓的指导思想。群众对各种损人利己、损公肥私、孤立和打击先进分子的歪风邪气，深恶痛绝，对一些地方和部门不同程度地存在的"脏、乱、差"状况很不满意，要求党风和社会风气根本好转的呼声越来越高。在去年"全民文明礼貌月"活动中，各级领导和广大群众已经积累了比较丰富的经验，今年又是党中央号召"向雷锋同志学习"二十周年，广大群众特别是青少年学习雷锋已形成传统，"争做八十年代的雷锋"正日益成为广大群众的自觉行动。所有这些，都为今年搞好"全民文明礼貌月"活动打下了良好基础。在这个基础上，只要以十二大精神为指导，本着"以月促年"的要求，继续治理"脏、乱、差"，进一步搞好城乡环境卫生和绿化、美化工作，争取社会风尚、社会秩序、社会治安进一步好转，更大地改善劳动、工作和服务态度，努力提高思想觉悟，我们就一定能够把我省的社会主义精神文明建设提高到一个新的水平。

"全民文明礼貌月"是大规模的群众活动，各级党委和政府一定要加强领导。各级领导干部要以身作则，因势利导，抓好宣传和检查督促工作，随时注意发现和解决活动中出现的问题。要紧紧把握思想政治工作这个中心环节，把学习贯彻十二大文件和宣传新宪法同"全民文明礼貌月"活动结合起来，引导广大干部和群众在丰富多彩的活动中，受到共产主义、爱国主义、集体主义思想和道德的教育，从身边的好人好事中体验到社会主义制度的优越性，在潜移默化中建立起各行各业的职业道德和职业纪律，养成良好的道德习惯和生活方式。总之，要通过"全民文明礼貌月"活动，普遍提高人们的思想道德水平，转变社会风气，振奋民族精神。

各地区、各单位、各行各业，一定要从实际出发，制定出开展"全民文明礼貌月"活动和全年开展"五讲四美三热爱"活动的具体规划，抓紧落实。要立足基层，讲究实际，处理好本单位活动和社会性活动的关系，根据需要和可能，组织干部群众和青少年学生走向社会，走上街头，集中力量，形成声势，有计划、有步骤、有重点地对社会环境、社会风气、社会秩序中难度较大的问题来一个突破。在部署一些范围较大的活动时，要注意搞好调查研究，抓好典型示范，妥善安排，避免过分集中，华而不实。

开展"全民文明礼貌月"活动，是全党的任务。各级领导、全体共产党员和共青团员应当起好模范带头作用。每个公民都应当自觉地"从我做起"，脚踏实地地去开创社会主义现代化建设的新局面。

（《四川日报》1983 年 2 月 25 日 1 版头条，以"社论"见报，这是笔者在《四川日报》撰写的第一篇评论文章）

基层整党要切实保证质量

凉山州组织大批干部，深入区乡，在帮助基层贯彻好一号文件的同时，面对面地解决好基层整党工作中出现的问题，保证了基层整党工作的健康发展。他们的做法是行之有效的。

目前，我省基层整党工作正在深入发展。大多数区乡和部分基层企事业单位，已基本完成对照检查，即将转入组织处理和党员登记阶段。总的来看，各级领导对基层整党工作抓得比较扎实，多数单位的整党已取得成效。但必须指出，有少数单位对整党工作的指导思想还不够明确，没有妥善处理好整党与改革、整党与经济工作的关系。有的单位为了抢时间、赶进度，学习阶段只用了四五天时间，就草率地转入了对照检查。有的单位甚至把整党学习和对照检查合并起来搞。甚至有个别单位在对照检查时，就要党员举手表决，进行党员登记。凡此等等，显然不符合党中央和省委关于农村基层整党的部署，必须予以及时纠正和补课。不然的话，某些地方和单位的整党就会走过场。

对照检查和整改是整党的不可缺少的重要环节。已经搞了对照检查的单位，一定要集中一段时间抓整改，切实解决好对照检查反映出来的问题，特别要查处各种不正之风，把端正党风作为整改的重点。对照检查和整改搞得不好，甚至走了过场的单位，必须进行认真补课。对那些领导上的工作失误或官僚主义者渎职所造成的整党的某些薄弱环节，有关领导机关和领导干部必须主动承担责任，并采取有力措施，严格把关，保证整党不走过场。

保证基层整党不走过场的最有效方法，就是各级党委的领导干部一定要深入基层，"下马观花"。县委要全面负责基层整党的领导工作，县委书记和县委整党办公室的同志更应该深入基层，了解情况，发现问题，总结经验，及时指导，各级派到基层的整党宣讲员、联络员、巡视员一定要忠于职守，做好深入细致的调查研究，尤其要注意对基层公交财贸企事业单位的整党加强领导，把基层整党存在的问题解决好，使基层整党工作步步深入，健康发展。

（《四川日报》1986 年 4 月 26 日 1 版）

各行各业都要纠正行业不正之风

我省邮电部门纠正带有行业特点的种种不正之风，决心大，方法对，措施有力，收到了较好的效果，值得其他部门借鉴。

近年来，在对外开放、对内搞活的新形势下，邮电部门的工作虽然取得了许多成绩，但总的来说还很不适应客观形势发展的需要。这当中除了通信能力不足、供需矛盾突出外，主要是职工队伍素质不高，部分职工受社会上不正之风的影响，行业歪风突出。比如，有的在电话安装中"吃、拿、卡、要"，有的私拆、隐匿、毁弃邮件、电报，有的甚至挪用、贪污汇款，滥用职权，敲诈勒索，违法犯罪。如此等等，不仅败坏了邮电部门的名声，而且给其他行业的改革和正常的生产生活造成了困难，严重破坏了社会主义条件下人与人之间平等互助的新型关系。省邮电局党组面对现实，对本部门存在的不正之风敢抓敢管，这不仅提高了本部门的服务质量，改进了工作作风，受到了其他部门和广大群众的欢迎，而且促进了局风的明显好转，推动了端正党风的工作不断深入发展。

行业歪风不只是邮电部门才有，其他部门也不同程度地存在。比如，某些公交财贸和厂矿企事业单位存在的"电霸""气霸""车霸""房霸""票霸"等"行帮"作风和以贷谋私、以钢谋私、以粮谋私、以油谋私、偷税漏税、倒买倒卖、弄虚作假等奸商行为，都是带有行业特点的不正之风。这些行业歪风的出现，表明我们的职工队伍缺乏职业道德的教育、培养和训练。各级各部门的党组织在认真查处行业歪风的同时，一定要像邮电部门那样，坚持正面教育，大力表彰先进，采取多种多样的形式，对职工进行理想、宗旨、纪律教育和职业道德教育。这是纠正行业歪风的基本途径和根本措施，希望各行各业的党组织引起重视。

纠正行业歪风，仅仅靠一个地区、一个部门、一个单位的努力还不够，必须依靠各行各业的相互配合和全党上下的共同努力，采取多种形式、多种方法、多种措施。那些行业歪风比较突出的部门或单位，应该从我做起，从现在做起，扶正祛邪，治病于根；即使那些现在还没有出现行业歪风的部门或单位，也应该从我做起，防患于未然。让我们一起行动，协同作战，把端正党风和纠正行业歪风的工作引向深入。

（《四川日报》1986 年 6 月 20 日 1 版）

都来维护安定团结的政治局面

跨入 1987 年，摆在我们面前的首要任务，就是要继续坚定不移地把各项改革不断推向前进。为此，有许多工作要做，其中最重要的是巩固和发展安定团结的政治局面。

十一届三中全会以来，我们党把安定团结作为拨乱反正的奋斗目标，花大力气在不长的时期内实现了这一顺应民心、国情的大事。正是由于有了安定团结，我们才能很快收拾了"四人帮"留下的烂摊子；正是由于有了安定团结，我们才能很快把工作重点转移到以经济建设为中心的轨道上来，经过几年努力，很快突破了长期形成的僵化封闭的经济模式，走上了对内搞活、对外开放的新路子，使两个文明建设都取得了丰硕成果，人民生活逐年有了明显改善。我们要像爱护自己的眼珠一样，珍惜和发展安定团结的政治局面。

维护安定团结的局面，消除不安定的因素，是各级领导和广大干部群众共同的责任。在改革的过程中，新旧两种体制同时存在，交互发生作用，这就不可避免地会出现某些新的问题和困难，有时甚至出现一些挫折或失误。这些，要靠各级领导善于引导，使不安定因素及时转化，尽快消除。值得注意的是，阶级斗争还在一定范围内存在，极少数敌视社会主义制度的敌对分子唯恐天下不乱，他们利用某些人的幼稚和偏激，破坏安定团结，干扰建设和改革的进程。事实说明，形势越好，越要保持清醒的头脑；改革越是深入，越要珍惜和维护安定团结的政治局面。

　　巩固和发展安定团结的一个重要环节，就是要加强社会主义民主和法制的建设。国家的长治久安必须紧紧依靠广大人民当家作主的积极性和主动性。人民群众对党的方针政策和各级政府的工作有意见，个人有什么要求，完全可以通过正常的民主渠道向上反映，但决不能违反宪法和有关法律的规定，采取任何不利于安定团结的过激行动。公民的权利与义务不可分。民主与法制、纪律不可分。只有大力加强以宪法为根本的社会主义法制，加强劳动纪律和工作纪律，才能推动并保证经济建设和全面改革的顺利发展，维护国家的长治久安。同时要加强和改善党的领导，加强和改善思想政治工作，克服官僚主义，纠正不正之风，尽量避免因方法不当或作风不好而挫伤群众对改革的积极性，诱发不安定因素。

（《四川日报》1987 年 1 月 9 日 1 版）

出路在于改革

今年以来，我省政治、经济形势很好。坚持四项基本原则，反对资产阶级自由化的斗争已经取得很大成绩，全党对资产阶级自由化思潮的危害性有了新的认识，对坚持四项基本原则有了进一步的理解；以城市为重点的经济体制改革进入一个新的阶段，农村经济发生了显著变化，初步奠定了有控制的初级市场机制的基础。当前，摆在我们面前的主要任务是：反对资产阶级自由化的斗争要深入，经济体制改革要深化。

坚持四项基本原则，坚持改革、开放、搞活，是党的十一届三中全会以来路线的两个基本点。二者之间是唇齿相依、缺一不可的关系，不是互相排斥的关系，一定要全面理解这两个基本点及二者之间的相互关系，不能用僵化的观点来对待改革、开放、搞活。只有正确理解这两个基本点并把二者统一起来，才是十一届三中全会以来路线的完整内容。从二者关系看，只有坚持四项基本原则，改革、开放、搞活才能顺利进行；只有改革、开放、搞活，四项基本原则才能坚持得好。如果离开四项基本原则，固然会滑入资产阶级自由化，但不改革也会助长资产阶级自由化。这是因为，只有改革才能充分发挥人民群众的积极性和创造性，从而发展社会生产力，使社会主义的优越性充分发挥出来，使社会主义真正具有吸引力。如果不改革，生产力不能迅速发展，人民生活不能很好改善，社会主义优越性不能充分发挥，岂不是给资产阶级自由化帮了忙？

毋庸讳言，在我们的同志中，还有极少数同志对这两个基本点及其一致性缺乏正确的认识。往往是，一说坚持四项基本原则，就以为改革、开放、搞活的政策要"收"了；一说改革、开放、搞活，就以为不要坚持四项基本原则。基于这种认识，有的同志在反对资产阶级自由化的同时，对改革产生了怀疑。比如，有的人把租赁、承包看成是"搞私有制"，把厂长负责制看成是"取消党的领导"，把家庭联产承包责任制看成是"破坏集体经济基础"，把计划和商品经济对立起来，把发展社会主义商品经济说成是"干资本主义"，把改革、开放、搞活看成是资产阶级自由化的根源，甚至一讲反对资产阶级自由化，就连发扬社会主义民主、解放思想也不能讲了，对工作中的错误和不正之风也不能批评了。这些认识显然是错误的，有害的，在理论和实践上是站不住脚的。

四项基本原则是我们新中国成立以来一直坚持的，今后仍然必须坚定不移地坚持下去；改革、开放、搞活则是十一届三中全会以来党的路线的新贡献、新内容，是建设有中国特色的社会主义的总方针、总政策。在反对资产阶级自由化的过程中，改革开放不仅要坚持，而且要加快。我省八年来的改革，在坚持四项基本原则的基础上，沿着有计划的商品经济的思路，从搞活基本经济单位入手，把计划与市场、集中与分散、行政手段与经济和法律手段结合起来，取得了对旧体制的历史性突破和新体制因素逐步形成的巨大成果，国家、集体、个人都得到了实惠。我们应当珍惜这些来之不易的成果，并且继续解放思想，开动机器，大胆地探索建设有中国特色的社会主义的新经验、新办法。我们的改革是前所未有的事业，允许探索，允许试验，即使出点问题也不要怕，可以总结经验，不断使认识深化，不断地存利除弊。捆住人们的手脚，堵塞探索的道路，出点问题就横加指责，甚至要走回头路，那是没有出息的。改革是大势所趋，不可逆转，是振兴经济的出路所在，是我们的希望所在。

总之，我们要正确理解，牢牢掌握两个基本点，把二者之间的关系辩证地统一起来，使政治上的安定团结和经济上的繁荣活跃，互为促进，把有中国特色的社会主义建设好。

（《四川日报》1987年5月29日1版头条）

坚持抓好正面教育

在省委的直接领导下，我省反对资产阶级自由化的斗争，已经取得了很大的成绩。当前的任务是，坚定不移地按照中央的方针，紧紧抓住正面教育这个环节，把反对资产阶级自由化的斗争引向深入。

进行正面教育，就是要通过深入细致的思想政治工作，着重解决政治原则和政治方向问题，使四项基本原则真正深入人的头脑，正确理解十一届二中全会以来的路线的两个基本点。怎样进行正面教育？当前主要从以下三方面进行：一是学习中央关于反对资产阶级自由化的一系列文件，使广大干部、群众充分认识到这场斗争的重要性和长期性，真正做到全面准确地认识和贯彻执行文件精神。二是以《建设有中国特色的社会主义》和《坚持四项基本原则，反对资产阶级自由化》这两本书为基本教材，组织各级干部认真学习，使绝大多数人都懂得坚持四项基本原则与改革、开放、搞活的辩证统一、唇齿相依的关系。首先要理解两个基本点本身，不能用僵化的观点来理解坚持四项基本原则，也不能用资产阶级自由化的观点来对待改革、开放、搞活。不断克服和排除资产阶级自由化和僵化的影响和干扰，才能把思想和行动统一到三中全会以来路线的两个基本点上。三是在城市企业广泛进行有中国特色的社会主义宣传教育，通过八年来建设和改革的实际成果，生动地全面地阐述党的十一届三中全会以来的路线，动员广大干部群众更好地实行全面改革和对外开放，更加卓有成效地建设有中国特色的社会主义。

　　搞好正面教育，需要做很多艰苦细致的工作。各级党政机关的领导干部，特别是政治思想战线和文化部门的领导干部，要善于正确地联系实际，领导和组织好正面教育；要尽可能抽出时间，到基层去接触群众，对群众做深入细致的宣传工作。从事宣传理论工作的同志，要到群众中去直接对话，对人们所关心的各种实际问题从理论上作出正确的回答。要多想点办法，把正面教育做得生动活泼，丰富多彩。

（《四川日报》1987 年 6 月 4 日 1 版）

弘扬正气，震慑邪恶

8月5日，成都市锦江宾馆前的十字路口发生了"军警民齐力擒歹徒"事件。消息传开，人们精神为之一振，无不为干部群众奋不顾身的献身精神和堂堂正气所感动。

能不感动吗？

杀人凶手用枪逼着出租汽车驾驶员廖志南"朝南开，到郊区"，而廖志南却临危不惧，机智地把车开到了繁华的市区，不顾安危，跳车报警！

人民的好警察苏蓉贵亲眼看见凶手开枪打伤了廖志南，明知冲上去必有生命危险，仍然英勇地紧追凶犯，头部中弹负伤后还猛扑上去，把歹徒按倒在地……

行路的青年工人杜青林丢下自行车，明知会有生命危险，却毫不犹豫地扑向罪犯，为人民利益作出了崇高的牺牲！

还有当时在场参加围捕的共产党员、领导干部、群众，他们都以一刹那间的行动，充分表明了今天这个新时代的新风貌！

这是蓉城人民的光荣和骄傲，也是当今中国人民的光荣和骄傲！

回想前些年，当公共安全受到危害的时候，不少次出现见死不救、袖手旁观的情景，多么令人痛心！今天，党员、干部、群众在"八·五"特大凶杀案中的英勇表现，充分说明人民的精神面貌发生了多么大的变化！说明了党风和社会风气的明显好转！在坚持四项基本原则和改革、开放、搞活的过程中，人们提高了道德觉悟，增强了法制观念。因此，当报警的枪声响起的时候，民警、解放军、工人、教师等便闻声赶来，自动加入了追赶凶犯的行列，几分钟内就形成了围追堵截的天罗地网。这是精神文明建设中的一曲壮丽凯歌，这是堂堂正气压倒邪恶的有力证明。

我们的改革和建设需要一个安定团结的社会环境，而创造这样一个环境，不是哪一个部门、几个部门的事，而是全社会全体人民的事，是每个公民的共同职责。今天，邪恶终是少数，正必压邪。我们在社会主义公共生活中，要大力发扬社会主义人道主义精神和忘我的共产主义精神，互相关心，互相帮助，特别是在国家安全受到威胁、社会公共安全受到危害的时候，要挺身而出，英勇斗争，自觉履行对国家和社会的义务。

榜样的力量是无穷的。让我们向在"八·五"凶杀案中见义勇为的同志学习，弘扬正气，震慑邪恶，努力为改革和四化建设创造一个安定团结的社会环境。

（《四川日报》1987年8月8日1版）

拒腐蚀贵在自觉

　　郫县何晓萍贪污行贿案具有很大的腐蚀性。郫县县委的四名常委、十五名局级干部都受此牵连而犯了错误。这些人在何晓萍打出的"糖弹"面前，见利忘义，丧失了抵制能力。这一沉痛的教训告诉我们，每一个共产党员，特别是领导干部，一定要保持清醒的头脑，自觉地拒腐蚀。

　　在当今大力发展社会主义商品经济的新形势下，商品交换原则必然会影响到人们的思想，甚至有可能侵入到党内政治生活中来。如果我们让商品交换的生意经在党内政治生活中泛滥，那么，同志之间、单位或部门之间、领导者和被领导者之间，在政治上、组织上、思想上，就会把原则问题当成商品交易，这就背离了党的政治生活准则，使党组织和党员遭到腐蚀。郫县县委的几位领导干部犯错误的事实充分说明：在"一切向钱看"的观念、"拜金主义"的思想影响下，这些同志已经丧失了党性原则，与何晓萍互相利用，被资产阶级的腐朽思想和作风所腐蚀，严重地败坏了我们的党风和社会风气，后果是十分严重的。党中央明确指出：越是搞活经济、搞活企业，就越要注意抵制资本主义思想的侵蚀，越要注意克服那种利用职权谋取私利的腐败现象，克服一切严重损害国家和消费者利益的行为，就越要加强党风党纪的建设，维护和健全党内健康的、正确的政治生活。这是何等的重要！

　　一些党员、干部之所以被"糖弹"击中，有的甚至走上犯罪道路，究其根本原因是我们队伍中的这些意志薄弱者，在新形势下经不起金钱物质的利诱，个人私欲膨胀，党性观念淡薄。他们忘记了共产党员为之奋斗的远大理想，忘记了全心全意为人民服务的根本宗旨，一听说改革、开放、搞活，便错误地认为就是捞钱肥己的时机，于是就以权谋私，大搞歪门邪道，甚至不惜践踏党纪国法，同一些违法分子、不法奸商互相勾结，互相利用，搞买空卖空、倒买倒卖、行贿受贿等犯罪活动。不想吃"糖"，就不会被"糖弹"击中。一些共产党员，特别是党的干部，在新形势下一定要加强党性修养，努力提高自己的党性觉悟，只有从思想上彻底清除了个人主义、利己主义、金钱至上、以权谋私等垃圾，从根本上增强自己拒腐蚀的自觉性，才能在形形色色的侵蚀、拉拢面前，清正廉洁，执法如山，永远保持人民公仆的本色。

经济领域犯罪分子侵蚀、拉拢干部的一个重要手段，就是从领导干部的家属身上打开缺口，然后乘虚而入，步步紧逼，最后把领导干部拉下水。郫县何晓萍就是通过拉拢"夫人"和"子女"，把县委的几名常委拉下水的。有的领导干部认为只要自己走得端、行得正就行了，而对自己的家属的不义之举却不闻不问，或者睁只眼闭只眼，有的甚至支使、包庇自己的家属从事非法活动，这是很危险的。须知，堡垒最容易从内部攻破。领导干部在严格要求自己、带头遵纪守法的同时，一定要严格要求自己的家属，对他们加强反腐蚀教育，禁止他们打着自己的旗号，孤行不义。领导干部的家属也应该自觉地把自己置于党组织和群众的监督之下，坚决抵制和反对各种别有用心的拉拢和侵蚀，为自己当了"官"的亲人解除后顾之忧。

（《四川日报》1986 年 1 月 4 日 1 版）

"官倒"不除，"私倒"难禁

　　读了重庆市委书记向新闻界透露的同一位"倒爷"对话的消息，我们既为"倒爷"的猖狂而愤慨，也为"倒爷"的神通而震惊。正如这位书记同志所说，在这么大一个流通领域里，如果我们共产党和我们的政府，解决不了这么一部分兴风作浪的人，改革就无法进行下去。惩治"倒爷"，实在是刻不容缓。

　　人们通常把那些倒腾紧俏物资层层加价的官办公司和官员称为"官倒"，把那些倒手卖高价的个体商贩称为"私倒"。"私倒"和"官倒"往往互相勾结，但各有其特点。"官倒"是以权牟利，或者由在职的党政干部"挂帅"，两块牌子，一套人马，集行政管理权与商品经营权为一体，调配物资，审批条子，利用物价"双轨制"做文章；或者由离退休干部利用在职时的关系和影响，倒卖物资赚钱；或者由领导干部的子女出马，凭着父母的"面子"和"关系"，低价买进紧俏物资，高价卖出。而"私倒"则是以钱打通关节，从"官倒"那里套取货源。离开了"官倒"，"私倒"很难"倒"得起来。因此，治理"倒爷"的关键是解决"官倒"的问题。"官倒"不除，"私倒"难禁。

　　"官倒"往往打着搞活经济的旗号，其实真正的目的是牟取私利。他们把国家计划控制商品和紧缺物资重复加价，往返周转，既增加了流通环节，使价格一涨再涨，又扰乱了市场，给贪污盗窃等不法分子开了方便之门，不但对改革开放没有一点好处，而且败坏了改革的声誉，成为滋生腐败的重要根源。显然,"官倒"现象正在成为一种社会公害。公害不除,国无宁日,民无宁日。

近几年,党中央、国务院和省里一再严令禁止党政机关和党政干部经商,却屡禁不止,近两年反有增加的趋势。看来,只有常规行政手段还治理不住"官倒",必须通过深化改革,进行综合治理。"官倒"是改革进程中新旧体制转换时期出现的消极现象,是不发达的商品经济同权力过分集中的旧体制相摩擦而产生的怪胎。机构臃肿,政企不分,价格"双轨制",市场不发育,这些都是"官倒"赖以生存的土壤和条件。扬汤止沸,莫如釜底抽薪。通过体制改革,把这些问题解决了,使政企真正分开,同时加强法制建设,理顺价格、工资体系,逐步取消"双轨制",尽快建立起公平竞争的市场机制,建立社会主义商品经济的新秩序,这样,不论"官倒""私倒",都将无立足之地。

(《四川日报》1988 年 9 月 5 日 1 版)

健全民主政治，促进改革开放

　　自党的十三大鲜明提出政治体制改革以来，建设社会主义民主政治已成为人们普遍关心的问题。做好这件工作，意义重大，直接关系到我们社会主义的千秋万代。

　　建设社会主义民主政治，要从我国正处在社会主义初级阶段的基本国情出发，有一个正确的认识，既不能把我们现在的民主政治看成是十全十美的，又不能把它说得一无是处。我们是人民民主专政的国家，基本政治制度是好的，人民当家作主，真正享有公民权利，享有管理国家和企事业的权力，这就是我们现阶段民主政治的核心，也是我们与资产阶级民主政治的根本区别。但另一方面，我们的民主政治，又是建立在生产力落后、商品经济不发达的基础上。建设高度民主政治所必需的一系列经济文化条件还很不充分。封建主义、资本主义腐朽思想和小生产习惯势力还有广泛影响，具体的领导制度、组织形式和工作方式上也还存在着一些重大缺陷。所有这些，都决定了我国的社会主义民主政治建设仍然处在初级阶段。因此，现在迫切需要按照十三大提出的长远目标和近期目标，在进行经济体制改革的同时，有计划有步骤地进行政治体制改革，兴利除弊，建设民主政治。正如党的十三大报告所指出的："经济体制改革的展开和深入，对政治体制改革提出了愈益紧迫的要求。发展社会主义商品经济的过程，应该是建设社会主义民主政治的过程。不进行政治体制改革，经济体制改革不可能最终取得成功。"

　　当前，政治体制改革的关键是党政分开。党委管的一部分工作要转交给政府来管，这是一个很大的转变。我们要树立党的领导主要是政治领导的新观念，不再去包揽一切。党政分开是个新课题，在大家都还缺乏经验的情况下，要按照党的十三大精神，积极审慎地进行，在实践中不断探索。要注意不能把党政分开搞成党政分家、党政分割，也不能在变革中留下空挡，要使我们的体制更加合理，工作富有效率。

　　建设社会主义民主政治，要提高我们政治生活的透明度，这也是人民群众参政议政的前提条件。十三大提出建立社会协商对话制度，提高领导机关活动的开放程度，重大情况让人民知道，重大问题让人民讨论，这些都是社会主义民主政治的体现。让人民群众了解国家大事，了解事实真相，有途径表达各种不同的意见，这正是形成多数人统一意志和制订政策的基础。我们要提高开放的程度，畅通民主渠道，发挥人民群众的监督作用，让人民群众真正行使当家做主的权利。

（《四川日报》1988 年 4 月 3 日 1 版）

发展教育必先稳定教师

近来，青少年教育问题引起了全社会的普遍关注。但是，在我们神圣的校园里却出现了教师不安心本职工作的现象，不少中小学教师不安心，连大专院校的教师也不安心，特别是有些青年教师觉得在学校里没有奔头，千方百计想跳出"校门"。这种状况直接影响教学质量，应该引起高度重视。

在改革、开放的新形势下，要实现我们的教育目标，作为"人类灵魂的工程师"的教师，担负着别人所不能代替的使命。没有教师的循循善诱，因材施教，就培养不出我们时代需要的合格人才。当前，我们国家正在实施九年制义务教育，教师队伍本来就很紧缺，如果在职的教师又不能安心工作，教育发展就更加困难了。

"百年大计，教育为本。"党中央提出的这一具有深远意义的战略思想，反映了教育的社会职能在当代的新发展、新变化，强调了教育在我国改革、开放、经济振兴时期的特殊作用，同时也表明了我们的党和国家对教师寄予了殷切的期望。然而，现实的情况却令人担忧。有关调查表明，现在相当一部分教师不安心本职工作，许多中学生也把读师范视为"畏途"。为什么会这样呢？原因固然很多，但最重要的恐怕还是教师的许多实际问题得不到有效解决。

发展教育必先稳定教师。稳定教师队伍的关键在于为他们多办些实事，逐步提高教师的社会地位和经济待遇，使教师真正成为人们羡慕的职业。对此，党的十三大和七届人大都给予了高度重视，要求"各级政府更加关心和重视教育事业，像抓经济工作那样抓教育工作"，并采取措施增加教育经费，改善办学条件，提高教师的社会地位和待遇。现在的问题是，需要各级政府和社会各方面抓紧落实。最近，省委、省政府已制定措施，消除中小学危房，这对改善教师的工作条件是有积极作用的。希望各级政府和社会各界对教师给予更多的关心，切实为教师排忧解难。

当然，教师也要体谅国家的困难，树立良好的师德。这就需要学校方面加强教师的思想政治工作，进一步端正办学思想，引导教师安心本职工作。为了改善办学条件，增加教师的收入，中小学也可以根据自己的条件，有组织地开展勤工俭学，但一定要有明确的分工，扬长避短，不能因忙于创收而影响教学质量，妨碍正常的教学秩序。

（《四川日报》1988 年 7 月 13 日 1 版）

像抓经济建设那样抓教育

今天，是一年一度的教师节。值此教师节之际，我们谨向教育战线上辛勤工作的老师们、同志们表示衷心祝贺，并致以崇高的敬礼！

人才是现代化建设的关键，而教师又是培养人才的基础。党的十三大明确提出，要把发展科学技术和教育事业放在首要位置，以使经济建设转到依靠科技进步和提高劳动者素质的轨道上来。为了实现这一指导思想，近年来我省各级政府把教育作为本地区经济和社会发展整体规划的重要内容，积极组织和鼓励社会各方面集资办学，为教育发展和教育改革做了大量工作。目前，全省已有130个县（市、区）基本普及了初等教育，中小学办学条件较前有所改善，高等教育在校学生人数增加，职业技术教育和成人教育发展较快，教育同经济正结合起来，尊师重教开始形成风气。

但是，从全省范围来看，真正能够把教育事业放在首要位置，像抓经济建设那样抓教育事业的还不太多。不少地方对发展和改革教育缺乏紧迫感，有的在口头上也承认教育重要，但到了解决实际问题时又不像说的那样了，甚至还有少数地方把教育事业看得可有可无，置于附庸地位。由于教育投资偏少，办学条件较差，教育体制和教育结构不合理，教育事业落后于经济建设和社会发展。长此下去，将影响人民的文化技术素质，现代化的建设人才将会更加缺乏。对此，我们必须有足够的认识。

像抓经济建设那样抓教育，需要逐步增加教育投资，鼓励社会力量集资办学，积极改善办学条件，为教育的发展创造良好的环境。与此同时，还必须坚持教育为社会主义现代化服务的指导方针，进一步端正办学思想和办学方向，按照实际需要改革教育制度，调整教育结构，提高教育质量，努力克服教育脱离实际和片面追求升学率的倾向。当前，最迫切的就是根据我国社会主义初级阶段的特点和发展商品经济的要求，在人才培养和教育事业的发展中引进竞争机制，促使教育更好地为经济建设和社会发展服务。

当前，受经济发展水平的制约，教师的工作条件和生活条件还比较差，各地都要注意解决这些问题，为他们排忧解难。各级领导应当少说空话，多办实事，尽可能把教师的住房、医疗、子女就业等问题解决得好一些。当然，教师也应该体谅国家的困难，树立良好的师德，以教书育人的工作成就赢得社会的尊重和爱戴。

（《四川日报》1988 年 9 月 10 日 1 版）

抓住有利时机，拓展国内市场

　　滚滚东流的长江把我们四川与沿海地区紧紧连在一起。现在，沿海地区已作出发展外向型经济，走国际经济大循环之路的战略决策，那么，四川怎么办？解决好这个问题对制定我省经济发展的战略决策和推进改革极为重要。

　　四川作为拥有一亿人口的内陆大省，近几年在发展商品经济中常常遇到这样的矛盾：一方面能源、资金短缺，成为经济发展的"瓶颈"，另一方面又开放不够，同沿海地区的经济合作与交流步子迈得不快，不能充分发挥自己的优势。如今按照国际经济大循环的发展战略，沿海地区把注意力转向国际市场，利用国外的原料和市场，发展劳动密集型产业和外向型经济，从而把国内的一部分资源和市场让给内地。这样一来，就给我们拓展国内外市场带来了机遇。抓住这个有利时机，进一步加强同沿海地区的经济合作和交流，不但可以争取到沿海地区让出来的原料和市场，进一步把我省丰富的自然资源和劳动力资源转化为商品经济优势，而且可以借助于沿海的窗口，把我们的产品更多地推向国际市场，参与国际大循环。

　　有些同志担心，"四川比沿海地区经济落后，参与大循环能有所作为吗？"这就要看我们能否扬长避短，充分发挥自己的优势。从总体上说，我们承认自己的经济发展落后于沿海地区，但这并不是说我们的所有地区和行业都比人家落后。要看到，我们除了拥有自然资源和劳动力资源的优势外，还有不少独具特色的优势产业或产品，例如丝绸、猪肉、名酒、川菜和许多机电产品等，在国内外市场上颇有竞争力。再加上尚未充分发挥的三线工业的技术优势和已经形成的成、渝经济中心的依托等，都是我们的有利条件。正是凭着这些条件，我省的不少企业、部门近年来已经与沿海建立了广泛的经济联系，并通过沿海的窗口走向了世界。实践证明，只要我们知己知彼，充分发挥自己的优势，就不难在国内市场不断开拓，在国际竞争中一试身手。

当然，四川参与国际循环的困难还是比较多的，比如信息不灵通，做生意的经验不足，产业结构和产品结构有待调整，与外资合作的企业较少，等等。因而在参与国际竞争的同时，要加强与沿海地区的经济合作，充当"二传手"或"配角"，努力在竞争中学会竞争，同时进一步解放思想，放宽政策，深化改革，千方百计把我们的产品打出去，并为争取外商投资提供良好的条件，借"鸡"生蛋。

在发展外向型商品经济的过程中，我们常常面临两种风险，一是失误，二是失机。在向外开拓中，当然有些地方可能失误，但如果为了避免失误，胆小怕事，犹豫不决，就迈不出步子，就会失去宝贵的时机。从这个意义上说，失机也是失误，甚至会造成很大的失误。希望我省各行各业、各个部门和各个企业，认清形势，抓住机遇，制定出符合我们实际的外向型经济的策略来。

（《四川日报》1988年3月10日1版头条）

坚持过两三年紧日子

最近，李鹏总理根据我国国情和国力的实际，强调指出"要过两三年紧日子"，并且把它作为安排财政预算的一个基本原则。这是完全正确和非常必要的。我省是一个有一亿人口的大省，经济基础薄弱，资金十分紧张，财政特别困难，也应该下决心过两三年紧日子。要过紧日子，首先要统一认识，弄清楚当前提出过紧日子的重要性和必要性。有些同志一听到提倡过紧日子，就觉得是"泼了一盆冷水"，认为干了快 40 年的社会主义，还要过紧日子，感情上接受不了。也有些同志说，过紧日子喊了几年了，效果如何呢，还不是年年困难年年过。应当看到，财政是搞分配的，是筹集和分配国家建设资金的，但又不仅仅限于分配。如何把钱用好用活，是一门复杂的学问。当前，我们经济生活中出现的供求失衡，由此而导致的通货膨胀，正是由于经济过热，固定资产投资规模过大和消费基金增长过快。有些地方错把紧日子当富日子过，盲目攀比，摊子越铺越大，战线越拉越长，项目越上越多，标准越比越高，致使社会总需求大大超过了社会总供给。如果不采取过紧日子的措施，把这种建设规模过大，经济建设过热，社会需求过旺的势头遏制下去，必然会给改革和建设造成更大的困难。所以，坚持过几年紧日子，是治理经济环境，整顿经济秩序，全面深化改革的需要，不是主观上愿意不愿意的问题。

坚持过紧日子，要贯彻量入为出、尽力而为，不打赤字预算的原则。过紧日子，并不是什么事情都不办了，而是要按照调整的方针，有压有保，有下有上。要坚定不移地压缩固定资产投资规模，控制消费基金过快增长，严格压缩社会集团购买力和非生产性开支。对可供分配的财力，首先要保吃饭和价格、工资的改革，再就是增加农业投入和教育支出，其他开支项目只能维持现有水平，从紧安排。有所不为才能有所为。我们要转变理财思想，调整分配结构，从过去主要靠增加投入、扩大规模、提高速度来增加收入，转到主要依靠加强管理、改进技术、挖掘潜力、提高效益的路子上来。

要过紧日子，还有一个重要的问题，就是要正确处理局部与全局的关系。改革以来，我们强调下放权力，注意发挥地方、部门、企事业单位的积极性，这是对的。现在为了克服财政困难，强调必要的适当的集中统一，严格财经纪律，强化预算理念，严格税收征管，必然要涉及局部利益，使局部利益受一些影响，这就要求大家顾全大局，做到局部服从全局。特别是省级机关和各级领导干部一定要有过紧日子的思想准备，要带个好头。只有全社会各个方面共同努力，勤俭节约，艰苦奋斗，坚持过两三年紧日子，才能有效地保证改革和建设的发展。

（《四川日报》1989 年 1 月 18 日 1 版）

企业联合大有文章可做

在整理经济环境、整顿经济秩序的新形势下，建立、巩固和发展企业联合，对于加快产业结构、产品结构和企业组织机构的调整，具有十分重要的意义。今明两年，我省横向经济联合与协作工作的一个重点，就是要以企业联合促进经济机构调整，为我省经济的持续稳定发展作出贡献。

在治理整顿中，压缩固定资产投资规模，抑制工业速度过快增长，紧缩财政信贷，对一些重要生产资料和紧缺商品进行专营，这对横向经济联合在物资协作和资金引进方面的确增加了困难。但这只是一个方面。同时也要看到，治理整顿为横向联合的深入发展指明了方向，提出了更高的要求。因为，压缩基本建设和信贷投资规模，是与调整经济结构紧密联系在一起的。特别是压缩信贷投资规模，限制外延扩大再生产，必然迫使企业进一步深化内部改革，走挖潜、改造和企业联合的路子，从而产生出深化企业联合客观要求，这就给经济机构调整提供了有利的机遇。我们应该紧紧抓住这个机遇，把企业联合推上新台阶。

从我省企业现状和经济结构调整的方向来看，企业联合也是大有文章可做的。例如，发展原材料生产与加工企业的联合，可以促进原材料的合理流动，减少中间环节，缓解加工行业原料不足的困难，增加农业和原料工业的投入；发展军工与民用企业的联合，可以发掘四川军工企业的潜力，充分发挥军工在设备、人才和技术方面的优势，增加市场有效供给；发展科技与生产企业的联合，可以加速解决科研与生产相互脱节的问题，推动企业的技术进步；发展生产流通企业与金融企业的联合，可以促进产业资金和金融资金的相互渗透，有利于搞活资金并增强企业活力；发展大中型企业与地方中小企业的联合，可以提高中小企业的生产能力和技术水平，并使大型企业通过专业化分工协作扩大生产批量，进而加速区域经济的融合。总之，企业联合的潜力很大，路子很宽。

企业联合必须坚持平等自愿的原则，不能搞"拉郎配"，更不能搞"一刀切""一阵风"。希望各地领导和经济协作部门加强调查研究，多为企业联合提供咨询和服务，引导现有的企业联合进一步理顺内部关系，健全经营机制，在平等互利的基础上，与大型企业集团、科研单位建立长期稳定的联合协作关系。以联合促调整，以联合求技术，以联合获效益，这就是我们的努力方向。

（《四川日报》1989 年 2 月 24 日 1 版）

劳动服务公司任重道远

劳动服务公司是在党的十一届三中全会后为适应经济体制改革和劳动就业制度改革需要而建立起来的劳动就业服务组织。十年来，我省各级劳动服务公司认真贯彻落实党中央、国务院提出的"三结合"就业方针，积极开辟就业门路，为解决我省的城镇待业人员就业作出了重要贡献。

劳动服务公司的建立不是偶然的。粉碎"四人帮"后，返城知识青年和城镇新成长的几百万劳动力汇成一支庞大的待业队伍，一时成为严重困扰我国社会经济生活的重大问题。顺应历史的要求，劳动服务公司应运而生，并迅速发展起来。它采取行政和经济手段相结合的方法，担负起了为劳动就业服务的历史使命。它的主要任务是，举办劳务市场，进行职业介绍；组织经济事业，广开就业门路；举办就业培训中心，开展就业和转业训练；管理待业职工保险，为失业者提供社会保障；等等。这种组织形式、服务方法，符合我国经济体制和劳动制度改革的方向，适应了我国的基本国情。

为劳动就业服务是劳动服务公司的一项长期的艰巨任务。今后几年，我省城镇劳动力供给量大，每年约50多万人，而能源、资金短缺又制约着就业规模的扩大，就业意识的落后也给就业工作造成了困难。这些都决定了我省劳动就业工作的长期性、艰巨性。当前，我省各级各类劳动服务公司要进一步贯彻"三结合"就业方针，着重扩大集体经济、个体经济和私营企业的就业渠道，大力提倡劳动者组织起来就业和自谋职业。随着经济体制和劳动制度改革的逐步深化，劳动服务公司也要逐步改变服务的形式和方法。除已开展的对劳动力资源的登记管理、就业训练、举办集体经济、实施待业保险等工作外，还要实行城乡劳动力统筹和就业咨询、指导、信息服务，积极培育和发展劳务市场等。总之，劳动服务公司要为建立有中国特色的劳动就业服务体系作出新的努力，这是历史赋予的重任。今后几年是我省劳动就业的高峰时期，各级劳动服务公司应该进一步发挥储备和调节社会劳动力的"蓄水池"作用。各级劳动部门和社会各界要关心和支持劳动服务公司的工作，在治理整顿中把劳动就业工作搞得更好。

（《四川日报》1989 年 4 月 5 日 1 版）

厂长书记要齐心协力

一个企业要搞好，关键在于书记和厂长的团结。当前，一些企业面临着资金、市场、原材料等方面的困难，书记和厂长肩负着领导企业渡过难关的共同使命，他们在工作中齐心协力，对于稳定职工的思想和推动企业的发展，具有十分重要的意义。

党组织是企业的"政治核心"，应该义不容辞地担负起企业思想政治工作的领导责任，这是我们党的性质和地位决定的。厂长是企业的法定代表人，在企业中处于"中心地位"，应该对企业的生产经营和技术开发等切实负起责任，这是《企业法》规定的。一个"核心"，一个"中心"，有没有矛盾呢？应该肯定地说，这是并不矛盾的。但是，如果书记和厂长围着"权"字打转，斤斤计较于谁的权大权小，他们之间也会产生矛盾。只要书记和厂长都从党和国家的事业出发，为企业的发展着想，"核心"和"中心"就完全可以统一起来，形成互相促进的合力。在团结问题上，我们有许多企业的书记和厂长过去和现在都是做得比较好的。他们的共同经验是：分工负责，各司其职，互相支持，双方自觉遵守党的原则和国家的法令。这是应该继续发扬的。

近来，一些企业负责人常常担心强调党组织是"政治核心"会影响厂长的"中心地位"。这种担心其实是不必要的。强调党组织是企业的"政治核心"，主要是指党组织要监督保证企业贯彻党的路线、方针、政策，把思想政治工作作为自己的中心任务，从而坚持企业的社会主义方向，并不是要削弱厂长在生产经营活动中的指挥权。实践证明，党组织的政治核心作用发挥得好，党员的先锋模范作用就发挥得好，企业的社会主义方向就越是能够很好地坚持，各项任务的完成就越有保证。这对厂长的工作是很有力的支持。

那么，厂长今后是不是可以不抓思想政治工作呢？不是。党的基本路线是"一个中心，两个基本点"。党委书记也好，厂长也好，虽然分工有所不同，但都要围绕党的基本路线来开展工作。厂长组织生产经营必须坚持四项基本原则，当然也就离不开思想政治工作；党委书记抓思想政治工作也必须渗透到生产经营活动中，也要坚持为经济建设服务。因此，加强和改进思想政治工作，需要党委书记和厂长在不同的岗位上共同承担起责任来。

我们提倡书记和厂长团结合作，齐心协力，是以党性原则为基础的。无论是书记还是厂长，都应该加强党性锻炼，认真学习马克思主义理论，牢固树立全心全意为人民服务的思想，积极开展批评与自我批评，努力提高自己的素质。厂长和书记的素质提高了，他们的团结合作才有坚实的基础，企业的发展和经济的振兴才有可靠的保证。

（《四川日报》1989 年 11 月 7 日 1 版）

让大中型企业更好地发挥"顶梁柱"作用

省政府经过广泛深入的调查研究和充分讨论，制定了在治理整顿期间进一步搞活我省国营大中型企业的一系列政策规定，这是我省当前经济工作中的一件大事。

国营大中型企业是我国社会主义现代化建设的主要支柱，是国家财政收入的主要来源。目前，我省共有大中型骨干企业 600 多家，拥有固定资产值达 400 多亿元，实现利税总额和上缴利税占全省独立核算工业企业同类指标的 60% 以上。这些大中型企业主要集中在能源、交通、冶金、机械和国防工业等部门。它们的产品关系到国计民生，是保障市场有效供给和出口创汇的"顶梁柱"。在治理整顿期间，充分发挥大中型企业的骨干作用，对于我们稳定市场、稳定经济、稳定社会和加强对外开放，具有特殊重要的意义。

当前，大中型企业的生产经营面临许多困难，严重影响了它们的国民经济支柱作用的发挥。由于外部环境严峻，大中型骨干企业的资金来源紧张，流动资金缺乏；电力供应不足；重要原辅材料计划供应的兑现率不高，市场来源不稳定，价格上涨；各种变相摊派屡禁不绝，企业留利被严重蚕食等，这些都严重影响了企业的生产经营活动和效益的提高。有关部门应该加强计划管理，对大中型企业完成国家指令性计划需要的基本生产条件给予保证，在资金、能源、原材料等方面实行倾斜政策，为搞活大中型骨干企业创造必要的条件。

　　企业外部环境的改善必须同强化企业内部经营管理相结合，尤其是应当同深化企业改革相结合。当前，我省大中型骨干企业在技术、设备、产品质量、成本消耗以及资金的积累和有效利用等方面，还有许多潜力可挖。特别是改革 10 多年来，一些地方在扩大企业自主权的过程中，对企业的自我约束机制、产品结构调整和技术改造工作抓得不紧，使搞活企业的成效受到很大影响。为了从根本上搞活大中型企业，当前必须在进一步落实企业经营管理自主权的同时，着重建立和完善企业的自我约束机制，鼓励企业眼睛向内，搞好内部改革和产品结构调整，加强企业民主管理，充分发挥党组织的政治核心作用，全心全意依靠工人阶级办好企业。

　　充分发挥大中型企业的骨干作用，是治理整顿期间一项复杂而紧迫的重要工作。现在，省政府的政策规定已经公布，各地区、各部门一定要从稳定国民经济全局的高度来认识搞活大中型企业的特殊重要意义，千方百计帮助它们发展，使它们更好地发挥"顶梁柱"作用。

（《四川日报》1990 年 1 月 19 日 1 版）

以改革促进稳定和发展

长宁县通过完善企业承包经营责任制，促进了企业生产经营，使全县的工业生产保持了稳定增长的势头。他们的实践表明，进一步深化企业改革，有利于克服当前经济困难，促进经济发展，维护社会稳定。

当前，维护国家和社会的稳定是压倒一切的头等大事，而经济稳定发展又是政治和社会的稳定的基础。千方百计把国民经济搞上去，是维护国家稳定的根本保证。从这个大局出发，我们不但可以看到继续坚持治理整顿方针的必要性，而且可以更清楚地认识到深化改革的紧迫性。治理整顿把过热的工业增长速度和过高的物价涨势压下来，这是为了经济稳定发展，为了给改革和发展创造一个相对宽松的经济环境；而通过深化改革，把经济体制中造成经济过热和秩序混乱的机制缺陷消除掉，这也是为了经济的稳定发展，为了维护国家和社会的长期稳定。无论是治理整顿，还是深化改革，它们本身并不是目的，都要服务于经济发展，为经济的持续、稳定、协调发展创造条件。我们决不能把治理整顿、深化改革和经济发展割裂开来，形成"三张皮"，应该把三者更好地结合起来，以改革促进稳定，在稳定中求发展，使经济运行逐步走向良性循环。

治理整顿进行到目前，已经取得的成绩主要还是浅层次的，而深层次的问题，如价格失衡、效益下降等，尚未根本好转。浅层次的问题，用行政性的手段，就可以收到立竿见影的效果。但深层次的问题，根源在于经济体制内部，光靠行政手段而不通过机制的转换和完善是解决不了的。所以，随着浅层次问题的逐一解决，深层次问题日益显露，有必要在继续坚持治理整顿的同时，逐渐加大深化改革的分量。这是当前面临的一个重要课题。我们应该抓紧时机，妥善地制订深化改革的规划，积极抓好企业两期承包的衔接工作，继续坚持厂长负责制，进一步加强企业内部管理，同时积极改进和加强宏观调控体系与制度的建设，努力推进企业兼并，真正把治理整顿的重点转到调整结构和提高效益上来。

分析目前经济生活中的困难，老问题与新问题相互交织，往往根源于现行经济体制的种种弊端。例如，在现行体制下，市场往往被分割封锁，流通不畅，进一步加剧了市场疲软。由于价格和财政体制不合理，一些地方往往为了保护自身的利益，盲目发展加工业，使产业结构失调的倾向越来越严重。显然，无论是启动市场，还是调整结构、提高效益，都需要把治理整顿与深化改革更好地结合起来。我们一定要从维护稳定的高度充分认识把经济搞上去的重要性和迫切性，协调好治理整顿、深化改革与经济发展三者之间的关系，以改革促进稳定，在稳定中求发展。

（《四川日报》1990 年 8 月 22 日 1 版）

在治理整顿中深化企业改革

治理整顿已经进入攻坚阶段，迫切需要改革的配合。现在，经济过热已经降温，过高的工业发展速度已经回落，我们应当在继续坚持和改进总量调控的同时，把治理整顿的重点转到调控结构、提高效益上来。从各地的工作情况来看，无论是调整结构，还是提高效益，都必须与深化企业改革更好地结合起来。就当前而言，结合抓好企业第二轮承包的衔接工作，适当加快企业改革的步伐，对于我们克服困难，把工业生产搞上去，具有重要意义。

深化企业改革，关键在于正确处理国家、企业、职工之间的利益关系，充分调动企业的整体积极性。企业改革的实践表明，承包经营责任制是一条比较有效的途径。我省实行承包制的大多数企业，近年来克服资金紧张、能源短缺、原材料涨价和市场疲软带来的种种困难，加强了企业管理，调动了广大职工的积极性，取得了较好的经济效益。特别是去年省政府采取的进一步完善承包制的政策措施，对于稳定企业、稳定人心起到了积极作用。应该说，大多数企业的经营者和职工是欢迎承包制的，他们希望承包政策稳定不变。党的十三届五中全会充分肯定了推行承包制的成效，要求在治理整顿中继续坚持和完善。我们应该从稳定经济的大局出发，保持承包政策的连续性和稳定性，认真搞好企业第二轮承包工作。

当然，由于我们大面积推行承包制的时间还不长，经验还不足，配套法规和制度也还不够健全，承包制在实行过程中确实存在着承包基数偏低、超基数利润上缴国家偏少、不重视企业发展后劲和"以包代管"等问题。要解决好这些问题，应该认真贯彻《企业法》，坚持和完善厂长负责制，充分发挥企业党组织的政治思想领导作用，发挥企业职代会和工会的作用。同时加强约束机制，进一步理顺各种关系。要着眼于提高企业的经营管理水平，进一步深化企业机制的改革。

通过学习贯彻深化企业改革的一系列文件，广大企业经营者和职工对深化企业改革的方向和目标比较明确了，消除了"变不变"的担心和疑虑。但是，由于外部环境的变化，由于市场疲软和"三角债"的困扰，部分企业生产下滑，效益下降，亏损增加，一些同志对深化改革信心不足，畏难情绪比较严重。特别是在承包期将满的企业，一些经营者仍然存在着"功成身退"的想法。在这种情况下深化企业改革，一方面要做好深入细致的思想政治工作，引导企业经营者和广大职工正确对待当前困难，增强改革的信心；一方面要借助必要的法律手段和行政手段保证改革政策的实施，积极改进和加强宏观调控体系与制度的建设，为企业改革和发展提供更为有利的外部环境。各地区、各部门要牢固树立为企业服务的思想，千方百计做好工作。我们也希望全省的企业家在困难面前勇挑重担，锐意开拓，带领广大职工，通过深化企业改革重振雄风，实现工业生产的持续稳定增长。

（《四川日报》1990 年 7 月 25 日 1 版）

推动企业兼并，促进结构调整

我省企业兼并在治理整顿中已呈方兴未艾之势。通过企业兼并，实现生产要素的合理流动与优化组合，加快生产的发展和经济效益的提高，逐渐成为人们的共识。我们应当抓住当前有利时机，把解决工业企业停工停产问题与结构调整更好地结合起来，积极探索通过企业兼并促进结构调整的新路子，推动我省工业的持续、稳定、协调发展。

企业兼并是经济体制改革深入发展的必然结果。近年来，我省在实行以企业承包经营责任制为主要内容的企业改革中，企业的自主权和自主意识进一步增强。不少优势企业迫切需要进一步扩大生产规模，增强发展后劲。也有一些企业由于技术水平底、产品结构不合理、经营管理不善等原因而出现亏损，有的甚至陷入停产半停产的困境，造成大量资源闲置，希望通过转让企业产权谋求新的出路。于是，企业兼并便应运而生。特别是随着企业横向联合的进一步发展，松散型联合也需要逐步转为紧密型联合，以便在联合体内部实行生产要素的重新组合。因此，一些企业集团便通过集团内部的企业兼并形式逐步实现人、财、物和产、供、销一体化。这样的企业兼并，是社会主义商品经济中的一种自我调整、自我充实、互相补充的企业机制。

目前，我省已有 680 户优势企业对 799 户劣势企业实施了兼并和承包，使 15 亿元的"死"资产变成"活"资产，摇活了 10 多亿元呆滞资金和债务，一大批亏损企业扭亏为盈，重现生机。实践证明，实施企业兼并，既可在不增加或少增加投资总量的条件下，充分发挥劣势企业资产存量的效益，增强优势企业的经济实力，从而使经济效益大大提高，又可促进产品结构和企业组织结构的调整，并为产业结构的调整创造有利条件。

我省企业兼并工作虽然取得了显著成绩，但离治理整顿和深化改革的目标还有一定的差距。一些部门对企业兼并认识不足，在开展兼并工作时首先考虑的不是如何优化资源配置和调整结构，而是简单地甩"包袱"，让优势企业把劣势企业"背"起来，使企业兼并没有达到优化结构的目的。另一方面，由于改革措施不配套，缺乏完善的生产要素流动机制和社会保障体系，企业兼并中的债务、工资、社会保障和启动资金等问题没有得到妥善解决，使兼并企业与被兼并企业在优化组合过程中遇到许多困难，影响了企业兼并的深入发展。当前，我们应该在提高认识的基础上，按照国家的产业政策，从优化结构的需要和企业的实际出发，扎扎实实推进企业兼并，见到实效。同时，加强政策研究，进一步改革和完善企业的劳动、人事和工资制度，积极稳妥地推进社会保障制度的改革，为实施企业兼并创造更为有利的条件。

企业兼并是一项涉及面很广的复杂的工作。各地区、各部门应进一步加强领导、引导和协调，既不要一哄而起，急于求成，搞"拉郎配"，又不要缩手缩脚，畏而止步。在兼并过程中，要尊重企业和职工意见，充分考虑职工的利益和要求，注意调动兼并企业与被兼并企业的整体积极性。特别是对被兼并企业的职工，要做好深入细致的思想政治工作，引导职工以主人翁的姿态积极参与企业兼并，保障职工的合法权益，推动企业兼并工作健康发展。

(《四川日报》1990 年 7 月 1 版头条)

在培育企业精神中增强凝聚力

振兴经济首先要振奋精神。在当前企业面临严峻困难的情况下，在广大职工中培育和弘扬企业精神，引导职工树立战胜困难的信心，从而形成共渡难关的凝聚力，这是企业走出困境的重要保证。

从我省职工队伍的主流看，广大职工是拥护、支持改革开放和治理整顿方针的，他们坚信党的领导和社会主义制度，关心企业的生存和发展，具有为国分忧和与企业同呼吸共命运的主人翁责任感。最近，自贡市总工会对职工进行的思想状况调查就很有说服力：95％的职工认为，目前的困难是暂时的，表示要尽主人翁的责任，积极提合理化建议，与企业共渡难关。这是非常鼓舞人心的。当然，我们也不应忽视，由于目前企业面临的困难很多，在一些职工中的确还存在着一些消极畏难情绪，干起活来劲头不足，在"双增双节"和劳动竞赛中还没有把自己的智慧和潜力充分发挥出来。因此，我们要有针对性地做好思想政治工作，协调好各方面的关系，帮助职工正确认识当前困难，树立克服困难的信心，消除畏难情绪，进一步把广大职工的思想和行动引导到关系企业的生存和发展上来。

一个企业要保持良好的精神状态，应该把做好职工的思想政治工作与培育企业精神有机地结合起来。近年来，一些企业正是通过培育企业精神，创造了和谐、融洽的内部环境，使治理整顿和深化改革的各项任务以及企业的决策能够化为职工的自觉行动。这些企业的职工群众在当前困难面前，不但表现出互相体谅、顾全大局的精神，而且主动自觉地为国分忧，为企业分忧，积极开动脑筋献计献策，迸发出拼搏进取的巨大力量。今年 1 至 5 月，我省职工提出的合理化建议和技术革新项目，创造经济价值就达 1 亿多元。学习大庆，学习攀钢，就要像它们那样在企业中培育艰苦奋斗、无私奉献、开拓创新的企业精神，建设一支有理想、有纪律、有文化、有道德的职工队伍。有了这样一支队伍，我们就没有战胜不了的困难。

职工的喜与忧等情绪的起伏，不少是发生在生产经营环节和生活服务的过程中。因此，要通过培育企业精神，把思想政治工作渗透到生产、经营、管理、服务和分配等各个环节中去，大力倡导职业道德，大力倡导国家、集体、个人利益相结合的集体主义精神和艰苦奋斗、团结友爱的精神，解决思想和实际问题，发掘广大职工内在的积极因素。企业领导干部要言传身教，以身作则，密切联系群众，深入基层倾听广大职工的呼声，为职工群众多办实事，让职工从切身利益中增进对企业的感情，从而把思想和行动转到关心企业的生存发展上来。

企业面临的困难是暂时的。整个国民经济正在逐步转向良性循环。我们一定要对已经取得的治理整顿成效有充分的估计，以进一步振奋精神，更加自觉、更加坚定地贯彻执行治理整顿和深化改革的方针，使我省国民经济持续、稳定、协调发展。

（《四川日报》1990 年 8 月 9 日 1 版）

为了一个共同的目标

——健全国营大中型企业内部领导体制

不久前召开的中央工作会议，对于国营大中型企业的内部领导体制作出了科学、全面、准确的概括，即充分发挥党组织的政治核心作用，坚持和完善厂长负责制，全心全意依靠工人阶级。这三句话是三条总原则，它们是相辅相成的，缺一不可，一定要全面理解，认真贯彻。

工人阶级是国营大中型企业的主人。充分发挥广大职工的聪明才智和创造性，是进一步搞好企业的群众基础，也是我们社会主义企业的最大优势。当前，要加强企业民主管理，充分发挥职代会的作用，保证和维护职工的正当权益，采取多种形式提高职工的政治素质、文化素质、技术素质，这是任何时候都不能忽视的。

企业中的党组织是党的基层组织，担负着贯彻党的路线、方针、政策的职责，要开展卓有成效的思想政治工作，组织党员在企业的生产、经营活动和各项建设中发挥先锋模范作用，还要把工、青、妇等其他组织团结在自己周围，领导他们根据各自的特点开展工作。企业党组织的这种政治核心地位和作用，对于保证企业沿着社会主义方向健康发展，是至关重要的，对此不能有丝毫的动摇和含糊。

厂长（经理）是企业的法人代表。企业在职工民主管理的基础上，建立以厂长（经理）为首的高度集中的生产经营管理系统，实行厂长负责制，这是在改革开放中逐步推开的一项重要的企业领导体制，是发展现代化大生产和商品经济的需要。厂长（经理）在企业的这样一种中心地位，必须得到保证；在企业的生产经营指挥系统中，必须维护厂长（经理）的权威。当然，厂长（经理）在行使自己的职权时，要紧紧依靠党组织的指导、支持和监督保证，要尊重职工的主人翁地位和民主权利，这是社会主义的新型企业家应该做到的。

解决国营企业内部领导体制问题，要坚决按照中央讲的三句话办。在企业内部，厂长、党组织和职代会的作用和职责虽然各有侧重，但都是为了一个共同目标，即根据国家计划和市场需求，发展商品生产，创造财富，增加积累，满足社会日益增长的物质文化需要。这是国营大中型企业的根本任务。作为大中型企业的干部职工，特别是厂长（经理）和书记，一定要善于从政治上提出和处理问题，以高度的党性和主人翁责任感，齐心协力保证企业目标的实现，决不能从个人得失去争权"大"权"小"。当前，我省大中型企业的领导班子绝大多数是好的和比较好的，但也有少数领导班子长期扯皮，影响了企业的生产经营。对那些厂长、书记长期合作不好、企业长期亏损、管理不善的企业领导班子，要下决心进行必要的调整。健全国有企业内部领导体制，还要有制度上的保证。对此，《企业法》已经作出明确规定，应该认真贯彻执行。当前，要进一步落实厂长（经理）的生产经营决策指挥权，包括中层干部任免权、劳动力调配和奖金使用权等。厂长（经理）在行使中层干部任免权时，要经过党政领导集体酝酿，这是为了使干部的任免做得更好，而不是改变厂长的职权。

健全国营企业内部领导体制，是搞好国营大中型企业的一个关键问题。企业内部领导体制，还需要在改革中不断完善。但从总的方向来说，我们必须始终坚持三句话，任何时候都不能忘记共同的目标。

（《四川日报》1991 年 11 月 12 日 1 版头条）

主人，你别无选择

——论用什么行动搞好大中型企业

"企业有困难，工人怎么办？"

在贯彻落实中央工作会议精神的过程中，许多国营大中型企业内部正在对这个问题展开热烈讨论。讨论当中，广大职工以主人翁姿态，提出了很多很好的建议和意见，逐步形成了比较一致的认识，即"想企业所想，急企业所急，与企业共渡难关！"他们努力搞好本职工作，积极参与企业内部改革，踊跃献计献策，表现了主人翁的极大热情。用工人同志的话说："一条小建议，一片爱厂心，大家动脑筋，企业出黄金。"这是一种多么可贵的精神状态啊！

在社会主义企业中，职工群众是企业的主人，这是社会主义企业区别于资本主义企业的基本特征。社会主义公有制使劳动者成为生产资料的主人，从而为充分调动劳动者的积极性、创造性提供了条件。因此，全心全意依靠职工群众，充分发挥广大职工的聪明才智和创造性，是进一步搞好大中型企业的群众基础，也是社会主义企业的最大优势。另一方面，对于广大职工来说，既然是企业的主人，那就有相应的职责和义务，特别是当企业遇到困难时，就得与企业同舟共济，共渡难关。在企业自主经营、自负盈亏的条件下，企业没有搞好，受到损害的首先是职工自己，"皮之不存，毛将焉附"？

当前，有些职工对进一步搞好国营大中型企业信心不足，存在着"等、靠、要"的消极畏难情绪。应该看到，我们过去在革命和建设中遇到的困难比现在严峻得多，都被我们一个个地克服了。50年代末到60年代初，国民经济比例一度严重失调，加上自然灾害和外国封锁，我国社会主义建设遭到严重挫折。在极端困难的时刻，广大职工对党和国家无比信任，自觉地过紧日子，勇敢地作出自我牺牲，发愤图强，迎着困难前进，再一次使国民经济迅速得到恢复和协调发展。那是一种什么样的精神状态啊！与过去相比，我们对国营大中型企业的困难没有理由悲观，只要振奋精神，坚持改革，充分调动起积极性，搞好国营大中型企业是一定办得到的。那种无所作为和悲观失望的精神状态应该改变。

一部分困难较多的企业之所以活力不强、效益不高、发展后劲不足，除了宏观上受经济结构不合理、价格未理顺、企业负担过重和市场疲软等影响外，更重要的是企业内部"铁交椅""铁饭碗"和"大锅饭"的机制没有得到根本改变。有的企业人浮于事，内部管理混乱，生产效率不高，分配过多地向个人倾斜。在这种情况下，为了增强企业活力和提高企业效益，就要深化企业改革，转换企业内部运行机制，特别是要搬掉"铁交椅"，打破"铁饭碗"，端掉"大锅饭"。这就涉及每个职工的切身利益，甚至还要牺牲一些个人的眼前利益。从深化企业改革的实践来看，多数职工是欢迎、支持和拥护改革的，在改革中表现出顾全大局和自我牺牲的主人翁精神。他们把国家利益、企业利益和职工长远的根本利益紧密联系在一起。但是，也有少数职工对改革缺乏应有的思想准备，希望这些同志正确处理国家、集体、个人之间的利益关系，自觉地把自己的命运同国家与企业的命运联系起来，满腔热情地投身改革，脚踏实地地为企业发展多作贡献。

企业越是困难越要依靠职工，而越是依靠职工越要从严治厂。现在还有不少企业管理水平低，生产秩序混乱。有些职工劳动纪律松弛。这些人为数不多，但严重影响到企业正常的生产经营活动，要通过改革来加强管理。当前要着重建立健全企业内部的各种经济责任制度，包括财务制度、经济核算制度、质量管理制度、考勤制度、安全生产制度等。企业领导要以身作则，

严字当头，敢抓敢管。广大职工要自珍自重，自觉遵守厂纪厂规，在自己的岗位上以主人翁的姿态工作，敢于向歪风邪气和坏人坏事作斗争。在严格管理的同时，要加强思想政治工作，关心职工生活，教育和引导职工保持良好的精神状态。

改革的洪流正在把国营大中型企业推向自主经营、自负盈亏、自我发展、自我约束的轨道。企业以职工为主人，职工以企业为依托。"厂兴我兴，厂衰我耻"，主人啊，团结起来，振兴企业，除此，别无选择！

（《四川日报》1991年12月27日1版头条）

深化县级综合体制改革要有突破

当前，我国经济体制改革已经全面展开，作为城乡接合部的县，不少方面还不能适应经济改革的进展和发展商品经济的需要，应该抓住时机，进一步深化县级综合体制改革，确保我省经济更快更好地上新台阶。

县级综合体制改革，是继农村实行家庭联产承包责任制后的新探索，是农村改革的深化。10多年来，我省已有40个县（市、区）先后进行综合改革试点，在许多方面取得了明显的成效和比较成熟的经验，对推动我省城乡改革起到了很好的示范作用。广汉市综合改革取得了较大进展，他们去年进行的粮食价格及购销体制改革，为全国粮改提供了经验。邛崃县打破城乡界限和部门分割，围绕骨干产品和支柱产业形成农工商一体化、产供销一条龙的经济利益共同体和相应的管理体制，促进了城乡经济的协调发展。其他一些县（市、区）也在机构改革、企业转换经营机制、发展和培育市场等方面取得了经验。另一方面，县级综合体制改革促使城乡经济格局发生了深刻变化，推动了农业特别是乡镇企业的发展，大大增强了县级经济的自我发展能力。实践证明，抓好县级综合体制改革，对振兴县级经济乃至全省经济都有着十分重要的意义。

当前，在县级综合体制改革中，必须紧紧围绕经济建设这个中心，把经济发展的难点作为改革的重点，积极寻求新的突破。在宏观决策上要注意处理好农村改革与城市改革、计划与市场、工业与农业、生产与流通的关系。

改革的各项措施既要注意与全省、全国宏观的发展目标相适应，也要与本地的长、中、短期经济和社会发展目标相结合。改革的目的是解放和发展生产力，促进经济的发展。这是我们必须坚持的指导思想。

县级综合体制改革的内容很多，突破点不少，但各项改革最后都不同程度地涉及机构改革和管理体制改革，从而引起各种权力和利益的调整。这是一项需要大胆探索和上下配套的深层次改革。各市、地、州都要选择一个条件较好的县进行试验。首先，要进一步理顺条块关系，赋予县一级以统筹协调经济发展的更多的自主权，同时相应完善乡镇一级的功能，发挥集镇的辐射和带动作用。乡镇企业的发展同集镇建设、市场建设结合起来，加快以县为重点的农村集镇建设和服务体系建设，从而加速城乡一体化的进程。对于县级机构改革，则应本着精简、统一、效能的原则，紧紧抓住转变职能和强化服务这个关键，总的方向是"小机关、大服务"的路子，减少行政干预，进一步发展服务体系。

在县级综合体制改革中，各级领导干部，特别是县级领导干部，要进一步解放思想，强化改革意识，勇于探索，大胆地试，大胆地闯，同时也要对改革的复杂性、艰巨性有充分的认识，坚持因地制宜，分类指导，抓住重点，讲求实效。只有这样，改革才能取得新的突破，促进经济更快更好地上新台阶。

（《四川日报》1992 年 9 月 9 日 1 版头条，以"社论"见报）

"川军"出川意义深远

数百万民工出川，一年挣回近百亿票子！

在四川农村，难道还有比劳务开发更能迅速增收的产业吗？

据抽样调查，每个外出民工每年人均创收大约千元。不少农民外出打工后，全家"一年吃饱饭，二年穿新衣，三年盖新房"。正所谓"输出一人，脱贫一户"。外出民工增加的收入，不仅提高了农民的消费水平，活跃了农村市场，而且由于部分收入用于发展二、三产业，又为农村劳动力创造了更多的就业机会。真是功在外地，利在家乡！

我省农村改革前，大量劳动力滞留在土地上，实际上是一种"隐蔽性"失业。实行家庭联产承包责任制以后，随着农业生产效率的提高，农村剩余劳动力和剩余劳动时间越来越多，所以一些农民形象地说："三个月种田，两个月过年，七个月休闲。"他们渴望走出家乡，寻找新的致富门路。另一方面，近年来东部沿海经济发达地区发展很快，对劳动力的需求大量增加。于是，"川军"出川受到输入地普遍欢迎。可以肯定，在90年代中后期，我省农村劳动力跨区域流动，将呈现继续发展的态势。

更为重要的是，外出务工经商的农民接受现代工业和城市文明的熏陶，开阔了视野，学到了本领，提高了素质，"既挣了票子，又换了脑子"。他们当中许多人返乡后成为乡镇企业的技术骨干，有的还成为农民企业家。从这个意义来看，农村劳动力跨区域流动，是传统农业社会向现代工业社会转变

中的一种历史进步，是广大农民继实行家庭联产承包责任制和乡镇企业异军突起之后的又一个奇迹。省委省政府一直把农村劳动力的开发和转移作为一项战略任务，各级政府应坚定不移把这项工作抓好。

搞活农村劳动力跨区域流动，必须建立和完善劳动力市场。目前，我省劳动力市场的发育还处于起步阶段，许多地方由于信息不灵，服务跟不上，市场规范程度低，农村剩余劳动力的跨区域流动还面临种种障碍。我们应以充分开发利用和合理配置劳动力资源为出发点，加速建立由市场调节的劳动力流动机制，逐步形成城乡协调、信息灵通、规则完备的劳动力市场体系。当前，应着重发育中间组织，加强劳务培训，使劳动力有序地流动。要进一步搞好区域性劳务协作，力求做到输出有组织、输入有管理、流动有服务、调控有手段，同时多渠道开拓国际劳务市场。

各级政府在有计划有组织地抓好劳动力异地转移的同时，还要积极发展多种经营，大力发展乡镇企业，引导农民就地转移。

总而言之，"川军"出川标志着我省农村生产力的又一次解放，是对传统的计划经济体制的巨大冲击，是以市场取向的改革不断深化的必然反映。

"川军"，你大胆地往前走！

（《四川日报》1994年1月26日1版）

调结构是增收的关键

省委、省政府确定，全省农村经济工作今年要着重抓好"稳粮增收调结构"，而调结构则是增收的关键，也是促进农业和农村经济全面发展、推进适合我省省情的农村工业化、城市（镇）化的基本途径。

调结构，首先要调整农业内部结构，在稳定粮食生产的同时，积极发展多种经营，大力发展畜牧业。要面向市场，依靠科技，优化资源配置，大力开发优质农产品，走发展"三高"农业的路子。突出抓好优质米、优质油、优质果、优质茶、优质菜和玉米粉、红苕粉、魔芋粉及花卉的开发。重视蔬菜生产，抓好"菜园子"，确保"菜篮子"。积极发展产、加、销一体化经营，提高农产品的商品率和增殖率。我省畜牧业产值已占农业总产值38％，但还要进一步稳定发展。生猪是我省一大优势，不仅是农民增收的一个支柱产业，同时对丰富全国"菜篮子"有举足轻重的作用，应该继续保持稳定发展的势头。还要加大调整畜牧业生产结构的力度，突出发展草食牲畜，抓好小牛群、小羊群、小家禽、小家畜的发展，同时，积极发展水产养殖业。

乡镇企业是农村经济发展的重点，是农村奔小康的希望所在，也是国民经济的一个新的增长点。调结构，就要大力发展乡镇企业，促进二、三产业的发展。乡镇企业已有一定基础的地方，要注意适当集中，连片发展，在发展中提高，并与小城市、小城镇的建设结合起来。今年，省委决定抓100个小城镇建设试点，已具体安排落实，各地要加强领导，集中精力抓好。平坝

和城郊地区的乡镇企业，要在上档次、上质量、上管理水平方面狠下功夫；丘陵地区的乡镇企业今年要力争有较大的突破；山区和西部少数民族地区要加快起步。

农业内部结构调整和农村二、三产业的发展，必然会引起劳动力结构的变化。我省农村剩余劳动力过多，一方面要抓好就地转移，一方面要有组织有计划地输出劳动力。去年，全省劳务输出500多万人次。实践证明，劳务输出可以带回资金、带回技术、带回信息，提高劳动者素质。各地要把劳务输出作为发展农村经济和增加农民收入的重要战略措施来抓。

调结构是一项长期的任务，需要做许多艰苦细致的工作。各地要加强领导，干部要切实转变作风，抓住一些重点项目，深入调查研究，多做实事，注重实效。同时，认真落实有关农业的各项政策，进一步保护和调动农民的积极性，确保今年稳粮增收目标的实现。

（《四川日报》1994年5月23日1版头条，以"社论"见报）

深化改革是必由之路

——论企业扭亏增盈

当前，下决心抓好国有企业的扭亏增盈，是改革、发展和稳定全局的大事。最近，省委、省政府要求各地区各部门必须建立严格的扭亏增盈目标责任制，采取切实有力措施，进一步深化改革，加强企业管理，多管齐下，坚决把攀升的亏损势头遏制住，把过大的亏损面和过高的亏损额降下来。这是一项艰巨的政治任务，也是实现两个根本转变的攻坚战，我们一定要高度重视，认真搞好。

企业亏损比较突出地表现在国有企业盈利水平下降。这里既有历史原因，也有实际问题；既有体制上的原因，也有政策不配套的问题；既有外部环境因素，也有企业自身经营管理问题。从两个转变的高度分析，一方面要看到国有企业本身确实存在机制不活、结构不合理、技术落后、经营管理粗放、成本居高不下和"跑、冒、滴、漏"等问题；另一方面，也要看到这几年国有企业所处的客观环境发生了很大变化，特别是政府对企业"断奶"后，企业必须从市场"找米下锅"，市场制约作用明显增强。特别是长期以来国有企业只生不死，积淀了一批已失去生命力、应该淘汰的企业。从这个意义上讲，国有企业当前的亏损也是历史形成的，是一种不正常的现象。问题出在现在，根子却在过去；困难反映在数字上，本源则出在机制上。因此，解决国有企业的亏损问题，应该从深化改革入手，在转换经营机制、加强内部管理和挖

掘内部潜力上下功夫。

我们强调抓好企业扭亏增盈，并不是说要把每一个企业都搞活。随着改革的不断深化，国有企业在计划经济体制下形成的各种弊端和问题还将进一步暴露出来，一些机制、结构和管理落后的企业还会在市场竞争中发生亏损，甚至破产倒闭。经过这些年的实践，我们已经认识到，要求把每一个国有企业无一例外地都搞好是不可能的。适者生存，强者发展，优胜劣汰，这是市场经济的客观规律。我们的工作思路要从搞活每一个国有企业，转变到搞好整个国有经济上来。因此，企业的扭亏增盈也要坚持"抓大放小""一厂一策"的方针，对不同类型企业，分别采用支持、扶持、维持、兼并、破产等政策措施加以解决。

深化企业改革是经济体制转轨的重要途径，是实现经济增长方式转变的基础，也是企业扭亏增盈的必由之路。企业改革的方向是建立现代企业制度，主要是建立起法人财产制度、有限责任制度和规范的法人治理结构，重新构造企业与政府、银行、职工的关系，使企业真正成为独立法人实体和市场竞争主体。当前，我们要把扭亏增盈和企业改革结合起来，加快产权制度改革，尽快建立适应市场体制的企业财产组织形式和经营制度。对小型有亏损企业要坚决推宜宾、射洪、金堂等地的经验，全面实行承包、租赁、出售和改制，从整体上搞活国有资产。对大中型国有亏损企业，也要根据实际情况，可以整体改组为有限责任公司或股份公司，也可以在小经营单位的基础上改组为若干享有独立法人地位的独资公司、有限责任公司和股份公司；也可以参照国有小企业的改革办法，将其分厂（车间）、分公司和子公司改组为股份合作制，或承包、租赁、出售给集体、个人或外商经营。与此同时，要加大企业兼并联合的力度，促使国有资产的合理流动和优化配置；进一步加快企业关停或破产的进程和力度。要使企业真正走向市场，增强活力，提高效益，还必须坚持把改制、改组、改造和加强管理这四个方面的工作结合起来。通过改制建立新的机制，通过改组优化组织机构，通过改造推动企业技术进步，通过加强管理充分发挥各种生产要素的作用，全面提高企业的整体素质，使企业有一个好机制、好产品、好装备、好队伍、好班子。"三改一加强",是当前企业工作的一个纲,是从根本上搞好国有企业的有效途径。强调"三改一加强"的有机结合,就是要将改革的思想贯彻始终,用改革的方式进行企业改组,用改革的思路指导技术进步,用改革的措施加强企业管理。总而言之,只有深化改革,才能有效扭亏增盈,才能走上"柳暗花明"的坦途。

(《四川日报》1996 年 12 月 18 日 1 版头条)

推动经济体制改革取得新突破

　　党的十五大在经济理论和经济体制改革方面有许多新的突破。我们学习、宣传、贯彻十五大精神，一定要牢牢把握经济建设这个中心，充分认识深化改革的重要意义；坚持社会主义市场经济的改革方向，推动经济体制改革在一些重大方面取得新突破。

　　社会主义的根本任务是发展社会生产力。从现在起到 21 世纪前 10 年，是我国实现第二步战略目标、向第三步战略目标迈进的关键时期。在这个时期，我们必须解决两大课题。一个是建立比较完善的社会主义市场经济体制，一个是保持国民经济持续快速健康发展。这两大课题的解决关系我国经济建设的全局，关系到有中国特色社会主义道路能否成功。十五大报告从八个方面对如何解决好这两个课题进行了阐述，从长远战略的高度提出了明确的思路和政策取向。这是我们迈向新世纪的行动纲领，任何情况下都不能动摇。

　　改革是推动我们整个事业和各项工作的动力。在建立社会主义市场经济体制问题上，十五大重点阐述了调整和完善所有制结构，强调要全面认识公有制经济的含义。报告指出，公有制为主体、多种所有制经济共同发展，是我国社会主义初级阶段的一项基本经济制度。公有制经济不仅包括国有经济和集体经济，还包括混合所有制经济中的国有成分和集体成分。公有制的主体地位主要体现在公有资产在社会总资产中占优势，要有量的优势，更要注重质的提高。国有经济起主导作用，主要体现在控制力上。公有制实现形式可以而且应当多样化。股份制是现代企业的一种资本组织形式，资本主义可以用，社会主义也可以用。股份合作制经济是改革中的新事物。非公有制经济是我国社会主义市场经济的重要组成部分。这些论述都冲破了所有制形式的传统观念，是认识上的一次新的飞跃。我们要进一步解放思想，大胆探索，在更开放的结构和更广阔的空间发展壮大公有制经济。

建立现代企业制度是国有企业改革的方向。加快推进国有企业改革，要同改组、改造、加强管理结合起来。要着眼于搞好整个国有经济，抓好大的、放活小的，对国有企业实施战略性改组。通过充实资本金等手段，搞好技术改造，转换企业经营机制。通过加强管理，加强企业领导班子和职工队伍建设，形成有效的激励和制约机制。实行鼓励兼并、规范破除、下岗分流、减员增效和再就业工程，形成企业优胜劣汰的竞争机制。积极推进各项配套改革，建立有效的国有资产管理、监督和运营机制，建立社会保障体系。同时，十五大报告还提出了完善分配结构和分配方式；充分发挥市场机制作用，加快国民经济市场化进程；健全宏观调控体系，完善宏观调控手段和协调机制等推进改革的任务。

四川是全国国有企业数量最多的省之一。改革开放以来，四川在国有企业改革方面取得显著成绩，但国有企业目前困难仍然很大，改革和发展的任务很重，对此，我们一定要有强烈的历史责任感和紧迫感。要结合四川的实际，认真贯彻落实十五大精神，进一步开创国有企业改革和发展的新局面。在深化改革的同时，还要抓住机遇，进一步调整、充实经济发展战略，努力在加强农业基础地位、调整和优化经济结构、发展科学技术和提高对外开放水平等方面取得重大进展，确保我省经济持续快速健康发展。

（《四川日报》1997 年 10 月 14 日 1 版头条）

坚定信心抓发展
——论确保实现 9% 增长目标

今年以来，面对亚洲金融危机的影响，面对市场的重大变化和激烈竞争，面对改革攻坚的繁重任务，我省广大干部群众把握机遇，应对挑战，克服困难，使国民经济继续保持了稳步增长的良好态势。上半年，全省国内生产总值比上年同期增长 8.3%，比全国高 1.2 个百分点。但是，要确保今年 9% 的增长目标，下半年增长率必须达到 9.5%，必须比上半年提高 1.2 个百分点，任务非常艰巨。对此，我们一定要有充分的信心和决心，进一步振奋精神，千方百计确保实现 9% 的增长目标。

国民经济能不能以一定的速度稳定发展，是关系到我国改革能不能顺利进行和国民经济能不能健康发展的一个重大问题。省委、省政府从四川实际出发，要求我省今年经济增长速度达到 9%，略高于全国。这是因为四川基础较差，与沿海省市的差距较大，人口又多，就业和再就业压力很大，必须争取更快的增长速度，才能适应经济社会发展的需要。"发展才是硬道理。"只有加快发展，当前经济社会中存在的许多问题才能得到妥善解决。确保实现 9% 增长目标，既是一个经济问题，也有重要的政治意义。对此，我们要有强烈的紧迫感和必胜的信心。

经济增长主要取决于消费、投资和出口三大需求的拉动。当前，无论是消费品市场，还是投资品市场；无论是城市市场，还是农村市场，都普遍存在着需求不足的问题。因此，确保实现 9% 的增长目标，必须进一步扩大需求，加大投资力度，积极引导和刺激消费。要继续加快农林水利、公路、铁路、能源、电信、市政等基础设施建设，进一步拓宽建设领域。要加快住房制度改革，坚决停止福利分房，扩大住房抵押贷款范围，适时全面放开住房二级市场，启动住宅消费。同时，要以轿车、电脑、信息、旅游、服务为重点，尽快培育新的消费热点。只有大力拓展城乡市场，才能加快发展，提高效益。

在当前经济运行中，如何把机构调整的长期作用与短期的政策启动结合起来，是一个非常重要的问题。改革开放至今，中国的经济发展完成了从内需型向外向型经济的转变，今天在继续开放的基础上转向以内需为主，就必须按照两个根本转变的需求，加大经济调整的力度。现在的问题在于，在确保实现 9% 增长目标的基础上，如何进一步提高经济增长的质量和效益。一方面，当前扩大投资，要坚持以市场为导向，以效益为中心，切忌盲目铺新摊子，避免形成新的重复建设。另一方面，要抓住当前扩大投资带来的机遇，加快产业重组，培育新的经济增长点。对此，省委、省政府已经作出了部署，各地应该抓紧落实，尽快在机构调整中形成自己的拳头产品、优势企业和支柱产业。

应该指出，我们强调扩大内需，决不意味着可以放松出口和招商引资。实际上，亚洲金融危机对我们的外贸出口和招商引资产生了负面影响的同时，也给我们带来了一些机遇。上半年，四川对亚洲的出口虽有下降，但对欧美的出口有较大增长，合同利用外资也是大幅增长趋势。我们要进一步挖掘潜力，加大对外开放力度，重点开拓欧美市场，加强与沿海地区的经济合作，争取在外贸出口和招商引资两个方面取得新突破。

我省确保 9% 增长目标，不仅是必要的，通过努力也是完全能够实现的。目前，我省经济运行中固定资产投资、银行贷款、投资品生产等先行指标已呈现稳步增长或加速回升的趋势，交通、通讯、能源等"瓶颈"制约大大缓解，这些都是刺激经济快速回升的有利因素。尽管下半年仍然面临亚洲金融

危机影响，存在消费市场增势趋缓、工业经济效益较差和农民增收难度大等不利因素，但只要我们以党的十五大精神为指导，坚定不移地贯彻落实党中央、国务院的部署和省委、省政府采取的一系列措施，进一步坚定信心，加强领导，扎实工作，是完全可以确保9％增长目标的。让我们振奋精神，下定决心，排除万难，去争取胜利。

（《四川日报》1998 年 8 月 24 日 1 版头条）

在解放思想中激发改革创新精神

　　思想决定思路，思路决定出路。抓发展，谋跨越，路径不能有偏差。顺应经济规律，紧跟时代潮流，发展思路要不断深化，发展重点要与时俱进。认真学习贯彻省委九届四次全会精神，要牢牢把握加快发展、科学发展、又好又快发展的全省工作总体取向，深刻理解建设西部经济发展高地的目标定位和"一主、三化、三加强"的基本思路。目标已定，思路已明，各地各部门要根据省委的部署和要求，树立强烈的发展意识，在实干中解放思想，在解放思想中激发改革创新精神，以攻坚破难、奋力爬坡的精神状态推进跨越发展。

　　解放思想是发展中国特色社会主义的一大法宝，改革开放是发展中国特色社会主义的强大动力。从真理标准的思想解放大讨论到邓小平理论、"三个代表"重要思想和科学发展观，贯穿着一条共同的思想路线，这就是解放思想、实事求是、与时俱进。实践证明，中国特色社会主义伟大道路和中国特色社会主义理论体系的形成、发展和完善，是我们党在改革开放的新时期不断推进思想、理论、制度各方面创新的结果，是马克思主义中国化的最新成果。可以说，我们每前进一步，都离不开思想解放，思想解放到什么程度，改革和发展就进展到什么程度。没有思想解放，就没有改革开放，就没有中国特色社会主义。

　　在解放思想中激发改革创新精神，我们不能不以新的视角对省情和发展环境进行深入思考，不能不清醒地看到前进中的困难和发展中的差距。"人口多、底子薄、不平衡、欠发达"仍然是四川最大的省情，城乡二元结构突出、初级阶段特征更为明显仍然是四川最大的实际，发展不足、发展水平不高仍然是四川最大的问题。从发展态势和环境看，我省正处于工业化城镇化加速期、市场化国际化提升期，也是跨越发展爬坡上坎的关键期，正面临一系列发展难题。攻克发展难题，突破发展制约，必须创新发展理念，转变发展思路，这就要求我们一定要进一步解放思想。当前，要深入思考如何把节能减排的压力转化为转变发展方式的动力，如何把城乡二元结构的压力转化为统筹城乡发展的动力，如何把区域不平衡的压力转化为区域协调发展的动力，如何把交通、水利等基础设施滞后的压力转化为增强发展后劲的动力。这些难题往往带有根本性全局性，破解了就能化被动为主动，赢得新的发展，打开新的天地。

当前，我省发展正面临西部大开发深入推进、东部产业转移逐步加快、多区域合作正在兴起等难得的机遇。机遇是流动的资源，总是偏爱有思想准备的人。认识机遇、抓住机遇、用好机遇，推进跨越发展，首先要从观念上突破。省委九届四次全会特别强调，要破除"四种观念"，强化"四种意识"：

——破除盆地观念，强化开放意识。立足经济全球化和区域经济一体化的时代背景，四川不是盆地的四川，而是西部的四川、中国的四川、面向世界的四川。我们要以更广阔的视野审视四川的区位特点，科学定位区位功能，进一步明确我省充分开放合作的战略定位，找准路径和抓手，更好地利用"两个市场、两种资源"，提高我省的开放型经济发展水平，变"天府之国"为"天府之域"。

——破除内陆观念，强化前沿意识。四川地处内陆，既有不沿边不靠海的先天不足，也有辐射西部、面向全国、融入世界的区域优势和市场优势。区域的竞争，核心是枢纽之争。经济全球化、区域一体化的挑战和机遇，已经把四川推上了区域竞争和市场竞争的前沿。国内竞争国际化，国际竞争就在家门口，四川不进则退，慢进也是退。我们要乘势而进，攻坚破难，一步一个脚印、一年一个台阶，奋力走在西部经济发展的前列。

——破除自满观念，强化进取意识。实践永无止境，创新永无止境。目前，不少干部的思想状况离解放思想、开拓进取的要求还有一定差距，主要表现在，沾沾自喜于已有成绩，小富即安，小进则满，不思进取，故步自封，得过且过，畏首畏尾，满足于做"太平官"。进一步解放思想，必须破除自满观念，强化进取意识，认清差距，自我加压，急起直追。要始终保持一股闯劲、一股冲劲、一股韧劲，凡事力求先人一步，胜人一筹，快人一拍，干就干好，追求卓越。

——破除休闲观念，强化爬坡意识。破除休闲观念，并非是对休闲作为一种文化和生活的否定，而是要破除那种追求休闲的思想观念、精神状态和对外形象。特别是作为领导干部，如果迷恋于吃喝玩乐，贪图享受，必然丧失改革创新的锐气和朝气，甚至走上脱离群众、铺张浪费、骄奢淫逸、以权谋私的道路。因此，要大力提倡勇于攀登、艰苦创业的爬坡精神。要在实干中解放思想，在解放思想中振奋精神。

总而言之，在解放思想中激发改革创新精神，核心在于转变观念、转变作风，勇于变革、勇于创新。在解放思想的进程中，我们要深入贯彻落实科学发展观，用创新的思维和办法应对、解决跨越发展中的新情况、新问题，以新的思路、新的理念、新的作风来谋划和推动工作。

改革推动发展，创新引领未来！

（《四川日报》2008 年 1 月 15 日 1 版）

伟大的旗帜指引伟大的事业

伟大的理论开辟伟大的道路，伟大的旗帜指引伟大的事业。

沿着党的十七大确定的正确道路，中国特色社会主义迈上新征程。中华大地龙腾虎跃，巴山蜀水春风化雨，富民强省全面小康的美好前景正展现在四川人民面前。

当前，我省各地正在掀起学习贯彻十七大精神的热潮。我们要紧紧围绕十七大的主题，深刻领会高举中国特色社会主义伟大旗帜的重大意义，进一步增强坚持走中国特色社会主义道路的信心和决心。

十七大最鲜明的时代特征和重大贡献，集中体现在十七大确定的鲜明主题。这就是，高举中国特色社会主义伟大旗帜，以邓小平理论和"三个代表"重要思想为指导，深入贯彻落实科学发展观，继续解放思想，坚持改革开放，推动科学发展，促进社会和谐，为夺取全面建设小康社会新胜利而奋斗。这一主题揭示了中国特色社会主义的发展规律，反映了时代发展的新要求和各族人民的新期待，赢得了全党全国各族人民的衷心拥护。认真学习贯彻十七大精神，要紧紧围绕这个主题，抓住这条红线，以此作为我们统一思想、统一行动的共同理想、共同目标。在前进的道路上，无论遇到什么复杂局面、经历什么风险考验，我们都必须始终高举中国特色社会主义伟大旗帜，以旗帜铸就共同理想，以旗帜汇聚蓬勃力量，使中国特色社会主义道路越走越宽广。

　　认真学习贯彻十七大精神，必须深刻领会高举中国特色社会主义伟大旗帜的科学内涵和重大意义。十七大在我党历史上第一次郑重地、鲜明地、完整地提出了高举中国特色社会主义伟大旗帜，并将其写入党章，特别强调中国特色社会主义伟大旗帜，是当代中国发展进步的旗帜，是全党全国各族人民团结奋斗的旗帜。十七大把新时期以来党的理论创新和实践发展相结合的全部伟大成果集中起来，创造性地提出了中国特色社会主义伟大旗帜并深刻揭示其内涵，首次明确提出了高举中国特色社会主义伟大旗帜，最根本的就是要坚持中国特色社会主义道路和中国特色社会主义理论体系，并强调这是改革开放以来我们取得一切成绩和进步的根本原因。正是这"一条道路""一个理论体系"以及二者共同构成的"一面旗帜"，鲜明地回答了党在新时期指导思想的理论基础和我们的发展道路、奋斗目标、共同理想及当代中国的社会制度问题，标志着中国特色社会主义理论与实践的进一步成熟，表明了我们党继续推进中国特色社会主义伟大事业的坚定信心和决心。

　　作为一种理论体系，中国特色社会主义是马克思主义中国化最新成果。中国特色社会主义是马克思主义基本原理同中国具体实际相结合的产物。1982年，邓小平同志首次提出建设有中国特色社会主义的命题后，我们党一直在理论和实践的结合上不断进行总结和探索，先后形成了邓小平理论和"三个代表"重要思想。十六大以来，以胡锦涛同志为总书记的党中央提出了科学发展观的重大战略思想，使我们加深了对中国特色社会主义的认识。正如十七大报告强调的那样，中国特色社会主义理论体系，就是包括邓小平理论、"三个代表"重要思想以及科学发展观等重大战略思想在内的科学理论体系。这个理论体系，坚持和发展了马克思列宁主义、毛泽东思想，继承和发展了党的三代中央领导集体关于发展的重要思想，凝结了几代中国共产党人带领人民不懈探索实践的智慧和心血，是马克思主义中国化最新成果，是党最可宝贵的政治和精神财富，是全国各族人民团结奋斗的共同思想基础。在当代中国，坚持中国特色社会主义理论体系，就是真正坚持马克思主义。

　　作为一种伟大实践，中国特色社会主义是我国实现现代化和中华民族伟大复兴的正确道路。现代化是现代世界历史的基本线索。现代化既有普遍规律可循，又有不同的发展道路。中国共产党以马克思主义为指导，开辟了通过中国特色社会主义实现现代化的道路。这是中国共产党人的正确选择和伟大创造，也是历史的选择、实践的选择、人民的选择，是实现中华民族伟大复兴的必由之路。实践证明，只有中国特色社会主义才能发展中国、繁荣中国、富强中国。正如十七大报告强调的那样，中国特色社会主义之所以完全正确、之所以能够引领中国发展进步，关键在于我们既坚持了科学社会主义的基本原则，又根据我国实际和时代特征赋予其鲜明的中国特色。在当代中国，坚持中国特色社会主义道路，就是真正坚持社会主义。

作为一种社会制度，中国特色社会主义是人类文明的崭新形态。我国的社会主义基本制度包括人民代表大会制度，中国共产党领导的多党合作和政治协商制度，民族区域自治制度，包括公有制为主体、多种所有制经济共同发展的基本经济制度和以按劳分配为主体、多种分配方式并存的分配制度。这些基本制度，适应我国国情，为当代中国一切发展进步奠定了根本政治前提和制度基础，是我们必须坚持的立国之本。科学总结改革开放的宝贵经验，我们要把坚持四项基本原则同坚持改革开放结合起来，把尊重人民首创精神同加强和改善党的领导结合起来，把坚持社会主义基本制度同发展市场经济结合起来，把推动经济基础变革同推动上层建筑改革结合起来，努力形成全体人民各尽所能、各得其所而又和谐相处的局面，为发展中国特色社会主义提供强大动力和良好社会环境。

新时期最鲜明的特点是改革开放，新时期最突出的特征是与时俱进。学习贯彻十七大精神，要深刻领会新时期改革开放宝贵经验的精神实质，准确把握中国特色社会主义从"建设"到"发展"的时代脉搏。解放思想是发展中国特色社会主义的一大法宝，改革开放是发展中国特色社会主义的强大动力，科学发展、社会和谐是发展中国特色社会主义的基本要求，全面建设小康社会是党和国家到 2020 年的奋斗目标，是全国各族人民的根本利益所在。这四个方面相互联系，相互促进，构成了新的历史条件下发展中国特色社会主义的主要内容。顺应时代潮流，中国特色社会主义事业总体布局由经济建设、政治建设、文化建设"三位一体"拓展为包括社会建设在内的"四位一体"，"建设富强民主文明的社会主义现代化国家"的奋斗目标拓展为"建设富强民主文明和谐的社会主义现代化国家"，我们党发展中国特色社会主义的框架越来越清晰，中国特色社会主义道路越来越宽广。

旗帜就是形象，旗帜指引方向，旗帜凝聚力量。让我们高举中国特色社会主义伟大旗帜，坚定不移走中国特色社会主义道路，最大限度地激发广大人民群众的发展热情和创造活力，为夺取全面建设小康社会新胜利而努力奋斗！

（《四川日报》2007年11月1日1版头条，此篇为"认真贯彻党的十七大精神"系列评论的开篇之作，该系列评论文章获2007年四川新闻奖评论一等奖）

坚持以科学发展观统领发展全局

——论学习贯彻省委八届六次全会精神

| 编者按 |　省委八届六次全会是在改革发展进入关键时期召开的一次重要会议。省委关于"十一五"规划的《中共四川省委关于制定国民经济和社会发展第十一个五年规划的建议》（以下简称《建议》），描绘了我省未来五年发展的宏伟蓝图，是我们全面建设小康社会、加快推进四川新跨越的纲领性文件。为帮助全省广大干部群众准确把握和贯彻落实省委八届六次全会精神，本报围绕《建议》提出的发展思路，从今日起连续推出 7 篇评论，敬请关注。

省委八届六次全会认真贯彻党的十六届五中全会和中央经济工作会议精神，审议通过了《中共四川省委关于制定国民经济和社会发展第十一个五年规划的建议》，提出了我省"十一五"发展必须坚持的基本思路：立足科学发展，推进工业强省，加强城乡统筹，着力自主创新，完善体制机制，实现新的跨越。我们学习贯彻省委八届六次全会精神，一定要坚持以科学发展观为统领，紧紧抓住发展这个第一要务，全面把握科学发展观的理论内涵和精神实质，进一步推进经济社会又快又好发展，为建设西部经济强省、文化强省和法治四川、和谐四川、开放四川、生态四川的宏伟目标而奋斗。

　　科学发展观是以胡锦涛同志为总书记的党中央从新世纪新阶段党和国家事业发展全局出发提出的重大战略思想，是指导发展的世界观和方法论的集中体现，是推进社会主义经济建设、政治建设、文化建设、社会建设全面发展的指导方针。坚持以科学发展观统领发展全局，必须从世界观和方法论的高度，深刻理解科学发展观的实践基础、基本要求、精神实质和历史地位，进一步增强贯彻落实科学发展观的自觉性和坚定性。

　　科学发展观的理论内涵极为丰富——科学发展观强调以人为本，把人民群众作为推动发展的主体和基本力量，同时把满足人民群众不断增长的物质文化需要作为发展的根本出发点和落脚点，这体现了历史唯物主义关于人民群众的历史主体地位、人民群众是历史创造者的思想，体现了我们党立党为公、执政为民的性质和宗旨；科学发展观强调全面发展和协调发展，全面推进经济建设、政治建设、文化建设和社会建设，实现经济发展和社会全面进步，注重城乡发展、区域发展、经济社会发展、人与自然和谐发展，统筹国内发展和对外开放之间的协调，这体现了唯物辩证法关于事物之间普遍联系、辩证统一的基本原理；科学发展观强调可持续发展，促进人与自然的和谐，实现经济发展与资源、人口、环境相协调，保证一代接一代地永续发展，这体现了一种具有时代特征的科学自然观；科学发展观的基本要求是统筹兼顾，这是辩证唯物主义的思想方法在发展问题上的运用，落实到发展实践中，就是坚持"五个统筹"。从实质上看，科学发展观是唯物辩证的发展观，实现了世界观和方法论的统一、目的和手段的统一，集中地反映了社会主义的本质和社会主义建设的内在规律。

　　坚持以科学发展观统领发展全局，最根本的是要将科学发展观贯穿于经济社会发展的全过程和各个环节。贯彻科学发展观，首先是要发展。特别是对四川来说，发展不足仍然是我们面临的最大问题，加快发展这根弦任何时候都不能放松。关键问题是，我们的发展必须是有质量、有效益的发展，要走出一条又快又好的科学发展之路。"快"，就是要有高于全国平均水平的速度，要有一年上个新台阶、几年发生大变化的决心和气魄。"好"，就是我们

的发展必须是科学发展，努力做到速度、结构、效益的统一，做到节约发展、清洁发展、安全发展，做到全面协调可持续发展。这就要求我们必须切实转变发展观念，创新发展模式，提高发展质量，把经济增长转到优化结构、提高效益、降低消耗、减少污染的轨道上来。科学发展最终要体现在以人为本上，必须坚持发展为了人民、发展依靠人民，让人民群众更加充分地享受发展的成果。

坚持以科学发展观统领发展全局，要突出重点，抓住主要矛盾，集中力量突破事关全局的难点问题和薄弱环节。从我省实际看，工业强省、城乡统筹、自主创新既是抓手，也是重点，是推动四川发展新跨越的必由之路。长期以来，四川的工业化进程明显滞后，城乡二元结构突出，科技支撑引领作用不强，是制约我们发展的主要差距和症结所在。未来五年，我们要鲜明提出并强力实施"工业强省"战略，把做强做大工业作为推进经济发展的首要任务，不断增强工业对全省经济的带动力和支撑力。要着力统筹城乡发展，坚持用抓工业的理念抓农业，加快建立以工促农、以城带乡的长效机制，积极推进社会主义新农村建设。要坚持走创新型发展道路，把提高自主创新能力作为调整经济结构、转变增长方式的中心环节，深入实施"科技兴川"和人才强省战略，依靠科技进步增强核心竞争力，努力赢得发展先机，不断提高发展水平。

坚持以科学发展观统领发展全局，体制机制是根本，是保障，是激发和释放发展活力的关键所在。未来五年，改革开放继续向纵深推进，必将触及更多的深层次矛盾和问题。近几年，我省抓发展的突出特点和基本经验，就是以"三个转变"为突破口，深化改革，扩大开放，大力推进市场化配置资源。要坚定不移地实施"三个转变"，全面推进各项改革，在更大范围、更广领域、更深层次发挥市场配置资源的基础性作用，不断破除制约发展的体制障碍，进一步优化加快发展的法治环境、信用环境和政务环境，逐步形成实现科学发展的体制保障。要牢固树立开放意识，不仅引进资金、项目，更要引进先进的理念和机制。始终把开放作为要素聚集的重要渠道，作为产业升级的重要依托，作为市场拓展的重要手段，积极建设"开放四川"。

大机遇、大发展，千载难逢；人心齐、风气正，实干兴川。未来五年，是我们抓住重要战略机遇期、全面建设小康社会的关键时期。各级党员干部要进一步增强忧患意识、机遇意识、进取意识、责任意识，在实践中不断提高贯彻科学发展观的能力、驾驭全局的能力、处理利益关系的能力和务实创新的能力。各级各部门要深入学习贯彻省委八届六次全会精神，团结带领广大干部群众一心一意谋发展，聚精会神搞建设，不断开创"十一五"发展的新局面。

（《四川日报》2005 年 12 月 21 日 1 版头条）

论"四项任务"

使命如山奔富裕，又好又快求发展，共建共享促和谐，求真务实树新风。

省第九次党代会的胜利召开，恰似春风化雨，催人奋进。当前，摆在全省各级党组织和广大共产党员面前最重要的任务，就是要认真学习好党代会的文件，贯彻落实好党代会的精神。特别是各级领导干部，要从我做起，从现在做起，立足本职，励精图治，对党代会确定的目标任务和战略举措逐项研究、逐个细化、逐条落实，紧紧依靠和带领全省各族人民同心同德，开拓进取，一步步地把党代会确定的发展蓝图变成现实。

学习贯彻党代会精神，首先要紧紧把握党代会的主题，充分认识"奔富裕、求发展、促和谐、树新风"四项任务的全局性、战略性和实践性。这次党代会的主题是：在以胡锦涛同志为总书记的党中央领导下，高举邓小平理论和"三个代表"重要思想伟大旗帜，坚持科学发展，构建和谐四川，动员全省广大党员和各族人民，为实现富民强省全面小康而努力奋斗。确定这一主题，是用马克思主义中国化的最新成果指导四川改革开放和现代化建设的内在要求，是科学分析、准确把握时代特征和四川省情作出的重大决策，是全省各族人民的强烈愿望和共同心声，也是我们在新世纪新阶段的执政之责、富民之道、强省之策。紧紧围绕"坚持科学发展、构建和谐四川"的主题，省第九次党代会将民众需求和时代要求紧密结合起来，将"富民强省、全面小康"的长远目标与阶段任务统一起来，确定了"奔富裕、求发展、促和谐、树新风"四项任务，提出了"一年有新进展、三年有新突破、五年上新台阶"的发展目标，使我们的发展思路更加明确，使我们的各项工作站在一个新的更高的起点上。

从科学发展观的理论高度和构建和谐四川的战略高度，深刻认识"四项任务"的创新之魂，以人为本、执政为民是共同的价值取向，应当成为党的各级组织和广大党员自觉的价值追求。"富民强省、全面小康"是历史赋予我们的光荣任务，体现了新的起点上新的执政理念；"奔富裕"是必须肩负的执政使命，"求发展"是必须抓好的执政要务，"促和谐"是必须坚持的执政追求，"树新风"是必须展示的执政形象。正是以人为本、执政为民的核心理念，使"四项任务"有机统一起来，使我们选择了效益优先、富民优先、科教优先、优势优先的"四个优先"发展道路。坚持富民为先，民生为本，必须把"奔富裕"放在第一位，这绝不是简单的词序问题，而是一个执政理念的问题，是发展思路的重大调整。落实"四项任务"，必须始终从人民的利益出发，必须始终把富民作为执政的首要任务和发展的根本目的，必须始终把带领群众致富和解决民生问题放在各项工作的首位，真正做到发展为了人民，发展依靠人民，发展成果由人民共享。从"四项任务"到"四个优先"，以人为本、执政为民的理念在科学发展、和谐发展、创新发展、跨越发展的实践中升华。

站在一个新的更高的起点，分析今后五年全省工作的指导思想和总体要求，坚持以人为本的执政理念，构建和谐四川，既是实现"富民强省、全面小康"的内在要求，也是全省人民的共同愿望。构建和谐四川，必须最大限度地增加和谐因素，最大限度地减少不和谐因素，在共建中共享，在共享中共建。这次党代会提出，以民生为先、民生为重、民生为本，尽最大努力、最大责任重视和改善民生，进一步把解决民生问题放在更加突出的位置。一是切实改善民生，强化社会和谐之本；二是加强社会管理，保持社会安定有序；三是建设和谐文化，筑牢思想道德基础；四是推进民主法治，保障社会公平正义。与解决民生问题同时并举，党代会还提出，坚定不移地推进改革

开放，促进创新创业创造，形成要素活力竞相迸发的致富局面，形成各尽其能、各得其所的社会氛围，形成人尽其才、才尽其用的生动局面。特别强调，以创业推动发展、带动就业、加快致富、促进和谐。富民强省之路就在我们脚下！

站在一个新的更高的起点，分析我省面临的发展机遇和严峻挑战，党代会对党的执政能力建设和先进性建设提出了更高要求。抓住发展机遇，积极应对挑战，关键是要进一步解放思想，开拓奋进，始终保持振奋的精神和良好的作风。贯彻落实党代会精神，实现"四项任务"，一定要有敢于率先、攻坚破难的勇气，一定要有争创一流、创造卓越的追求，一定要有昂扬向上、奋发进取的精神，一定要保持干事业的饱满热情，弘扬新风正气，以党风带政风促民风。我们要像省委书记杜青林在省委九届一次全会上指出的那样，真正把"为民谋利、开拓进取、团结和谐、求真务实、清正廉洁、奋发有为"作为每一个领导干部和共产党员应有的形象。"说了就算，定了就干，干就干好。"我们要坚持实干富民、实干强省，让实绩成为检验工作成效的标准，让实干成为党员干部队伍的新风尚。

党的执政理念在富民强省的实践中升华。站在一个新的更高的起点，突出"一个主题"，实现"四项任务"，走向科学发展、和谐发展、创新发展、跨越发展，四川的明天将更加灿烂辉煌！

（《四川日报》2007 年 6 月 4 日 1 版头条）

始终保持良好精神状态

一元复始，万象更新。挥别 2006 年这一开"十一五"新局的不平凡之年，肩负历史使命，满怀奋进激情，我们走进 2007 年——全面贯彻落实科学发展观，深入实施"十一五"规划的重要一年。在这承前启后、继往开来、与时俱进推进改革发展的关键时期，贯彻落实省委八届八次全会精神，不断推进坚持科学发展、构建和谐四川的伟业，在客观物质条件已经具备的前提下，始终保持奋发有为、昂扬向上的良好精神状态具有决定性意义。

精神状态是指人的信念、意识、思维活动所表现出来的形态。始终保持良好的精神状态，就能不断激发自身智慧和潜能，产生巨大的内生动力，成为攻坚破难、成就事业不可缺少的精神财富；就能充分凝聚民心民力民智，形成经济社会发展的强大力量；就能敏锐地抓住机遇、高效率地用好用足机遇。没有良好的精神状态，再好的基础与条件都会因停滞不前而消磨一空，再好的机遇也会失之交臂。我们常常看到这样的情形：小至一个人，大至一个单位、一个地方，在同样的起点，以相似的条件，在同等时间段内发展的结果截然相反。为什么会出现这样的情况？一个至关重要的原因就是精神状态的差异。在科学发展新阶段，始终保持朝气蓬勃、锐气昂扬、正气浩然的良好精神状态，是建设充满活力、繁荣富裕、文明和谐、山川秀美的四川的必然要求。

始终保持良好的精神状态，就要有高度的政治责任感。事业心和责任感

是一个人的精神支柱，是一个人一往无前的精神动力。高度的政治责任感来自以服务人民、奉献社会为宗旨，把党和人民的根本利益与自己的追求紧密地联系在一起。新世纪新阶段，在四川这样一个欠发达的西部大省，推进中国特色社会主义建设事业，实干兴省、实干富民，是实现好、维护好、发展好8700万各族人民根本利益的本质要求，是对我们的执政宗旨和执政能力的验证。要本着对党和全省人民极端负责的态度，坚定政治方向和政治立场，满怀对党和人民的无限忠诚，时刻牢记肩负的重大责任，始终保持时不我待的紧迫感、义无反顾的使命感，全身心地投入坚持科学发展、构建和谐四川的各项工作之中。

始终保持良好的精神状态，就要充满勇于拼搏、奋发向上的工作激情。激情是一种境界、一种精神，是萌发创新冲动、矢志追求卓越的活力之源、动力所在。一位历尽坎坷仍著作等身的已故老作家，曾说过这样一句令人难忘的话："工作着是美丽的!"工作为什么美丽？就是因为把工作融入自己的生命，把工作当作事业，工作中充满生命的活力与创业的激情。激情唤起责任，激情创造奇迹，激情铸就伟业。"天行健，君子以自强不息。"工作成效，在很大程度上是比精神、比气魄、比激情。一定要有孜孜以求的事业心，满怀激情抓发展，满怀激情干实事。从事一项工作，完成一项任务，都要坚持高标杆，做到高起点定位、高标准要求、高质量落实，干就干好，做就做出样子来，争创一流，追求卓越。

始终保持良好的精神状态，就要增强开拓进取、与时俱进的创新意识。坚持科学发展、构建和谐四川是前无古人的伟大事业，做前人没有做过的事，走前人没有走过的路，这就要求我们把握时代前进的脉搏，认识时代进步的方向，站在时代发展的前列，在开拓中进取，在创新中发展。形势总是在不断发展，实践总是在不断深化，思想理念必须与时俱进。从本质意义上讲，与时俱进是一种精神状态，一种体现时代要求，把握客观规律，富于创造精神的奋发有为的精神状态。新认识、新思想、新思路来源于实践，又通过实践检验和发展。科学的思想方法和工作方法，是事业成功、工作制胜的钥匙。

思维方式、思想方法正确、科学，认识问题就全面一些、深刻一些、实际一些，处理问题就稳妥、就科学、就圆满。要让思想冲破牢笼，从那些不合时宜的观念、做法和体制的束缚中解放出来，用新的理念指导新的实践，用新的办法破解发展难题，做到主观与客观、思想与实践、知与行的统一。

始终保持良好的精神状态，就要保持一种执着的追求精神，用心想事、用心谋事、用心干事。精神状态问题，说到底是理想信念问题，是追求什么、为什么而奋斗的价值取向问题。看一个共产党员特别是看一个党员领导干部是否始终保持良好的精神状态，就要看干工作是否勇往直前，始终保持一股闯劲、一股冲劲、一股韧劲，凡事力求先人一步、胜人一筹、快人一拍，努力走在前列；就要看是否在用心想事、用心谋事、用心干事的实践中体现出勤勉敬业精神和严肃的科学态度。要把心交给党、交给人民、交给事业，付出真诚、坚守执着，切忌浮躁、肤浅。坚持事业为上、责任为重、工作为先，聚精会神搞建设、一心一意谋发展，真正把心思凝聚到事业发展上，把精力集中到工作落实上。

改革进入攻坚阶段，发展进入关键时期。站在科学发展新起点，让我们万众一心，满怀激情，开拓进取，负重奋进，共同创造四川更加美好的明天！

（《四川日报》2007 年 1 月 11 日 1 版）

努力在新一轮西部大开发中走在前列

东方风来，大江东去，新一轮西部大开发扬帆起航。

把握大势，扩大优势，谋划强势。正在强力推进"两个加快"的四川，再次吹响集结号。抢抓新机遇，推进新跨越，努力在新一轮西部大开发中走在前列！

这是最近在成都召开的四川省深入实施西部大开发战略工作会议的主旋律，这是四川人民渴望已久的新期待。深入学习贯彻这次会议的精神，最重要的是进一步统一思想，凝聚力量，动员全省各族人民立足新起点、抢抓新机遇、推进新跨越，为加快建设西部经济发展高地、全面建设小康社会而奋斗。

实施西部大开发战略，是党中央、国务院贯彻落实邓小平"两个大局"战略构想，加快西部地区发展的重大决策。10年来，在中央的坚强领导下，我省紧紧抓住西部大开发这一重大历史机遇，着力建设西部经济强省和长江上游生态屏障，坚持不懈地推进跨越式发展，取得了令人瞩目的发展成就。特别是近两年来，我们成功应对"5·12"汶川特大地震和国际金融危机的严重影响，加快建设灾后美好新家园，加快建设西部经济发展高地，谱写了崛起危难、坚强奋进的辉煌篇章。10年西部大开发，是新中国成立以来四川经济增长最快、发展质量最好、城乡面貌变化最大、群众得实惠最多的10年。实践证明，中央作出的实施西部大开发战略的重大决策是完全正确的，不仅使四川发展站在了一个新的更高的起点上，也为我们抓住新一轮西部大开发机遇、实现更大发展积累了宝贵的发展经验，奠定了坚实的基础。我们谋划和推进新一轮西部大开发，要全面把握当前发展大势和重大机遇，把"坚持不懈推进跨越式发展"作为基本要求，坚持省委九届四次全会确定的全省工作总体取向不动摇，以科学发展观为指导，加快发展，又好又快发展，努力在新一轮西部大开发中走在前列。

努力在新一轮西部大开发中走在前列，我们要进一步审视四川在西部大开发中的历史方位，深刻认识四川在西部发展格局中的现状，增强西部大开发的责任感和紧迫感。四川是西部地区的经济大省、人口大省、资源大省，在全国有效扩大内需、拓展发展空间、全面建设小康社会、构建国家安全生态屏障中都具有重要地位。面对新一轮西部大开发，我们不能不看到"人口多、底子薄、不平衡、欠发达"仍然是四川的最大省情，"城乡二元结构突出、初级阶段特征明显"仍然是我们的最大实际，"发展不足、发展水平不高"仍然是我们的最大问题。统筹谋划我省新一轮西部大开发，我们必须牢牢抓住经济社会发展中的主要矛盾和矛盾的主要方面，集中力量在发展中解决全局性、战略性、关键性问题，推动西部经济发展高地建设不断取得新进展。我们必须清醒地看到，当前和今后一个时期，我省与东部地区的差距仍然很大，特别是在西部省区市竞相发展的格局中，四川的优势不是在加强，而是有所削弱。你追我赶，不快则慢；形势逼人，大势所趋。四川首先是西部的四川，只有确立在西部的领先地位，才能奠定在全国格局中的有利地位。未来10年发展，西部各省区市的竞争更加激烈，四川发展面临严峻挑战。谋划和推进新一轮西部大开发，我们要把"巩固扩大优势、走在西部前列"作为努力方向，要把"建成西部经济发展高地和建成全面小康社会"作为奋斗目标，这是我们肩负的重大历史使命，是四川人民共同的历史责任！

努力在新一轮西部大开发中走在前列，我们正面临进一步加快发展的历史机遇，关键是抢抓新机遇，不失时机增创发展新优势。当前，全球经济发展格局进入深度调整的历史阶段，科技进步正酝酿深刻影响世界发展的新突

破。经过改革开放 30 年的快速发展，我国综合国力显著跃升，正在从经济大国走向经济强国，我国发展正处在可以大有作为的重要战略机遇期。过去 10 年，全国经济增长格局发生显著变化，增长速度由东部领跑转向西部领先。新的 10 年，随着国家支持力度的加大和西部后发优势的快速释放必将延续这种发展态势，西部地区已迎来加快发展的黄金时段。谋划和推进新一轮西部大开发，中央对西部大开发的定位更高，鲜明提出西部大开发在我国区域协调发展总体战略中具有优先地位，在促进社会和谐中具有基础地位，在实现可持续发展中具有特殊地位。"三个地位"都是站在全国的高度、从特殊战略的角度来看待和部署西部发展。我们要高度重视的是，中央对西部大开发的着力点更突出，在继续支持基础设施和生态建设的同时，大力支持西部地区发展特色优势产业，强调建设"四个基地、一个屏障"，即国家重要的能源基地、资源深加工基地、装备制造业基地、战略性新兴产业基地，以及构筑国家生态安全屏障。这必将改变长期以来全国产业垂直分工的状况，把资源加工更多的附加值留在西部、富裕西部，增强西部地区自我发展能力，为我们建设西部经济发展高地和建设全面小康社会带来千载难遇的历史机遇。我们要抓住机遇，用足用够用好各项特殊支持政策，坚持以工业强省为主导，把"联动推进新型工业化城镇化农业现代化"作为主要任务，走出一条顺应时代要求、具有四川特色的跨越发展新路子。

努力在新一轮西部大开发中走在前列，我们要敢于突破、勇于创新，坚持以思想大解放引领发展大突破，以深化改革开放为重点，增强发展的动力和活力。思想决定思路，思路决定出路。10 年西部大开发的快速发展使四川站上新的发展起点，也使我们的思想观念发生了深刻变化，为我们实现更大发展拓宽了思路，形成了跨越式发展的共识。东中西部地区发展不平衡、不协调，主要是西部地区发展滞后。加快发展是推进西部大开发的第一要义，敢于突破是推进西部大开发的先决条件，用好机遇是推进西部大开发的关键之举，爬坡实干是推进西部大开发的工作要求。发展的道路是漫长的，但紧要处往往只有几步；错过一轮机遇，就会落后一个年代。新一轮西部大开发有一个新的取向，就是强调增强西部地区自我发展能力和可持续发展能力，提出综合经济实力、生态环境保护、人民生活"三个上大台阶"的明确要求。为此，我们要敢于突破、勇于创新，坚持把加快经济发展方式转变作为深入贯彻落实科学发展观的重要目标和战略举措，在发展中促转变，在转变中促发展，正确处理速度与效益、当前和长远、局部与整体的关系，正确处理强省和富民的关系，在加快发展中更好地改善和保障民生。特别是要抓紧规划建设天府新区，形成以现代制造业为主、高端服务业集聚、宜业宜商宜居的国际化现代新城区，要有大志向、要以大气魄、要花大力气再造一个"产业成都"！把成都建设成为内陆开放型经济战略高地核心区、现代产业重要集聚区、统筹城乡发展示范区。

推进新一轮西部大开发是造福全省各族人民、事关四川长远发展的宏伟事业，任务艰巨而繁重，使命重大而神圣。全省干部群众要切实增强大局意识、发展意识、机遇意识、责任意识，义不容辞地担当起历史使命。面对历史机遇，我们要大声疾呼：抢抓新机遇，推进新跨越，努力在新一轮西部大开发中走在前列！"大鹏一日同风起，扶摇直上九万里。"让我们在新一轮西部大开发中，谱写四川大发展的新篇章！

（《四川日报》2010 年 9 月 13 日 1 版）

牢固确立科学发展、加快发展的工作指导思想

认真贯彻落实省委十届三次全会精神，必须从四川发展现实和与全国同步建成小康社会的要求出发，牢固确立科学发展、加快发展的工作指导思想。这是在科学发展观指导下更高起点谋划发展的鲜明取向，是更大力度推进发展的根本要求。当前和今后一个时期，我们要坚持把经济建设作为兴省之要，走具有四川特点的科学发展、加快发展之路，奋力推进四川由经济大省向经济强省跨越、由总体小康向全面小康跨越。

当前，四川正处于工业化、城镇化"双加速"时期，面临国家推进新一轮西部大开发、实施扩大内需战略、建设成渝经济区和天府新区、支持民族地区跨越发展等重大机遇。同时，我们也要清醒地认识到，"人口多、底子薄、不平衡、欠发达"的基本省情没有根本改变，与全国同步全面建成小康社会，任务尤其艰巨繁重。我们必须准确把握当前四川的发展形势，在科学发展观指导下更高起点谋划发展，抓住和用好机遇，主动作为、拼搏实干，保持快于全国的发展态势，才能在量变中逐步完成跨越，在快步中最终达到与全国同步。

以党的十八大精神统领全省工作，省委十届三次全会坚持和深化历届省委治蜀兴川思路，紧扣四川发展主要矛盾，作出了全面实施"三大发展战略"的重大决策。"三大发展战略"是一个有机整体，多点多极支撑是总揽，"两化"互动、城乡统筹是路径，创新驱动是动力，三者相互联系、相互促进，统一于推进四川"两个跨越"的发展实践。我们要深刻把握"三大发展战略"的基本内涵和工作要求,使之贯穿于全省改革发展的全过程,进一步优化发展格局、培育发展优势、增强发展动力,开创四川科学发展、加快发展的新局面。

牢固确立科学发展、加快发展的工作指导思想,关键是要准确把握科学发展观的实践要求,坚持把经济建设作为兴省之要,牢牢扭住经济建设这个中心,更大力度推进跨越发展。全面建成小康社会,根本要靠发展。发展是解决所有问题的"总钥匙"。纵观国内外发展,多点多极支撑是发达国家、地区的普遍特征和经验总结。四川区域发展差异明显,单极支撑格局突出。实施多点多极支撑发展战略,符合经济发展规律,符合四川省情特征,对于优化全省重大产业和城镇布局,全方位激活各地发展活力,塑造区域发展新版图,具有重大而深远的意义。要着力解决区域发展不平衡问题,在提升首位城市的同时,着力次级突破,夯实底部基础,形成首位一马当先、梯次竞相跨越的生动局面。

牢固确立科学发展、加快发展的工作指导思想,关键是要准确把握全面协调可持续发展的基本要求,坚持以加快转变发展方式为主线,把实施"两化"互动、城乡统筹发展战略作为我省推进"四化"同步的主要途径。科学发展观要求全面协调可持续发展,推动工业化与城镇化良性互动、城镇化与农业现代化相互协调。党的十八大强调促进新型工业化、信息化、城镇化、农业现代化同步发展,对我省实施"两化"互动、城乡统筹发展战略提出了新要求。要从四川发展阶段性要求出发,着力解决城乡发展不协调问题,坚持以新型工业化为主导,新型城镇化为载体,农业现代化为基础,信息化为支撑,在互动上下功夫,在结合上做文章,在新型上求突破,全面加强产业核心竞争力,加快构建具有四川特点的现代产业体系、现代城镇体系和现代城乡形态,形成"四化"同步发展新态势。

牢固确立科学发展、加快发展的工作指导思想,关键是要准确把握以人为本的核心理念,坚持人民主体地位,尊重人民首创精神,更加自觉地实施

创新驱动发展战略，增强转型发展、跨越提升新动力。要着力解决发展内生动力不足问题，大力推进发展理念创新、体制机制创新、科技创新和管理创新，以改革创新破解发展中的深层次矛盾和问题，加快推动我省发展进入创新驱动、内生增长的轨道。

总而言之，我们要牢固确立科学发展、加快发展的工作指导思想，进一步增强发展的紧迫感、责任感、使命感，全面实施"三大发展战略"，奋力推进四川"两个跨越"。

（《四川日报》2013 年 5 月 17 日 1 版）

准确把握农村改革发展阶段性特征

|**编者按**|　省委九届六次全会认真学习贯彻党的十七届三中全会精神，专题研究了新形势下推进我省农村改革发展的重大问题，对统筹城乡发展、深化农村改革、推动农业和农村发展上台阶进行了部署。全会的召开，对于进一步认清当前形势，动员和组织全省干部群众为推动农村改革发展、推进"两个加快"而奋发努力，具有十分重要的意义。即日起，本报推出"深入学习贯彻省委九届六次全会精神"系列评论员文章，敬请垂注。

　　为深入学习贯彻党的十七届三中全会精神，省委九届六次全会专题研究新形势下我省农村改革发展的重大问题，对统筹城乡发展、深化农村改革、推动农业和农村发展上台阶进行了部署，审议通过了《中共四川省委关于统筹城乡发展开创农村改革发展新局面的决定》（以下简称《决定》）。全省各级各部门要深入学习贯彻党的十七届三中全会精神和省委九届六次全会精神，准确把握精神实质，努力推动我省农村改革实现新突破，促进农业发展迈上新台阶。

　　深入学习贯彻省委九届六次全会精神，首先要准确把握农村改革发展的阶段性特征。四川是全国农村改革发源地之一。经过 30 年改革发展，我省农

村发生了翻天覆地的变化，农村社会生产力极大解放，农村经济体制深刻变革，农村社会事业加速发展，广大农民物质文化生活显著改善，为全面改革开放和社会主义现代化建设提供了重要条件，为促进全省经济社会发展作出了重大贡献。总体上看，我省已进入以工促农、以城带乡的发展阶段，进入加快改造传统农业、走中国特色农业现代化道路的关键时刻，进入着力破除城乡二元结构、形成城乡经济社会共同发展新格局的重要时期。我省"三农"现状告诉我们，四川是农业大省，但还不是农业强省。农业基础仍然薄弱，最需要加强；农村发展仍然滞后，最需要扶持；农民增收仍然困难，最需要加快。我们要牢牢把握农村改革发展的阶段性特征，充分认识新形势下推进我省农村改革发展的重大意义，始终把解决好农业、农村、农民问题作为全部工作的重中之重，坚定不移地巩固和加强农业基础地位，坚定不移地贯彻统筹城乡发展基本方略，坚定不移地推进农村改革创新，坚定不移地保障和发展农民权益，不断开创我省农村改革发展新局面。

准确把握农村改革发展的阶段性特征，进一步明确新形势下农村改革发展的指导思想和重要任务，我们要全面贯彻党的十七大和十七届三中全会精神，高举中国特色社会主义伟大旗帜，以邓小平理论和"三个代表"重要思想为指导，深入贯彻落实科学发展观，围绕加快建设灾后美好新家园、加快建设西部经济发展高地，坚持工业反哺农业、城市支持农村和多予少取放活的方针，突出农民增收核心目标，把建设社会主义新农村作为战略任务，把走中国特色农业现代化道路作为基本方向，把加快形成城乡经济社会发展一体化新格局作为根本要求，联动推进农业现代化与新型工业化、新型城镇化，创新体制机制，强化农业基础，发展现代农业，加强公共事业，促进农村和谐，推动农村经济社会加快发展、科学发展、又好又快发展。从我省农村改革发展的阶段性特征出发，省委《决定》把长远目标和近期目标结合起来，在明确到2020年实现农村改革发展基本目标任务的同时，确定到2012年实现"六个上台阶"，包括农业结构调整、现代畜牧业发展、农业产业化经营、农业基础设施建设、农业科技支撑、农民增收等具体指标。我们要按照省委的部署和要求，通过采取有力措施，努力实现农业大省向农业强省转变，逐步形成城乡经济社会发展一体化新格局。

　　准确把握农村改革发展的阶段性特征，应对农业农村发展新形势新任务，贯彻落实党的十七大提出的实现全面建设小康社会的新要求，我们必须牵住加快农村改革发展的"牛鼻子"，在统筹城乡发展改革上取得重大突破。农业丰则基础强，农民富则国家盛，农村稳则社会安。"三农"问题涉及经济与社会、城市与农村、工业与农业。"三化"联动是破除城乡二元结构、推进城乡统筹发展的必然要求。要充分认识农业和农村蕴藏的巨大潜力和发展空间，围绕发挥和做强农业优势，大力提高农业生产能力，释放和转化农业农村自身的发展潜能。工业反哺农业，城市支持农村，最重要的结合点是农业产业化。要坚持把发展农业产业化作为一项全局性、方向性的举措来抓，大力推进农村经营方式转变，尽快提高农业产业化水平。"三农"问题核心是农民问题，农民问题核心是增收问题。要坚持把农民增收摆在核心位置，经济上保障农民的物质利益，政治上尊重农民的民主权利，建立农民增收的长效机制，形成多元增收、稳定增收、持续增收的发展格局。要按照"生产发展、生活宽裕、乡风文明、村容整洁、管理民主"的总要求，坚持从各地实际出发，充分尊重农民意愿，扎扎实实推进社会主义新农村建设。

　　总而言之，加快推进农村改革发展是我们从全局上统筹谋划、从战略上全面部署贯彻落实十七大精神的必然选择。我们要认真学习、深刻领会、全面贯彻党的十七届三中全会精神和省委九届六次全会精神，准确把握农村改革发展的阶段性特征，进一步明确新形势下农村改革发展的指导思想和主要任务，扎扎实实做好农村改革发展各项工作，努力开创农业、农村、农民工作新局面，推动我省经济社会加快发展、科学发展、又好又快发展。

（《四川日报》2008 年 11 月 5 日 1 版）

我们的激情在中华大地燃烧

——写在新中国成立 60 周年之际

60 年风雨兼程，我们共同走过；60 年辉煌成就，我们共同拥有。

伟大的祖国，您是我们的母亲，您的血液在我们心中流淌，我们的激情在您的大地燃烧。新中国成立 60 周年之际，我们为您骄傲，为您奉献，为您祝福！

我们伟大的祖国！我们可爱的家乡！同呼吸、共命运，怀着昨天的感动，沿着今天的道路，我们共同走向更加美好的明天！

每当听到大禹治水"三过家门而不入"的美好传说，每当看到小平同志"我是中国人民的儿子"的革命人生，就有一种刻骨铭心的人民至上的情怀。以人为本，执政为民；自强不息，生生不已——我们的激情在中华大地燃烧

从中华文明诞生的时候起，从"小康"到"大同"一直是中华民族为之奋斗不息的共同理想。据《山海经》《史记》等文献记载，我国古代治水传说，很可能是从岷江开始的。大约在 4000 多年前，有大禹在四川治水的传说。大禹 15 岁奉命治水，在外十三载，三过家门而不入，提出"民惟邦本，本固邦宁"的民本思想和"正德利用厚生惟和"的养民政策，形成不朽的大禹精神。至今，在北川、汶川、茂县、理县等地方还留存着不少大禹治水的古迹。

大禹精神是中华民族精神的一个重要源头。大禹精神哺育了中华民族，哺育了四川人民。大禹精神的优良传统，是我们弥足珍贵的精神财富。

实现中华民族伟大复兴，是中国人民世世代代的梦想和追求；坚持走中国特色社会主义道路，是实现中华民族伟大复兴的必由之路；以爱国主义为核心的民族精神和以改革创新为核心的时代精神，是中华儿女一路上团结奋斗、勇往直前的强大精神力量。中国共产党在革命战争年代的艰苦卓绝的斗争中，锻造了充满革命英雄主义的井冈山精神、长征精神、延安精神；在新中国的建设中，培育出了铁人精神、雷锋精神、焦裕禄精神、"两弹一星"精神、载人航天精神。在波澜壮阔的抗震救灾中，我们用理想凝聚力量，用信念铸就坚强，用真情凝结关爱，大力培育和弘扬了万众一心、众志成城，不畏艰险、百折不挠，以人为本、尊重科学的抗震救灾精神，集中体现和进一步发展了中华民族的伟大民族精神和当代中国人民的时代精神。

新中国成立 60 周年之际，四川人民正在大力弘扬抗震救灾精神，使之转化为艰苦奋斗、重建家园的坚定意志，转化为"两个加快"的强大力量。

从民族精神看四川人民自强不息，我们的大智大勇有一种源远流长的爬坡精神和穷则思变的革命传统。"噫吁嚱，危乎高哉！"一首《蜀道难》，道出了古代四川人民爬坡上坎的艰难生存环境。矗立在成都西郊的"五丁开山"雕塑，把四川人民世世代代爬坡上坎、融入文明海洋的焦灼、执着与坚韧，深深镌刻在子子孙孙的心里。站在红军长征纪念碑前，站在川陕革命根据地纪念馆前，我们热血喷涌，我们激情燃烧！在争取中华民族独立和人民解放的斗争中，四川人民不屈不挠、执着坚韧，四川大地上走出了朱德、邓小平、刘伯承、陈毅、聂荣臻等一大批开国元勋和老一辈无产阶级革命家。在中国革命、建设、改革的各个时期，四川涌现出无数感天动地、可歌可泣的英雄模范，为中华民族的伟大复兴立下丰功伟绩。

从民族精神看四川人民自强不息，我们的大仁大义有一种平凡中见伟大的草根精神和锐意进取的坚定意志。还记得我们的仪陇老乡张思德吧，这个在陕北安塞烧炭的八路军战士，死在坍塌的炭窑里，没有轰轰烈烈，只有平平凡凡。毛主席为张思德写下一篇纪念文章，就是《为人民服务》。在平凡中

坚持，四川人民有一种舍我其谁的主人翁责任感，有一种以苍生和天下为念的坚定信念。再看一看最近在"双百"人物评选中感动中国的"马班邮路"邮递员王顺友、抗震救灾英雄少年林浩、"天梯小学"夫妻教师李桂林和陆建芬，就会感受到四川人民的仁爱多么平凡、多么坚韧、多么博大深厚！还有黄继光、邱少云、邱光华、赖宁、谭千秋烈士，他们的精神已经在中华大地生根开花。

从民族精神看四川人民自强不息，我们的大爱至善有一种共赴危难的互助精神和知恩图报的传统美德。"国家有难，匹夫有责""一方有难，八方支援""受人滴水之恩，必当涌泉相报"。八年全面抗战，川军共有40万人开赴前线，四川为全国补充了近300万兵员，四川人民吃观音土也倾其所有交抗战公粮。四川人民这种共赴危难的互助精神和知恩图报的美德，在抗震救灾和灾后重建中更是表现得淋漓尽致。

"我是中国人民的儿了，我深情地爱着我的祖国和人民"——中国改革开放总设计师邓小平同志的这句话，我们永远铭记在心！

每当听到都江堰"水旱从人"的涛声，每当看到武侯祠"先主因之以成帝业"的《隆中对》，就有一种根深蒂固的"天府"情结。创业富民，创新强省；城乡统筹，科学发展——我们的激情在中华大地燃烧

四川是"千河之省"。岷江哺育出了灿烂的古蜀文明，又常常洪水滔天，泛滥成灾，三星堆、宝墩、鱼凫等古城曾毁于一旦。正是在这种背景下，李冰创建都江堰，成都平原由此成为"水旱从人"的"天府"。

都江堰是四川人民创新创业的伟大实践，历经2000多年仍在造福子孙，灌溉面积由初期的70万亩，发展到历史上的300万亩。都江堰留给四川人民的不仅有引水灌溉、分洪减灾、排沙防淤的丰功伟绩，还有"道法自然"的治水文化和代代相传的李冰精神。都江堰工程看起来"最土"，实际上"最牛"，至今仍然是世界奇迹，仍然是"科学之谜"。

"再造一个都江堰！"新中国成立后，都江堰的改造和发展开始了一个新

纪元。通过渠系改造和灌区拓展，到 20 世纪 60 年代末，成都平原的土地得到全部灌溉；70 年代以后，灌区开始向"十年九旱"的川中丘陵区拓展。1994 年 4 月 5 日，中国水利部暨四川省人民政府共同在都江堰人字堤立碑纪念实灌 1000 万亩。目前，都江堰浇灌了四川 1/3 的农田，灌区生产了四川 1/3 的粮食，养活了四川 1/3 的人口……于是有此一说："天府之国"的美誉靠都江堰，四川农业大省地位的支撑靠都江堰。省委九届六次全会提出：由农业大省向农业强省转变，水利是根基，到 2012 年，还要"再造一个都江堰"！

"创建一个钒钛之都！"新中国成立后，四川加快工业化进程，从实施第一个五年计划起就从东北和沿海调进大批施工力量和工业技术人才，从事工业和交通建设。后来进行"三线建设"，攀枝花钢铁工业基地和成昆铁路的建设成为"重中之重"。攀钢堪称"三线建设"的一个样板，充分体现了四川人民特别能吃苦，特别能战斗，特别能奉献的创新创业精神。

攀钢所在地的山坡，当地人称"弄弄坪"，20 世纪 60 年代只有一棵攀枝花树，7 户人家。按照"进山、靠边、隐蔽"的原则，四川人民和天南地北汇集于此的 5 万建设大军自力更生，艰苦创业，勇于创新，只用一年时间，就完成了两三年才能完成的建设前期准备。1970 年 7 月 1 日，攀钢第一炉高炉出铁。如今，攀枝花已发展成为上百万人口的工业城市。按照省委提出的"建设全国一流、世界一流的钒钛资源开发基地"的要求，这座"百里钢城"正向"钒钛之都"转身。

"三线建设"为四川的工业布局、经济发展、科技创新开创了新局面。从绵阳科技城到西昌卫星发射中心，从"两弹一星"到载人航天，四川人民的创新创业精神得到充分展现。

可爱的四川有一个可爱的"天府之都"。受到都江堰和良好地理环境保护，成都历经 2000 多年而不衰。1999 年中央西部大开发号令一响，省委提出了"追赶型、跨越式"发展战略，加快了大成都的城市化进程。成都市委提出，要在发展现代特大中心城市中实现三个"最"：中西部地区创业环境最优，人居环境最佳，综合竞争力最强。在加快灾后重建上走在前头、在城乡统筹发展上走在前头、在打造西部综合交通枢纽上走在前头、在产业优化升

级上走在前头、在保障改善民生上走在前头——如今，开放的成都城镇化水平上升到 61.5％，是西部地区科技、商贸、金融中心和交通、通信枢纽。引人注目的是，成都深入推进城乡一体化，呈现出现代城市和现代农村和谐相融、历史文化和现代文明交相辉映的新型城乡形态。从创新创业看天府巨变，最大的亮点是"两个加快"——加快建设灾后美好新家园，加快建设西部经济发展高地。以科学发展观为指导，省委九届四次全会确立了建设西部经济发展高地的战略定位和"一主、三化、三加强"的发展思路。"5·12"汶川特大地震重创四川。受灾不是放慢速度的理由，而是对加快发展提出了新要求！省委审时度势，果断作出奋力推进"两个加快"决策。从"百日攻坚"转入"千日奋战"，四川人民坚持用创新思维指导"两个加快"，树立"抓重建就是抓发展"的理念，向历史交出了一份坚强奋起的答卷。灾区没有发生饥荒，没有暴发疫情，没有引起社会动荡，堪称抗震救灾史上一大奇迹。灾后一年，四川在"两个加快"中坚强挺立，今年上半年实现 GDP 同比增长 13.5％，以高于全国 6.4 个百分点的高速度走在全国前列。

奋力推进"两个加快"，四川人民需要保持一种特别讲大局，特别讲付出，特别讲实干，特别讲纪律的精神状态。弘扬这样一种富民强省的创新创业精神，可爱的四川"很有希望"！

每当听到"川江号子"感天动地的吼声，每当看到"川军"出川勇往直前的脚步，就有一种"敢为天下先"的勇气。脚踏实地，开拓进取；追求卓越，勇于改革——我们的激情在中华大地燃烧

岷江过去一直被认为是长江之源。从三星堆到金沙遗址，从纵目青铜面具到太阳神鸟金箔，无不向世人诉说着古蜀文明是中华文明的一个重要源头。正是这样一个独具特色的源头，孕育了四川人民"敢为天下先"的精神品质。从创建都江堰到汉代文翁在成都石室创办全国第一所官学，从世界最早的纸币交子到新中国第一条铁路成渝铁路，四川人民在漫漫历史长河中创造出许多世界第一或中国第一。

改革开放以来，四川人民更不乏先天下而为的新举措：1979 年宁江机床厂在《人民日报》打出了全国第一个商业广告，1980 年发行了全国第一张股票，1988 年开办了全国第一家产权交易市场，2007 年成都成为全国统筹城乡综合配套改革试验区之一……历史和现实表明，"敢为天下先"是四川人民最可贵的精神品格。

"一方水土养一方人。"审视四川人民的生存环境，可以发现四川人民的精神风貌和敢为天下先的性格特征深深扎根于山水之间。四川盆地四面环山，川江奔流，蜀道通天。正是山高水急造就了四川盆地的富饶和美丽，赋予了四川人民特有的灵气和勇气，孕育了四川人民特有的拼搏精神，培育出四川人民勇往直前、"敢为天下先"的品格。愈是闭塞愈思走出夔门，愈是落后愈想超前，这是一种激烈的反弹，也是一种必然的自我追求、自我超越。

"千里之行，始于足下。"脚踏实地，一步一个脚印，才能爬坡上坎，才能走得"更快更高更远"。

四川方言里有一句妇孺皆知的俗语："不管黑猫白猫，抓住耗子就是好猫。"这句话形象生动地揭示出四川人民求真务实的品格。1962 年 7 月，邓小平说到这句话时进一步发挥，特别强调："现在要恢复农业生产，也要看情况，就是在生产关系上不能完全采取一种固定不变的形式，看用哪种形式能够调动群众的积极性就采用哪种形式。"（见《邓小平文选》第一卷，第 323 页）小平同志多次在不同场合讲这句四川俗语，用它来表达实事求是的"硬道理"，形成中外闻名的"猫论"。后来，邓小平明确提出"摸着石头过河"的改革思路和"三个有利于"标准。求真务实，升华到一个更高的境界。

正是在求真务实的基础上，四川人民走在改革开放的前沿，敢于在全国率先进行农村联产承包责任制改革试点，敢于率先摘下人民公社的牌子，敢于率先进行国有企业改革试点。

"敢为天下先"体现了四川人民开拓进取、求变革新的精神追求。四川人民自古以来就习惯于吼着"川江号子"，逆水行舟，不进则退；沿着剑门关的栈道攀登，不上则下，"狭路相逢勇者胜"。如果说，20 世纪二三十年代，以郭沫若、巴金、沙汀、艾芜、李劼人等为代表的一批四川籍作家掀起的出川

热，是四川文化人群体在目标价值追求上的历史性突破的话，那么，在20世纪八九十年代由"川军"掀起的民工潮，则是四川农民冲破传统观念禁锢、迈向现代文明征程的一次自我超越。如今，"川军"出川早已突破1000万人，民工潮正向返乡创业潮转变。

像"川江"和"川军"那样，四川人民无论做人做事，都有一种闯劲、一股冲劲、一股韧劲，凡事力求先人一步，胜人一筹，快人一拍，争创一流，追求卓越。奋力推进"两个加快"，四川人民最需要的正是这样一种敢于率先、攻坚破难的勇气和昂扬向上、脚踏实地的精神。

每当听到汶川特大地震灾难中新生婴儿那响亮的哭声，每当看到德阳汉旺广场那岿然不动的钟楼，就有一种泰山压顶不弯腰的底气。艰难困苦，玉汝于成；万众一心，众志成城——我们的激情在中华大地燃烧

灾难铸就民族风骨，困苦砥砺民族精神。

翻开历史，无数次天灾人祸，让四川人民承受了一次次磨难。水灾、旱灾、雪灾、泥石流、地震……不管是天灾还是人祸，勇敢的四川人民从来没有被困难吓倒，越是苦难越是坚强，锤炼出一种泰山压顶不弯腰的大无畏英雄气概。

2008年5月12日14时28分，汶川特大地震突如其来，史无前例。在党中央、国务院的坚强领导下，在省委、省政府的有力指挥下，四川人民在灾难面前挺起不屈的脊梁，万众一心、众志成城、不屈不挠、自强不息。汶川特大地震以特殊而极端的方式再一次磨砺了四川人民的风骨。

一年多过去了，伟大的抗震救灾精神在中华大地升华，转化为四川人民加快建设灾后美好新家园，加快建设西部经济发展高地的强大动力。"地动山摇摇不散中华魂魄，山崩地裂裂不开万众一心""有手有脚有条命，天大的困难能战胜""出自己的力，流自己的汗，自己的事情自己干"……出自灾区群众之手的振奋人心的标语，成为"中国力量"的最好注脚，成为四川人民泰山压顶不弯腰的最好见证。

泰山压顶不弯腰，需要一种坚韧不拔的底气，需要一种化危为机、转危为安的智慧。大灾大难面前，四川人民相信智慧就是力量，团结就是力量，科学就是力量，善于把握机遇，向死而生。无论面临怎样的灾难，四川人民都有自己救助自己的一套生存策略，善于因势利导，顺势而为，顺势应变，形成了很高的生存智慧。以人为本，科学重建，灾后重建是原地起立，更是发展起跳，四川人民正用智慧、汗水与激情，在白纸上画最美的蓝图，在废墟上建最美的家园。

泰山压顶不弯腰，需要一种乐观自信的人生态度，需要一种任何困难都压不倒的必胜信心。四川人民在汶川特大地震中表现出来的幽默、豁达、自信、乐观和必胜信心，赢得了全国人民和全世界的尊重。最让我们感动的是那些在废墟下唱歌的儿童，打着手电看书的小姑娘，从废墟中救出的"可乐男孩""敬礼娃娃"……"我相信你们会来救我！"正是这种坚定信念，支撑着灾区人民创造出一个又一个生命的奇迹！

2008年5月18日，在什邡市灾情最严重的蓥华镇救援现场，胡锦涛总书记振臂高呼："任何困难都难不倒英雄的中国人民！"坚定的话语，揭示了中华民族泰山压顶不弯腰的必胜信心！"山河可以改变，道路可以阻断，房屋可以摧毁，但摧毁不了我们抗灾救灾的坚强决心，摧毁不了我们救助灾区人民的坚强决心，摧毁不了我们在废墟上重建美好家园的坚强决心。"省委书记刘奇葆庄严的誓言，向全世界宣示了四川人民泰山压顶不弯腰的必胜信心！

信心凝聚人心，信心集结力量，信心比黄金更重要。

每当听到"我们都是中国人"的心声，每当看到"冲出夔门天地宽"的现实，就有一种"海纳百川"的胸怀。博采众长，和谐共进；内外互动，扩大开放——我们的激情在中华大地燃烧

对四川人民而言，"我们都是中国人"是一种特别的感情。

历史上无数次人口融合，赋予了四川人民和谐包容的心态。从"移秦民万家"充实巴蜀，到"湖广填四川"，到抗战时期不愿做"亡国奴"的同胞大

量迁入四川，到新中国成立后人口大流动，四川盆地早已成为各族人民和各地文化共生共存共融的"大熔炉"。"你中有我，我中有你。"四川人民善于博采众长而不失自我，和谐共进，和睦相处。

四川人民感到紧迫的是，以改革开放的眼光看四川，以发展的眼光看四川，四川发展的脚步"慢了"！四川与外界的交流还不够频繁，与外部的连接还不够快捷。走向改革，走向开放，走向社会主义市场经济，在与沿海发达地区的全方位比较中，四川人民清醒地看到了自身的差距。

差距就是潜力！差距面前，四川人民变压力为动力，变被动为主动，进一步解放思想，振奋精神，表现出扩大开放、加快发展的强烈愿望。伴随着一次次思想大解放，四川人民心中大开放的激情如火山岩浆般喷涌而出，转化为大开放促大发展的伟大实践。

1987年下半年，四川新闻界、文艺界在对四川改革开放进行自我反思过程中，首次提出"克服盆地意识、增强开放意识"，得到省委肯定。次年4月，省第五次党代会为"盆地意识"画像：自给自足的心理、自我封闭的意识、自我满足的优越感……同沿海相比，我们缺乏强烈的市场竞争意识和敢于承担风险的勇气。于是，一场以破除"盆地意识"为目标的思想解放大讨论在全省展开，有力地推动了四川的改革开放。

改革开放30年，四川城乡面貌发生了历史性巨变。然而，横向比较，"人口多、底子薄、不平衡、欠发达"仍然是四川最大的省情，发展不足仍然是四川最大的问题。四川怎么办？省委九届四次全会上，省委书记刘奇葆要求全省干部群众进一步破除盆地观念，强化开放意识；破除内陆观念，强化前沿意识；破除自满观念，强化进取意识；破除休闲观念，强化爬坡意识。"四个破除、四个强化"，振聋发聩！

深入学习实践科学发展观，新一轮思想大解放使四川人民学会了跳出盆地看四川，用世界眼光审视四川的新坐标——四川不是盆地的四川，而是西部的四川、中国的四川、面向世界的四川；用战略思维审视四川发展的新定位——把四川建设成为辐射西部、面向全国、融入世界的西部经济发展高地。"盆地"变"高地"，一幕幕大戏精彩登台。

"走出去""引进来"充分利用"两个市场、两种资源",强力推进区域、次区域、泛区域多层次的合作,努力走在西部开放的最前沿,越来越多的"四川造"卖到了沿海和海外。

"人人都是开放环境",培育全民开放意识;打造西部综合交通枢纽,誓将"天堑"变通途;将省级行政审批事项由 1122 项精简为 486 项,成为全国行政审批事项最少的省份之一;首次面向海内外公开选拔 28 名副厅级领导干部,用全球化视野招揽英才……软硬环境同时改善,今日四川成为一片投资热土,145 家世界 500 强企业来川落户。"海纳百川,有容乃大。"如果把开放比作一座金桥,它一头连着四川,一头连通世界。在封闭的年代,四川人民寄望于走出盆地建功立业,有"冲出夔门方成龙"的典范。在今天全球化的开放时代,"夔门"大开,创业不分内外,四川人民自豪地告诉世界:"不出夔门也成龙。"

伟大的祖国,可爱的家乡,您的昨天是我们的骄傲,您的今天是我们的责任,您的明天是我们的希望!在新中国成立 60 周年之际,我们为您自豪,为您担当,为您祝福!

我们的激情世世代代在中华大地燃烧!

(《四川日报》2009 年 9 月 29 日 5 版,此篇文章笔者与向军、杨中、栾静合作,共同署名。这是评论理论部的集体讨论之作,主要由笔者提出写作思路,再由向军、杨中、栾静分段执笔写出初稿,最后由笔者统稿并定稿。获《四川日报》编委会颁发的国庆 60 周年新闻作品特别奖)

附 录

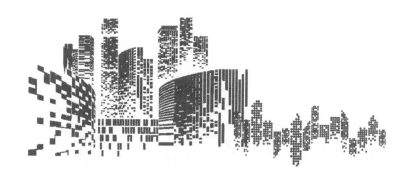

从新闻创新看新闻价值

　　天天与新闻打交道，对新闻价值已不陌生。新闻有大有小，有轻有重，传播者和受众心里各有一杆秤。然而，从新闻理论角度探讨新闻价值就不那么容易了。最近，在《新闻界》1999 年第 5 期读到何光珽先生撰写的《新闻价值论》，受到新的启示，引起了我对新闻价值的思考。

　　我国新闻界过去对新闻价值的定义大体可分为四种类型，即"素质说""标准说""效果说""功能说"。正如何光珽先生指出的那样，目前对新闻价值的诸种意见虽然各有道理，但总的说来都没有揭示出新闻价值这个概念的实质——关系，他主张从新闻与人和社会的关系入手把握新闻价值的实质。我要进一步探讨的问题是，尽管价值是在人与事物的多种关系中产生的，却不是关系本身。对人来说，新闻有其价值，是因为人同新闻发生关系时，新闻也按人的需要同人发生关系，并在传播中满足人的需要，从而具有适合于人的需要的有用性。对新闻来说，适合于人的需要的有用性又是什么呢？这就是创新。正如江泽民总书记指出的那样："创新是一个民族的灵魂，是一个国家兴旺发达的不竭动力，也是一个政党永葆生机的源泉。"从新闻创新看新闻价值，"新"之所在，正是"需"之所在，"用"之所在，"价值"之所在！

受众对新闻的需求

新闻要"新"才有用，才能吸引受众。受众接收新闻，目的是及时了解外界的情况，以便把新闻提供的新信息转化为生存和发展的有利条件。新闻不"新"，就不能提供新信息，就会失去受众，就没有存在价值。新闻不能满足社会的所有需求，也没有必要满足社会的所有需求。吃、穿、住、喝只能通过物质生产来满足，即使是精神生活需求，教育要靠学校，审美要靠文学艺术，娱乐要靠丰富多彩的文化活动。新闻的本能是传播信息，主要是满足人的知晓需求，适应社会的创新需要。1986年，中央电视台对《新闻联播》做的一次受众调查表明，人们把"了解国内外大事"当作收看新闻联播节目的主要目的。在网络新闻快速发展的今天，"新浪"每月的网页浏览量已经超过20亿页面，其中80%以上是新闻中心的页面。见所未见，闻所未闻，知所未知。新闻越"新"，越能满足受众的知晓需求，就越有价值。现代新闻史上，许多重大新闻正是由于适应了当时社会的创新需求而成不朽之作。十月革命一声炮响，给中国人民送来了马克思列宁主义。在这里，李大钊《庶民的胜利》《布尔什维主义的胜利》和瞿秋白《俄乡纪程》《赤都心史》所具有的价值是不可估量的。还有一条消息："巴黎和会中国外交失败"——成为五四运动"导火线"，其巨大的价值恐怕是传播者没有料到的。可见，新闻求"新"在于与时俱进，越新越能满足受众的知晓需求，也就越有价值。

新闻传播对受众没有强制性，受众对新闻的接收总是有选择的。电视开了，观众可以看可以不看；广播开了，听众可以听可以不听；报纸印出来了，读者可以订可以不订。媒体每天传播的新闻层出不穷，受众没有时间也没有必要全部接收。受众总是尽量注意或选择那些与自己的兴趣、需要、观点一致的最新信息。没有选择就没有接收，没有接收就没有效用。新闻传播中，受众不仅是传播者的合作伙伴，同样也是充满主动性的"主人"。正如黄旦先生在《新闻传播学》中指出的那样，受众接收什么以及如何理解，与新闻传播的效果有直接关系，是决定新闻能否传达、能否实现其潜在价值的关键因素。也许是因为新闻价值往往通过社会效果表现出来，一些同志就以社会效果作为新闻价值的定义，形成了"效果说"。实际上，这是一种误解。当然，社会效果好，新闻价值大。但问题在于，同一个新闻事实，也往往由于传播者的报道角度不同或处理方式不同而产生不同的社会效果，甚至由于报道失误而产生不好的社会效果，你能由此否认新闻事实本身具有的价值吗？可见，新闻价值"效果说"是不科学的。

传播者对新闻价值的追求

新闻要"新"才有价值，才能吸引传播者的目光。新闻传播过程中，传播者的价值就在于发现新闻价值，并尽可能在报道中把新闻信息中的潜在价值揭示出来，使它适应受众不断变化的需求。正是传播者对新闻价值的发现和追求，使新闻在传播中充满了生机与活力。

许多人已经指出，新闻价值必须通过人的认识、评价、判断才能得以把握与体现。在传播过程中，传播者对新闻价值的追求，首先体现在根据当时当地的实际情况，从千变万化、瞬息即逝的大量信息中筛选出适合于人的需要的信息。没有选择就没有新闻。李普曼在他的《舆论学》中曾把传播者对新闻的选择比作"探照灯"。传播者要把人们不知道的掩映于"黑暗处"的新闻信息传送给人们，"探照灯"照在哪里，照在什么事件上，只能通过传播者的主观选择来决定。这种选择包括：在每天掌握的多种线索中，判断哪些线索具有新闻价值；判断在众多的新闻事实中，哪些事实最有价值；判断在同一新闻事实的许多信息中，哪些信息最重要；等等。在这里，新闻价值既是传播者选择新闻事实的根据，也是传播者的职业追求。

不同的传播者对新闻价值的理解、把握会有不同，因为传播者的政治立

场、文化观念、价值体系、知识素养、新闻敏感等主观因素会发挥重要作用。就是说,天下没有"纯客观"报道。采访人物,报道新闻,就像我们拿着相机去照相,总要选择自己所希望的角度,选择自己所欣赏的姿态和场景。即使给同一个人拍照,也由于角度、光线、背景的差别,照出来的效果大不一样。粉碎"四人帮"后,有一条"为天安门事件平反"的消息,本来具有很高的新闻价值,但最初见报时被淹没在一条长篇会议消息中。后来,新华社转发这条消息时,把它从长篇会议消息中挑出来单发,《人民日报》刊登时又放在1版并加了花边,这才引起全国乃至全世界关注。可见,传播者根据新闻信息的潜在价值和人的价值需求,对新闻信息进行加工、改造,可以使新闻信息在结构和效用方面发生变化,呈现出增值趋势。这种新增的价值是由传播者积极的新闻创新赋予的。

需要指出的是,在新闻传播中,尽管新闻价值曾被传播者用来选择新闻事实、评价新闻事实,似乎是作为人们的主观判断的"标准"而存在,但新闻价值本身不是"标准"。实践中存在这样一种情况,那就是传播者选择的自以为很有价值的新闻被传播后,受众并不认为有什么价值,而许多有重大新闻价值的事实又常常因传播者认为没有什么价值而被忽视了。可见,新闻价值是因时、因地、因人而异的,具有相对性,所谓"标准说"也是不科学的。

事实中有特殊信息

受众对新闻的需求,传播者对新闻价值的追求,都离不开新闻事实要"新"这一客观存在。正是新闻事实本身具有的足以构成新闻的特殊信息(或素材)从根本上决定着新闻价值的大小。好比一座金矿有没有开采价值,不能只凭人的需要和愿望来决定,最终要由矿石中的含金量决定。如果离开了新闻事实这个"本源",新闻价值就成了无源之水、无本之木。

新闻事实中具有哪些足以构成新闻的特殊信息呢?这就是五个"W",即

When（什么时间）、Where（什么地点）、Who（谁）、What（什么事）、Why（为什么）。据观察研究，五个"W"与新闻价值的内在联系主要表现在：

When（什么时间），即"时新性"。新闻发生的时间与接收者获取新闻的时间相距越短，新闻越新，也越有价值。时间之新，既包括事实的新近发生、新近变动，也包括事实发展过程中的新近进展、新近结果。在这方面，现在流行的卫星实况转播和现场直播具有很大优势。

Where（什么地点），也叫"接近性"，主要指新闻事实与受众在空间距离上越近越有价值。正如徐宝璜先生在《新闻学》中所说："同一新闻，其价值不仅随时而异，又大抵随地而别。"

Who（什么人），主要看新闻中的当事人有没有知名度和突出特点。当事人知名度越高，越有突出特点，新闻越有显著性，价值也越大。里根总统遇刺、拉宾遇刺都引起全世界震惊，而一个普通百姓被杀就没有多少人关注。

What（什么事），主要看事件本身的新、奇、特、异及其与受众切身利益的关联程度。越是新、奇、特、异，越是富有情趣，越是与受众切身利益密切相关，新闻价值越大。改革开放初期的许多新事物，如"承包制""真理标准讨论""兴办经济特区""物价放开"等，都具有很大的新闻价值。

Why（为什么），主要是新闻事实发生的各种原因和背景。一般来说，采访越深入，分析越深刻，观点越有新意，新闻价值越大。

五个"W"有一个共同要求，那就是"新"：新的时间、新的地点、新的人物、新的事件、新的原因。其中，"时新"是新闻价值最基本的前提，是一条新闻必备的素质。没有时间之"新"，其他四"新"即使全具备也不能成为新闻。只要具备了"时新"，再加上其他任何一"新"，就具有了一定的新闻价值。就是说，新闻事实中包含的足以构成新闻的特殊信息越多，新闻价值越大。

新闻事实中具有信息的多少，就是通常所说的新闻信息量。新闻信息量的大小，实际上也是新闻价值总体水平高低的另一种说法。新闻信息量大，消除受众不确定性因素的可能就大，新闻价值也大。就是说，新闻价值是可以量化的。也许由于五个"W"是新闻价值的来源，有的同志提出了新闻价

值"素质说"。这也是一种误解,"素质"不等于"价值"。"素质说"虽然强调了新闻价值来源于客观事实,但它忽视了传播者和受众在发现、实现新闻价值方面的主观能动作用。没有传播者和受众这两个主体的创新和传播实践,任何新闻事实都只是一个"自在之物",不能转化为"为我之物"。新闻价值"素质说"也是不科学的。

‖新闻价值 "能量说"

从新闻创新和新闻传播看新闻价值,新闻价值的确是一个由新闻价值源、新闻价值观和新闻价值实现等多种含义组成的多义性概念。(见雷跃捷著《新闻理论》)新闻要"新"才有价值,包括三层含义:第一,新闻要"新"才有存在价值,新闻事实中具有构成新闻的特殊信息,这是新闻价值的来源;第二,新闻要"新"才能满足受众不断变化的知晓需求,适应社会的创新需要,当传播者把新近发生的事实称为新闻时便确定了它对受众的有用性,这是新闻价值的评价;第三,新闻价值是可以追求的,也是可以转化为现实生产力的,正是传播者和受众追求新闻价值的创新实践和传播实践使新闻价值得到提升和转化,这就是新闻价值的实现。

需要指出的是,新闻价值能否转化为现实生产力,取决于新闻能否解决现实问题,能否满足受众的知晓需求,能否适应社会的创新需要。现实生活中层出不穷的新问题、新情况、新信息,迫切需要通过新闻的形式加以沟通,这是新闻创新和新闻传播的原动力。就是说,传播者和受众对新闻价值的追求正是新闻创新和新闻传播的"动力"所在、"能量"所在!

传播者传播新闻,接收者接收新闻,都是为了满足当前的需要,有着直接的迫切的功利目的。因此,追求眼前的新闻价值往往成为新闻传播和新闻创新的主要目的。为了追求这种眼前价值,事实之"新"必然要求传播之"快"。如果传播不快,即使事实最新,最终也会变成"旧闻"。"快"是新闻要"新"的必然要求，也是新闻能"新"的必要条件。中央电视台最近对"北京申奥成功"进行卫星实况转播，那消息之"新"，传播之"快"，"能量"之大，真是令人惊叹！"快"中求"新"，"快"之所在正是"新"之所在、"能量"之所在！

新闻求"新"既要"快"，也要"深"。新闻是一种信息资源，有其开掘的广阔性。尤其是在新闻竞争十分激烈的信息时代，传播者要出奇制胜，不仅要争分夺秒"抢"题材，而且要在开掘题材上下功夫。对于广大受众普遍关心的重大题材，尽管已经多次报道过了，但只要深入采访，从不同角度开掘，在报道深度上求"新"，仍然很有价值。"深"中求"新"，"深"之所在也是"新"之所在、"能量"之所在！

新闻价值的追求和转化是一个复杂的过程。实践表明，面对既成的新闻事实，传播者和受众不仅可以对新闻资源进行新的分解和组合，不断开发新闻资源的新的有用性，而且可以依靠现有的知识力量，有效地利用新闻价值规律为人的需要服务。随着知识经济时代的到来，知识已成为人们创造价值的越来越重要的资源。传播者和受众一旦获得了新闻价值的有关知识，不但能更好地把握新闻规律，而且能够按人的需要控制和调整与新闻信息有关的某些关系，从而使新闻产生传播者所期望的效用，最大限度地实现其价值。在这里，传播者和受众的新闻价值观表现为一种知识力量，也可以通过新闻创新和传播实践转化为现实的生产力。正是这种"转化"表现出一种巨大的"能量"。

正如作用力与反作用力一样，新闻价值具有两面性。同一个新闻既会有正面价值，也会有负面价值，既会产生积极效应，也会产生消极效应。"北京申奥成功"对中国人具有激励作用，对申奥失败的城市则令人失望。因此，传播者追求新闻价值时，一定要坚持实事求是的原则，既要坚持真实性，又不能忽视其他某些方面的负面价值。

同时，承认某一新闻具有负面价值，也不能因噎废食。坏事（包括天灾人祸）发生了，回避不报道对社会不利，主动报道反而有利。凡是有重大新

闻价值的事情，一经发生就应该及时报道，极少数牵涉国家机密的除外。关键是要权衡利与害、得与失、益与损，把握好报道的分寸，力争将正面价值利用最大，将负面价值限制在最小。

马克思主义经典作家历来十分重视"需要"在个人和社会生存活动中的基础作用，认为"需要"是个人和社会积极性的动力。既然"需要"是一种动力，那么适应社会需要的新闻价值又怎么能不是一种动力呢？既然新闻创新和新闻传播是一种实践运动，那么用来度量这种运动的新闻价值不是"能量"又是什么呢？

"能量"者，度量物质运动的物理量也，一般解释为物质做功的能力。虽然能量是守恒的，它的形式也可以转化，但不是所有的能量都能无条件地做功，为人所用。对于新闻来说，没有事实，就什么信息也不存在；没有价值，就什么信息也不会传播；没有传播就什么效用也没有。新闻价值是一个变动的概念，它要回答的问题是：什么样的信息才能被传播，即新闻传播为什么会发生？正是在这个意义上，新闻价值是一种"能量"，而不是"功能"。目前，新闻界流行的新闻价值"功能说"，实际上是一种静态的"职能说"，它所回答的问题是新闻应该做什么，没有回答新闻为什么会传播。另一方面，"功能说"强调的是新闻的整体功能和正面价值，而新闻信息是微观的、具体的，是千变万化、瞬息即逝的，并不是每一个新闻信息都能无条件地做功，为我所用。可见，新闻价值"功能说"也是不准确的。

还是回到新闻求"新"的本能上来，所谓新闻价值，就是新闻信息在传播过程中激发出来的适应社会创新需要的能量。这就是我对新闻价值的定义，不知大家以为然否。

|松武按| 此文写作过程中，承何光斑先生提供大量资料，并一起讨论，颇有争论。特此致谢。

（《新闻界》2001 年第 5 期）

从新闻价值看记者的价值

——新闻价值"能量说"再探讨

笔者曾在《新闻界》2001 年第 5 期《从新闻创新看新闻价值》一文中首次提出新闻价值"能量说"，引起学术界关注。当时，笔者主张对新闻价值的定义应该回到新闻求"新"的本能上来——所谓新闻价值，就是新闻信息在传播过程中激发出来的适应社会创新需要的能量。笔者认为，传播者和受众对新闻价值的追求正是新闻创新和新闻传播的"动力"所在、"能量"所在；传播者和受众的新闻价值观表现为一种知识力量，也可以通过新闻创新和新闻传播转化为现实的生产力，正是这种转化表现出一种巨大的"能量"。在这里，笔者想从"从新闻价值看记者的价值"这一角度进一步阐释和坚持新闻价值"能量说"。

新闻的魅力就在于一个"新"字。新闻信息是瞬息万变的，它总是在事物的运动和变化中存在。没有运动，没有变化，就没有新闻信息。越是复杂的变化，越是激烈的变化，越是蕴含着具有重大新闻价值的信息，就越值得新闻记者去采访报道。新闻记者的价值就在于发现新闻的价值。对于新闻记者来说，不仅要善于从事物的发展变化中发现新闻，还要善于从快速的传播中提升新闻的价值，使新闻在传播中转化为现实的生产力，从而实现新闻价值的最大化。

记者对新闻价值的发现与新闻传播

正如许多人已经指出的那样，新闻价值是一个由新闻价值源、新闻价值评价、新闻价值实现等多种含义组成的多义性概念。笔者有一个基本观点，这就是新闻要"新"才有价值，事物要有变化才有新闻，变化所在也就是新闻价值所在。

新闻要"新"才有存在价值。新闻事实中具有构成新闻的特殊信息，这是新闻价值的来源。正是新闻事实本身具有的足以构成新闻的特殊信息（或叫素材），从根本上决定着新闻价值的大小。好比一座金矿有没有开采价值，不能只凭人们的需要来决定，最终要由矿石中的含金量决定。如果离开新闻事实这个"本源"，新闻价值就成了无源之水、无本之木。那么，新闻事实中具有哪些足以构成新闻的特殊信息呢？这就是五个"W"，即什么时间、什么地点、谁、什么事、为什么。据笔者观察，五个"W"有一个共同要求，这就是"新"，新的时间、新的地点、新的人物、新的事件、新的原因。其中，"时新"是新闻价值最基本的前提，是一条新闻的必备素质，没有时间之新，其他"四新"即使全具备也不能成为新闻。只要具备了"时新"，再加上其他任何一新，就具备了一定的新闻价值。也就是说，新闻事实中包含的足以构成新闻的特殊信息越多，新闻价值越大。

新闻要"新"才有实现传播价值。当传播者把新近发生的事实称为新闻时，就确定了它对受众的有用性，这是对新闻价值的评价。在新闻传播过程中，记者的价值不仅在于发现新闻价值，而且在于传播新闻价值，尽可能在传播中把新闻的存在价值揭示出来，使它适应受众不断变化的需求。正是记者对新闻价值的发现和传播，使新闻充满了生机与活力。在传播过程中，记者对新闻价值的发现与评价，首先体现在记者根据当时当地的实际情况，从千变万化、瞬息即逝的大量信息中筛选出适合于人的需要的信息。没有选择就没有新闻。李普曼曾把记者对新闻的选择比作"探照灯"，记者要把人们不知道的掩映于"黑暗处"的新闻信息传递给人们，"探照灯"照到哪里，照在什么事件上，只能通过记者的主观选择来决定。采访人物，报道新闻，就好比我们拿着照相机去照相，总要选择自己所希望的角度，选择自己所欣赏的姿态和场景。即使是给同一个人拍照，也由于角度、光线、背景的差别，照出来的效果大不一样。记者根据新闻信息的潜在价值和人们的需求对新闻进行加工、改造，可以使新闻信息在结构和效用方面发生变化，呈现出增值趋势和效应。这种新增的价值是由记者的主观努力和创造性劳动赋予的。

需要特别强调的是，新闻价值是可以转化为现实生产力的。正是记者和读者的互动，使新闻价值在传播中得到提升和转化，这就是新闻价值的实现。最明显的事例就是股市新闻对股市的影响，市场信息对市场走势的影响，战争、灾难类新闻对社会稳定的影响。现代新闻史上，许多重大新闻正是由于适应了当时社会的需求而成为不朽之作。"巴黎和会中国外交失败"成为五四运动的"导火线"，其巨大的新闻价值和社会影响恐怕是采写这则消息的记者没有料到的。

据《聂荣臻回忆录》记载，红军长征落脚点的选择，最终是依靠《山西日报》上的一则新闻。那是 1935 年 9 月 19 日，腊子口一战后，北上通道打开了，聂荣臻和林彪随二师部队进驻甘南的哈达铺，在那里得到了一张国民党的《山西日报》，其中载有一条阎锡山的部队进攻陕北红军刘志丹部的消息。聂荣臻说："赶紧派骑兵通讯员把这张报纸给毛泽东同志送去，陕北还有一个根据地哩！这真是天大的喜讯！"第三天，毛泽东便在哈达铺的一座关帝庙里召集了干部大会，决定红一方面军就朝着陕北根据地前进，总算找到了一个落脚点。真是"踏破铁鞋无觅处，得来全不费功夫。"这么一个并不起眼的消息，在当时那种特殊情况下，对红军长征落脚点的选择起到了决定性作用，它所具有的新闻价值恐怕也是国民党的《山西日报》的记者、编辑没有料到的。可见，新闻价值主要是通过读者的阅读和理解来实现的。没有读者的积极参与，新闻价值不可能转化为现实生产力。

从新闻价值看记者的价值，记者的主要职责一是发现新闻价值，二是传播新闻信息。正是记者对新闻价值的发现与评价使新闻信息的传播具有了必要性和可能性。没有记者对新闻价值的发现与评价，就没有新闻信息的选择和传播，当然也没有新闻价值的实现。

记者应该尊重受众的选择权和阅读权

从新闻价值源的角度看，记者可以发现新闻价值，但不能创造或虚构新闻事实，这是由新闻的真实性原则决定的；从新闻价值评价的角度看，记者可以根据新闻信息的潜在价值和人的需求对新闻信息进行加工、改造、传播，从而使新闻价值在结构和效用方面得到提升，呈现出增值趋势，但不同的记者对新闻价值的理解、把握会有不同，从而使新闻价值因时因地因人而异，具有相对性；从新闻价值实现的角度看，记者能把别人不知道的新闻信息或者只有少数人知道的新闻信息传播出去，让更多的人知道，却不能强迫别人接受，不能单方面决定新闻价值能否转化为现实生产力。新闻传播中，受众不仅是传播者的合作伙伴，同样也是充满主动性的"主人"。新闻传播对受众没有强制性，新闻记者应该尊重受众对新闻信息的选择权和阅读权。

我们常常把传播新闻信息的报纸、电台、电视台等称为大众传媒，也叫"媒体"，那么新闻记者的定位说得好听一点叫新闻传播者或"新闻人"，说得通俗一点就是"媒人"，本质上与婚姻介绍人干的事儿差不多，虽能成人之美，为有情人牵线搭桥，却不能喧宾夺主，不能搞"拉郎配"，不能"包办婚姻"，不能"干涉别人的婚姻自由"，更不能"代替有情人成为眷属"。所以，新闻记者这张嘴必须说真话，讲实话，要在受众最需要的时候提供最可靠最有用的信息。至于新闻记者提供的信息在传播过程中能否开花结果，能否转化为现实的生产力，则更多地取决于接受者对新闻信息的选择、阅读与理解。电视开了，观众可以看可以不看；广播播出了，听众可以听可以不听；报纸印出来了，读者可以买可以不买。从这个角度看，记者既不是"无冕之王"，也不是"救世之主"。记者就是记者，就是新闻传播者，没有必要把记者的职责看得太重，没有必要在新闻传播中让记者对受众发号施令。特别是就新闻传播的社会效果而言，受众接受什么新闻信息以及如何理解新闻信息，是决定新闻信息能否传达、能否实现其新闻价值的关键因素。记者必须对新闻的真实性完全负责，但不能也不可能对新闻传播的社会效果完全负责。

尽管如此，我们的新闻记者却不能不承担自己的社会责任。在我国，我们的新闻记者是上情下达、下情上传的信息传播者，有党和人民的"喉舌"之称，总是处在社会舆论的焦点位置，出现在物质文明、政治文明、精神文明建设的风口浪尖。记者的基本职责就是要发现新闻价值，要敢于说真话，要敢于扬善惩恶，使真善美及其创造者名垂青史，使假丑恶及其作俑者无所遁其形，决不能以假乱真，颠倒黑白，混淆视听。在国家和民族艰难曲折的发展道路上，记者是"侦察兵"，新闻是"冲锋号"，不论为人为事为文，都要真实可信，才有其存在的价值。

我们正处在信息就是财富的新时代，可以说没有新闻记者对新闻价值的发现就没有新闻传播，没有新闻传播就没有信息社会。站在信息社会的时代高度，看新闻记者的地位和作用，新闻的生命在于真实，记者的天职在于传播真实的信息。

新闻价值的最大化与记者的追求

从新闻价值看记者的价值，可以看到这样一种现象，就是面对同样一条新闻信息，不同的记者在传播中也往往选择不同的角度、不同的形式，从而形成我们常见的新闻竞争。

新闻竞争有两种形式，一种是新闻媒体之间的竞争，也叫市场竞争，主要表现为争夺市场占有率，争夺读者群，是新闻媒体整体实力的较量。另一

种新闻竞争是新闻记者之间的竞争，也叫新闻采访竞争，主要表现为争夺独家新闻，争夺新闻信息，是记者之间新闻价值观、新闻敏感、知识结构和传播艺术等综合素质的较量。新闻采访竞争是由市场竞争引起，并为市场竞争服务的，实质上是记者对新闻价值最大化的追求。

新闻采访竞争的第一个特点就是一个"快"字，也叫"快"中求"新"。每一个记者都想在第一时间、第一地点抢发独家新闻，先发制人，因此必须分秒必争，采访要快，写得要快，传播要快。从新闻传播的角度看，传播者传播新闻，接受者接收新闻，都是为了满足当前的需要，有着直接的迫切的功利目的，追求眼前的新闻价值往往成为新闻传播的主要目的。为了追求这种眼前价值，信息之"新"，必然要求传播之"快"。快是新闻要新的必然要求，也是新闻能新的必要条件。如果传播不快，即使信息最新，最终也会变成"旧闻"。看一看中央电视台对连战在北京大学的演讲，对宋楚瑜在清华大学的演讲进行的实况转播，那信息之新，传播之快，真是令人惊叹！正是在"快"这一点上，无论什么记者，现在都必须掌握现代传播技术。相比之下，广播、电视、网络媒体记者在这方面具有独特的优势，对于报纸的记者来说，则望尘莫及，往往处于被动地位。特别是面对广播、电视的实况直播，报纸总是要慢半拍，文字记者只能甘拜下风。也正是在"快"这一点上，新闻采访的竞争往往表现为传播技术、传播手段、传播形式之争，对记者个人来说，是一种"外在"的功夫，也可以说是"功夫在新闻之外"。

新闻采访竞争的第二个特点就是一个"深"字，也叫"深"中求"新"。新闻竞争中，独家新闻总是有限的，有时甚至是可遇不可求的，即使遇到一些重大的突发性新闻，也会由于种种原因，能第一个抢先的总是少数记者。这种情况下怎么办呢？不能抢先的记者就只能正视现实，另辟蹊径，走另一条竞争之路，这就是更加详细，更有深度，从深度开拓中求新意。"快"有限度，"深"无止境！没有最新，只有更新；没有最深，只有更深！这就是记者在新闻竞争中的"奥运精神"。正是在"深"这一点上，新闻记者练的是"内功"，主要靠的是自己的新闻敏感和长期的积累，文字记者具有独特优势。对比一下近几年国内外的报纸、电台、电视台关于美国"9·11"事件、伊拉克战争、抗击"非典"等重大新闻事件的报道，就会发现，"深"中求"新"的追踪报道、连续报道、系列报道、组合报道也是可以成为独家新闻的。

新闻是一种信息资源，具有开掘的广阔性。对于广大受众普遍关心的重大题材，尽管已经多次报道过了，但只要深入采访，从不同角度开掘，在报道深度上求新，仍然很有新闻价值。再对比一下国际媒体对东南亚海啸和美国飓风的报道，都可以发现同样的情况：一个重大新闻一旦发生，总有一系列连锁反应，好比是"一石击起千层浪"，往往有它的第一、第二、第三、第四落点，广播、电视、网络的记者善于在新闻事件发生的第一时间、第一落点，以快见长，"快"中求"新"，报纸的文字记者则善于在新闻事件的第二、第三落点以深见长，不同媒体的新闻记者在新闻竞争中各有所长，各有所短，都有自己独特的竞争优势。

新闻采访竞争的第三个特点是一个"活"字，也叫"活"中求"新"。对于新闻记者来说，要追求新闻价值的最大化，既要求"快"，也要求"深"，更要求"活"。新闻传播是大众传播，无论求快还是求深，都只有通过生动活泼、喜闻乐见的形式表现出来，才能吸引受众，使所传播的新闻信息入脑入耳入心，在传播中转化为现实生产力。

没有新闻敏感的人不能做记者

对于记者来说，求"快"不易，求"深"更难，深入浅出难乎其难。现在的问题是，我们的许多记者既缺乏发现新闻价值的新闻敏感，也缺乏"快"中求"新"、"深"中求"新"、"活"中求"新"的综合素质，习惯于泡会议，当"文抄公"，急功近利，能静下心来按新闻价值规律采写新闻报道的不多，有些人甚至被称为"狗仔队"，真让人心里难过。

新闻记者是一种自主性、包容性、开放性很强的职业，不仅要有一颗献

身于新闻事业的热忱的心，还要有一个独立思考的大脑和一双善于发现新闻价值的慧眼。没有真才实学、没有独立人格、没有新闻敏感的人不能做记者。采访同样一场新闻事件，人家的稿子写出来人见人爱，入脑入耳入心，你的稿子写出来又长又臭，空洞无味；同时参加一个新闻发布会，别人慧眼独具，在看似无用的材料中发现独家新闻，你却熟视无睹，有眼无珠，找不出新闻信息，在这样先声夺人、刺刀见红的新闻竞争面前，在如此优劣分明的对比之下，你还有什么脸面在新闻队伍中混下去？

千变万化的现实生活并不缺少新闻，缺的是新闻记者的发现和传播。新闻界容不下偷懒的人，也容不下没有新闻敏感的人。你当上了新闻记者，你就得遵守新闻传播的游戏规则，你就得掌握新闻价值的评价标准，你就得拿出独家的新闻作品来。新闻竞争面前人人平等，就看你有没有发现新闻的独特敏感，有没有出奇制胜、巧夺天工的独家本领。"把戏人人有，变法各不同。"从这个角度看，新闻也是一门学问，也是一种艺术，不是谁都可以在新闻界混下去的。

（《新闻界》2006 年第 1 期）

新闻思维与记者的三种境界

　　新闻是一种自主性、包容性、开放性很强的事业，需要记者具有强烈的新闻敏感，掌握专门的新闻业务知识和新闻业务技能，形成求真务实的独立人格和职业道德。更为重要的是，新闻特别需要记者具有正义直言的历史思维、独立思考的辩证思维和充满激情的形象思维，形成复合型的新闻思维。作为一个新闻记者，当你跨入新闻界的时候，你干的是"杂活"，被称为"杂家"；当你掌握了某些方面的专门知识，形成求真务实的独立人格和职业道德，你就掌握了新闻记者的专门技能，你就是"专家"；当你进一步由"专"而"博"，在正义直言的历史思维、独立思考的辩证思维和充满激情的形象思维之间融会贯通，形成复合型的新闻思维，你就由"专家"变为"大家"，可以在独家新闻、深度报道、新闻评论等方面开拓创新，进入新闻记者的最佳境界。

　　从"杂家"到"专家"再到"大家"，既是新闻记者的三种境界，也是新闻人才培养的三种模式、三个台阶。做一个人云亦云的记者易，做一个求真务实的记者难，做一个与时俱进的"大家型"记者难乎其难。从新闻思维看新闻人才培养，核心是树立与时俱进的新闻价值观，最重要的是形成求真务实的独立人格，练好正义直言、独立思考、深入浅出的基本功。

正义直言：记者之 "笔" 与史家之 "笔" 并重

"正义直言史家笔"，是历史学家的追求，也叫 "秉笔直书"。"史家笔" 的思想内涵与我们党提倡的求真务实精神是相通的，当然应该成为新闻记者的一种基本功。笔者有一个基本理念，这就是用 "史家笔" 写新闻，新闻不朽；用 "史家笔" 写评论，评论不朽。对新闻记者来说，要像史家那样正义直言，首先要求记者必须敢说真话，多说那些 "人人心里皆有，人人口中皆无" 的话。新闻的生命在于真实，记者的天职在于直言。无论为人为事为文，都要真实可信，才有存在价值。做到这一点，在假冒伪劣泛滥成灾的今天，在 "官本位" 和金钱至上的诱惑面前，对新闻记者来说是最重要的，当然也是最难的。

今天的新闻就是明天的历史。正是在这一点上，新闻和历史在本质上是一致的。新闻以事实说话，历史以史实昭示后人，两者都要求事实准确，陈述真实，记者之 "笔" 与史家之 "笔" 并重。稍为懂得一点历史的记者，对于南史的故事、董狐的故事、司马迁的故事一定不会陌生，一定能够掂量 "史家笔" 的分量有多重，也能够体会 "正义直言" 的意味有多深。要当一名说真话的记者，就要有记者的独立人格，每写一篇新闻、评论、深度报道，都要问一问自己：它经得起历史的检验吗？对于 "假、大、空" 的东西，不但自己不能写，也要劝别人不要写。

作为记者的一种追求，"正义直言史家笔" 是一种崇高的境界。良史以实录直书为贵，不掩恶，不虚美，具有 "史才" "史学" "史识" 三长。范文澜写史，博学卓识，文如其人，令人钦敬，他有一句名言："板凳需坐十年冷，文章不写一句空。" 陈寅恪治史，纵贯古今，横通中外，合中西新旧学问以求通解通识，为学为人都达到了很高的境界。新闻记者若能兼备史家的 "才" "学" "识"，他的宏观视野，他的求实态度，他的新闻敏感，他的新闻成就，他的人格与人生，都将进入一个新的境界。

用"史家笔"写新闻，还要求记者具有强烈的历史责任感。对记者来说，求真务实的独立人格与历史责任感是一个问题的两个方面。新闻记者不能生活在"桃花源"里，也没有"桃花源"可去，你可以超越自我，但你不可能超越时代，你只能与时代同行，与社会共同进步。面对汹涌澎湃、浩浩荡荡的世界潮流，记者只能顺应潮流，肩负起历史的责任。用陈寅恪的话说：一代学术，总有它的新材料，新问题，并形成一代学术的新潮流。治学的人参与其中，叫作预流。未得预者，谓之未入流。对新闻记者来说，身处千载难逢的全面建设小康社会的重要战略机遇期，身处中华民族复兴的新时代，是做一个预流的记者，还是做一个未入流的记者呢？这里就有一个与时俱进的历史责任感问题。

一个时代有一个时代的主题，一个时代有一个时代的记者。对于当今中国来说，全面建设小康社会，改革、开放、发展、稳定都面临新的机遇和挑战。特别是从"两个文明"到"三个文明"，社会主义现代化建设的总体布局，已由发展市场经济、民主政治、先进文化三位一体，扩展为包括构建和谐社会在内的四位一体，这是治国理政方略的又一次战略转变，有许许多多新的探索、新的经验、新的变化，期待着新闻记者去发现去传播，也有许许多多热点、难点、焦点甚至是痛点问题期待着记者去关注去思考。中华民族复兴的道路是漫长的，但关键处往往只有几步；一个记者的生命是短暂的，但他写下的新闻作品却是可以不朽的。

用"史家笔"写新闻，还要求记者具有史学家那样的自信和自尊。在这里，记者的自信主要表现在无论采访谁都要一视同仁，认事不认人。特别是采访高官、名人，既要虚心求教，更要充满自信，人格上大家都是平等的。记者的自尊主要表现在"不为五斗米折腰"。"人不能有傲气，但不能没有傲骨。"当你面临名利的诱惑，一定要经受得起考验，要挺得起腰杆来。很多记者就是栽倒在"有偿新闻"的泥潭里。

用"史家笔"写新闻，还要求记者必须深入采访，广泛积累材料，细心

地辨别真假，去粗取精，沙里淘金。在这方面，史学家考证史料的方法，与记者的采访具有异曲同工之妙，很值得新闻记者借鉴。

▍独立思考：记者之"智"与哲人之"智"同根

有一句流行的话，叫作"实践出真知"。实际上，如果在实践中不善于动脑筋，不善于独立思考，恐怕是出不了真知的。有的人当了一辈子记者，也没有写出一篇像样的新闻报道，这里就有一个能不能独立思考的问题。当一个聪明的记者，既要实践更要思考，边实践边思考，在实践中思考，在思考中实践，才能出真知。也就是说，思考出真知，思考出智慧。只有深思熟虑，才能处变不惊，才能在瞬息万变的新闻竞争中以小见大，见微知著，把握全局，稳操胜券。

"是非之心，智之端也。"当过记者的人，一般都有这样的感受，几乎每一次调查研究，都是一场痛苦的折磨。令人最困惑的是，当你深入采访，拥有了一大堆材料的时候，你却不知道应该把结论引向何方。有时在广泛的调查之后，反而获得一堆公说公有理、婆说婆有理的材料，你应该做怎样的分析和判断呢？这就要求记者具有观察社会的政治洞察力，要有剖析事物的思辨力，要像哲学家那样独立思考。

新闻记者为什么要像哲学家那样独立思考呢？因为哲学是一种特别的智慧形态，是一种寻求真知的学问，也叫"智慧之学"，而哲学家也就是善于独立思考的智者。像哲学家那样独立思考，可以使我们锻炼出一种不懈的求真精神，掌握追求新闻真实的辩证思维方法。研究一切事物，都要"打破砂锅纹（问）到底"，找出它的真正依据，古希腊人称为"原因"，再依据事物的真相，审查、讨论、分辨、判断各种意见的理由的真假。这种追求事物真相，分辨真假的方法，也就是我们常说的辩证法，是使人更加聪明的"慧根"。对于新闻记者来说，既然是以求真为天职，也就不能没有求真的智慧，不能不掌握求真的辩证法，不能不像哲学家那样独立思考。记者之"智"与哲人之"智"都来自独立思考的"慧根"。

对新闻记者来说，要像哲学家那样独立思考，最重要的是提高自己的逻辑思维能力。新闻记者要学习一点亚里士多德，也应该读一点黑格尔，提高自己的思辨能力，使自己变得更聪明一些，更理性一些。"知人者智，自知者明。"只有独立思考，才能使自己增强分辨真假的洞察力。

对新闻记者来说，要像哲学家那样独立思考，还要像哲学家那样具有全局观念。哲学家的独立思考，不管思考的问题和角度有多么不同，都始终围绕一个统揽全局的根本问题，这就是世界是怎么来的，即人与自然的关系问题。正所谓"会当凌绝顶，一览众山小"，也就是站得越高，看得越远，认识越深。用新闻界目前流行的话说，也叫"高度决定影响力"，也可以说是"高度决定深度"。

有人说一个优秀的新闻记者，应该要有一双"鹰眼"。老鹰飞得高，看得准，扫视于万丈高空，着眼于方寸之间，甚至苍茫大地上一只小鸡的一举一动也逃不脱它的眼睛，俯冲而下，一抓就准。也有人说，一个优秀的新闻记者，应该有一双像千里马一样奔腾的"健蹄"，一旦发现了什么感兴趣的东西，便星飞云驰，毫不迟疑地将其捕捉在手。笔者要说的是，在"鹰眼"和"健蹄"的后面，优秀的新闻记者还应该有一个独立思考的"大脑"，没有大脑的当机立断，就没有鹰的"发现"，就没有马的"捕捉"。单有鹰的眼力和马的健蹄的记者，还算不上是一流的记者，判断力高强的记者才是一流的记者。判断力是什么？就是人的思辨能力，就是人的认识水平。作为一个优秀的记者，你要有两只"鹰眼"发现猎物，你要有一双"健蹄"捕捉猎物，你要有一个独立思考的大脑统揽全局，判断是非，三者兼备，你才能运筹帷幄之中，制胜千里之外，任凭风浪起，稳坐钓鱼台，不仅能写出独具一格的新闻作品来，而且还能写出独具一格的新闻评论来。用哲人之"智"写新闻，新闻不朽；用哲人之"智"写评论，评论不朽！

深入浅出：记者之"情"与诗人之"情"共鸣

新闻记者的独立思考是面向大众的思考，思考的目的是给人以启示，启发读者一起思考。这种独立思考与学者的学术研究不一样，既不能像学者那样钻"牛角尖"，也不能像学者那样坐"冷板凳"，它必须与社会同步，与读者共鸣，既要"深入"，也要"浅出"，这就有一个大众化的表现形式和表现能力的问题。无论你的思考有多深，无论你的观念有多新，都只有用通俗易懂的语言和为受众喜闻乐见的形式表现出来，才可能被更多更广泛的受众所了解、接受。这就是我们一再强调的如何使新闻报道入眼、入耳、入脑、入心的问题。

对于新闻记者来说，采写新闻报道，深入难，浅出更难，浅出而不浅薄难乎其难。提高深入浅出的表现能力，就要像诗人那样善于锤炼推敲语言文字，就要像诗人那样充满激情。为什么新闻记者要像诗人那样充满激情呢？这是因为你写的东西连你自己都不能感动，又怎么能感动别人呢？新闻报道中很大一部分是问题性报道、反思性报道、批评性报道，只有当记者对一个问题有了深切感受，到了有话要说、不得不说、不吐不快的时候才能有感而发，才能一吐为快，才能畅所欲言，这就需要有一种诗人般的激愤之情。

古人说："诗言志"，"悲愤出诗人"。屈原写《离骚》，就有一种深深的忧国忧民情怀。他写史诗般的《天问》，用今天的新闻观念来看，就与深度报道的深度思考有异曲同工之妙。屈原说"路漫漫其修远兮，吾将上下而求索"，这难道不是深度报道所提倡的探索与思考吗？在这里，需要强调的是，新闻报道的"深度"也包括感情的深度。诗人的忧国忧民情怀与新闻记者对社会对人生，对各种热点、难点、焦点问题的关注是相通的。

新闻记者要像诗人那样充满激情，却不必像有的诗人那样偏激或偏执。写新闻报道要把握分寸，避免片面性。你的反思和批评应力求深刻，但深刻却不要尖刻，也就是说看问题要入木三分，表达时却要讲艺术，讲分寸。批评的尖锐性在于事实本身，而无须摆出一副盛气凌人、目空一切的架势。正如医生不仅给病人找病根，而且还要给病人开处方一样，采写问题性报道、批评性报道，也应该在分析原因的基础上尽可能找出解决问题的办法，为解决问题提出建设性意见。新闻记者不仅要有诗人那样的激情，而且要有医生那样的真诚。与人为善，爱憎分明，用鲁迅先生的话说，也就是"横眉冷对千夫指，俯首甘为孺子牛"。

　　情到深处是真诚。对于记者来说，要写出充满激情的报道，首先要使自己动情，使自己的整颗心都被写作的激情所震撼。从采访到写作，都要真诚地对待社会，真诚地对待你的采访对象，真诚地述说自己的感受。只有当被采访者与你心心相印，倾心交谈，你也才能在写作中被采访对象所打动，也才能使受众感到你所写出来的那些东西是那样贴近自己，似乎就是自己的观察、自己的思考，从而与你产生共鸣。

　　在感情上，采访时的态度与写作时的态度是有区别的。采访时，记者与采访对象是平等的关系，彼此理解，互相尊重，无论是省长、市长，还是企业家、下岗职工，记者要采访他们，首先要尊重他们，向他们请教。这是因为你有很多东西不知道，才向他们采访，首先是你有求于他们，因此要听他们畅所欲言，无论他们说什么、怎么说，你都要接受，都要尊重，没有必要与他们争吵、辩论，更没有必要把你的观点强加于人。采访中，与采访对象能够真诚相待，倾心交谈，无话不说，采访归来，就会有一种强烈的激情，总觉得非写不可，不写出来，便对不起采访对象，对不起受众，也对不起自己。于是，就产生了一种写作冲动，它追赶着你，激励着你，纠缠着你，逼迫你刻不容缓地写出来。采访结束后，记者写稿时就不一样了，我写什么，不写什么，怎么写，既要看采访对象提供了什么样的信息，能不能打动我的心，又要看他说的对不对，如果他说的不对，即使感动了我也不能写，激情中须保持理性和冷静。

　　新闻记者感到最头痛的是，怎样才能把报道写短些、短些、再短些，总

觉得有很多话要说，却又不知应该怎么说，思考得很深，提出的观点也很新，就是不知道如何把它说得清楚，让人一听就懂，一看就明白。这里不仅有一个深入浅出的问题，而且有一个新闻语言的表达问题。笔者认为新闻语言与诗的语言具有相通之处。写新闻与写诗一样，都要惜墨如金，用最简练的语言表现最复杂的情感，传播最多的信息。新闻记者应该向《诗经》学习语言艺术。《诗经》的语言，巧妙地运用了描写手法，常常在一首诗中交错使用比喻、拟人、借代、夸张、对比、对偶、衬托、排比、层递、设问、反问等各种修辞，前后配合，互补互衬，珠联璧合，浑然一体，把诗人情怀表现得丰富多彩，鲜明有力。像"关关雎鸠，在河之洲，窈窕淑女，君子好逑"这些诗句，用新闻记者的眼光来看，不正是一篇很好的现场新闻吗？《诗经》的作者对客观事物进行了细致深刻的观察，掌握了事物的特点，抓住了事物的典型特征，不仅能用极少的语言生动地表现出事物的情貌，而且能在直书其事、直抒胸臆的基础上配用比、兴手法，在直叙事物中寄寓深刻的含义，含而不露，使意在言外，言尽而意长，产生回味无穷的感染效果。写新闻报道也应该像写诗那样惜墨如金，赋、比、兴酌而用之，才能把报道写得深入浅出，形神俱似，生动感人。要把新闻报道的时代感、真实感，熔铸在诗的情思、诗的意境和诗的激情之中，这也许是采写新闻报道的最高境界吧！

总而言之，从"杂家"到"专家"再到"大家"，既是新闻记者的三种境界，也是新闻人才培养的三种模式、三个台阶。要成为一个优秀的新闻记者，必须练好三个基本功，分别是正义直言的史家品格、独立思考的哲人智慧和深入浅出的诗人情怀。笔者的基本观点是：以新闻价值观为核心，历史思维＋辩证思维＋形象思维＝新闻思维。

新闻思维是一种复合型思维，新闻创新需要大家风范！

（《新闻界》2006年第5期）

从新闻实践看新闻真实性

新闻的真实性既是一个实践问题，也是一个理论问题。《新闻界》1996 年第 1 期有两篇文章引起了我对新闻真实性的进一步思考。一篇是何光珽同志撰写的《新闻真实论》，另一篇是喻权域同志撰写的《世妇会报道对新闻学的启示》。前者从五个方面分析了"本质真实论"在理论上不能成立，在实践中无法操作，认为它不能作为检验新闻真实性的标准。后者分析了某些西方传媒对世妇会的报道"本质上不真实"，认为"本质真实的意思是对的"。近几年，新闻界关于新闻真实性的争论仍然没有停止。

我是不赞成"本质真实论"的。这不仅因为"本质真实"这个概念不科学，而且因为它在新闻实践中有很大弊端。我认为，新闻的真实，就是事实的真实。检验新闻报道或新闻传播是否真实，只能回到事实本身的基础上来，而不能以对事物的本质认识为标准。

‖ 从 "事实真实" 到 "本质真实"

正如许多同志已经考察过的那样，"本质真实论"的主要论点早在 40 年代末就提出来了，50 年代、60 年代以及十年"文化大革命"中，"本质真实论"在我国颇为盛行。到 1979 年，随着真理标准讨论不断深入，新闻界才开

始对"本质真实论"提出怀疑，从而引起了热烈争论。

从争论双方的观点来看，主张"本质真实论"的同志一开始就犯了一个理论错误，那就是把现象与本质的关系割裂开来，对立起来，认为"新闻不是事物表面现象的描写，而是事物的本质的报道"，甚至认为"片面的偶然的现象不是真实的。只有事物的本质才是真实的"。但是，马克思主义唯物辩证法告诉我们，事物的现象与本质是无法断然分割的，既没有脱离现象的本质，也没有不具备本质的现象。因此，无论是现象还是假象，都是真实的客观存在，都从特定的方面反映着本质。所以，许多同志认为"本质真实"这个概念是不科学的。尽管后来赞成"本质真实论"的一些同志又做了一些修正或让步，主张把"现象真实"与"本质真实"两者统一起来，但由于仍然立足于现象与本质割裂的基础上，还是难以自圆其说。

现在的问题是，除了理论上的错误之外，"本质真实论"还背离了我们党在延安整风中确立的以事实为本源的新闻真实观。只要考察一下我们党领导的新闻事业史，这一点就非常清楚了。毛泽东同志早在《政治周报》发刊词中，就明确提出了用事实说话的宣传报道思路。他说："我们反攻敌人的方法，并不多用辩论，只是忠实地报告我们革命工作的事实。"针对敌人散布的"广东共产"等谣言，毛泽东一口气讲了四个"请看事实"。红军时期，我们党对《红色中华》等报刊上虚报战果、夸大成绩、贬低敌人的报道提出了多次批评。用毛泽东的话说："这种离事实太远的说法，是有害的。"正是由于坚持用事实说话的原则，共产党的报纸在人民心目中是说真话的，而国民党的报纸则因为不说真话而引起人民的反感。

到了延安时期，我们党把坚持用事实说话的报道原则上升到理论高度，形成了以事实为本源的新闻真实观。整风运动中，毛泽东同志发表了《改造我们的学习》《反对党八股》等文章，批评了"空话连篇、言之无物"和"装腔作势、借以吓人"的恶劣文风，进一步纠正了新闻界的主观主义作风。在此基础上，陆定一同志发表了《我们对新闻学的基本观点》，从理论上回答了有关新闻真实性的两个根本问题：第一，新闻为什么要真实；第二，什么是新闻真实。陆定一认为，"新闻的本源是事实"，"新闻是新近发生的事实的报道"。根据这一理论逻辑，所谓新闻的真实性，就是要"尊重客观的事实"，"依照事物的本来面目去解释它，而不做任何曲解或增减"。这种以事实为本源的新闻真实观代表了我们党的主张。此后，又在 1947 年开展了反"客里空"运动，在各解放区广泛揭露以凭空捏造、虚报浮夸为主要特征的新闻失实现象，从而使以事实为本源的新闻指导方针得到了贯彻落实。

值得注意的是，在反对"客里空"的同时，我们党对报纸的倾向性和指导性给予了足够重视，要求新闻报道不仅要事实准确，还要全面深刻，能正确地教育引导群众。1948 年，党中央批评了中共中央晋绥分局和《晋绥日报》所犯的"尾巴主义"错误，及时纠正了华北《人民日报》的"客观主义"倾向。正是在纠正客观主义报道倾向的过程中，华北《人民日报》批评客观主义者"不能透过现象的表面找到本质的内在联系"，认为"客观主义者是没有党性的"，"强调的不是战胜灾害的积极方面，而是灾害严重的消极方面"，就是忽视革命运动中无产阶级先锋队的领导作用，从这里衍生出了后来的"本质真实论"。分析解放以后盛行的"本质真实论"，说到底，无非是涉及对我们社会的消极面、阴暗面要不要报道以及如何报道的问题，它的出发点和落脚点都是强化报纸的党性和指导作用，目的是反"右"。不难看出，"本质真实论"把是否全面深刻地反映事物的内部联系和本质当作衡量新闻是否真实的标准，混淆了报纸的党性、指导性与新闻真实性的关系。这一点在新闻实践中表现得非常突出。

"本质真实论" 与 "浮夸风"

在新闻真实性问题上，到底是以"事实"为"本"，还是以事物的"本质"为"本"，反映了两种不同的思想路线和思想方法，即：从客观事实出发，还是从主观认识出发——所谓"本质"其实就是人对事物现象认识的一

种判断。从 50 年代后期开始，我们逐步背离了实事求是的思想路线，表现在新闻战线上，就是片面强调报纸是"阶级斗争的工具"，以"本质真实"取代"事实真实"，从而导致以指导性代替真实性。"本质真实论"对实际生活起到了很不好的作用，它总是从某种政治需要出发，按照既定的所谓"本质"去寻找事例印证其正确性，结果是"假、大、空"盛行，使新闻报道在某些时期出现全局性失误。

"本质真实论"最盛行的时期，也正是新闻失实最严重的时期。从 50 年代到 60 年代，我们的新闻工作发生了许多"左"的错误，几乎把所有的报道都看成是宣传，试图让每一篇报道都能对实际工作产生指导作用，常常是报喜不报忧。明明发生了"左"的路线错误，明明是形势不好，却硬要人们透过现象看"本质"，看"主流"，相信路线正确，形势大好。正是由于把事实的真实丢掉了，指导性也没有了。读者普遍认为报纸说的是"假话""大话""空话"，不相信报纸，报纸也脱离了群众。

分析 1958 年的浮夸新闻，"本质真实论"的错误导向有着不可推卸的责任。当时，包括《人民日报》在内的全国新闻机构，都陷入一种盲目与狂热之中，报道了许多自以为反映"本质真实"的假新闻。例如，大量地宣传各种脱离实际的高指标和虚假的高产量，什么小麦亩产几千斤、水稻亩产几万斤、土高炉日产几十万吨铁的假典型。更为严重的是，还以这些假典型为依据，作了很多极为夸张的论断，不但宣传我国粮食问题已基本解决，而且把我国建设的一些成就轻率地夸张为达到或超过国际水平。特别是宣传"人有多大胆，地有多大产"，宣传"公共食堂是社会主义阵地"，宣传"一大二公就是社会主义"，宣传"三年进入共产主义"，如此等等，在当时都是被当作社会主义的"主流"和"本质"。实践证明，这些所谓的"主流"和"本质"都是不正确的。

"本质真实论"不但把反映事物的"本质"和"主流"作为检验新闻真实性的标准，而且认为只有无产阶级才能认识事物的"本质"和"规律"，从而把新闻的真实性与阶级性混淆起来了。正是从这里出发，林彪、"四人帮"为了达到他们的目的，打着无产阶级的旗号，凡是对他们篡党夺权有利的东西，不管是否真实，是否符合客观实际，都说成是反映了事物的"本质"和"主流"，都一律广泛宣传。在林彪、"四人帮"眼里，只有为政治服务的新闻才是真实的，这就叫"事实为需要服务"。例如，农村的"穷过渡"，明明是"左"的产物，被说成是共产主义的"萌芽"；明明是不学无术交白卷的人，却捧成"反潮流英雄"。正如一些同志已经指出的那样，"本质"这个哲学名词，既是"四人帮"遮饰自己反革命面目的"盾"，又是刺向那些不合他们心意的新闻报道的"矛"。在极"左"思潮影响下，不知有多少说真话的新闻工作者遭受打击迫害。

‖法律只认事实

"本质真实论"不但在新闻实践中有损于新闻真实性，而且在新闻立法上没有依据。在法律上，只有客观存在的事实本身才是判定新闻是否失实的依据。

法律只认事实。报道出来的事实与被报道的客观事实完全一致，新闻就没有失实（除了隐私和不得泄露的机密外），也就不存在新闻侵权的违法行为，报道者就不需要负有关的法律责任。反之，如果报道的事实与实际情况不相符合，不管报道者如何申辩达到了"本质真实"，法律决不会承认它是完全真实的报道，报道者应为报道失实承担法律责任。所谓"以事实为依据，以法律为准绳"，这一准则也是国际公认的。

在国外，新闻失实了，往往会涉及新闻诽谤或损害名誉权等侵权问题，就要到法庭上打官司。许多国家还专门制定了《新闻法》，一方面依法保护记者报道真实情况，一方面依法惩治弄虚作假和故意侵权者。在我国，目前还没有制定《新闻法》，但在处理新闻侵权案件时也是有法可依的。特别是近些年，由新闻失实而引起的侵权案件日渐增多。过去以为批评不实才会受到法律追究，实际上表扬不当，也可能产生违法现象。当记者编辑和新闻传媒被当作被告推上法庭的时候，面对原告的指控，你怎样为自己辩护呢？你能说某篇报道虽然现象不真实，但本质上是真实的吗？你能说某篇报道现在不真实，但将来是真实的吗？"事实胜于雄辩。"在法庭上，最好的辩护就是毛泽东讲的那句话："请看事实。"本来，新闻是否失实，只要尊重事实，不掩盖事实，让事实说话，这是不难辨别的。

从我国目前已经处理的一些新闻侵权案件来看，一般具有以下特点：一是所有报道都与事实不符，二是所有的报道揭露和批评的对象都是具体的人和事，三是采写失实新闻的行为人"记者或作者"主观上有过错，四是所有的报道客观上都产生了损害的后果，而且后果同行为人的行为存在因果关系。从新闻失实转变为新闻侵权，两者有严格的界限。这个界限主要是从失实的程度来划分。新闻侵权往往是基本内容失实，甚至全部失实，而一般失实往往是局部失实或细节失实。从造成损害的后果讲，新闻侵权造成的后果较严重，新闻失实的后果较轻。无论是新闻侵权还是新闻失实，在法律上都只能依据事实来判定。

从新闻失实引起的案件中，我们对新闻真实的含义可以得到两点启示：第一，新闻的真实就是事实真实。所谓"事实之真"，即确有其事，确有其人，不能无中生有，捏造虚构。第二，新闻的真实也是传播的真实。所谓"传播之真"，即报道的新闻不应比事实本身多一分，要符合事实的本来面目，不能虚报浮夸。事实不真，谓之谣言；传播不真，谓之失实。二者均为新闻的大敌。我们传播新闻，决不能先入为主，凭主观意向乱下结论，不适当地掺入个人的感情和意见。分析不少新闻失实，很多时候并不是记者要"故意"搞什么名堂，往往是想增加些文采，多加了一些高级形容词，结果引起了麻烦。特别是写批评报道时，要考虑到可能引起的后果和自己要承担的法律责任。在这方面，西方有些记者在技巧上确实比我们高明，他们对好多事情不讲结论，只摆事实，让读者通过事实得出结论。1956年，刘少奇曾对新华社工作作了指示，强调新闻报道要客观、真实、公正、全面，还说"要学习资产阶级通讯社记者的报道方法"。可见，在新闻真实性问题上，东方和西方还是可以沟通的。

从新闻竞争走向 "事实真实"

随着改革开放的深入，中国正在走向世界，世界也在走向中国。在和平与发展的新时代，中国新闻界与世界各国新闻界的接触、交流、对话与合作日益增多，我们与世界各国新闻界之间的竞争和冲突也难以避免。在竞争中，新闻封锁被打破了，新闻垄断行不通了。新闻报道有了竞争对手，也就有了比较和鉴别，谁的报道真实，谁的报道不真实，只要一比较就容易鉴别出来了。在发生冲突的同时，各国新闻界也需要增进了解，需要遵循一些最基本的新闻规律和报道原则，特别是需要在尊重客观事实的基础上尽可能对新闻真实达成共识。而"本质真实论"只是我们的"土特产"，是自我封闭的条件下，为适应"舆论一律"的需要而提出来的，它在国内外的声誉都不好，不可能成为我们与世界各国新闻界竞争、交流、合作的基础。只有事实真实才能得到世界新闻界大多数同行的认同。

就以 1995 年世妇会的新闻报道和新闻竞争来说，我国参加采访的记者有 800 多人，境外来采访的记者 3100 多人，新闻竞争是空前的。在竞争中，每个报道者都有自己的报道意图，都有选择不同报道角度的权利与自由，这时候最容易看出"意图"在报道中所起的作用，也最容易检验谁的报道更为真实、客观、公正、全面。如果是"根据事实来描写事实"（马克思语），就会随时根据事实来调整原有的"意图"，使"意图"服从于事实；如果是根据"意图"来描写事实，就可能会编造、歪曲、隐藏、掩饰事实，使事实为"意图"服务。也就是说，尽管各自的报道角度可以有不同，立场有区别，"意图"不一样，但仍然可以在比较中发现谁的报道是符合事实的，谁的报道是不符合事实的。事实就是事实，这是不以人的主观意志为转移的客观存在。

正是从新闻竞争和比较中，各国与会人员和西方传媒发生了正面冲突，公开谴责了西方某些传媒的"片面报道""歪曲报道"。而各国与会人员之所以批评西方某些传媒的报道是"片面报道""歪曲报道"，并不是因为它"本质上不真实"，恰恰是因为它不尊重事实，歪曲、隐藏、掩饰了事实的真相。西方记者的立场、观点本来就与我们不同，怎么能要求他们对事物本质的认识与我们一样呢！所谓"本质真实论"在国际新闻竞争中是行不通的。

我们正处在电子信息时代和互联网时代，新闻传播手段和传播技术的发展已经打破了新闻的国界，也打破了新闻的垄断。无论是传播者还是被传播者，都不可能把新闻封锁起来，任何传媒都不可能一手遮天。新闻界存在着多种声音这样一个事实本身，在任何社会制度中都可以称得上是新闻真实的最好的保护和检验。

我们是社会主义国家，各新闻单位的目标是一致的，但这并不排斥新闻单位之间的竞争。这种竞争有利于提高新闻报道的质量，防止新闻失实。近几年，境外传媒对我国的报道越来越多，互联网发展很快，国内新闻"出口转内销"的情况使境内传媒面临严峻挑战。新闻竞争已成大势所趋，事实真实应该成为最基本的新闻规律和报道原则。

（《新闻界》2001 年第 1 期）

后　记

直到四川人民出版社的编辑通知我到出版社签订出版合同的那一刻，我对自己的新闻作品汇集出版还没有足够的信心。因为在新闻出版"一条线"上摸爬滚打了30多年，我虽与出版部门的同人没有多少交往接触，但对新闻出版行业当前面临的网络媒体和电子出版的激烈竞争和严峻挑战还是深有感触的。尤其是在专业类、学术类书籍出版越来越"冷"的情况下，我把自己30多年来为《四川日报》采写的深度报道和新闻评论汇集为《"天府"三问》《川江评论》《记者观潮》三本书稿，由四川日报报业集团党委书记陈岚推荐给四川人民出版社，并如愿以偿得到了四川人民出版社的鼎力相助而顺利出版，这是我的幸运！他们看重的是这三本书稿真实地记录了四川作为改革策源地的"中国特色"和敢闯敢试的"四川经验"，留下了《四川日报》新闻创新和新闻改革的"足迹"，表现出川报人"正义直言史家笔"的新闻追求和优良传统。我不能不对四川日报报业集团党委书记陈岚同志和四川人民出版社社长黄立新同志以及相关领导和责任编辑说一声"谢谢"，对你们的鼎力相助致以真诚的敬意！

接下来，我想说一说出版这三本书的初衷。

那是2012年8月30日（农历七月十四日）上午，《四川日报》60周年庆典在成都市龙泉星光花苑宾馆隆重举行。巧得很，这一天刚好是我59岁生日。

当时，我早早地驾车到了星光花苑宾馆，在庆典主席台前正中前几排找了个位置坐下来，认认真真观看了开幕前播放的《川跃六十年》宣传片。

《川跃六十年》集纳了许多有关《四川日报》发展的历史图片，展示了不少《四川日报》刊载的具有重大影响的精品力作。其中，我撰写的评论员文章《以什么样的精神状态投入西部大开发》和编辑部文章《从悲壮走向豪迈的中国奇迹——写在汶川特大地震抗震救灾三周年之际》闪亮登场，引人注目。整个宣传片中有三个特写人物镜头，我作为《四川日报》首席评论员和1982 年进入四川日报社的在职老同志代表出现在特写镜头中，还说了这样一段话："改革开放以来，川报人与时俱进，更新观念，锐意创新，彰显以人为本理念，始终坚持中国特色社会主义核心价值观，凝聚起党的事业、集团发展与个人理想相统一的价值追求。"看到宣传片中的镜头，听到自己的声音，我顿时感到一种从来没有过的快乐与幸福！

"我是川报人，我是一个老川报人！我是一个即将退休的川报老人！"

我是 1982 年 1 月 13 日到四川日报社报到的，当时还是一个而立之年的小伙子，是"文化大革命"后恢复高考招生的 1977 级大学毕业生。30 年过去了，我在成都市红星中路二段 70 号大院与《四川日报》同舟共济，风雨兼程，多少往事堪回首？多少见闻可评说？多少忧思凝笔端？多少真情担道义？多少遗憾复又生？多少是非转头空？

《四川日报》60 周年庆典结束的时候，我特意请摄影记者尹刚为我照了一张照片作为纪念。

30 年来，我在四川日报社成家立业，靠《四川日报》养家糊口，按传统习俗也该是到了"60 大寿"庆典的日子，能与《四川日报》同时庆祝生日，也算是缘分所致、命运所赐、恩惠所泽！

更感幸运的是，8 月 30 日这天出版的《四川日报》1 版刊登了省委书记刘奇葆 28 日在四川日报报业集团调研的长篇通讯《奋力做强传媒旗舰》。这篇通讯中有一段写到刘奇葆书记在与我座谈时站起来特别提议为我鼓掌的一个感人情景，原文如下：

"我与奇葆书记神交已久。因为我们属于同龄人，还因为您在人民日报社工作过，与我们在唱响主旋律方面有着相同的体验。"老报人代表梅松武发言的第一句话，引来阵阵掌声、笑声。

得知梅松武为了写出那篇优秀的署名评论员文章《"三把尺子"量政绩》，用了很长时间精心准备，刘奇葆称赞道："你水平非常高！对业务精益求精的追求非常可贵！我提议，再次为梅老师鼓掌！"

"我很激动，知音难觅！"梅松武响亮回应。

对话间，气氛变得既热烈又轻松，其乐融融。

这篇必将载入《四川日报》史册的通讯，也为我的"60大寿"纪念献上了一份无可替代的特殊礼物。

我至今还清清楚楚地记得，8月28日那天刘奇葆书记与四川日报社的编采人员座谈，地点就在四川日报社综合大楼二楼活动中心，参加座谈会的人员主要是四川日报报业集团中层以上干部和部分骨干编采人员，以及省级新闻单位和成都市新闻媒体的主要负责同志。陪同刘奇葆座谈的有省委宣传部部长吴靖平、省委秘书长陈光志以及省委宣传部副部长侯雄飞等领导同志。座谈会由吴靖平部长主持。我与准备发言的五位同事坐在刘奇葆等领导同志对面。我坐在四川日报报业集团党委书记、董事长余长久右边。长久同志简要汇报工作后，我作为老报人代表第一个发言，题目是"我们怎样唱响主旋律"，发言时间大约15分钟。我发言时，奇葆书记听得非常专注，还不时做笔记。

座谈会上，我还告诉奇葆书记，我是一个农民的儿子，7岁就死了父亲，是母亲含辛茹苦把我养育成人。从小学到大学全靠党和人民政府助学金度过了学生时代。1982年初，我从四川大学历史系1977级毕业分配到四川日报社工作时，《四川日报》刚好进入"而立之年"。转瞬之间，现在是《四川日报》60周年大庆，我也到了快要"残阳如血"的退休之年。

座谈会结束时，刘奇葆作了重要讲话，对我们五位代表的发言表示感谢，

原话是"我觉得都讲得非常好，我是深受启迪，也深受感染"。临别时，奇葆书记紧紧地握住我的手说："你是松武啊，不是武松！你要把你的经验传给年轻同志！"奇葆书记这个幽默是针对吴靖平部长主持会议时两次把我的名字报成"梅武松"而说的，嘱咐中别有一番深情与关爱，不失为一个省委书记（后来担任中宣部部长）之风范！

说实话，整个《四川日报》60周年庆典活动似乎与我心有灵犀，我自然非常乐意参加报社组织的各种纪念活动。作为记录《四川日报》60年发展创新历史的《足迹》一书的编委，我牵头撰写了《四川日报》新闻创新篇，9万多字，其中主要思路和写作提纲是由我提出来的，各章节基本内容是按照我的要求分别由各部门负责人提供初稿，最后由我统稿定稿的。正是在牵头撰写《足迹》一书的过程中，受到《四川日报》60周年庆典活动的启迪，我产生了要将自己采写的新闻作品汇集出版的念头。我想为自己在此30多年的新闻人生画上一个圆圆的句号，也想为老一辈川报人对我的培育之恩留下不能忘却的纪念，更想把四川30多年改革开放的"足迹"流传后人。这就是我出版这三本书的初衷。

事在人为，人在途中。在四川日报社工作30多年，我在并不那么宽松的舆论环境中，居然能够在新闻评论和深度报道方面形成自己的"一技之长"，立身于"专业技术人才"和"有突出贡献的优秀专家"之列，除了遇到四川日报报业集团有一批知人善任的好领导和鼓励专业技术人才创新创业的"双通道"外，最重要的是我的身边有一批志同道合的好老师好同事。我非常感谢姚志能、唐小强、李之侠、余长久等主要领导对我的知遇之恩和信任之情，也非常感谢李半黎、彭雨、石克勋、罗运钧、白丁、黄文香、陈佩传等老一辈川报人对我的鼓励、关心和引导。还有席文举、何光珽、熊端颜等"老大哥"的关爱也使我受益匪浅。尤其是在记者部、政治生活部、总编室、评论部、经济部和"时政·评论"理论部工作的日子里，与罗晓岗、罗天鹏、杨文镒、刘为民、朱启渝、雷健、林卫、刘传建、王沛、汪继元、刘成安、陈岚、韩梅、钟岚、黄远流、赵仁贵、向军、孙琳、陈露耘、范英、胡敏、栾静、李兰、夏光平、赵坚等同学同事的精诚合作、和衷共济、和谐共进更是终生难忘。我在经济部协助罗晓岗主任工作 14 年之久，兄弟情深，相得益彰，我在经济部所写稿件基本上是由罗晓岗直接编发的。担任首席评论员后所写稿件则全部由罗晓岗和陈岚编发。罗晓岗、陈岚在担任总编辑、副总编辑的同时，实际上兼任着《川江评论》的责任编辑，我在新闻评论和深度报道方面的探索离不开他们的把关、引导和扶持。

我们都是"川报人"！"川报人"之间的默契、信任、包容、尊重是建立在相互学习、和而不同、求真务实的独立人格基础上的，能够经受实践、人民、历史"三把尺子"的检验。今年正值《四川日报》70 周年大庆的好日子，我把《"天府"三问》《川江评论》《记者观潮》献给所有关心爱护我的"川报人"和"川报读者"，感谢你们与我同行！有你们的参与，才会有现在的"足迹"！

最后，我要感谢我的母亲和妻子。我的母亲一字不识，是她含辛茹苦，送我读书，使我成长为一名吃笔墨饭的记者。我的妻子是一名中学语文教师和成都市的优秀班主任，她为自己的事业和学生操碎了心，也为我的事业和孩子承担了全部的家务，是默默奉献的贤妻良母。这三本书的出版也算是对我的母亲和妻子的感恩和感谢！

2022 年 3 月于成都